Ceux qui restent

Jane Casey

Ceux qui restent

Traduit de l'anglais par Cécile Leclère

Ce livre a été publié sous le titre *The Missing*
par Ebury Press, an imprint of Ebury Publishing, a Random House Group Company

Ce livre est une œuvre de fiction. Les noms et les personnages sont le fruit de l'imagination de l'auteur. Toute ressemblance avec des personnes réelles, vivantes ou mortes, serait pure coïncidence.

Édition du Club France Loisirs,
avec l'autorisation des Presses de la Cité.

Éditions France Loisirs,
123, boulevard de Grenelle, Paris
www.franceloisirs.com

Le Code de la propriété intellectuelle n'autorisant, aux termes des paragraphes 2 et 3 de l'article L. 122-5, d'une part, que les « copies ou reproductions strictement réservées à l'usage privé du copiste et non destinées à une utilisation collective » et, d'autre part, sous réserve du nom de l'auteur et de la source, que les « analyses et les courtes citations justifiées par le caractère critique, polémique, pédagogique, scientifique ou d'information », toute représentation ou reproduction intégrale ou partielle, faite sans le consentement de l'auteur ou de ses ayants droit ou ayants cause, est illicite (article L. 122-4). Cette représentation ou reproduction, par quelque procédé que ce soit, constituerait donc une contrefaçon sanctionnée par les articles L. 335-2 et suivants du Code de la propriété intellectuelle.

© 2010 by Jane Casey
© Presses de la Cité, un département de place des éditeurs, 2011
ISBN : 978-2-298-04213-9

Pour mes parents, avec tout mon amour

*Les maisons hantées aussi semblent assoupies
Jusqu'à ce que le diable s'y déchaîne.*

Webster, *La Duchesse d'Amalfi*

Je me souviens très bien de certains moments. D'autres sont plus flous. Au fil des années, j'ai tellement cherché à remplir les trous que je mélange un peu les détails authentiques et ceux que j'ai inventés. Mais c'est ainsi que tout a commencé, du moins je le pense.

Voilà ce qui s'est passé selon moi.

C'est le mieux que je puisse faire.

1992

À plat ventre sur un plaid dans le jardin, je fais semblant de lire. C'est le milieu de l'après-midi et le soleil chauffe mon crâne, mon dos, brûle la plante de mes pieds. Il n'y a pas classe aujourd'hui, les enseignants sont en formation, et voilà des heures que je suis dehors. Le plaid rêche est couvert de brins d'herbe que j'ai arrachés à la pelouse ; ils chatouillent ma peau nue. J'ai la tête lourde, les yeux qui se ferment tout seuls. Les mots sur la page défilent comme des fourmis en dépit de mes efforts pour les forcer à rester en place sur leurs lignes, alors je capitule, j'écarte mon livre et enfouis la tête entre mes bras.

L'herbe desséchée, brunie par des semaines de canicule, craque sous la couverture. Des abeilles bourdonnent dans les roses d'été. Non loin, une tondeuse vrombit. La radio, allumée, laisse échapper une voix féminine, qui s'élève et baisse selon des inflexions mesurées, interrompue de temps à autre par des explosions musicales. Les mots, indistincts, se fondent les uns aux autres. *Paf-pof-pof* : le rythme régulier de mon frère qui joue au tennis contre le mur de la maison. Raquette, mur, sol. Paf-pof-pof. Je lui ai déjà demandé si je pouvais faire une partie avec lui. Il préfère jouer seul ; c'est comme ça lorsqu'on a quatre ans de moins et que l'on est une fille, de surcroît.

Entre mes bras, j'aperçois une coccinelle qui grimpe sur un brin d'herbe. J'aime bien les coccinelles; je les ai étudiées pour un exposé à l'école. Je tends le doigt dans l'espoir qu'elle vienne s'y promener, mais elle déploie ses ailes et s'envole. Quelque chose me chatouille le mollet, une grosse mouche noire; une vraie invasion, cette année : tout l'après-midi j'en ai senti se poser sur moi. J'enfonce un peu plus ma tête au creux de mes bras et ferme les yeux. Le plaid sent la laine chaude et la douceur des jours d'été. Le soleil cogne, les abeilles fredonnent une berceuse.

Quelques minutes, quelques heures plus tard, j'entends des pas, des pieds foulent l'herbe sèche et cassante. Charlie.

— Dis à maman que je reviens.

Les pieds s'éloignent.

Je ne lève pas la tête. Je ne lui demande pas où il va. Je suis plus assoupie qu'éveillée. Peut-être même déjà en train de rêver.

Lorsque j'ouvre les yeux, je comprends qu'il s'est passé quelque chose, sans savoir quoi. J'ignore combien de temps j'ai dormi. Le soleil est encore haut dans le ciel, la tondeuse à gazon ronronne toujours, la radio bourdonne, mais il manque quelque chose. Il me faut un instant pour me rendre compte que la balle ne rebondit plus. La raquette est à terre, mon frère a disparu.

1

Je ne partis pas la chercher ; simplement, je ne pouvais pas supporter de rester à la maison. J'avais quitté l'école aussitôt le dernier cours terminé, évitant la salle des professeurs pour rejoindre directement le parking. Ma petite Renault fatiguée avait démarré sans que j'aie besoin d'insister. Le premier événement positif de la journée.

D'ordinaire, je ne rentrais pas immédiatement après la fin des cours. J'avais pris l'habitude de passer un moment dans ma salle de classe désertée. Parfois, j'en profitais pour préparer mes leçons ou corriger des copies. La plupart du temps, je restais assise à regarder par la fenêtre, le silence pressant contre mes oreilles comme si je me trouvais au fond de la mer. Rien ne parvenait à me ramener à la surface ; je n'avais ni enfants ni mari à retrouver. Une seule chose m'attendait à la maison : une plaie, dans tous les sens du terme.

Aujourd'hui, c'était différent. Aujourd'hui, j'avais assez donné. On était début mai, il avait fait très beau. Il régnait une chaleur désagréable à l'intérieur de la voiture, qui avait passé l'après-midi au soleil. Je baissai ma vitre, mais à cette heure de pointe, dans la circulation, pare-chocs contre pare-chocs, j'obtins à peine assez d'air pour faire voleter mes cheveux.

Peu habituée à me colleter avec les embouteillages de sortie d'école je serrais fort le volant, au point d'en avoir mal aux bras. J'allumai la radio, l'éteignis quelques secondes plus tard. Le trajet jusqu'à chez moi n'était pas long, il fallait un quart d'heure en temps normal. Cet après-midi-là, j'enrageai dans ma voiture pendant près de cinquante minutes.

Lorsque je pénétrai enfin dans la maison, tout était calme. Trop calme. Je restai un instant dans la pénombre fraîche de l'entrée, à écouter. Le changement de température fit se hérisser les poils sur mes bras ; un petit frisson me parcourut, sous mon tee-shirt moite de sueur aux aisselles et dans le dos. La porte du salon était ouverte, exactement comme je l'avais laissée le matin. Le seul bruit dans la cuisine provenait du robinet mal fermé qui gouttait dans le bol de céréales que j'avais posé dans l'évier après mon petit déjeuner. J'aurais pu parier que personne n'avait mis les pieds ici depuis mon départ pour l'école le matin même. Ce qui signifiait…

Sans enthousiasme, je montai l'escalier, accrochant au passage mon sac à main au pilastre.

— Je suis rentrée.

Cette annonce provoqua une forme de réaction – j'entendis traîner des pieds dans la chambre au fond du couloir. Celle de Charlie. La porte était close. Sur le palier, j'hésitai à frapper. À la seconde précise où je décidai de m'éclipser, la poignée tourna. Il était trop tard pour atteindre ma chambre avant que la porte s'ouvre, j'attendis donc avec résignation. Ses premiers mots suffiraient à m'apprendre comment s'était passée sa journée.

— Qu'est-ce que tu veux ?

Humeur belliqueuse, à peine contenue.
Normale, en gros.
— Salut, maman. Tout va bien ?
La porte, qu'elle avait seulement entrebâillée, s'écarta davantage. Je voyais le lit de Charlie, les draps un peu chiffonnés à l'endroit où ma mère s'était assise. En robe de chambre et en pantoufles, accrochée à la poignée, elle oscillait doucement, à la manière d'un cobra. Son visage se plissa, elle tentait de se concentrer.
— Qu'est-ce que tu fiches ? demanda-t-elle.
— Rien, répondis-je, soudain envahie d'une grande lassitude. Je viens de rentrer du travail, c'est tout. Je passais juste te dire bonjour.
— Je ne t'attendais pas si tôt.
Elle paraissait perplexe, suspicieuse.
— Quelle heure est-il ? ajouta-t-elle.
Comme si cela avait la moindre importance.
— Je suis rentrée un peu plus tôt que d'habitude, dis-je, sans expliquer pourquoi.
C'était inutile. Cela ne l'intéresserait pas. Peu de choses l'intéressaient.
Sauf Charlie. Charlie, son garçon chéri. Charlie, lui, avait toute son attention. Sa chambre était immaculée. Rien n'avait bougé en seize ans. Pas un petit soldat n'avait été déplacé, pas un poster décroché. Une pile de vêtements pliés attendait d'être rangée dans la commode. Le réveil sur la table de chevet fonctionnait encore. Ses livres étaient soigneusement alignés sur les étagères au-dessus du lit : manuels scolaires, bandes dessinées, ouvrages volumineux sur les avions de la Seconde Guerre mondiale. Des livres de garçon. Tout était exactement tel qu'au moment de sa

disparition, comme s'il pouvait revenir et reprendre sa vie où il l'avait laissée. Mon frère me manquait – chaque jour, il me manquait –, mais je détestais cette pièce.

Ma mère montrait des signes d'impatience maintenant, elle tripotait la ceinture de sa robe de chambre.

— Je faisais un peu de rangement, expliqua-t-elle.

Je me retins de demander ce qui, précisément, avait besoin d'être rangé dans cette pièce immuable où stagnait un air confiné. Un relent âcre de chair malpropre et d'alcool partiellement assimilé arriva jusqu'à moi, je fus prise d'un haut-le-cœur. Je ne souhaitais qu'une chose, sortir de la maison et fuir aussi loin que possible.

— Pardon, je ne voulais pas t'importuner.

Je reculai en direction de ma chambre.

— Je vais courir, précisai-je.

— Courir, répéta ma mère d'un air mauvais. Surtout, ne te gêne pas pour moi.

Son changement de ton me prit au dépourvu.

— Je... Je croyais que je t'avais dérangée.

— Oh, non ! Fais-toi plaisir. Comme toujours.

Je n'aurais pas dû réagir. Je n'aurais pas dû me laisser entraîner là-dedans. En général, je me garde bien de penser que je pourrais triompher.

— Qu'est-ce que tu sous-entends ?

— Tu le sais bien, non ?

À l'aide de la poignée de la porte, elle se redressa de toute sa taille, de deux centimètres inférieure à la mienne – pas très grande, donc.

— Tu vas et tu viens comme bon te semble, reprit-elle. Il s'agit toujours de faire comme cela t'arrange, n'est-ce pas, Sarah ?

Il aurait fallu que je compte jusqu'à un million pour ne pas perdre mon calme. Néanmoins, je réussis à ravaler ce que j'aurais voulu répliquer, à savoir : *La ferme, espèce de sale égoïste ! Je ne suis là que par loyauté mal placée. Je ne suis là que parce que papa préférait que tu ne restes pas seule, pour aucune autre raison, car il y a longtemps déjà que tu as consumé l'amour que je pouvais avoir pour toi, espèce d'ingrate, toi qui n'es capable que de t'apitoyer sur ton sort.*

Je me contentai de répondre :
— Je pensais que tu n'y verrais pas d'inconvénient.
— Penser ? Pourtant, tu ne penses pas beaucoup. Jamais, en fait.

Avec une morgue qu'émoussait légèrement son pas titubant, elle me contourna pour rejoindre sa chambre. Elle s'immobilisa sur le seuil.
— À ton retour, ne me dérange pas. Je vais me coucher tôt.

Comme si l'envie pouvait me prendre de rechercher sa compagnie ! Mais j'opinai, feignant de comprendre, pour mieux donner, sitôt la porte claquée derrière elle, un tour sarcastique à mon lent hochement de tête. Avec soulagement, je m'enfermai dans ma chambre. Elle ne doute vraiment de rien, informai-je la photographie de mon père posée sur ma table de chevet.

— Tu me le revaudras, murmurai-je. Je te le jure.

Il continua à sourire avec indifférence et après quelques instants je me forçai à me remuer et à récupérer sous le lit ma paire de baskets.

Rien ne me fit plus plaisir que d'ôter mes vêtements humides et froissés, d'enfiler mon short et mon débardeur, d'attacher mes épaisses boucles pour sentir la fraîcheur sur ma nuque. Après une courte hésitation, j'ajoutai un coupe-vent, consciente que le froid arriverait avec le soir, malgré la chaleur qui avait régné toute la journée. J'emportai une bouteille d'eau et mon téléphone. Sur le perron, je humai l'air avec satisfaction et étirai mes jambes raides. Il était à peine 17 heures, le soleil était toujours vif, la lumière chaude et dorée, les merles s'interpellaient d'un jardin à l'autre. Je m'élançai sur la route, pas trop vite pour commencer, ma respiration s'accéléra puis adopta le rythme qui convenait. Je vivais dans un petit cul-de-sac de Wilmington Estate, un lotissement bâti dans les années 1930 pour loger les Londoniens à la poursuite de leur rêve de banlieue. Curzon Close était un petit coin tranquille et oublié qui rassemblait une vingtaine de maisons, certains de ses résidents habitaient là depuis des années, comme ma mère et moi, d'autres depuis peu, ayant fui les prix de l'immobilier à Londres. À l'une de ces nouvelles arrivantes, qui se trouvait dans son jardin devant chez elle, j'adressai un sourire timide en passant. Pas de réaction. Je n'aurais pas dû en être étonnée. De manière générale, nous n'avions que peu de contacts avec les voisins, même avec ceux que nous côtoyions depuis toujours. Surtout avec ceux-là, peut-être. Ceux qui étaient susceptibles de se souvenir. Ceux qui risquaient d'être au courant.

J'accélérai en atteignant la route principale, comme pour semer mes propres pensées. Toute la journée, j'avais été assaillie par des réminiscences soigneusement refoulées qui remontaient à la surface de mon esprit, bulles grasses dans une mare stagnante. C'était étrange ; je n'avais pas eu le moindre pressentiment lorsqu'on avait frappé à ma porte, cinq minutes avant midi. Je terminais de préparer la leçon destinée à ma classe de 5ᵉ quand Elaine Pennington, la sévère, la terrifiante directrice de l'école de filles Edgeworth, était apparue sur le seuil, en compagnie d'un homme de grande taille, au visage sombre. Un parent, en fait. Le père de Jenny Shepherd, l'avais-je remis, après une seconde de flottement. À sa mine sinistre, son air désespéré, j'avais immédiatement compris qu'il y avait un problème.

Je ne pus m'empêcher de rejouer la scène dans ma tête, comme je l'avais fait toute la journée.

Elaine avait omis les présentations…

— Vous avez les 5ᵉ au prochain cours ?

Voilà près d'un an que je travaillais pour Elaine, mais elle m'intimidait toujours autant. En sa présence, j'étais tétanisée, au point que ma langue semblait se coller à mon palais.

— Euh… oui, étais-je enfin parvenue à articuler. Qui cherchez-vous ?

— Je veux voir toutes les élèves.

C'était M. Shepherd qui avait pris la parole, coupant l'herbe sous le pied de la directrice.

— Je dois leur demander s'ils savent où se trouve ma fille.

M. Shepherd s'était mis à faire les cent pas dans la pièce. Je l'avais rencontré en novembre, lors de ma toute première réunion parents-professeurs. Il s'y était montré volubile et enjoué, prompt aux plaisanteries, auxquelles sa jolie femme réagissait en levant les yeux au ciel avec bonne humeur. Jenny avait l'ossature fine et les yeux de Mme Shepherd, ses longs cils, mais elle avait hérité du sourire de son père. Aujourd'hui, dans ma classe, je n'avais vu aucune trace de ce sourire, son angoisse vibrait de manière presque palpable, des sillons creusaient son front au-dessus de ses yeux noirs, intenses. J'étais toute petite à côté de lui, mais sa force physique était amoindrie par son évidente détresse. Il avait fini par s'appuyer contre le rebord de l'une des fenêtres, comme si ses jambes refusaient de le soutenir plus longtemps, puis il avait tourné vers nous un regard désespéré, les bras ballants, dans l'expectative.

— Il faut que je vous mette au courant, Sarah, pour que vous sachiez de quoi il retourne. M. Shepherd veut que nous l'aidions à retrouver sa fille Jennifer. Elle est sortie se promener pendant le week-end... Samedi, c'est bien ça ?

Shepherd a opiné.

— Samedi soir, vers 18 heures.

J'avais fait le compte, m'étais mordu la lèvre. Samedi soir et nous étions lundi midi. Presque deux jours. Très peu de temps – ou une vie entière, c'est selon.

— Quand, à la nuit tombée, elle n'avait toujours pas donné signe de vie et ne répondait pas à son portable, M. et Mme Shepherd sont partis à sa recherche en suivant le trajet qu'elle était censée avoir emprunté. Ils n'ont pas trouvé la moindre trace de son passage. À leur retour, Mme Shepherd a contacté la police, qui ne s'est pas montrée particulièrement efficace.

— Ils nous ont dit qu'elle finirait bien par rentrer...

Il s'exprimait d'une voix basse et râpeuse, pleine de douleur.

— ... que les filles de son âge n'ont pas la notion du temps. Ils nous ont recommandé de continuer à l'appeler sur son portable et, si elle ne décrochait pas, de joindre tous ses amis et de demander à leurs parents s'ils ne l'avaient pas vue. Apparemment, pour qu'ils interviennent, il faut qu'elle ait disparu depuis plus longtemps. À les en croire, un mineur disparaît toutes les cinq minutes au Royaume-Uni – c'est à peine imaginable, non ? –, et pour mobiliser les forces de police il doit y avoir des craintes pour la vie de l'enfant. Une gamine de douze ans n'est pas particulièrement vulnérable, d'après eux ; ils ont parié qu'elle allait revenir et s'excuser de nous avoir inquiétés. Comme si c'était son style, de s'absenter sans nous prévenir, sans nous assurer que tout va bien... Ils ne connaissent pas ma fille.

À cet instant, il m'avait regardée en face.

— Vous, vous la connaissez, n'est-ce pas ? Vous savez bien qu'elle ne partirait jamais comme ça, sans rien dire.

— Je ne l'imagine pas faire ça, effectivement, avais-je répondu avec la plus grande prudence, en repensant à ce que je savais de Jenny Shepherd.

Jolie, bonne élève, toujours le sourire. Il n'y avait pas une once de rébellion chez elle, pas de colère comme j'en voyais parfois chez des adolescentes plus âgées, qui semblaient éprouver un malin plaisir à angoisser leurs parents. La gorge nouée par l'émotion, par l'effroyable familiarité de ce qu'il relatait – elle avait disparu depuis deux jours –, j'avais dû m'éclaircir la voix avant de poursuivre :

— Avez-vous finalement réussi à les convaincre de prendre sa disparition au sérieux ?

Il avait lâché un rire amer.

— Oh oui ! Ils m'ont enfin écouté quand le chien a réapparu.

— Le chien ?

— Elle était partie le promener, samedi soir. Elle a un petit westie – un terrier West Highland – qu'elle est chargée de sortir deux fois par jour, à moins qu'elle n'ait une très bonne excuse. C'était une des conditions que nous avions posées avant d'acheter ce chien. Il fallait qu'elle en assume la responsabilité...

Il s'était effondré contre le rebord de la fenêtre, terrassé, soudain.

— ... et elle s'y est tenue. Elle s'occupe bien de lui. Jamais elle ne se plaint de devoir le sortir, quels que soient le temps ou l'heure matinale. Elle l'adore. Alors, j'ai su, à l'instant où j'ai vu le westie débarquer, j'ai su qu'il lui était arrivé quelque chose...

La voix étranglée, il avait refoulé ses larmes.

— Je n'aurais pas dû la laisser sortir seule, mais je l'ai crue en sécurité...

Il s'était caché le visage dans les mains, Elaine et moi avions attendu qu'il se ressaisisse, respectant sa douleur. J'ignorais ce qu'elle en avait pensé, moi j'avais trouvé cela proprement insoutenable. Après un moment, la sonnerie qui signalait la fin des cours avait retenti à travers la salle silencieuse, le faisant sursauter.

— Donc le chien est revenu comme ça, tout seul, chez vous ? lui avais-je soufflé dès que les derniers échos de la cloche s'étaient tus.

Pendant une seconde, il avait paru décontenancé.

— Oh... Oui. Vers 23 heures. Nous avons ouvert la porte et il était là, sur le seuil.
— Avait-il encore sa laisse ?

J'avais lu la perplexité dans le regard des deux autres, mais je voulais savoir si Jenny avait volontairement détaché son chien. Elle avait pu ensuite le perdre de vue, s'attarder pour le chercher et avoir un accident. À l'inverse, la laisse aurait pu lui échapper – ou quelqu'un la forcer à la lâcher. Jamais personne ne permettrait à son chien de déambuler sans surveillance avec sa laisse traînant derrière lui ; les risques étaient trop grands qu'elle s'accroche quelque part et que l'animal se blesse.

— Je ne m'en souviens pas, avait-il finalement répondu, en se passant la main sur le front d'un air hébété.

Elaine avait pris le relais :
— Michael – M. Shepherd – s'est rendu au commissariat en personne pour leur demander d'enquêter et vers minuit, enfin, ils ont commencé à prendre des mesures dans ce sens.
— Soit six heures après sa disparition, a précisé Shepherd.
— C'est scandaleux ! Ils ne savent donc pas que chaque minute compte dans une disparition d'enfant ?

Je n'arrivais pas à croire qu'ils aient pu se montrer aussi lents ; dire qu'ils avaient attendu tout ce temps pour prendre la déposition des Shepherd !
— Les vingt-quatre premières heures sont critiques, absolument essentielles et ils en ont laissé s'envoler un quart...

— J'ignorais que vous étiez une spécialiste dans ce domaine, Sarah, avait remarqué Elaine avec un sourire pincé.

J'avais décrypté sans peine l'expression sur son visage, qui me signifiait : *Tais-toi donc et écoute, idiote.*

— L'hélicoptère de la police a décollé vers 2 heures, avait poursuivi Michael Shepherd. À l'aide de leur caméra infrarouge, ils ont fouillé les bois où Jenny promène Archie la plupart du temps. Ils nous ont expliqué que la chaleur de son corps la rendrait visible même sous les feuillages. Mais ils n'ont rien trouvé.

Donc soit elle n'était pas là, soit son corps n'émettait plus de chaleur. Il n'était pas nécessaire d'être un expert pour deviner ce que cela signifiait.

— Ils nous ont répété qu'il fallait du temps pour repérer un fugueur. Je leur ai expliqué qu'elle n'était pas en fugue. Lorsque les bois n'ont rien donné, ils se sont penchés sur les caméras de vidéosurveillance des gares alentour pour voir si elle avait pris un train pour Londres. Elle ne ferait jamais une chose pareille, elle trouvait ça effrayant, même avec nous. L'an dernier, nous sommes allés faire les boutiques à la période de Noël, elle ne m'a pas lâché la main. La foule était tellement dense, elle avait peur de se perdre…

Il nous avait regardées alternativement, Elaine et moi, l'air désemparé.

— Elle est quelque part, ils ne l'ont pas trouvée, elle est quelque part, toute seule.

Mon cœur s'était serré de compassion pour lui, sa femme et ce qu'ils traversaient, mais mon esprit était revenu au récit qu'il venait de faire et une question me brûlait les lèvres.

— Pourquoi n'y a-t-il pas eu d'appel à témoins ? Ne devraient-ils pas chercher à savoir si quelqu'un l'a vue ?

— Ils ont préféré attendre. Selon eux, il vaut mieux que la police démarre l'enquête, cela évite les faux signalements et les recherches organisées par les civils, qui gênent leur travail. Nous voulions tenter de la retrouver, nous aussi, mais ils nous ont conseillé de rester à la maison, au cas où elle réapparaîtrait. À ce stade, il me paraît tout simplement impossible qu'elle revienne par ses propres moyens.

Il s'était passé la main dans les cheveux avec nervosité.

— Hier, ils ont fouillé les berges de la rivière, la voie ferrée derrière chez nous, le réservoir près de l'A3 et les bois, en vain.

Je m'étais demandé si les effroyables images que suggéraient les lieux sur lesquels la police se concentrait lui étaient venues à l'esprit. On semblait bel et bien chercher un cadavre.

J'avais atteint, sans m'en rendre compte, l'orée de la forêt. Accélérant, je me faufilai entre deux chênes suivant un sentier grossièrement tracé qui formait une fourche presque immédiatement. Sur la droite, j'aperçus un labrador chocolat qui venait sur moi ventre à terre, traînant dans son sillage une femme svelte plutôt âgée, soigneusement maquillée, tirée à quatre épingles. Ces chiens n'étaient pas de ceux qui s'effraient d'un rien, cependant, je préférai opter pour la voie de gauche, loin de toute présence humaine. Ce chemin présentait plus de difficultés, il s'enfonçait dans la forêt, étroit et raide, et avait tendance à déboucher de manière inopinée sur des enchevêtrements de ronces ou des broussailles mal entretenues. Les promeneurs de chiens affectionnaient surtout les pistes larges et fréquentées situées à proximité de la route. Ce type de chemin, trop plat, n'aurait pas suffi à atténuer la pulsation sombre de la tension qui, toute la journée, avait cogné dans ma tête, impitoyable par sa force et sa constance. Je commençai mon ascension en pensant au père de Jenny.

Le silence de la classe avait été une nouvelle fois perturbé par des bruits de pas devant la porte, des claquements de chaussures dans le couloir et des voix. Les camarades de Jenny, la classe de 5e A. Des rires avaient résonné. Michael Shepherd avait accusé le coup.

Je les avais fait entrer en leur demandant de se hâter de rejoindre leur place. En découvrant la directrice et un inconnu, elles avaient affiché des regards curieux ; voilà qui promettait bien plus que la discussion prévue sur *Jane Eyre*. Michael Shepherd s'était redressé, comme pour se préparer à monter sur le ring, puis il avait fait face aux camarades de sa fille. Le rôle de la victime lui seyait mal. Il était venu à l'école parce qu'il souhaitait agir. Il n'attendrait pas la police ; il ferait ce qu'il estimerait juste et en subirait les conséquences plus tard.

Lorsque toutes avaient été assises dans un silence concentré, Elaine avait pris la parole :

— Certaines d'entre vous doivent connaître M. Shepherd, j'imagine, mais pour celles qui ne l'ont jamais rencontré, je vous présente le père de Jenny. Je veux que vous écoutiez toutes attentivement ce qu'il a à vous dire. Je compte sur vous pour l'aider si vous avez le moindre renseignement.

Les têtes avaient opiné docilement. Sur un geste de la directrice, Michael Shepherd s'était approché et avait balayé les élèves du regard, l'air un peu abasourdi.

— Vous paraissez si différentes, en uniforme... Je connais forcément quelques-unes parmi vous, mais je n'arrive pas vraiment à...

Un bruissement amusé avait parcouru la classe, j'avais dû dissimuler un sourire. J'avais vécu la même expérience à l'envers en croisant certaines de mes élèves en ville le week-end. Sans leur uniforme, elles semblaient plus âgées, plus sophistiquées. C'était troublant.

Il avait fini par repérer quelques têtes connues :
— Bonjour, Anna. Rachel...

Elles avaient rougi et marmonné un salut, à la fois ravies et honteuses d'avoir été remarquées.

— Je sais que cela risque de vous paraître idiot, avait-il commencé en essayant de sourire, mais nous avons perdu notre fille. Nous ne l'avons pas vue depuis plusieurs jours et je me demandais si l'une d'entre vous avait eu de ses nouvelles ou avait la moindre idée de l'endroit où elle se trouvait.

Il avait marqué une pause, sans que personne pipe mot.

— Je sais que c'est beaucoup demander... Je comprends que Jenny peut avoir ses raisons pour ne pas rentrer à la maison. Mais sa mère est très inquiète, moi aussi, et nous voulons juste nous assurer que tout va bien. Même si aucune d'entre vous ne l'a vue, je voudrais savoir si quelqu'un lui a parlé ou a été en contact avec elle d'une manière ou d'une autre depuis samedi soir, par SMS, par e-mail, peu importe.

Un chœur assourdi de « non » avait résonné dans la pièce.

— D'accord. Alors, pouvez-vous me dire quand vous avez eu des nouvelles de Jenny pour la dernière fois ? De quoi avez-vous discuté ? Savez-vous si elle avait prévu de partir quelque part ce week-end ? Elle ne se fera pas gronder, il s'agit juste de savoir si elle est en sécurité.

Les filles l'avaient dévisagé en silence. Il s'était attiré leur bienveillance, mais n'avait obtenu aucun renseignement. Elaine était intervenue :

— Je veux que vous réfléchissiez à ce que vient de vous demander M. Shepherd et si vous avez le moindre souvenir, n'importe quoi, qui vous semblerait digne d'intérêt, il faut nous en parler. Vous pouvez vous adresser à moi en toute confiance, ainsi qu'à Mlle Finch. Si vous préférez, discutez-en avec vos parents puis demandez-leur de nous contacter.

Son visage s'était durci.

— Je sais que vous avez trop de bon sens pour garder le silence par un sentiment de loyauté mal placé vis-à-vis de Jennifer.

Sur ce, elle s'était tournée vers moi.

— Mademoiselle Finch, je vous laisse commencer votre cours.

J'avais vu la déception de Michael Shepherd, de devoir quitter la salle sans avoir appris quoi que ce soit des camarades de sa fille, mais il n'avait eu d'autre choix que de suivre Elaine. Il m'avait saluée d'un signe de tête, auquel j'avais répondu d'un sourire. J'aurais voulu trouver quelque chose à dire, mais il était sorti avant qu'une parole un tant soit peu adaptée me soit venue à l'esprit. Il s'était éloigné, tête baissée, tel un bœuf qu'on aurait mené à l'abattoir, vidé de toute sa puissance, de toute sa détermination, habité par le seul désespoir.

Dans les bois, le bruit de la circulation se dissipa comme si un épais rideau s'était refermé derrière moi. Les oiseaux chantaient, la brise qui soupirait dans les cimes avait des échos de torrent. Mon piétinement régulier sur le sol ferme ponctuait ma respiration ; de temps à autre venait en contrepoint le coup de fouet d'un rameau souple qui accrochait ma manche au passage. D'immenses arbres au tronc noueux étalaient leurs branches, formant une voûte de jeunes pousses vert vif. Le soleil perçait l'ombre en rayons obliques, rais de lumière éblouissants qui ricochaient sur une surface, disparus l'instant suivant. Je me sentis, l'espace d'un moment, presque heureuse.

Je m'élançai à l'assaut d'une longue pente très raide, mes orteils à la recherche d'une prise dans la couche d'humus ; mon cœur cognait fort, mes muscles étaient en feu. Le sol avait la couleur foncée et onctueuse d'un gâteau au chocolat, avec juste ce qu'il faut de moelleux. L'été précédent, j'avais pratiqué une terre sèche, dure comme le fer, qui vous use les chevilles ; au cœur de l'hiver, lors de journées glaciales, j'avais dérapé sur la boue glissante qui éclaboussait tout l'arrière de mes mollets de taches noirâtres. Cette fois, les conditions étaient idéales. Pas d'excuse. Je me battis jusqu'au sommet de la pente et, dans la descente qui m'attendait comme une récompense de l'autre côté, j'eus l'impression de m'envoler.

Au bout d'un moment, évidemment, l'euphorie se dissipa. Mes jambes commencèrent à se plaindre de la fatigue, les muscles de mes cuisses à me faire souffrir. J'aurais pu supporter ce genre de douleur tenace, si mes genoux n'avaient eux aussi protesté, car ceux-ci constituaient un problème plus sérieux. Je grimaçai : un pas malheureux sur la surface inégale venait de provoquer une secousse de ma rotule gauche, déclenchant un élancement qui remonta jusque l'extérieur de ma cuisse. Jetant un coup d'œil à ma montre, je constatai, étonnée, qu'une trentaine de minutes s'étaient écoulées depuis mon départ de la maison ; j'avais parcouru un peu plus de cinq kilomètres et demi. En comptant le retour, j'aurais fait une bonne course, au total.

Je décrivis une large boucle et fis demi-tour sur un sentier parallèle à celui que je venais d'emprunter. Il y avait quelque chose de décourageant à repartir par le même chemin ; je détestais ça. Cette nouvelle piste m'emmenait sur une arête entre deux dépressions escarpées. La terre y était plus friable, nouée de racines. Les yeux rivés au sol devant moi, je ralentis immédiatement, craignant de me tordre la cheville. Cela ne m'empêcha pourtant pas de tomber, à cause d'une racine lisse. Étouffant un cri, je plongeai en avant, mains tendues, et terminai à plat ventre dans la terre. Je restai dans cette position une seconde, hors d'haleine, les bois soudain silencieux autour de moi. Lentement, douloureusement, j'arrachai mes paumes au sol et, assise sur les talons, j'inspectai les dégâts. Pas de fracture, ni de sang. Tant mieux. J'ôtai le plus gros de la terre de mes mains et de mes genoux.

Quelques contusions, peut-être une légère égratignure à la paume droite. Rien de très spectaculaire.

Je me relevai en prenant appui sur un arbre commodément placé, dépliai mes jambes en grimaçant, contente que personne ne m'ait vue tomber. Penchée en avant, j'étirai mes tendons puis je fis quelques pas, en tentant de réunir la motivation nécessaire pour continuer. J'étais sur le point de m'élancer à nouveau lorsque je m'arrêtai, sourcils froncés. Quelque chose m'embêtait, une bizarrerie que j'avais repérée du coin de l'œil, un élément qui semblait hors de son contexte. Il ne me vint pas à l'esprit de m'inquiéter pour autant, bien que j'aie pensé toute la journée à la fillette disparue.

Sur la pointe des pieds pour mieux y voir, j'observai les alentours, dans l'ombre grandissante. En contrebas, sur ma gauche, un vieil arbre abattu avait laissé un trou dans la voûte des feuilles, par lequel on apercevait le sous-bois, éclairé comme un décor de théâtre par un rayon de soleil. Le creux de verdure était envahi de jacinthes des bois, agglutinées autour du tronc mort. Le violet bleuté des fleurs semblait un reflet du ciel limpide du soir. Tout autour, des bouleaux délimitaient la clairière, leur écorce blanc argenté striée de traces noires nettes, leurs feuilles du vert pomme des jeunes pousses. La lumière soulignait d'or le corps minuscule des mouches et moucherons qui tournoyaient en cercles infinis autour des pétales.

Ce n'était pas pourtant ce qui avait attiré mon attention. Les mains sur les hanches, je continuai de scruter la clairière. Quelque chose clochait. De quoi s'agissait-il ? Arbres, fleurs, soleil, tout était si joli – alors, quoi ?

Là. Une tache blanche parmi les jacinthes. Une forme pâle derrière le tronc. Avec précaution, je descendis l'accotement en dérapant, les yeux braqués dans cette direction. Mes baskets écrasèrent quelques pieds de jacinthes, dans un crissement de leurs feuilles brillantes, tandis que j'approchais doucement et découvrais…

Une main.

L'air quitta mes poumons aussi violemment que si j'avais reçu un coup de poing. Je sus tout de suite, me semble-t-il, ce que j'avais sous les yeux, je compris ce que je venais de découvrir, mais quelque chose me poussait à avancer, à contourner sur la pointe des pieds le vieux tronc en passant soigneusement par-dessus la cassure où le bois, fragile, avait pourri. Au choc s'associait une sensation d'inéluctabilité, comme si je m'étais dirigée vers cet instant depuis que j'avais appris la disparition de Jenny. Je m'accroupis près du tronc, le cœur battant plus fort que lorsque j'avais gravi cette pente si raide un peu plus tôt.

Jenny gisait à l'abri de l'arbre abattu, presque en dessous, une main soigneusement placée au milieu de sa poitrine menue, les jambes convenablement jointes. Elle était vêtue d'un jean, de Converse noires et d'une polaire rose pâle à l'origine, salie aux poignets. La main que j'avais aperçue était la gauche, qui formait un angle par rapport à son corps, posée parmi les fleurs comme si quelqu'un l'y avait laissée tomber.

De près, la pâleur de sa peau avait une teinte bleutée, ses ongles étaient d'un violet grisâtre, comme une ecchymose ancienne. Je n'avais pas besoin de la toucher pour savoir qu'il n'y avait plus rien à faire pour elle, mais je tendis la main et du bout du doigt caressai sa joue. La froideur glaciale de sa chair sans vie me fit frissonner. Je me forçai à observer ses traits, pour confirmer ce que je savais être vrai, consciente que je n'oublierais jamais ce que je voyais. Un visage blafard encadré de cheveux blond foncé, raides et tout emmêlés. Les cils de ses paupières closes formaient comme un éventail noir sur ses joues sans couleur. Sa bouche, grise et exsangue, était béante, sa mâchoire pendante. Ses lèvres s'étiraient, toutes fines sur des dents qui me semblaient plus proéminentes qu'elles ne l'avaient été de son vivant. Son visage et son cou comportaient d'indéniables traces de violence : des contusions faisaient de légères ombres sur sa joue, s'étalaient jusque sa fragile clavicule. Sous sa lèvre inférieure, une fine trace de sang séché avait noirci.

Elle gisait à l'endroit où on l'avait laissée ; après en avoir terminé avec elle, quelqu'un avait disposé son corps dans cette position dans laquelle il souhaitait qu'on la trouve. La pose était une parodie grotesque de ce qu'aurait pu faire un employé des pompes funèbres, un simulacre de dignité. Je ne parvenais pas à me détacher de la réalité de ce qu'on lui avait fait subir. On l'avait agressée, blessée, abandonnée, elle était morte. Douze ans seulement. Ce potentiel infini réduit à néant, une enveloppe vide dans un bois tranquille.

J'avais observé le corps de Jenny avec une apathie froidement objective, examinant chaque détail sans vraiment prendre conscience ce que je voyais. Soudain, ce fut comme si un barrage venait d'exploser dans ma tête et l'horreur tout entière me submergea comme un raz-de-marée. Tout ce que j'avais craint pour Jenny s'était produit ; c'était pire que ce que j'avais pu imaginer. Le sang rugit à mes oreilles, le sol bascula sous mes pieds. Je serrai fort ma bouteille d'eau entre mes mains, le contact du plastique frais eut un effet familier rassurant. J'étais trempée de sueur, pourtant je grelottais de froid. Assaillie par des vagues de nausée, je fus prise de tremblements et plaçai ma tête entre mes genoux. J'avais du mal à réfléchir, je ne parvenais pas à bouger et la forêt tournoyait à toute vitesse autour de moi. Pendant un instant, je me vis à cet âge – mêmes cheveux, même forme de visage, mais je n'étais pas morte, j'étais celle qui avait vécu…

J'ignore combien de temps il m'aurait fallu pour me ressaisir si je n'avais pas été brutalement ramenée à la réalité. Quelque part derrière moi, au loin, un chien gémit une fois, avec urgence, puis s'arrêta net, comme interrompu, et la conscience me revint, fondant sur moi à un train d'enfer.

Et si je n'étais pas seule ?

Je me remis debout et observai la petite clairière, les yeux grands ouverts, à l'affût de tout mouvement brusque à proximité. Je me tenais près d'un cadavre, abandonné, de toute évidence, par celui qui l'avait assassinée. Et les meurtriers revenaient parfois voir leur victime, avais-je lu un jour. Je déglutis nerveusement, une boule de terreur dans la gorge. La brise souffla à nouveau dans les arbres, couvrant tous les autres bruits, un oiseau surgi de sa cachette sur ma droite me fit sursauter lorsqu'il quitta sa branche comme une flèche pour prendre son envol. Avait-il été dérangé ? Fallait-il que j'appelle à l'aide ? Qui pourrait m'entendre au beau milieu de la forêt, où j'étais venue chercher la solitude ? Quelle idiote…

Avant que la panique ne me gagne complètement, le bon sens parvint à faire taire l'hystérie galopante. Quelle idiote, effectivement, quand j'avais dans la poche mon portable, prêt à servir ! Je le saisis, tellement soulagée que j'en sanglotais presque, puis je m'affolai encore en constatant la faiblesse du réseau. Insuffisant. Je remontai le raidillon en tenant fermement mon téléphone. L'ascension était difficile, j'étais forcée de chercher des prises de ma main libre, arrachant herbes et racines de la terre meuble. Pitié, pitié, pitié, me répétais-je mentalement, en boucle.

À l'instant où j'atteignis la crête, la réception s'améliora. Adossée à un vieil arbre au tronc robuste, je composai le numéro d'urgence comme en songe, les battements de mon cœur si forts qu'ils devaient être visibles sous le fin tissu de mon débardeur.

— Les urgences. Quel service souhaitez-vous joindre ? s'enquit une voix féminine légèrement nasillarde.

— La police, articulai-je, essoufflée par la montée du talus, par le choc aussi.

C'était comme si un élastique entourait ma poitrine, comprimait mes côtes, m'empêchant de respirer suffisamment profondément.

— Je vous les passe, merci.

L'opératrice semblait blasée, cela me parut presque comique.

Il y eut un déclic. Une voix différente :

— Bonjour, vous êtes en liaison avec la police.

Je déglutis.

— Oui. J'ai… J'ai découvert un corps.

Mon interlocutrice ne sembla pas le moins du monde étonnée.

— Un corps. Bon. Où êtes-vous, en ce moment ?

Je fis de mon mieux pour décrire l'endroit, mais me troublai lorsqu'elle exigea davantage de détails. Il n'était pas vraiment simple d'expliquer avec précision où je me trouvais sans panneau indicateur ni bâtiment pour servir de points de repère et je fus déstabilisée quand elle voulut savoir si je me situais à l'est de la route principale, répondant d'abord par l'affirmative, avant de me contredire. J'étais sonnée, comme si des parasites interféraient avec mes pensées. La femme au bout du fil se montrait patiente, chaleureuse, même, ce qui ne faisait qu'aggraver mon sentiment d'inutilité.

— Tout va bien, ne vous en faites pas. Pouvez-vous me donner votre nom, s'il vous plaît ?

— Sarah Finch.

— Et vous êtes toujours à côté du corps ? vérifia-t-elle.

— Je ne suis pas très loin, répondis-je, tenant à être précise. Je… Je la connais. Elle s'appelle Jenny Shepherd. Elle est portée disparue, j'ai vu son père ce matin. Elle…

Je m'interrompis, en faisant de mon mieux pour ne pas pleurer.

— Y a-t-il des signes de vie ? Pouvez-vous vérifier si la personne respire ?

— Elle est glacée… Je suis certaine qu'elle est morte.

Recouvre son visage. Il m'aveugle : elle est morte jeune.

À nouveau, les bois se mirent à tanguer autour de moi et, les yeux remplis de larmes, j'appuyai mon dos à l'arbre, rassurant dans sa massive réalité.

L'opératrice reprit la parole :

— D'accord, Sarah, la police ne va pas tarder. Restez où vous êtes, laissez votre portable allumé, il est possible qu'ils vous contactent s'ils ne parviennent pas à vous localiser.

— Je peux approcher de la route, proposai-je, soudain oppressée par le calme, affreusement consciente de ce que dissimulait ce tronc en contrebas.

— Ne bougez pas, recommanda mon interlocutrice avec fermeté. Ils vous trouveront.

Lorsqu'elle raccrocha, je m'effondrai sur le sol, agrippée à mon téléphone, ma sécurité. La brise avait redoublé, j'avais froid malgré ma veste, j'étais glacée jusqu'à l'os, totalement épuisée. Ils seraient là bientôt. Il suffisait d'attendre.

1992
Disparu depuis trois heures

Je me précipite dans la cuisine à l'instant où j'entends maman m'appeler. Le retour à l'intérieur fait toujours bizarre au début – dans cette fraîcheur sombre, on a l'impression d'être sous l'eau. Le carrelage est froid sous mes pieds nus. Je m'assieds à la table, où sont disposés deux couverts : un pour moi, un pour Charlie. Maman nous a servi à chacun un grand verre de lait, dont je bois une grosse gorgée. Le liquide doux et frais glisse dans ma gorge jusque dans mon ventre, me rafraîchissant le corps au point de me faire frissonner. Je pose mon verre avec précaution, sans faire de bruit.

— Tu t'es lavé les mains ?

Elle s'affaire au-dessus de la gazinière et ne s'est même pas retournée. Je baisse les yeux vers mes paumes. Trop sales pour que je puisse mentir. Avec un soupir, je descends de ma chaise pour aller jusqu'à l'évier. Je laisse l'eau couler sur mes doigts pendant une minute, je forme une coupe que je laisse déborder. Parce que j'ai la flemme et que ma mère ne regarde pas, je n'utilise pas de savon, malgré la crasse et la sueur qui maculent mes mains. L'eau qui clapote dans l'évier couvre la voix de ma mère. C'est lorsque je ferme le robinet que je l'entends :

— J'ai dit : où est ton frère ?
Avouer la vérité me semble une trahison.
— Je ne l'ai pas vu.
— Depuis quand ?
Elle n'attend pas de réponse, se dirige vers la porte de derrière pour jeter un coup d'œil.
— Franchement, il ferait bien d'y réfléchir à deux fois avant d'être en retard pour dîner. Ne t'avise pas de jouer à l'adolescente rebelle quand tu auras son âge, toi.
— Ce n'est pas un ado.
— Pas encore, mais il en a le comportement, parfois. Attends que ça parvienne aux oreilles de ton père…

Je donne un coup dans le pied de la chaise. Ma mère prononce un mot que je ne suis pas censée entendre, je le range dans un coin de ma tête, même si je sais bien que je ne dois absolument pas le répéter – du moins pas devant elle. Elle retrouve sa place à la cuisinière et d'un mouvement vif, plein de colère, récupère des frites dans le four. Certaines glissent du plateau, tombent sur le sol, elle jette violemment sa cuillère. Mon assiette, une fois servie, déborde littéralement de nourriture. Deux œufs luisants d'huile me fixent à côté d'une pile de frites en équilibre comme un jeu de mikado. J'en tire doucement une de sous le tas et en enfonce le bout dans le rond frémissant de l'œuf. Le jaune coule sur le reste, se mêle au ketchup dont j'asperge toujours tout. Je m'attends à me faire gronder parce que je joue avec la nourriture, mais ma mère me laisse manger seule pendant qu'elle file chercher Charlie à l'avant de la maison. Je m'attaque aux frites, et le bruit de mastication résonne trop fort dans le silence de la cuisine. Je dévore à m'en faire mal au ventre, à m'en fatiguer la mâchoire. Maman est de retour, je pense qu'elle va se fâcher parce que je n'ai pas fini mon assiette, mais elle jette les restes dans la poubelle sans dire un mot.

Je suis encore assise à table, gavée, lorsque ma mère téléphone à mon père, depuis le couloir. L'anxiété s'entend dans sa voix, la nervosité me gagne, bien que je ne sois pas la fautive.

Les aiguilles de la pendule au mur de la cuisine avancent, mais il n'y a toujours aucun signe de Charlie ; j'ai peur. Presque malgré moi, sans trop savoir pourquoi, je me mets à pleurer.

2

Il fallut un moment aux policiers pour me retrouver.

Assise dos à mon arbre, je regardais le ciel pâlir à mesure que le soleil glissait vers l'horizon. Les ombres s'allongèrent et se rejoignirent autour de moi. L'obscurité gagnait le sous-bois, il faisait froid. J'entourai mes genoux de mes bras, les serrai contre moi, en essayant de me tenir chaud. Je jetais un coup d'œil à ma montre à peu près toutes les minutes, sans raison. L'opératrice ne s'était pas montrée très précise sur le temps qu'il faudrait à la police pour venir jusqu'à moi. Peu importait, à dire vrai. Ce n'était pas comme si j'avais mieux à faire.

Je ne pensais pas que le meurtrier de Jenny reviendrait dans ce lieu désert au milieu de la forêt, mais mon cœur battait la chamade à chaque bruit soudain, à chaque mouvement entraperçu. De minuscules frémissements tout autour de moi suggéraient la présence d'animaux invisibles qui vivaient leur vie, sans se préoccuper de moi, mais le moindre froissement de feuille morte me mettait les nerfs à vif. Je ne voyais pas au-delà de quelques mètres autour de moi, tant les arbres étaient serrés dans cette partie du bois, et j'avais du mal à me débarrasser de cette sensation d'être observée.

Et donc ce fut un grand soulagement d'entendre des voix au loin, ainsi que les crépitements et les expectorations de la radio des policiers. Je me mis debout, étirai mes membres raides dans une grimace et criai :

— Par ici !

J'agitai les bras au-dessus de ma tête en éclairant l'écran de mon portable pour tenter d'attirer leur attention. Je les apercevais maintenant, ils étaient deux et progressaient entre les arbres d'un pas décidé, vêtus de vestes réfléchissantes qui brillaient dans la lumière déclinante. Deux hommes, un trapu, qui devait avoir une quarantaine d'années, accompagné d'un autre, plus mince et plus jeune. Le trapu ouvrait la marche et il devint très vite évident qu'il était aux commandes.

— Vous êtes Sarah Finch ? demanda-t-il en approchant tant bien que mal.

Je répondis d'un hochement de tête. Il s'arrêta, plaqua ses mains sur ses genoux et se mit à tousser de manière plutôt inquiétante.

— Ça fait une trotte depuis la route, expliqua-t-il d'une voix étranglée avant de croasser quelque juron innommable et de cracher sur sa gauche. Je ne suis pas habitué à faire autant d'exercice…

Il avait sorti un mouchoir avec lequel il essuya la sueur qui ruisselait jusque sur ses joues tremblotantes, striées de couperose.

— Je suis l'agent Anson et voici l'agent McAvoy, ajouta-t-il en désignant son collègue.

Ce dernier m'adressa un sourire timide. À y regarder de plus près, il était vraiment très jeune. Ils étaient étrangement mal assortis et je me demandai, hors de propos, ce qu'ils pouvaient bien avoir à se dire.

Anson avait repris son souffle.

— Bon, alors, il est où, ce corps ? Il faut qu'on vérifie avant que le reste de l'équipe se pointe. Enfin, c'est pas qu'on vous prenne pour une dingue qui appelle les urgences pour le plaisir, hein ?

Il marqua un temps d'arrêt. Puis :

— Vous seriez étonnée d'apprendre combien ils sont nombreux, cela dit.

Je le dévisageai, peu impressionnée, puis pointai la clairière.

— Elle est là.

— En bas de cette pente ? La vache ! File vérifier, Mattie, tu veux ?

De toute évidence, Anson préférait éviter le moindre exercice physique. McAvoy approcha du bord de la ravine et scruta le fond.

— Qu'est-ce que je dois chercher ?

On sentait dans sa voix une excitation contenue.

Je vins me placer à côté de lui.

— Le corps est derrière l'arbre. Le chemin le plus facile est sûrement celui sur votre gauche.

Je lui indiquai le sentier rudimentaire qui m'avait servi à remonter jusque-là.

Mais il était déjà parti, tout droit. Il descendait la pente à toutes jambes, écrasant des branches au passage, prenant de la vitesse au fur et à mesure. Je grimaçai, anticipant une chute. Anson leva les yeux au ciel avec exagération.

— L'enthousiasme de la jeunesse, constata-t-il. Il va apprendre. La précipitation, ça paye pas toujours, hein ?

La vulgarité du sous-entendu me donna la chair de poule.

McAvoy, qui était arrivé au bas de la pente, tendait le cou nerveusement en direction de l'arbre abattu.

— Il y a bien quelque chose ici ! cria-t-il, sa voix se brisant un peu sur le « quelque chose ».

— Vas-y voir de plus près, Mattie, et après tu remontes ! tonna Anson.

Il avait la main sur la radio, prêt à faire son rapport. Je regardai McAvoy contourner les racines entortillées et se pencher pour distinguer ce qui se trouvait juste derrière le tronc. Même à cette distance et malgré l'obscurité grandissante, il me sembla voir la couleur quitter son visage. Il se détourna brusquement, avec un haut-le-cœur.

— Nom de Dieu, lâcha Anson d'un air dégoûté. C'est une scène de crime, Mattie ! Je ne veux pas avoir à expliquer une grosse flaque de vomi au milieu, merci.

McAvoy s'éloigna de quelques pas, sans répondre. Au bout d'un moment, il fit demi-tour et remonta la pente, en regardant bien où il mettait les pieds, de peur sûrement de dégringoler près du cadavre de Jenny.

— C'est une jeune fille, tu peux le signaler, dit-il en accédant à la crête, les yeux rivés au sol.

Il avait l'air pour le moins penaud. Je comprenais pourquoi ; je doutais qu'Anson oublie de sitôt sa manifestation de faiblesse. Mais à ma grande surprise celui-ci s'abstint de tout commentaire, se contentant de le renvoyer à la voiture, pour y attendre les autres policiers afin de les guider jusqu'à la scène de crime.

— Moi je ne referai pas tout le parcours, alors trace, fiston, remarqua Anson.

Une expression bienveillante sur le visage, il regarda McAvoy se hâter de rebrousser chemin.

— D'ici quelque temps, il sera habitué à ce genre de choses, dit-il presque pour lui-même. C'est un bon gamin.

— On peut comprendre qu'il soit bouleversé.

Anson posa sur moi un regard froid.

— Vous allez devoir patienter. Les collègues vont vouloir vous parler. Ils vont m'étriper si je vous laisse filer.

Je répondis d'un haussement d'épaules et retournai m'asseoir au pied du tronc familier où j'avais attendu jusque-là, en tentant de trouver la position la plus confortable possible. Je n'avais aucune envie d'engager la conversation avec Anson. Au bout d'un moment, il s'éloigna et me tourna le dos, les mains dans les poches. Il sifflotait doucement un petit air en boucle. Il me fallut une seconde pour retrouver les paroles de la chanson en question : « Si tu vas dans les bois aujourd'hui, c'est sûr, tu seras surpris… »

Tout dans la finesse.

L'agent McAvoy accomplit sa mission au mieux. Dans l'heure, ils étaient là, et en nombre : policiers en uniformes, individus des deux sexes en combinaison intégrale en papier blanc jetable, officiers en tenue bleue, un ou deux en civil. La plupart transportaient de l'équipement : sacs, boîtes, paravents, lampes à arc, civière et body bag, plus un groupe électrogène qui, après un démarrage poussif, se mit à dégager une odeur de mécanique désagréable. Certains s'arrêtaient à côté de moi pour me poser des questions : comment avais-je repéré le corps ? Qu'avais-je touché ? Avais-je croisé quelqu'un pendant mon jogging ? Avais-je remarqué quoi que ce soit sortant de l'ordinaire ? Je répondais presque sans réfléchir ; je leur indiquai mon trajet, les endroits où je m'étais arrêtée, ce que j'avais touché, et mes frissons se transformèrent peu à peu en tremblements épuisés. Anson et McAvoy avaient disparu, renvoyés à leur patrouille habituelle, remplacés par ceux dont le métier est d'enquêter sur des meurtres, qui passaient au peigne fin la zone de forêt. Quelle étrange mission que la leur. Ils se montraient d'un professionnalisme tranquille, aussi organisés et méthodiques que s'ils avaient été occupés à classer des papiers dans un bureau. Personne ne semblait pressé, bouleversé, rien de tout ça, simplement concentré sur les tâches qu'il était censé exécuter. McAvoy était le seul à avoir réagi à l'horreur présente dans la petite clairière, et je lui en étais reconnaissante. Sans quoi, j'aurais presque remis en cause la violence de mes propres émotions. Certes, aucun d'entre eux ne connaissait Jenny. Moi, je l'avais vue vivante, pleine d'allant, riant à une plaisanterie depuis le fond de la classe, la main levée avec sérieux lorsqu'elle souhaitait poser une question. Je remarquerais son absence parmi ses camarades, le visage effacé de la photo de classe. Eux verraient un dossier, une liasse de photographies judiciaires, des pièces à conviction ensachées. Pour eux, elle était une mission, rien de plus.

Quelqu'un avait déposé une couverture rêche sur mes épaules. Je m'y agrippais maintenant au point que mes jointures blanchissaient. Elle sentait le moisi, mais peu m'importait, elle me tenait chaud. J'observais les déplacements des policiers, leurs visages rendus fantomatiques par la lumière crue des lampes à arc, désormais installées sur leur trépied tout autour de la clairière. Je trouvais bizarre de regarder, depuis mon poste en surplomb, ces gens en contrebas, qui connaissaient tous leur partition et évoluaient selon un rythme que je ne parvenais pas à entendre tout à fait. J'étais très fatiguée et souhaitais plus que tout rentrer chez moi.

Une femme en civil se détacha du groupe rassemblé autour de l'endroit où gisait le corps de Jenny. Elle gravit la pente, se dirigea droit sur moi.

— Agent Valerie Wade, annonça-t-elle en tendant la main. Appelez-moi Valerie.

— Moi, c'est Sarah.

Je libérai mon bras de la couverture pour lui serrer la main.

Elle me sourit, ses yeux bleus brillaient sous l'éclat dur des projecteurs. Rondelette, elle avait un visage poupin, des cheveux châtain clair. Je l'estimai un peu plus âgée que moi.

— J'imagine que cela doit vous sembler très perturbant.

— Tout le monde a l'air si affairé, dis-je sans conviction.

— Je peux vous expliquer ce qu'ils font, si vous voulez. Vous voyez ces gens en blanc ? C'est la PTS. La police technique et scientifique. Ils recherchent des indices, comme à la télé, dans *Les Experts* par exemple.

Elle adoptait un ton légèrement chantant, comme si elle s'adressait à un enfant.

— Et cet homme là-bas, accroupi à côté de…

Elle s'interrompit net et je me tournai vers elle, étonnée de l'expression sur son visage, puis je compris qu'elle essayait d'éviter toute référence au corps de Jenny. Comme si je pouvais oublier qu'il était là.

— ... cet homme, accroupi, c'est le médecin légiste. Les deux derrière lui sont des enquêteurs, comme moi.

Elle désignait deux individus qui ne portaient pas l'uniforme non plus, l'un avait une cinquantaine d'années, l'autre la trentaine. Les cheveux du plus âgé allaient du gris foncé au blanc. Plié en deux, il observait le travail du légiste, le dos voûté, les mains enfoncées dans les poches de son pantalon de costume froissé. Il paraissait épuisé, son visage était sombre. Il formait le seul point immobile parmi le débordement d'activité qui régnait autour de la scène de crime. Le plus jeune, châtain, grand, large d'épaules et plutôt mince, semblait animé d'une énergie électrique.

— Le monsieur grisonnant est le capitaine Vickers, annonça avec déférence Mlle Appelez-Moi-Valerie. Et l'autre est le lieutenant Blake.

Le changement de ton entre la première moitié de la phrase et la deuxième avait quelque chose de comique ; elle était passée du ton révérencieux à une désapprobation légèrement pincée. Jetant un coup d'œil dans sa direction, je remarquai que le rouge lui était monté aux joues. Toujours la même histoire : elle l'aimait bien, mais pour lui elle n'existait pas et le simple fait de prononcer son nom la chiffonnait. Pauvre Valerie !

Le légiste leva la tête et fit signe à deux agents qui se tenaient non loin. Ils apportèrent les paravents qu'on avait déposés à l'écart et les installèrent soigneusement, de manière à dissimuler à ma vue la suite des événements. Je détournai le regard, en essayant de ne pas penser à ce qui pouvait se passer au bas du raidillon. Jenny avait disparu depuis longtemps, me persuadai-je. Ce qui restait d'elle ne pouvait pas sentir ce qui était en train de lui arriver, ne souffrait pas de l'outrage subi. C'était moi qui en souffrais à sa place.

J'aurais donné n'importe quoi pour remonter le temps, pour choisir un sentier différent à travers le bois. Pourtant... mieux que quiconque je comprenais qu'il pouvait être pire de vivre dans l'espoir. La découverte du corps de Jenny signifiait que ses parents sauraient au moins ce qu'il était advenu de leur fille. Ils auraient la certitude qu'elle était désormais au-delà de la douleur, de la peur.

Je m'éclaircis la gorge.

— Valerie, vous croyez que je vais bientôt pouvoir partir ? Ça fait déjà un moment que je suis ici et j'aimerais rentrer chez moi.

Elle eut l'air affolée.

— Oh non, nous devons attendre que le capitaine s'entretienne avec vous ! Nous tenons à discuter le plus vite possible avec la personne qui a découvert le corps. D'autant plus que vous connaissiez la victime.

Elle se pencha en avant.

— D'ailleurs, j'aimerais bien en savoir un peu plus sur elle, et sur ses parents. Je vais être chargée de la liaison avec la famille. C'est toujours mieux de savoir par avance à quoi s'attendre, quand c'est possible.

Voilà qui lui conviendrait sûrement, pensai-je vaguement. Elle avait de ces épaules sur lesquelles on pleure volontiers, rondes et rembourrées. Je pris conscience qu'elle me regardait d'un air interrogateur, je n'avais pas répondu à ses attentes. Tout à coup, je n'eus plus envie de discuter avec elle – j'avais trop froid, je n'étais pas assez habillée, j'étais sale et bouleversée. Je dénouai l'élastique de ma queue-de-cheval, libérai mes cheveux.

— Ça ne vous dérange pas si nous en parlons plus tard ?

— Pas du tout, me tranquillisa-t-elle d'un ton chaleureux, après un instant.

Sûrement le temps qu'elle se remémore les préceptes de sa formation : *Ne montrez jamais votre agacement aux témoins. Sympathisez avec eux.* Elle posa une main sur mon bras.

— Vous avez envie de rentrer, n'est-ce pas ? Rassurez-vous, il n'y en a plus pour très longtemps.

Son regard glissa par-dessus mon épaule et s'éclaira.

— Ils arrivent.

Le capitaine Vickers se dirigeait droit sur nous, la poitrine haletante sous l'effort de l'ascension.

— Pardon de vous avoir fait attendre, mademoiselle…

— Finch, compléta Valerie.

De près, les valises sous les yeux de Vickers, comme les sillons verticaux dans ses joues, trahissaient les nuits trop courtes. Ses yeux étaient rouges, injectés de sang, mais ses iris bleu clair semblaient ne rien manquer. Avec son air de chien battu, son absence totale de charisme, il me plut immédiatement.

— Mademoiselle Finch, dit-il en me serrant la main. Avant toute chose, le lieutenant Blake et moi-même allons devoir discuter avec vous.

Son regard balaya la couverture que je serrais autour de moi, remontée jusqu'à mon visage dans une tentative pour dissimuler mes claquements de dents.

— Mais nous allons faire ça dans un endroit plus chaud. Nous serons bien mieux au poste, si vous ne voyez pas d'inconvénient à nous y accompagner.

— Absolument aucun, répondis-je, fascinée par la douceur du capitaine.

— Voulez-vous que je l'y conduise, chef? demanda le lieutenant Blake.

Il était très beau garçon, avec un visage mince, une bouche sensuelle. Je sentais derrière sa proposition une envie d'avoir la primeur des informations sur Jenny. Valerie Wade, désespérée, tenta le tout pour le tout:

— Pas la peine de perdre ton temps à jouer les taxis, Andy. Je m'en charge.

— Bonne idée, rebondit Vickers, l'air absent. Je vais organiser une conférence d'équipe au poste, alors restez avec moi, Andy. J'aimerais discuter de certains points avec vous en route.

Il se tourna vers Valerie.

— Installez Mlle Finch dans mon bureau et offrez-lui une tasse de thé, vous voulez bien?

Valerie m'escorta sans plus tarder à travers la forêt, puis jusqu'au siège avant de sa voiture. Je trouvai légèrement irréelle ma présence dans ce véhicule inconnu – appartenant à la police, pas moins – qui traversait les rues familières de ma ville natale. La radio éructait de manière incompréhensible à intervalles réguliers et bien que Valerie n'ait pas abandonné ses tentatives de bavardage, je la sentais en réalité concentrée sur les échanges pollués par les parasites que je ne parvenais pas à interpréter. Les réverbères étaient allumés, j'observais les jeux d'ombre et de lumière sur le capot pendant que Valerie, au volant, respectait le code de la route avec la même rigueur que si j'avais été inspectrice du permis de conduire. Lorsqu'elle se gara devant le commissariat, j'étais un peu hébétée. Une fois à l'accueil, elle me fit contourner le comptoir et, d'un geste sûr, entra les chiffres d'un digicode permettant de déverrouiller une lourde porte. Celle-ci, peinte en vert terne, comportait trois ou quatre beaux impacts, comme si quelqu'un de vraiment très énervé avait tenté de la défoncer à coups de pied.

Je suivis Valerie dans un étroit couloir jusqu'à un bureau surchauffé où régnait un grand désordre ; elle m'indiqua un siège à côté d'une table couverte de dossiers. La chaise, du genre fonctionnel, était rembourrée et tapissée d'un tissu orange rendu gris par des années d'usage et dans lequel quelqu'un avait un jour creusé un trou : de petites miettes de mousse jaune, comme jaillissant entre les fibres élimées, vinrent s'accrocher à mon short de jogging. Je les ôtai mollement, puis abandonnai.

Comme on l'avait exigé d'elle, Valerie me présenta une tasse de thé, fort et noir, après quoi elle disparut, me laissant contempler les affiches qui décoraient cette pièce exiguë. Une vue de la ville de Florence depuis le Belvédère. Un canal d'eau stagnante bordé de bâtiments délabrés mais sublimes – *Venezia*, à en croire les italiques hystériques au bas de l'image. Quelqu'un aimait l'Italie, quoique pas assez pour accrocher correctement le poster de Venise : un des coins, dont l'adhésif avait perdu de son efficacité, rebiquait un peu et, apparemment, cela ne datait pas d'hier.

J'avais presque fini ma tasse lorsque la porte s'ouvrit d'un coup sur le lieutenant Blake.

— Pardon pour l'attente. Nous avions quelques détails à régler sur place.

Il avait un ton abrupt, absent. Je voyais bien que son esprit travaillait à toute vitesse, je ne m'en sentis que plus léthargique, par comparaison. Il s'appuya sur un radiateur situé derrière le bureau, le regard dans le vague, et ne dit plus rien. Au bout d'une minute ou deux, j'eus l'impression qu'il avait oublié ma présence.

La porte s'ouvrit de nouveau dans un grand bruit et Vickers entra, un classeur en carton sous le bras. Il s'effondra dans le fauteuil face à moi, prit appui sur le bureau une seconde, une main sur la tête. L'effort qu'il déployait pour rassembler ses forces était presque visible.

— Alors, on m'apprend qu'en plus de découvrir le corps vous connaissiez notre victime, dit enfin Vickers en se pinçant le haut du nez, les paupières closes.

— Euh, oui. Pas bien. Enfin, c'est mon élève.

Tout ce temps pour réfléchir, pour me ressaisir, et voilà que je me troublais à la première question. Je pris une grande inspiration, expirai lentement et avec autant de discrétion que possible. Mon cœur battait à cent à l'heure. Ridicule.

— Je suis son professeur d'anglais. Je la vois… je la voyais quatre fois par semaine.

— Nous parlons bien de cet établissement pour filles huppé qui se trouve sur la colline, pas loin de

Kingston Road ? L'école Edgeworth ? Les frais de scolarité ne sont pas donnés, je crois ?

— On peut dire ça, j'imagine.

Vickers regarda un papier dans son dossier.

— L'adresse de la famille n'a rien de très chic, pourtant. Morley Drive.

Mon étonnement se traduisit par un haussement de sourcils involontaire.

— Je n'habite qu'à quelques rues de là. J'ignorais qu'elle vivait si près de chez moi.

— Cela vous étonne-t-il que ces gens aient envoyé Jenny dans une école si coûteuse ?

— J'avais l'impression que les Shepherd ne semblaient avoir aucune objection à dépenser leur argent dans la scolarité de leur fille. Ils voulaient le meilleur pour elle. Ils la poussaient à réussir. C'était une élève brillante. Elle aurait pu faire ce qu'elle voulait de sa vie.

Je me mis à cligner des yeux rapidement, agacée par les larmes qui épaississaient ma voix. Attendant que Vickers pose une nouvelle question, je me concentrai sur l'arrachage des entrailles de la chaise. Histoire de m'occuper. Si Vickers y voyait un inconvénient, il n'en dit rien.

— Saviez-vous qu'elle était portée disparue ?

— Michael Shepherd est venu à l'école ce matin pour voir s'il pouvait tirer quelque chose des camarades de Jenny, expliquai-je. Il pensait que la police...

— ... ne le prenait pas au sérieux, termina Vickers comme je m'interrompais.

D'un geste de la main, il me fit comprendre qu'il n'en prenait pas ombrage.

— A-t-il appris quelque chose d'utile ?

— Il était juste... désespéré. Je crois qu'il aurait tenté n'importe quoi pour retrouver sa fille.

Je levai la tête vers Vickers, craignant presque de poser la question.

— Ils sont au courant ? Les Shepherd ?

— Pas encore. Bientôt.

Cette perspective parut l'épuiser un peu plus encore.

— Andy et moi allons le leur annoncer en personne.

— Pas facile, commentai-je.

— Ça fait partie du boulot.

Mais à entendre le son de sa voix, cela ne semblait pas être de la routine pour autant. Quant à Blake, sourcils froncés, il gardait les yeux fixés sur ses pieds.

Vickers ouvrit d'un coup la chemise cartonnée, la referma.

— Donc, vous dites que vous n'aviez aucune autre relation en dehors de celle de professeur à élève. Rien de personnel. Vous n'étiez pas vraiment en contact avec elle en dehors de la classe.

Je secouai la tête.

— Enfin, je gardais un œil sur elle. Ça fait partie de mon métier, de sentir si les filles sont heureuses, si elles rencontrent le moindre problème. Elle semblait aller parfaitement bien.

— Pas d'ennui à signaler ? s'enquit Blake. Rien qui aurait pu vous inquiéter ? Drogue, petit ami, comportement insolent en cours, école buissonnière, rien de tout ça ?

— Absolument pas. Elle était dans la norme. Écoutez, n'essayez pas de faire de Jenny ce qu'elle n'était pas. C'était une gamine de douze ans. Une enfant. Elle était… elle était innocente.

— C'est votre avis ? interrogea Blake, les bras croisés, transpirant le cynisme.

Je lui jetai un regard noir.

— Oui. Il n'y a aucun scandale dans cette affaire, vu ? Vous faites fausse route.

Je me tournai vers Vickers.

— Dites, vous ne devriez pas plutôt être en train de pourchasser le type qui a fait ça ? De vérifier les bandes des caméras de vidéosurveillance ou l'emploi du temps des pédophiles des environs ? Un assassin d'enfant se balade dans la nature et je ne vois pas en quoi le comportement de Jenny à l'école pourrait avoir un rapport avec quoi que ce soit. C'était sûrement un inconnu – un taré en voiture qui lui aura proposé de la ramener ou je ne sais quoi…

Blake répliqua avec ironie, sans laisser à Vickers le temps de prendre la parole :

— Merci du conseil, mademoiselle Finch. Nous avons effectivement des agents qui suivent un certain nombre de pistes. Mais vous serez peut-être étonnée d'apprendre que, selon les statistiques, la plupart des meurtres sont commis par des personnes de l'entourage des victimes. En réalité, très souvent, le meurtrier est un membre de la famille.

Il ne pensait pas à mal. Il ne voulait pas particulièrement se montrer condescendant. Il ignorait qu'on ne pouvait pas me tenir ce genre de discours, pas à moi.

— Comme si les Shepherd n'avaient pas assez de soucis comme ça, vous suggérez maintenant qu'ils font partie des suspects ? J'espère que vous avez une meilleure première phrase que « selon les statistiques, vous êtes sûrement coupables », sans quoi vous aurez du mal à gagner leur confiance.

— Eh bien, en fait… commença Blake, qui s'interrompit en sentant une pression de Vickers sur sa manche.

— Laissez, Andy, murmura ce dernier, avant de me sourire. Nous devons considérer tous les angles, mademoiselle Finch, même ceux que des honnêtes gens comme vous n'envisageraient pas. C'est pour cela que nous sommes payés.

— On vous paye pour mettre les criminels derrière les barreaux, rétorquai-je, encore sous le coup de la colère. Et puisque je n'en suis pas une, vous pourriez peut-être me laisser rentrer chez moi.

— Bien entendu, répondit Vickers en figeant Blake de son regard pâle. Ramenez Mlle Finch chez elle, Andy, puis rendez-vous directement chez les Shepherd. Attendez-moi devant, je vous y rejoins après la…

— Ce n'est pas la peine, m'empressai-je de répondre en me levant d'un bond.

Ce qui me valut, à mon tour, un regard glacial des yeux délavés de Vickers. Il cachait bien son jeu, mais sous son apparence grise et négligée il se révélait tranchant comme une lame.

— Vous ne manquerez pas grand-chose à la conférence, Andy, dit-il à son subordonné avec douceur. Vous connaissez déjà le fond de ma pensée.

Blake récupéra ses clés de voiture dans sa poche et se tourna vers moi sans enthousiasme.

— Prête ?

Je me dirigeai vers la porte sans même répondre.

— Mademoiselle Finch ? entendis-je dans mon dos.

Vickers. Le capitaine, en appui sur son bureau, le front creusé, affichait une expression sincère.

— Mademoiselle Finch, avant que vous ne partiez, je voudrais vous rassurer : les crimes violents sont très rares. La plupart des gens n'y sont jamais confrontés. Ne vous sentez pas menacée par votre expérience d'aujourd'hui. Cela ne signifie pas que vous n'êtes pas en sécurité.

J'eus le sentiment qu'il avait déjà sorti ce petit laïus en plus d'une occasion. Je le remerciai d'un sourire silencieux. Je n'avais pas le cœur à lui dire que je n'étais que trop familière des crimes violents, d'une manière ou d'une autre.

La Ford Focus gris argent de Blake était garée tout au fond du parking du commissariat. Je me laissai tomber sur le siège du passager. L'horloge du tableau de bord affichait 21 h 34 ; je regardai les chiffres fixement, éreintée. J'avais l'impression que c'était le milieu de la nuit.

Le lieutenant cherchait quelque chose dans le coffre. Il ne pouvait pas me voir, j'eus tout le loisir d'observer mon environnement. La voiture était exceptionnellement propre, on n'y trouvait aucune de ces cochonneries qui s'accumulaient dans la mienne – pas de papier, de bouteille d'eau vide, de sac de courses ou de tickets de stationnement. L'intérieur était si impeccable qu'on aurait cru qu'il venait d'être nettoyé. Non sans une certaine culpabilité, je baissai les yeux vers le tapis sous mes pieds et constatai que mes baskets boueuses avaient laissé deux empreintes sombres sur le tissu auparavant immaculé. Je replaçai soigneusement mes pieds selon les limites des traces que j'avais déjà faites. Inutile d'aggraver les dégâts. De plus, de cette manière, la boue resterait totalement invisible jusqu'à ce que je sorte.

Seuls deux indices étaient susceptibles de révéler la profession du propriétaire : l'émetteur-récepteur de radio fixé au tableau de bord et une affichette plastifiée, qui disait « Véhicule de police », rangée dans l'espace situé à côté du frein à main. Il n'y avait absolument aucun objet personnel. Nul besoin d'une intuition exceptionnelle pour deviner que le lieutenant Blake ne vivait que pour son travail.

Son agacement à l'idée de devoir me raccompagner chez moi ne m'avait pas échappé et m'avait été confirmé par la scène qui s'était produite au moment où nous quittions le bureau de Vickers. Après avoir marmonné une excuse, il était retourné voir son supérieur et avant que la porte ne se referme sur lui j'avais entendu :

« Monsieur, Valerie ne pourrait-elle... »

Je n'avais eu aucun mal à compléter le reste de la phrase. De toute évidence, la réponse avait été négative ; il allait devoir me supporter, comme je devrais le supporter, pendant tout le trajet. Cela me mettait mal à l'aise et lui en colère, mais la réaction que notre paire avait suscitée chez une jolie policière en tenue, croisée sur le chemin du parking, n'était pas moins intéressante. Elle avait adressé à Blake un sourire éblouissant, m'opposant une désapprobation mêlée de jalousie. Plus que jamais, j'avais eu l'impression que Blake en lui-même, ainsi que ses actes, constituait un élément essentiel de la vie de ce commissariat.

Il prit enfin place derrière le volant.

— Vous connaissez le chemin ? demandai-je d'un ton mal assuré.

— Mm-mm.

Super. Cela s'annonçait comme une partie de plaisir.

— Écoutez, je suis vraiment désolée que vous soyez obligé de me ramener. J'ai essayé de faire comprendre au capitaine Vickers…

Blake m'interrompit :

— Ne vous en faites pas. J'étais là, je vous rappelle. Ce que veut le chef, il l'obtient. Et je connais plutôt bien le quartier de Wilmington ; je n'aurai aucun problème pour m'y retrouver.

Pas franchement aimable, mais que pouvais-je espérer ? Je croisai les bras sur ma poitrine. Il était ridicule d'avoir quasiment les larmes aux yeux parce qu'un inconnu m'avait rabrouée – surtout quand je n'avais aucune raison de me soucier de son opinion.

Blake passa la marche arrière, quitta sa place puis dans un rugissement de moteur impatient attendit à la sortie du parking que la circulation lui permette de s'y engager. Au changement de vitesse, son coude effleura ma manche. Je modifiai ma position, de manière à m'éloigner de lui. Il jeta un coup d'œil absent dans ma direction, puis à nouveau, avec plus d'insistance.

— Est-ce que ça va ?

Je répondis d'un reniflement. Il prit un air consterné.

— Oh... Je ne voulais pas... Écoutez, ne le prenez pas mal...

Je tentai de me reprendre.

— Ce n'est pas votre faute, sûrement la conséquence du stress post-traumatique ou je ne sais quoi. Mais la journée a été longue, horrible. Je ne sais pas comment vous faites... être confronté à ce genre de choses en permanence...

— Ce n'est pas si fréquent. Les affaires de ce type sont assez rares. Je fais ce boulot depuis neuf ans et c'est l'une des pires que j'aie vues.

Il coula un regard vers moi.

— Mais c'est mon métier, je vous le rappelle. Même s'il est effroyable que Jenny Shepherd ait trouvé la mort, je dois tenir l'émotion à l'écart, autant que possible. Je suis payé pour considérer les preuves, et la meilleure façon de procéder, c'est de garder la tête froide.

Je soupirai.

— Je serais incapable de faire ce métier.

— Et moi le vôtre. Je ne peux rien imaginer de pire que me retrouver devant une classe de gamins, à essayer de capter leur attention.

— Oh, c'est ce que je me dis tout le temps moi aussi, croyez-moi !

À peu près tous les jours, en fait.

— Alors pourquoi avez-vous choisi de devenir professeur ?

Interloquée, je le regardai sans rien dire. Parce que je suis une idiote et que j'ignorais à quel point ce serait dur ? Parce que sur le coup ça m'avait paru la meilleure option et que je ne m'étais pas rendu compte que je n'avais pas le tempérament pour ça ? Parce que je n'avais pas pris la mesure de la cruauté et de l'ingratitude des adolescents face aux personnes censées représenter l'autorité, même lorsque celles-ci se montrent parfaitement incapables d'imposer la discipline, sans même parler d'enseigner ? Ces deux dernières années avaient été un enfer.

Blake attendait toujours ma réponse.

— Oh… c'était une occupation comme une autre, en fait. J'aimais l'anglais, c'était ma matière principale à l'université. Ensuite, certains de mes amis se sont tournés vers l'enseignement… et j'ai fait comme eux.

Je lâchai un petit rire, qui me parut crispé et forcé.

— Ce n'est pas si mal, vous savez. On a de longues vacances.

Il parut sceptique.

— Ça n'est sûrement pas votre motivation principale. Vous y trouvez certainement plus que ça. Vous tenez vraiment à vos élèves, je l'ai bien vu à la manière dont vous avez réagi lorsque nous avons parlé de Jenny.

La vérité était que je ne m'étais souciée d'elle qu'à partir du moment où elle avait été portée disparue. Je n'étais pas attachée à elle lorsqu'elle était en vie – pas suffisamment pour savoir qu'elle vivait à proximité de chez moi. Je ne lui répondis pas ; je me mis à fixer le bitume qui se déroulait comme un ruban infini dans le rétroviseur extérieur. Je ne pouvais pas prétendre adorer mon métier. Je ne l'aimais même pas. Je ne supporterais pas de faire ça toute ma vie, rabâcher les textes « classiques », toujours les mêmes, aux vers usés par une incessante répétition. Je refusais de passer ma carrière entière devant un tableau noir à arracher les réponses attendues à des adolescents maussades, à les regarder grandir et s'en aller pour suivre leur route tandis que je demeurerais au même endroit, à faire du sur-place.

Blake immobilisa la voiture le long du trottoir puis se tourna vers moi.

— Curzon Close. Quelle maison ?

Il nous avait arrêtés à l'entrée du cul-de-sac, sans couper le moteur.

— Ici, c'est bien, m'empressai-je de répondre en me préparant à descendre.

À dire vrai, c'était même parfait. Une haute haie me protégeait des regards indiscrets.

— Je peux tout à fait vous conduire jusqu'à votre porte.

— Non, vraiment.

Je tâtonnai à la recherche de la poignée.

— Écoutez, rien ne presse. Le patron ne terminera pas la conférence avant un moment. Alors, dites-moi, à quel numéro êtes-vous ?

— Au 14, mais je vous en prie, restez là. Ce n'est pas loin, je peux y aller à pied. C'est juste que je ne veux pas… Je ne tiens pas à ce qu'on voie que vous m'avez ramenée.

Avec un haussement d'épaules, il éteignit le moteur, laissant les clés sur le contact.

— À vous de voir. Quel est le problème ? Un petit ami jaloux ?

Si seulement…

— Ma mère risquerait d'entendre la voiture. Je vis avec elle et elle... Enfin, elle n'apprécie pas tellement la police et je ne veux pas la perturber. Et puis, la découverte du corps de Jenny ce soir... je n'ai plus envie d'en parler. Je n'ai pas envie d'expliquer où j'étais. Alors si je peux regagner la maison toute seule, y entrer sans faire de bruit, elle n'en saura jamais rien.

Je risquai un coup d'œil dans sa direction pour voir s'il comprenait. Il fronçait les sourcils.

— Vous vivez avec votre mère ?

Eh bien, merci de m'avoir écoutée.

— Oui, répondis-je d'un ton raide.

— Comment cela se fait-il ?

— Cela me convient.

Il en tirerait les conclusions qu'il voulait.

— Et vous ?

— Moi ?

Blake parut surpris, mais il répondit :

— Je vis seul. Pas de petite amie.

Génial. Maintenant il allait croire que je le draguais. Beaucoup auraient tenté leur chance. On ne pouvait pas nier qu'il était bel homme. En d'autres circonstances, j'aurais peut-être même été ravie d'apprendre qu'il était célibataire.

— Je voulais dire : où vivez-vous ?

— J'ai un appartement dans l'ancienne imprimerie, près de la rivière.

— Très agréable, commentai-je.

L'imprimerie récemment et magnifiquement réhabilitée en immeuble d'habitations huppé se trouvait un peu à l'extérieur de la ville, en direction de Walton.

— C'est vrai. Bien que je n'y passe pas beaucoup de temps. Mon père n'a pas sauté de joie en apprenant que j'allais devenir flic, mais il m'a aidé à acheter l'appartement.

Il bâilla ostensiblement, découvrant ses belles dents blanches.

— Désolé. Je me couche trop tard.

— Il faut que j'y aille, dis-je, prenant conscience soudain que je n'avais aucune raison de rester dans la voiture. Merci de m'avoir raccompagnée.

— Je suis à votre disposition.

Je jugeai qu'il s'agissait là d'une réponse machinale, quand il posa sa main sur mon bras.

— Je suis sérieux. Appelez-moi si vous avez besoin de moi.

Il me tendit une carte de visite.

— Mon portable est au dos.

Je la pris, le remerciai une nouvelle fois et sortis. Je rangeai la carte dans ma poche de veste, gênée sans trop savoir pourquoi, et hâtai le pas jusque chez moi. L'air froid de la nuit glissait sur mes joues comme de l'eau glacée. Les phares de la voiture de Blake s'allumèrent, mon ombre s'étira devant moi, puis il tourna à gauche pour faire demi-tour dans le vaste cul-de-sac. J'entendis son moteur s'éloigner au loin. Tripotant du bout de mon ongle le coin de sa carte, je franchis les derniers mètres qui me séparaient de la maison et pénétrai à l'intérieur. L'entrée était silencieuse et sombre, tout était exactement tel que je l'avais laissé. Je demeurai là un instant, à écouter le silence. La soirée avait été longue, étrange, traumatisante. Pas étonnant que je me sente perturbée. Mais je ne trouvais aucune explication à cette sensation discordante, ce sentiment que quelque chose, d'une certaine manière, n'était pas à sa place.

Et pourquoi, m'interrogeai-je en regardant la rue déserte autour de moi avant de refermer la porte, pourquoi avais-je l'impression que quelqu'un était là, à m'observer ?

1992
Disparu depuis six heures

Je ne regarde pas l'horloge sur la cheminée, mais je sais qu'il est tard, bien au-delà de l'heure à laquelle je suis censée me coucher. Je devrais être contente, je mène une campagne de longue haleine pour avoir le droit de me coucher plus tard, mais je suis fatiguée. Je suis adossée au canapé, mes pieds ne touchent pas le sol. Mes jambes sont tendues devant moi, mes mollets pressés contre le bord du siège. Le tissu qui recouvre les coussins est tout doux, mais il me gratte.

Je bâille puis observe mes mains posées sur mes genoux, enroulées l'une autour de l'autre, brunes sur le coton bleu de ma jupe. Si je lève les yeux, je verrai maman qui fait les cent pas dans la pièce, ses sandales font de petites traces sur le tapis du salon. La forme sur ma droite, c'est mon père enfoncé dans son fauteuil, comme s'il était détendu. Mes ongles sont noirs de crasse. Une égratignure récente sillonne le dos de ma main gauche, la peau tout autour a rosi. Je ne me souviens pas de ce qui s'est passé. Ça ne fait pas mal du tout.

— Ce n'est plus drôle, Sarah. C'est ridicule. Oublie ce que Charlie t'a demandé de nous dire. Je veux la vérité.

Je m'arrache à la contemplation de mes genoux et regarde ma mère. Elle a des traces sombres sous les yeux, comme si quelqu'un avait trempé ses pouces dans l'encre pour lui en maculer le visage.

— Tu ne te feras pas gronder, intervient doucement mon père. Mais parle-nous.

— Dis-nous où est Charlie.

Maman s'exprime d'une voix tendue. Elle est fatiguée, elle aussi.

— Tu as intérêt à cracher le morceau, jeune fille. N'aggrave pas ton cas ni celui de ton frère.

Je ne dis rien. J'ai déjà expliqué que je ne savais rien, que Charlie avait promis de revenir bientôt et rien d'autre. C'est la première fois qu'on ne me croit pas lorsque je dis la vérité. Toute la soirée, j'ai pleuré par intermittence, espérant le retour de mon frère, espérant qu'ils me laisseraient enfin tranquille. Maintenant, je me suis réfugiée dans le silence.

Je me concentre sur le pliage en accordéon de l'ourlet de ma jupe en coton – d'abord de larges plis, puis plus étroits, après je les lisse et je recommence. Le tissu retombe avec souplesse sur mes genoux, qui saillent, la peau finement tendue sur mes rotules. Parfois, j'aime dessiner des visages dessus ou faire comme s'ils étaient des montagnes, mais aujourd'hui ce sont de simples genoux.

— Allez, Sarah, bon sang ! Dis-le-nous !

Maman pleure à nouveau, papa se lève. Il la serre dans ses bras et murmure à son oreille des mots si bas que je ne peux les entendre. Je m'en fiche. Tous deux me regardent, je le vois bien, de cette façon dont ils m'ont regardée toute la soirée, depuis que ma mère a compris que Charlie avait disparu. Une partie de moi – toute petite – s'en réjouirait presque.

Mon genou droit est marqué d'une cicatrice bleutée de la taille et de la forme d'un pépin de pomme. Quand j'étais petite, je suis tombée sur un morceau de verre. Mes parents, qui assistaient à un match de foot de Charlie, n'avaient pas remarqué ce qui s'était passé, au point que le sang de mon genou avait fini par teinter en rouge vif ma chaussette. Je me suis fait disputer pour avoir sali mes nouvelles sandales, mais ce n'était pas ma faute. Ils ne faisaient pas attention.

Pas comme maintenant.

3

Ce mardi aurait vraiment été le jour idéal pour se faire porter pâle. Assise dans ma voiture, j'observai mon apparence dans le rétroviseur, mon teint blafard, les ombres épaisses sous les yeux, séquelles d'un sommeil sérieusement troublé. J'avais mal dormi, passé la plus grande partie de la nuit, les yeux grands ouverts, à fixer l'obscurité. Les événements de la veille me paraissaient si irréels qu'en entendant la sonnerie du réveil je m'étais levée et rendue à mon placard pour m'assurer de la présence de la carte de visite dans la poche de ma veste. Lorsque mes doigts étaient entrés en contact avec le petit rectangle de carton où étaient inscrites les coordonnées du lieutenant Blake, j'avais hésité entre déception et soulagement. J'avais ensuite regardé les informations télévisées du matin en me forçant à avaler des céréales et vu les Shepherd, encore anonymes pour les médias, se rendre, dans l'aube pâle, jusqu'au lieu où avait été retrouvée leur fille. Mme Shepherd, loin d'arborer ce carré net que je lui connaissais, avait les cheveux hirsutes, qui retombaient dans tous les sens en mèches blondes rebelles. Au moment où ils avaient approché de l'orée du bois, Michael Shepherd avait jeté un coup d'œil par-dessus son épaule, droit dans la caméra; ses yeux cernés de rouge semblaient comme hantés. J'avais posé mon bol, soudain prise de nausée.

Dans le rétroviseur, mes yeux aussi étaient rougis. J'avais l'air malade, pas de doute. Mais rester à la maison me réjouissait encore moins que me rendre au travail. La veille, à mon retour, ma mère dormait et elle n'avait pas toujours pas émergé ce matin, lorsque j'avais franchi la porte. Mais cela ne durerait pas. Si je restais, je serais forcée de la voir, au bout d'un moment. De lui parler, même.

Je démarrai, enclenchai la marche arrière mais demeurai ainsi, immobile, les doigts agrippés au volant de toutes mes forces. Je ne pouvais pas aller à l'école, pourtant j'y étais obligée. Pour finir, je lâchai à voix haute un « Et merde ! C'est pas vrai ! », avant de reculer jusqu'à la route. Une seconde après, j'écrasai la pédale de frein, pour laisser passer la moto qui venait de m'alerter d'un coup de Klaxon indigné et tonitruant. Je ne l'avais pas vue. Je n'avais même pas vérifié si la voie était libre. Le cœur battant, prise de faiblesse, j'empruntai la rue principale en m'assurant compulsivement que je ne mettais personne d'autre en danger.

Ressaisis-toi… Allez, ce n'est pas le moment de t'effondrer.

Le pire – ce qui rendait l'incident absolument intolérable, merde – était que je savais qui était ce motard : Danny Keane, le meilleur ami de Charlie. Pour autant que je m'en souvenais, il avait toujours vécu en face de chez nous. Pourtant, il aurait aussi bien pu être parti s'installer sur la Lune. Nous en étions arrivés à un stade où il m'était impossible d'engager une conversation amicale avec lui ; je l'évitais délibérément, il le savait et, depuis longtemps déjà, ne m'adressait plus ni sourire ni salut de la tête ni aucune autre indication qu'il connaissait mon existence. Ce n'était pas sa faute si je l'associais avec certains des pires moments de ma vie, si je ne parvenais pas à briser la connexion dans mon cerveau entre Danny Keane et le désespoir. En général, je quittais la maison tôt et rentrais tard ; nos routes se croisaient rarement, mais je savais encore qui il était, et il se serait souvenu de moi. L'éjecter de sa moto n'aurait pas été le meilleur moyen pour renouer une amitié.

Les routes étaient encombrées, la circulation mauvaise, beaucoup plus laborieuse que d'ordinaire. Les voitures formaient des bouchons à tous les carrefours, faisaient demi-tour par des voies secondaires, je me demandais ce qui se passait. La nature humaine dans toute sa splendeur, découvris-je. Le long de la route principale, aux abords du bois, sur les bas-côtés défoncés, la terre meuble balafrée par les roues des camionnettes de télévision, fleurissaient les antennes satellite chargées de transmettre au monde entier le malheur des Shepherd. Chaque van était entouré de son petit groupe, un caméraman, un preneur de son, un reporter. J'avais devant moi l'autre versant de ce que j'avais aperçu à l'écran au petit déjeuner. Le Surrey pouvait se prévaloir d'une toute nouvelle attraction touristique, apparemment. Les conducteurs ralentissaient autant qu'ils le pouvaient. C'était encore mieux qu'un accident, on pouvait avoir la chance d'apercevoir une véritable célébrité, sous la forme de tel ou tel journaliste un peu connu. Ou que le caméraman, en plein panoramique, filme une seconde ou deux un automobiliste qui passerait assez doucement.

La gloire, enfin. Pas étonnant que la circulation soit pratiquement au point mort. Je passai quasiment au pas, sans regarder de trop près le cirque médiatique qui avait poussé comme un champignon sur le bord de la route.

À l'école, je remarquai les parents, plus nombreux que d'habitude, rassemblés devant le portail, discutant entre eux d'un air grave, mais je les ignorai, préférant franchir l'enceinte sans ralentir. Leur unique sujet de conversation était la découverte du corps et je me refusais à entendre les spéculations sur ce qui s'était passé… Je voyais d'ici la rumeur publique en surchauffe.

Il en allait de même pour les professionnels du ragot. Je venais de trouver une place sur le parking des professeurs et de couper le moteur lorsque des petits coups à ma vitre me firent sursauter, manquant de me propulser en orbite. Je me retournai avec brusquerie, prête à envoyer paître celui ou celle qui m'avait ainsi prise par surprise, m'attendant à trouver un collègue. Mais le visage qui me fixait de l'autre côté de la fenêtre n'appartenait pas à un professeur. Sourcils froncés, je dévisageai la femme qui se tenait là. Âgée d'une quarantaine d'années, elle avait des traits bouffis couverts d'une tartine de fond de teint bronze. Le rose pâle dont elle avait maquillé ses lèvres donnait à ses dents une teinte jaunâtre, et son manteau marron terne ne seyait ni à sa silhouette ni à sa carnation. Elle souriait, mais ses yeux demeuraient froids. Ils scrutèrent l'intérieur de la voiture, moi comprise, n'omettant aucun détail. Je baissai ma vitre avec réticence.

— Je peux vous aider ?

— Carol Shapley, journaliste d'investigation au *Elmview Examiner*, annonça-t-elle en se penchant jusque dans la voiture, quasiment au point de me toucher. Vous êtes enseignante ici ?

Je fixai ostensiblement le panneau sur le mur qui disait « Réservé aux professeurs », en lettres d'environ trente centimètres de haut, à trois mètres de l'endroit où j'étais stationnée.

— Vous cherchez quelqu'un en particulier ?

— Pas vraiment, répondit-elle, en souriant un peu plus largement encore. J'enquête sur le meurtre qui vient d'avoir lieu, une de vos élèves, et j'ai quelques informations dont j'aimerais avoir confirmation.

Elle s'exprimait avec rapidité et déroulait son petit speech avec une aisance folle, donnant l'impression qu'elle savait déjà tout ce qu'il y avait à savoir sur le sujet. Mon alarme interne sonnait si fort que je m'étonnais même qu'elle ne l'entende pas. Je me souvins alors de l'avoir vue assister à diverses productions scolaires, galas de charité ou autres événements locaux qu'elle survolait avec suffisance. L'*Elmview Examiner* était le quotidien le plus local qui soit ; borné, dans tous les sens du terme. C'était un peu fort de café d'entendre cette femme se qualifier ainsi de « journaliste d'investigation ». Pour ce que j'en savais, elle composait à elle seule toute la rédaction du journal.

— Désolée, mais je ne pense pas pouvoir vous aider, répondis-je sur un ton amical en remontant doucement ma vitre, bien qu'elle ait posé les coudes dessus.

Pendant une seconde, je la vis tiraillée par l'envie d'insister, mais elle recula un peu. Pas assez.

Je rassemblai mes affaires, ouvris la portière et constatai qu'elle m'avait laissé juste assez de place pour sortir.

— J'ai quelques questions.

Je me redressai de toute ma taille, malheureusement, la journaliste mesurait quelques centimètres de plus que moi ; ce n'était pas la première fois que je regrettais de n'être pas plus grande pour prendre mes interlocuteurs de haut.

— Écoutez, je dois retrouver mes élèves. Je n'ai pas le temps de discuter avec vous.

Je parvins à afficher un sourire, sorti de nulle part.

— Je sais que vous ne faites que votre travail, mais je suis dans le même cas.

— Oh, je comprends ! Je peux savoir comment vous vous appelez ?

Elle agita une feuille A 4 sous mon nez.

— J'ai une liste, en fait. C'est toujours agréable de mettre un visage sur un nom.

Je ne voyais pas comment me défiler.

— Sarah Finch.

— Finch…

Elle fit courir son stylo le long de la liste et cocha mon nom.

— Merci, Sarah. Nous pourrons peut-être discuter une autre fois.

Ou pas.

Je me dirigeais déjà vers l'école, mais évidemment elle n'en avait pas terminé avec moi.

— Des sources policières m'ont laissé entendre que le corps avait été découvert par un des enseignants. Ce n'était pas vous, par hasard ?

Je me figeai et me retournai vers elle, l'esprit en ébullition. Évidemment, je ne voulais pas qu'elle sache que c'était moi, mais je n'étais pas certaine de pouvoir m'en tirer avec un mensonge pur et simple.

— Mon Dieu, c'est horrible ! dis-je finalement.

— Oui, affreux, répondit la journaliste, qui n'avait l'air en rien contrariée.

J'adressai à Carol Shapley un autre de ces petits sourires futiles et sur un vague haussement d'épaules me dirigeai vers la salle des professeurs, consciente de son regard fixé sur moi. Je n'avais plus qu'à espérer qu'elle me juge terne, absolument sans intérêt, et mes propos impossibles à citer, parce que si elle commençait à creuser il y avait toutes les chances pour qu'elle fasse le rapprochement. Si elle cherchait un angle à exploiter sur ce qui allait sans aucun doute devenir le fait divers de l'année, elle aurait peut-être envie de comparer la mort de Jenny avec d'autres affaires ou meurtres s'étant produits dans les environs. La disparition de Charlie comptait parmi celles qui ressortiraient immanquablement des archives. Une fois de plus, je me félicitai d'avoir changé mon nom de famille et qu'aucun de mes collègues ne soit au courant pour mon frère. Shapley n'aurait pas grand mal à faire le lien. Quoique... pourquoi le ferait-elle ? Je constituais le seul point commun entre ces deux affaires.

Je n'avais jamais vu la salle des professeurs aussi bondée, pourtant il régnait un silence presque parfait parmi les membres du corps enseignant et du personnel qui y étaient rassemblés. On aurait dit que la totalité des employés de l'école Edgeworth était présente. Tout le monde était à l'heure, aujourd'hui.

J'observai les visages inquiets, les traits tirés de ceux qui m'entouraient, gagnée par un désespoir indicible. Nous étions tous impliqués désormais ; rien de ce que nous pourrions faire ne nous permettrait d'y échapper.

Elaine Pennington se tenait à une extrémité de la pièce, le capitaine Vickers à côté d'elle. Non loin de lui se trouvait une jeune femme au maquillage impeccable, bloc-notes à la main, qui s'était présentée comme l'attachée de presse de la police. Voilà un moment maintenant que la directrice parlait de Jenny, de coopération avec les forces de l'ordre et des réponses à donner aux parents d'élèves. Elle faisait de son mieux pour paraître aussi ferme et responsable que d'ordinaire, mais la feuille de papier qui lui tenait lieu d'aide-mémoire tremblait entre ses doigts. Un côté de son visage étroit semblait gelé, comme paralysé, un tic faisant vibrer sa paupière par intermittence. J'espérais qu'elle se tiendrait à distance des médias le temps de se ressaisir. Tandis qu'elle s'exprimait, d'une voix plus aiguë que d'habitude, qui ne lui ressemblait pas, ses yeux glissaient sur l'assistance. Je me forçai à prêter attention à ce qu'elle disait :

— Après consultation avec la police, et parce que ce drame va tous nous affecter dans les jours qui viennent, j'ai décidé de suspendre les cours pour le moment…

Un mouvement d'agitation parcourut les professeurs réunis. Des plaques roses apparurent dans le cou d'Elaine, signe qu'elle n'était pas loin de s'énerver.

Stephen Smith, un homme d'un naturel doux qui comptait parmi les plus anciens enseignants de l'école, leva la main.

— Elaine, ne croyez-vous pas que les filles auraient besoin de la routine des cours et du travail pour éviter de gamberger sur ce qui s'est passé ?

— J'y ai pensé, Stephen, merci. Mais on m'a fait comprendre que les jours prochains seront une perte de temps pour ce qui est de la concentration. Il est d'ores et déjà impossible de travailler avec le bruit et le dérangement autour de nous…

Les têtes se tournèrent d'un coup pour regarder par la fenêtre : les équipes de journalistes, qui venaient de garer leur van devant l'établissement, étaient en train de s'installer. Ils avaient quitté les bois, désormais. Les médias avaient besoin d'une nouvelle toile de fond pour les journaux de la mi-journée, et apparemment ils avaient choisi l'école.

— J'ignore si l'un d'entre vous est passé par le secrétariat ce matin, mais la situation y est pour le moins chaotique. Depuis son arrivée, Janet a dû répondre au pied levé aux nombreux appels de parents inquiets. Tous craignent pour la sécurité de leurs filles, alors que l'école n'a été en rien impliquée dans cette effroyable tragédie…

La voix d'Elaine se brisa un peu sur ces derniers mots. Je me demandai, peut-être injustement, si elle n'était pas davantage préoccupée par la réputation de son établissement que par Jenny.

— Nous nous devons de garantir la sécurité des élèves et même si je ne me sens pas très à l'aise de faire cette promesse aux parents, je ne les crois pas en danger. Je suis juste consciente que la presse va se montrer particulièrement indiscrète et que ce genre de publicité risque de nous valoir une attention que nous ne souhaitons pas. Je refuse de les exposer à cette atmosphère.

Rien que de très naturel.

Elaine coula un regard en direction de Vickers, qui semblait encore plus desséché que la veille. Ses paupières tombantes rendaient impossible de deviner le fond de sa pensée.

— D'autre part, le capitaine Vickers a demandé à utiliser certains des équipements de l'école, et je tiens à ce que nous lui laissions libre accès.

— Vous êtes bien aimable, répondit Vickers, qui se redressa un peu, de manière à parler distinctement pour que tout le monde puisse l'entendre. Nous opérerons surtout depuis le commissariat d'Elmview, mais nous organiserons quelques entretiens ici même. Nous allons rencontrer les amies et les camarades de classe de Jennifer, et nous n'aimons pas conduire ce genre de discussions au poste. Nous préférons que les personnes restent dans un environnement familier. Nous utiliserons également votre salle d'accueil pour la conférence de presse plus tard dans la journée, car elle est idéalement équipée.

Je me demandais ce qui avait bien pu passer par la tête d'Elaine. À sa place, j'aurais tout fait pour que l'établissement reste le plus possible en dehors de l'enquête. Cependant, à la façon dont elle ne cessait de se tourner vers le capitaine Vickers, comme à la recherche de conseils, elle semblait totalement conquise. Tout cela était particulièrement contrariant pour moi, qui avais prévu, autant que faire se pouvait, de me faire oublier, de ne pas me mêler de l'enquête et de n'en rien savoir.

— Donc, on peut tous rentrer chez nous, c'est ça ? lança Geoff Turnbull du fond de la salle avec sa grossièreté coutumière, imperturbable, comme si ce genre d'événement relevait de la routine.

Je ne pris même pas la peine de me retourner, je l'imaginais d'ici, tout en muscles, avec ses yeux bleus et ses cheveux noirs soigneusement peignés. C'était l'un des professeurs de sport, je ne l'appréciais pas franchement.

Elaine se hérissa.

— Non, Geoff. J'aimerais que les professeurs restent à l'entière disposition de la police et des filles, même s'il ne s'agira pas d'enseigner. Étant donné que beaucoup d'élèves se trouveront dans les locaux, à attendre que leurs parents viennent les chercher, il est absolument essentiel que vous soyez présents. Nous diviserons les filles en groupes et nous les surveillerons jusqu'à l'arrivée de leurs parents ou des personnes responsables. Je souhaite également que vous restiez après l'heure de fin des cours. J'ai besoin de votre soutien aujourd'hui, alors je vous demande de faire preuve de patience.

Julie Martin prit la parole :

— Combien de temps cela va-t-il durer ? Quand pouvons-nous espérer un retour à la normale ? Certaines filles préparent des examens, en ce moment, et je ne voudrais pas que leur travail soit trop perturbé.

Je lançai un regard complice dans sa direction, obtenant un sourire terne en retour. Si j'avais une amie parmi mes collègues, c'était Julie, qui se montrait à peu près aussi dévouée que moi. Son inquiétude, louable en soi, était presque certainement feinte.

— Les élèves en examen sont mon principal souci, répondit Elaine. Pour elles, ce sera une semaine de travail à la maison. Janet nous aidera en envoyant des plannings de révision aux classes concernées, si vous voulez bien les transmettre au secrétariat avant midi. Quant au temps que cela prendra…

Elle se tourna vers Vickers, qui reprit la parole :

— Je ne peux vous donner aucune estimation pour l'instant. À partir de mon expérience sur d'autres enquêtes, je peux vous dire que l'intérêt des médias se tassera d'ici quelques jours, à moins qu'un développement significatif ne se produise. Nous ferons de notre mieux pour limiter le dérangement et avec un peu de chance, dès la semaine prochaine, l'école devrait pouvoir fonctionner normalement. En tout cas, nous aurons terminé les entretiens. Nous sommes nombreux dans l'équipe, ce qui devrait nous permettre de voir tout le monde rapidement.

Elaine jeta un coup d'œil à sa montre.

— Bien, mesdames et messieurs, allez rejoindre votre classe principale, faites l'appel, puis envoyez les filles dans le hall d'accueil. Je vais leur expliquer ce qui se passe. Je crois qu'il est important de les impliquer et de les tenir informées.

— Que leur dirons-nous si elles nous posent des questions ? demanda Stephen, l'air angoissé.

— Vous trouverez bien quelque chose, répondit Elaine entre ses dents, visiblement à bout de nerfs.

La salle se vida en un temps record. Je me faufilai devant le capitaine Vickers, croisant son regard le temps d'une seconde. À mon grand soulagement, il me salua d'un hochement de tête discret, quasi imperceptible. Je voulais surtout éviter que l'on comprenne que je l'avais déjà rencontré, et récemment. L'identité de la personne qui avait découvert le corps de Jenny était le principal sujet de conversation, lors de mon arrivée dans la salle des professeurs. On pouvait créditer Carol Shapley d'au moins une qualité : elle s'était montrée consciencieuse. Elle avait interrogé à peu près tout le monde avant qu'ils ne passent la porte.

Le hall d'accueil était presque plein. J'avais réussi à trouver une chaise à l'avant, contre le mur, qui me procurait une vue sur l'ensemble de la pièce. Les filles, qui de leur vie n'avaient jamais été capables de respecter un silence complet, étaient aussi calmes que l'avaient été les professeurs un peu plus tôt. On aurait entendu une mouche voler. Toute leur attention était tournée vers l'estrade d'où Elaine parlait, à nouveau flanquée du capitaine et de l'attachée de presse. Durant l'heure qui s'était écoulée, elle avait résolu quelques problèmes de présentation. Elle déroula son discours sans faillir.

Cela dit, la salle restait moins remplie qu'elle n'aurait dû l'être ; j'estimai, d'après le nombre de rangées, qu'à peu près la moitié des élèves n'étaient pas venues ou étaient déjà reparties. Cela concordait avec la proportion de présentes lors de l'appel dans ma classe. La rumeur avait déjà circulé que la victime était élève à l'école Edgeworth. Les filles n'attendaient plus que les détails.

— Ce sera une période difficile pour nous tous, expliquait Elaine. Mais j'attends de vous que vous vous comportiez avec dignité et bienséance. Je vous demande avant tout de respecter l'intimité des

Shepherd. Si jamais les médias vous contactent, ne faites aucun commentaire sur Jenny, ou l'école, ou quoi que ce soit qui ait un lien avec l'enquête. Je ne veux pas voir une seule élève parler à un journaliste. Toute personne qui dérogera à cette règle sera suspendue. Ou pire.

Certaines, parmi les plus âgées, semblaient plus effondrées par l'interdiction de s'adresser aux médias que par la mort de Jenny. Je remarquai d'ailleurs que les sanglots qui les secouaient n'avaient en rien saccagé leur maquillage impeccable.

— La secrétaire de l'école appelle vos parents au moment même où je vous parle, poursuivit Elaine. Nous leur demandons de passer vous chercher ou de s'arranger pour que vous soyez prises en charge durant les heures à venir. L'école sera fermée jusqu'à la fin de la semaine.

Le capitaine Vickers parut un peu choqué devant le frisson d'excitation qui avait parcouru l'assistance à cette annonce. Pas moi. Nos filles, comme tous les adolescents, étaient égocentriques et parfois d'une brutalité inconsciente. Leur chagrin pour Jenny pouvait être sincère, mais elles voyaient aussi le profit qu'elles pouvaient tirer de la situation. Une semaine de repos inattendue, quelle qu'en soit la raison, ne se refusait pas.

Elaine leva les mains, le silence revint sur la salle.

— Voici le capitaine Vickers. Il mène l'enquête sur ce dramatique événement, il a plusieurs choses à vous dire.

De nouveau, un brouhaha se fit entendre. Je me demandais si Vickers avait jamais fait l'objet d'autant d'attention féminine surexcitée. Je constatai avec amusement que ses oreilles prenaient doucement une teinte rose sombre. Il fit un pas en avant, se pencha vers le micro. Sous ses dehors chiffonnés, pâles, ses faux airs de tocard, son caractère tranchant était bien caché.

— Merci, madame Pennington.

Il était trop près du micro, le « p » de Pennington résonna, exagérément amplifié.

— Je souhaiterais lancer un appel : que toutes celles d'entre vous qui pourraient avoir le moindre renseignement sur Jenny Shepherd viennent nous trouver, moi ou un membre de mon équipe.

Il désigna le fond de la salle d'un signe de tête. Je me retournai, comme tout le monde, et sursautai en découvrant Andrew Blake, appuyé contre le chambranle de la porte, en compagnie de deux policiers en uniforme. Valerie devait sûrement être cantonnée chez les Shepherd.

— Autrement, vous pouvez vous adresser à l'un de vos professeurs, si vous trouvez cela plus facile, poursuivit Vickers.

Les têtes pivotèrent à nouveau face à lui, aussi synchrones que celles du public d'un match de tennis.

— Ils sauront vous aider. Ne croyez pas que ce que vous savez ne vaut pas le coup. Nous déciderons de ce qui est utile ou non. Nous recherchons des renseignements sur Jenny, en particulier sur ses amis à l'école ou en dehors, tout ce que vous avez pu entendre de bizarre sur son compte, tout ce qui sort de l'ordinaire. Se montrait-elle particulièrement inquiète ces derniers temps ? Avait-elle des ennuis ? S'était-elle brouillée avec d'autres élèves ou avec qui que ce soit ?

Se passait-il quelque chose dans sa vie qu'elle dissimulait aux adultes ? Si le moindre souvenir vous revient, s'il vous plaît, ne le gardez pas pour vous. Mais je vous demande ceci comme un service : essayez de ne pas échanger de commérages entre vous avant de venir nous voir. On s'emballe très facilement, parfois au point de ne plus distinguer ce que l'on sait de ce que l'on a entendu dire.

Il balaya la pièce du regard.

— Je sais que la tentation sera grande de parler aux médias. Ils sont très doués pour soutirer des informations, meilleurs que la police parfois. Mais vous ne pouvez pas leur faire confiance, et vous ne devrez en aucun cas vous adresser à eux, comme vous l'a déjà demandé votre directrice. Si vous avez quelque chose à dire, parlez-nous.

Les filles opinèrent, hypnotisées. Pour un homme situé pas loin de l'inspecteur Morse sur l'échelle du glamour, Vickers s'était plutôt bien débrouillé.

En revanche, il n'avait en rien répondu aux questions qui leur brûlaient les lèvres, bien entendu.

Donc, pendant toute la journée, quand je ne supervisais pas les groupes d'études ou ne préparais pas les plannings de révisions pour les élèves en examen, je fus forcée d'endurer les spéculations qui allaient bon train au sein de l'école.

— Madame, est-ce qu'elle avait la tête coupée ? À ce qu'on m'a dit, elle n'avait... plus de tête, en fait ?

— Il paraît qu'elle a reçu des centaines et des centaines de coups de couteau, c'est vrai ? Qu'elle avait les tripes à l'air et qu'on pouvait voir ses os et tout ?

— Est-ce qu'elle a été violée, madame ?

— Comment elle est morte, madame ?
— Qui l'a tuée, madame ?

Je me montrai aussi répressive que je savais l'être.

— Continuez votre travail, mesdemoiselles. Vous n'en manquez pas. La police découvrira le coupable.

En réalité, elles me faisaient de la peine. Malgré leur air bravache, les filles avaient peur. C'était une introduction des plus brutales à la mortalité. Quel adolescent ne se croit pas immortel ? Que l'une d'entre elles ait disparu avec une telle violence leur avait causé un choc, et elles éprouvaient le besoin d'en parler. Je comprenais. Mais la journée se révéla, du coup, épuisante.

Je me trouvais toujours dans les locaux à 17 h 30, comme Elaine l'avait prédit. La dernière élève sous ma surveillance venait d'être emmenée par son père, un homme au cou de taureau vêtu d'un costume hors de prix, qui conduisait une Jaguar. Il en avait profité pour m'expliquer quelle perte de temps c'était pour lui de devoir ainsi venir chercher sa fille, précisant que, comme d'habitude, l'école avait réagi de manière exagérée. Je me demandais ce qu'il pouvait bien y avoir d'habituel dans le meurtre de l'une des élève, mais je parvins à m'abstenir de répliquer, tandis que sa fille grimpait en voiture, silencieuse et mortifiée. J'avais presque cru l'entendre me supplier de ne pas aggraver la situation en me disputant avec lui, et m'étais donc contentée d'afficher un sourire serein.

« Nous faisons simplement de notre mieux pour assurer la sécurité de vos enfants. C'est là le plus important, je suis persuadée que vous serez d'accord avec moi.

— Il est un peu tard pour ça. Ce sont des précautions d'après coup, oui. Et en prime, vous récoltez quelques jours de congé, en fermant l'école jusqu'à la fin de la semaine. Aucune considération pour les parents qui doivent se débrouiller pour faire garder leurs mômes. »

Son visage, déjà rougeaud, avait encore un peu foncé.

« Vous pourrez dire à votre directrice que je déduirai une semaine des frais de scolarité de ce trimestre. Ça devrait l'aider à revoir ses priorités.

— Je transmettrai », avais-je répondu, tout en reculant vivement tandis qu'il faisait rugir son moteur avant de filer dans un envol de gravier.

Il ne méritait même pas que je lui rappelle que les Shepherd donneraient tout pour être sa place, mais cette idée m'avait effleurée.

Au moment où je faisais demi-tour pour rentrer dans le bâtiment, quelqu'un m'interpella. Je me retournai. Oh non ! Geoff Turnbull traversait le parking en courant droit sur moi. M'enfuir à toutes jambes aurait manqué de dignité. De plus, il était rapide.

— Je ne t'ai pas vue de la journée.

S'arrêtant bien trop près de l'endroit où je me tenais, il fit glisser sa main sur mon bras dans un geste affectueux.

— C'est affreux, non ? Comment tu vas, toi ?

À ma grande horreur, sa question me fit monter les larmes aux yeux. C'était totalement involontaire, le résultat de l'épuisement et du stress conjugués.

— Ça va.

— Dis, pas la peine de faire semblant avec moi, tu sais. Laisse-toi aller, me relança-t-il en me secouant doucement le bras.

Je n'en avais pas envie, surtout pas devant lui. Geoff était le dragueur de la salle des profs, il me courait en vain après depuis que j'avais commencé à travailler à Edgeworth. S'il était encore intéressé, c'était simplement parce que je ne l'étais pas. Tandis que j'essayais de trouver un moyen pour me débarrasser de lui gentiment, il m'attira entre ses bras pour ce qui était censé être une étreinte réconfortante. Geoff se débrouilla pour que son corps tout entier soit en contact avec le mien et se serra contre moi. Ma peau se hérissa. Je lui tapotai faiblement le dos dans l'espoir qu'il me libérerait vite, tout en débattant mentalement des mérites comparés du coup de genou dans l'entrejambe et du retournement des doigts de mains baladeuses. Trop polie pour agir dans un sens ou dans l'autre, je laissai mon regard se perdre par-dessus son épaule – il tomba droit sur Andrew Blake, qui traversait le parking, en direction du hall.

— Geoff, dis-je en commençant à m'agiter. Geoff, lâche-moi. Ça suffit.

Il desserra son étau, de manière à pouvoir observer mon visage. Il semblait toujours d'une sincérité absolue, avec cette expression qu'il semblait avoir pratiquée devant le miroir.

— Pauvre petite Jenny ! Pas étonnant que tu sois bouleversée. Tu as entendu, il paraît que c'est un d'entre nous qui l'a découverte ? Je me demande de qui il s'agit. Qui va courir par là-bas ?

Il savait très bien que je courais pour rester en forme, il s'était proposé de m'accompagner plus d'une fois. Je haussai les épaules, parvenant à ne rien laisser transparaître, puis je reculai pour remettre quelques centimètres d'air entre nous.

— C'est vraiment effroyable. Mais, je t'assure, je vais plutôt bien. J'ai accusé le coup un moment, c'est tout.

— Il n'y a pas de quoi avoir honte, répondit-il en me prenant la main. Cela prouve à quel point tu es sensible.

Oh, pitié !

— On pourrait peut-être se retrouver autour d'un verre pour en discuter tous les deux. Tu le mérites bien. Tu as fait ton devoir, maintenant on peut y aller.

Je réfléchis très vite tout en dégageant ma main.

— Désolée, Geoff, mais je vais à la conférence de presse. Je voudrais me tenir au courant de l'enquête, tu comprends.

Sans attendre de réponse, je me dirigeai vers la porte que venait de franchir Blake. La conférence de presse devait sûrement avoir déjà débuté, pensai-je en jetant un coup d'œil à ma montre. Je n'avais absolument pas prévu de m'y rendre, mais tout plutôt que me retrouver soumise à la question par Geoff dans un bar kitch devant un Coca tiède, à le regarder venir avec ses gros sabots.

Je me faufilai à l'intérieur, refermant la porte derrière moi. La pièce était littéralement bondée – les journalistes devant, les photographes sur les côtés, les cameramen à l'arrière. Certains de mes collègues étaient présents, debout contre un mur latéral. Je me trouvai une place à côté de Stephen Smith, qui me salua d'un hochement de tête, sans un mot. Il semblait fatigué, bouleversé. Quant à moi, je ressentais la lente brûlure de la rage contre celui qui avait fait ça.

À l'avant de la salle, le capitaine Vickers était installé derrière une longue table. Les parents de Jenny se tenaient près de lui et je repérai Valerie Wade à proximité, avec Blake. De l'autre côté de Vickers se trouvait l'attachée de presse, qui menait la séance, et à côté de celle-ci, Elaine. J'imaginai qu'elle avait insisté pour représenter l'école, au cas où il y aurait des questions qui pourraient donner une mauvaise image de nous. Elle semblait terriblement nerveuse. Tout comme Vickers, il fallait bien l'avouer, qui pendant que l'attachée de presse le présentait s'était mis à remuer ses papiers et à fouiller dans ses poches.

— Bien, je vais juste vous donner les résultats préliminaires de l'autopsie, réalisée aujourd'hui, annonça-t-il. Ensuite je laisserai la parole à M. et Mme Shepherd, qui souhaitent lancer un appel à témoins. Le médecin légiste nous a appris que Jennifer Shepherd s'est noyée hier dans la journée.

Noyée ?

À ces mots, tous les journalistes présents dans la salle levèrent la main. Vickers, sans faire preuve d'aucun sens théâtral, avait déjà replongé le nez dans ses dossiers. Je gardais les yeux fixés sur les Shepherd, agrippés l'un à l'autre. La mère de Jenny pleurait en silence, son mari semblait avoir vieilli de dix ans durant les dernières trente-six heures.

L'attachée de presse sélectionna l'un des journalistes pour poser la question à laquelle tout le monde pensait :

— Comment s'est-elle noyée ? Peut-il s'agir d'un accident, finalement ?

Vickers secoua la tête.

— Non. Il y a des circonstances suspectes autour de cette mort, nous avons la certitude de ne pas avoir affaire à un accident. Ce ne sont que des résultats préliminaires, mais le légiste est formel quant à la cause du décès.

J'eus une vision des bois, de Jenny, allongée tout habillée dans ce creux, bien loin de tout point d'eau. Je n'avais même pas vu une flaque à proximité. Où qu'ait pu se produire cette noyade, ce n'était pas à l'endroit où j'avais découvert le corps, en tout cas.

Vickers continuait à parler ; je me mis sur la pointe des pieds pour mieux l'entendre.

— … ne sommes pas encore sûrs du lieu du décès, ni des circonstances qui l'ont entouré, c'est pour cette raison que son père, Michael Shepherd, a accepté de lancer cet appel à témoins, au cas où quelqu'un pourrait nous apprendre où se trouvait Jenny entre samedi, aux environs de 18 heures, et dimanche soir.

— Dimanche soir, répéta un autre journaliste. C'est à ce moment-là que Jenny est morte, vous pensez ?

Vickers secoua lentement la tête.

— Nous n'en sommes pas certains, à ce stade. Nous attendons de plus amples renseignements de la part du légiste, mais pour l'heure, c'est ce laps de temps qui nous intéresse. Nous voulons savoir ce qu'a fait Jenny à ce moment-là, avec qui elle pouvait être. Nous voulons savoir si elle a été vue quelque part. Si quelqu'un a eu un comportement suspect, a agi étrangement durant et depuis ce week-end. Nous recherchons toutes les informations qui pourraient nous mener jusqu'à son meurtrier, aussi insignifiantes puissent-elles paraître.

À l'instant où Vickers prononça le mot « meurtrier », Diane Shepherd émit un sanglot. Instantanément, les flashs crépitèrent partout dans la pièce. Son mari jeta un coup d'œil vers elle, puis il étala devant lui une feuille de papier, qu'il aplatit de ses mains. Même du fond de la salle je parvins à distinguer le tremblement de ses doigts. Sur un signe de l'attachée de presse, il prit la parole, en bredouillant un peu, mais en donnant toutefois l'impression d'être très maître de lui :

— Notre petite fille, Jenny, n'avait que douze ans. Elle… C'était une enfant ravissante, qui avait toujours le sourire, une fillette très rieuse. Elle nous a été enlevée trop tôt. Il n'y a pas pire cauchemar pour un parent. S'il vous plaît, si vous détenez le moindre renseignement à propos de ce crime, quoi que ce soit, contactez la police, je vous en prie. Rien ne la ramènera, mais au moins nous essaierons d'obtenir justice pour elle. Merci.

Il déglutit avec difficulté en terminant son intervention, plaça un bras autour des épaules de sa femme, qui pleurait désormais de manière convulsive. Valerie se précipita sur eux pour souffler quelque chose à l'oreille de Michael. Il opina, se mit debout en aidant son épouse à faire de même. Lorsque la porte se referma derrière eux, un brouhaha de questions jaillit de l'assistance.

— S'agit-il d'un pédophile ? cria quelqu'un plus fort que les autres.

Vickers s'adossa à sa chaise, comme pour prendre des forces avant de répondre.

— Nous n'en savons encore rien… entendis-je comme j'ouvrais la porte du fond pour filer.

Je ne supporterais pas d'entendre davantage de supputations. La presse faisait son travail, mais l'atmosphère dans la salle m'avait mise mal à l'aise. J'étais malade pour les Shepherd et complètement exténuée. Le reste de la conférence de presse m'aurait été intolérable.

Perdue dans mes pensées, je faillis ne pas voir les parents de Jenny, qui approchaient dans ma direction, guidés par Valerie. Je me trouvais à la hauteur du portail principal du parking, là où les attendait leur voiture.

— M. Shepherd, dis-je impulsivement. Je vous présente mes sincères condoléances.

Il se retourna et posa sur moi un regard hostile, noir comme le charbon, et je me fis toute petite contre le mur. Après un léger coup de tête dans ma direction, Valerie lui fit signe d'avancer et, bouche bée, je les regardai s'éloigner. Puis je compris – bien sûr. Il savait parfaitement qui avait découvert le corps, on l'en avait informé. J'étais celle qui avait effacé cet espoir fou de la retrouver vivante et en bonne santé. Je pouvais comprendre pourquoi il m'en voulait, bien que ce fût franchement injuste.

Je déglutis, me ressaisissant à grand-peine. Je me persuadai qu'être l'objet d'une rancœur mal placée ne me tuerait pas, malgré la souffrance que je pourrais en éprouver.

— Ça va ?

Andrew Blake se penchait vers moi, l'air inquiet.

— Oui. C'est juste que je ne comprends pas pourquoi ces pauvres gens n'auraient pas droit à leur intimité. Fallait-il vraiment les jeter en pâture à la presse comme ça ?

— Nous devons tirer parti de l'intérêt des médias à chaud, avant qu'ils ne commencent à nous critiquer parce que nous n'avons pas trouvé l'assassin. Les parents, c'est de la bonne image médiatique. Nous ferons l'ouverture de tous les journaux télévisés.

— Pragmatique, comme toujours, remarquai-je.

— Et alors ? Ce n'est pas comme si nous pouvions avancer en ce moment. Mon patron est coincé là-dedans, en train d'affronter la meute. Chaque fois que je tente une sortie pour faire mon travail de policier, ces requins me harcèlent. Sans parler du fait qu'ils mènent leur propre enquête. Ils décrochent plus d'entretiens que nous. C'est ce que m'ont dit nos gars qui font le tour du voisinage – il faut toujours que les tabloïds débarquent les premiers. Ils nous court-circuitent, ils nous empêchent de bosser et, ensuite, ils seront les premiers à nous dire qu'on a merdé, alors que ce sont eux qui causent les problèmes.

Sa voix avait monté d'un cran. Il se passa la main dans les cheveux et se mit à faire les cent pas sur le parking, avant de se retourner vers moi.

— Désolé. Je ne devrais pas m'énerver après vous. Ce n'est pas votre faute.

— Je suis habituée, répondis-je doucement. Ne vous en faites pas.

Il m'observa d'un air interrogateur, je secouai la tête. Je n'allais pas m'étendre.

— C'est frustrant, c'est tout. Les premiers jours sont les plus importants sur une affaire, et là, qu'est-ce qu'on fabrique ? On perd notre temps à jouer la comédie pour les médias au lieu de faire notre travail d'enquête. Et dans les cas où la presse pourrait vraiment nous aider, pas moyen d'avoir leur attention...

Il soupira.

— Mais on doit le faire quand même, au cas où il en ressortirait quelque chose. Et si nous ne lâchions aucune information ou si nous ne leur autorisions pas l'accès à la famille, ce serait dix fois pire.

— Vous ne pensez pas que l'appel à témoins des Shepherd a une utilité ?

— Selon mon expérience, aucune. Quel genre de tueur va se présenter simplement parce qu'il voit les parents de sa victime éplorés ? Si vous êtes capable de tuer une gamine, ce ne sont pas quelques larmes face à une caméra qui vont réveiller votre conscience.

— Mais peut-être que la famille du meurtrier, sa femme, sa mère...

Blake secoua la tête.

— Allons. Pensez à ce qu'ils ont à perdre. La plupart des gens s'en foutent, surtout s'il faut livrer un membre de la famille à la police.

— Vraiment ?

Je n'arrivais pas à y croire.

— Ils préfèrent vivre avec un assassin ?

— Réfléchissez, répondit Blake en détaillant les points sur ses doigts. Le chaos le plus complet – votre entourage s'en trouve complètement bouleversé. Perte de revenus – imaginez que celui qui gagne le plus se fait coincer, et c'est tout le reste de la famille qui se retrouve à vivre des allocs. On caillasse vos fenêtres, vous avez des graffiti sur vos murs, les gens chuchotent sur votre passage quand vous allez faire vos courses.

Les voisins vous détestent, fini les conversations par-dessus la haie. Sans compter que vous dénonceriez quelqu'un que vous aimez, vous ?

— Mais Jenny a été assassinée ! Une petite fille de douze ans qui n'avait rien fait de mal… Comment peut-on rester loyal vis-à-vis de quelqu'un qui serait responsable d'une mort pareille ?

Il secoua la tête.

— La loyauté est une émotion forte. On a du mal à aller à l'encontre de ça et à faire ce qui est juste. On peut comprendre pourquoi certains préfèrent détourner le regard.

Je repensai aux questions des journalistes. Puisque Blake semblait enclin à la confidence, il y avait quelque chose que j'avais besoin de savoir.

— L'autopsie… Ont-ils… A-t-elle été… violée ?

Il hésita une seconde. Puis :

— Pas en tant que tel.

— Qu'est-ce que ça signifie ?

— Pas récemment, énonça-t-il lentement.

Sa bouche se pinça dans une expression sombre. Mes yeux s'écarquillèrent.

— Alors vous avez vu… Il y avait des signes…

— Nous avons découvert qu'elle était enceinte de quatre mois.

Il s'était exprimé calmement, sur un ton sec et neutre. Je ne pus même pas prétendre avoir mal entendu.

— Mais ce… ce n'était qu'une *enfant*, parvins-je finalement à articuler.

Mes poumons semblaient manquer d'air ; je n'arrivais pas à reprendre mon souffle correctement.

— Elle avait presque treize ans.

Il fronça les sourcils.

— Je n'aurais pas dû vous dire ça – rien de tout ça. Vous êtes la seule à le savoir en dehors de la police. Si cela se répand, je saurai d'où vient la fuite.

— Inutile de me menacer. Je ne dirai rien.

Je me voyais mal aller raconter à quiconque ce que Blake venait de m'apprendre. Ce que cela impliquait était trop terrible pour être envisagé.

— Je n'essayais pas de vous intimider. C'est juste… Je pourrais avoir de sérieux ennuis pour vous avoir confié quelque chose qui aurait dû rester secret, vous voyez ?

— Alors pourquoi m'en avoir parlé ? répliquai-je, agacée.

Il haussa les épaules.

— J'imagine que je ne voulais pas vous mentir.

Je ne répondis pas – j'étais incapable de la moindre réaction. Mais mon visage me cuisait. Je connaissais à peine le lieutenant, cependant il avait un talent indéniable pour me prendre au dépourvu.

Il me regarda avec compassion.

— Rentrez donc chez vous. Il y a plus aucune raison pour vous de rester ici, si ?

Je fis non de la tête et il se retourna pour regagner le hall de l'école. La main sur la poignée, il marqua un temps d'arrêt, s'arma de courage. Puis il ouvrit la porte et disparut.

1992
Disparu depuis huit heures

Ma joue est enfoncée dans l'un des coussins posés contre le dossier du canapé. À chaque inspiration, à chaque expiration, le tissu soyeux approche un peu de ma bouche puis retombe. Je regarde le mouvement à travers mes cils. J'inspire. J'expire. J'inspire. J'expire.

Je dors depuis un moment, pas longtemps. J'ai le cou raide à cause de la position bizarre dans laquelle je suis allongée, et j'ai froid. Je veux aller me coucher. Je pense à ce qui m'a réveillée. J'entends des voix : mes parents et deux inconnus, un homme, une femme. Je demeure absolument immobile et garde une respiration régulière tout en les écoutant. Je refuse qu'on me pose d'autres questions. J'en veux à Charlie de tous ces ennuis.

— Des problèmes à l'école dont vous auriez entendu parler ? Des brutalités ? Il ne fait pas ses devoirs ?

Maman répond, d'une voix faible et lointaine :

— Charlie est un bon garçon. Il aime l'école.

— Souvent, on découvre qu'il y a eu une dispute à la maison lorsqu'un enfant disparaît. Une brouille avec les parents, les frères et sœurs, quelque chose comme ça. S'est-il produit un incident de cette sorte chez vous ?

Il y avait dans cette interrogation plus de douceur, la femme s'exprimait d'un ton apaisant.

— Certainement pas, rétorque mon père.

Il a l'air tendu, en colère.

— Eh bien, nous avons eu quelques mises au point. Il grandit. Se rebelle un peu. Mais rien de sérieux.

Lorsque ma mère cesse de parler, il y a un silence. Mon nez me démange. J'ai très envie de lever la main pour le gratter, mais cela me trahirait. Au lieu de ça, je me mets à compter. Quand j'en suis à trente, la démangeaison n'est plus qu'une chatouille.

— Alors vous pensez que la petite demoiselle sait où il se trouve, c'est ça ?

Le choc qui me secoue est si violent que je manque de sursauter.

— Vous voulez bien la réveiller pour qu'on puisse lui parler ?

Quelqu'un touche ma jambe nue juste sous le genou et l'agite gentiment. J'ouvre les yeux, m'attendant à voir ma mère, mais c'est papa qui se tient à côté de moi. Maman est assise à l'autre bout de la pièce, de travers sur une chaise droite, elle fixe le sol. Son bras pend par-dessus le dossier, elle se mord l'ongle du pouce, signe qu'elle est nerveuse, en colère ou les deux.

— Allez, réveille-toi, dit mon père. La police est là.

Je me frotte les yeux et regarde les deux inconnus. Ils sont en uniforme, chemise blanche aux manches remontées, pantalon foncé tout froissé et défraîchi d'avoir été porté pendant toute cette chaude journée. La femme me sourit.

— Ça va ?

Je réponds d'un hochement de tête.

— Comment t'appelles-tu, ma puce ?

— Sarah, dis-je, timide, d'une voix basse et un peu rauque d'avoir gardé le silence trop longtemps.

Le ton de la policière se fait plus aigu maintenant qu'elle s'adresse à moi. Du mascara bleu roi s'est faufilé dans les petites rides autour de ses yeux. Ces lignes bleues forment de minuscules paquets tout serrés lorsqu'elle me sourit, en se penchant vers moi.

— Tu crois que tu pourrais me dire où il est ?

Je secoue la tête d'un air solennel. Si je pouvais, je vous le dirais, pensé-je sans le prononcer à haute voix. Les deux agents échangent un coup d'œil rapide. Pendant une seconde le regard froid de l'homme se reflète dans celui de la femme, puis elle se retourne vers moi en souriant à nouveau.

— Pourquoi tu ne me montres pas la chambre de ton frère, tu veux bien ?

Je me tourne vers ma mère, en quête d'un conseil.

— Allez, dépêche-toi, me dit-elle sans m'accorder un regard.

Je me lève et je quitte la pièce à regret, je me dirige vers l'escalier, suivie par la femme. Je ne l'ai jamais rencontrée, mais je parie qu'elle se vante d'être douée avec les enfants, que lorsque la porte se refermera derrière nous elle se baissera à ma hauteur et, les yeux dans les yeux, me demandera encore une fois si je sais où est parti mon frère. Je monte lentement les marches, la main sur la rampe, en espérant que, lorsque nous entrerons dans la chambre de Charlie, il s'y trouvera.

4

Le téléphone sonnait lorsque je passai la porte. Je m'empressai de décrocher, sachant que ma mère ne se donnerait pas cette peine. Je soulevai le combiné, la mâchoire serrée ; la dernière chose que je souhaitais était parler à qui que ce soit d'autre aujourd'hui, mais j'étais incapable d'ignorer le son strident, comme le faisait si bien ma mère. Il s'agissait sûrement d'un démarchage quelconque, de toute façon.

— Allô ?
— Sarah ?

La voix au bout du fil était chaleureuse, pleine de sollicitude.

— Comment vas-tu, ma chérie ?
— Ça va, tante Lucy, répondis-je.

Aussitôt la tension en moi s'apaisa, je m'installai sur la première marche de l'escalier.

Tante Lucy était la sœur aînée de ma mère. Trois ans seulement les séparaient, mais elle avait toujours materné sa cadette. Sur toutes les photographies de leur enfance, on la voyait pousser le landau de ma mère ou la tenir par la main. Sans se plaindre, avec abnégation, tante Lucy avait été présente pour elle à la disparition de Charlie. De tous les amis de la famille, elle était la seule que ma mère n'avait pas réussi à repousser. Si je n'avais d'autre raison pour aimer tante Lucy, sa loyauté vis-à-vis de sa sœur, aussi difficile celle-ci fût-elle devenue, y aurait suffi. Tante Lucy ne baissait jamais les bras.

— J'ai pensé à toi à l'instant où j'ai appris la nouvelle, pour cette pauvre petite fille. Comment va ta mère ?

Je me penchai pour m'assurer que la cuisine était vide.

— Je ne l'ai pas encore vue. Je ne l'ai pas croisée ce matin. Je ne sais même pas si elle est au courant.

— Autant éviter de la perturber, si elle ne sait rien, dit-elle d'un ton inquiet. Je ne sais pas comment elle va réagir. Je n'arrivais pas à y croire quand j'ai vu les informations. L'endroit où elle a été découverte, c'est tout près de chez vous, non ?

— Oui, dis-je, les larmes me montant aux yeux malgré moi.

Je m'éclaircis la gorge.

— Jenny était à l'école Edgeworth. C'était une de mes élèves, tante Lucy.

Oh, et au fait, c'est moi qui ai découvert le corps.

Je ne pouvais me résoudre à prononcer ces mots à haute voix.

Elle s'étrangla.

— Et tu la connaissais… C'est affreux. Ça ne va faire qu'empirer les choses pour ta mère, tu sais.

Je serrais si fort le téléphone que le plastique du combiné couina en protestation. J'écartai les trois premières choses qui me venaient à l'esprit, pour éviter de blesser ma pauvre tante, qui ne pensait pas à mal – ce n'était pas sa faute. Nous passions une bonne part de notre vie à craindre les réactions de ma mère, attirés dans son orbite émotionnelle par l'impressionnante force de gravitation de l'autoapitoiement qu'elle manifestait à longueur de temps. J'avais envie de punir tante Lucy pour ne penser qu'à ma mère et pas aux Shepherd, aux amis de Jenny et même à moi. Mais je ne le fis pas. Pour finir, je parvins à gommer de ma voix presque toute trace d'irritation lorsque je répondis, d'une phrase un peu raide :

— Bien entendu, je ne lui dirai rien qui risquerait de la perturber. Jamais je n'évoquerai ce lien avec moi.

Il y eut un imperceptible blanc avant qu'elle ne reprenne la parole, et je me fis l'effet d'une ingrate. Elle me connaissait assez bien pour avoir remarqué mon agacement, même sans en comprendre la cause. Elle ne méritait pas ça.

— Comment va-t-elle, ces jours-ci ?
— Toujours pareil.

Un petit bruit compatissant et soucieux me parvint de l'autre bout du fil, qui me fit sourire toute seule, je l'imaginais assise au bord de son lit, une version de ma mère en plus petite, mais coiffée et maquillée avec soin ; j'avais toujours pensé qu'elle gardait son mascara même la nuit. Elle appelait de la chambre pour ne pas déranger oncle Harry. Il aimait sa tranquillité. Je me demandais parfois si c'était pour cette raison qu'ils n'avaient jamais eu d'enfants ou s'ils n'avaient tout simplement pas pu. Je n'avais jamais osé poser la question. Du coup, elle avait eu toute liberté d'être une tante merveilleuse pour moi – même une mère, parfois.

— Ça n'est pas facile pour toi, n'est-ce pas ? s'enquit mon adorable tante.

Comme d'habitude, je me sentis instantanément consolée.

— Pour être honnête, je ne la vois pas beaucoup. Je garde mes distances.

— Tu as réfléchi, tu ne veux pas déménager ?

Je levai les yeux au ciel.

Excellente suggestion, tantine. Merci d'y avoir pensé.

— Je ne crois pas que ce soit le moment idéal pour amener le sujet sur le tapis, étant donné ce qui se passe.

Elle émit un petit grognement.

— Si tu attends sans cesse le bon moment, tu ne partiras jamais. Il y aura toujours une bonne raison pour ne pas franchir le pas. Alors qu'en réalité, la seule qui t'en empêche, c'est *toi*.

Sacrée tante Lucy, en mission pour sauver la dernière survivante du naufrage familial. C'était elle qui m'avait encouragée à prendre le nom de jeune fille de ma mère et à abandonner celui de Barnes, pour me protéger de la curiosité et des spéculations ; elle qui m'avait apporté les piles de prospectus d'universités lors de mon année de terminale et avait ensuite supervisé mon inscription en fac. Elle avait fait tout ce qui était en son pouvoir pour m'empêcher de revenir vivre avec ma mère à la maison, une fois mon diplôme obtenu et ma formation d'enseignante achevée. Mais c'était ma responsabilité. Quoi qu'en dise ma tante.

Un bruit derrière moi me fit sursauter, je me retournai. Ma mère, en haut de l'escalier. En train d'écouter.

— Maman ! m'exclamai-je, en remontant le fil de ma conversation aussi loin que je m'en souvenais, pour m'assurer que je n'avais rien dit qui ait pu l'offenser.

— Il faut lâcher prise, Sarah. Oublie-la, pépia ma tante, pas au fait de ce qui se passait de mon côté de la ligne. J'aime ta mère de tout mon cœur, mais c'est une adulte, elle doit vivre avec la décision qu'elle a prise. Toi, tu dois faire ta vie, tu ne peux pas la laisser te la prendre aussi. Et puis, c'est mauvais pour elle d'habiter là, dans un... un... musée. Je lui ai répété qu'il fallait qu'elle tourne la page, qu'elle commence une nouvelle vie. Je m'occuperai d'elle, tu sais. Elle sera sur pied en un rien de temps...

— Euh, non, tante Lucy, commençai-je, les yeux braqués sur ma mère, pieds nus, en chemise de nuit sous un antique gilet grignoté par les mites.

— Lucy ! s'écria ma mère en dévalant l'escalier jusqu'à moi, la main tendue vers le téléphone. Je voulais justement lui parler...

Ses yeux n'étaient pas tout à fait fixes, ils oscillaient de droite à gauche, j'en conclus qu'elle devait déjà avoir quelques verres dans le nez, mais elle semblait assez maîtresse d'elle-même. Je lui tendis le téléphone et me redressai en marmonnant quelque excuse impliquant la préparation du dîner. Comme je me dirigeais vers la cuisine, je l'entendis qui disait :

— Oh ! Luce. Tu as vu les infos ? Je ne sais pas si je vais pouvoir le supporter...

Je refermai la porte de la cuisine derrière moi, tout doucement, et demeurai plantée au milieu de la pièce. Mes poings s'étaient serrés malgré moi et je dus me forcer pour déplier mes doigts un à un. J'attendis que la partie « bonne fille » de mon cerveau ait convaincu la partie « mauvaise fille » de ne pas détruire la cuisine à coups de pied. Bien entendu, ce n'était pas la peine de s'attendre à ce que ma mère ait d'abord une pensée pour Jenny ou ses parents. Comme toujours, il n'était question que d'elle.

Le dîner que je préparai se composa finalement d'une boîte de haricots à la tomate et de toasts. Il ne restait pas grand-chose dans le réfrigérateur. J'allais devoir faire des courses, en avais-je conclu en jetant à la poubelle quelques feuilles de céleri jaunies et caoutchouteuses, ainsi qu'un sachet de tomates qui s'était liquéfié dans le bac à légumes, mais c'était au-dessus de mes forces pour l'instant. Haricots et toasts feraient l'affaire. Par chance, nous n'étions ni l'une ni l'autre particulièrement affamées. Je mangeai les haricots du bout des lèvres, ils étaient durs comme la pierre dans leur sauce figée, tachetés de noir pour avoir attaché au fond de la casserole. Je n'avais pas été très concentrée sur la préparation du repas, ce qui était plutôt compréhensible. Ma mère ne fit même pas semblant de manger. Elle resta assise là, les yeux dans le vague, jusqu'à ce que je décide que le dîner était terminé et ramasse son assiette, intacte.

— Va regarder la télé, maman. Je me charge de la vaisselle.

Elle se traîna jusqu'au salon. Avant d'ouvrir le robinet, j'eus le temps d'entendre la télévision revenir à la vie brutalement au beau milieu d'une publicité inepte. Le programme lui importait peu. C'était juste une occupation pendant qu'elle absorbait ses apports caloriques quotidiens sous forme liquide.

La vaisselle était une thérapie bon marché ; je trimai sur la casserole brulée jusqu'à ce que la dernière trace de sauce tomate ait disparu, sans penser à rien de précis. Je me sentais sur les nerfs, sans qu'il y ait à cela de véritable raison. Depuis la fenêtre de la cuisine, les contours du jardin devenaient de plus en plus flous, se fondant dans l'obscurité. La lumière du soir avait des reflets nacrés, teintés de bleu et de violet, tout était calme et serein. Impossible d'imaginer que vingt-quatre heures plus tôt je m'étais retrouvée au cœur de cette tempête d'activité durant laquelle la police avait écouté le peu que j'avais à leur apprendre comme si moi et moi seule détenais le secret susceptible de résoudre l'affaire. Impossible d'accepter que nous étions tous arrivés trop tard dans les bois ; trouver l'assassin de Jenny n'était qu'un piètre recours quand on aurait pu la découvrir, elle, vivante. Je me séchai les mains avec le torchon en soupirant ; je me sentais déprimée, en vérité. Était-ce parce que je me trouvais sur la touche – après tout, c'était ce que j'avais souhaité – ou à cause de l'effet à retardement des émotions de la veille, je n'aurais su le dire. Qu'est-ce que je cherchais, finalement ? Une nouvelle occasion de tenir tête au lieutenant Blake ? Un moment sous le feu des projecteurs ? Obtenir un accès privilégié au dossier ? Il fallait que je me reprenne et que je continue à vivre normalement, aussi monotone cette perspective fût-elle.

La fatigue me brouillait les yeux, j'éteignis la lumière et gagnai le salon où le journal du soir venait juste de commencer. Je pris place à côté de ma mère sur le canapé, en me collant délibérément au dossier pour qu'elle ne puisse voir mon visage sans tourner la tête. Je voulais pouvoir regarder en paix, sans m'inquiéter de ce qu'elle pensait.

Les titres défilèrent sur fond d'une photo de Jenny, un portrait scolaire qui remontait à quelques mois. La cravate de son uniforme était soigneusement nouée, comme elle ne l'était jamais dans la vie, ses cheveux tirés en une queue-de-cheval nette. Sourire pincé ; le photographe s'était montré désagréable, je m'en souvenais – un grincheux, qui traitait les filles comme des idiotes. Il avait déplu à tout le monde. Je fixai l'image sur l'écran en essayant de la faire coïncider avec ce que m'avait appris Blake – « Nous avons découvert qu'elle était enceinte de quatre mois… » –, mais le visage à la télévision était celui d'une enfant. Et j'étais bien placée pour savoir que c'était la véritable Jenny, non ? Je la voyais presque tous les jours depuis qu'elle était inscrite dans cette école ; je lui avais parlé des centaines de fois. Il ne s'agissait pas de l'une de ces affaires où la photographie transmise à la presse est en décalage avec la réalité d'une victime tombée dans la drogue ou la rébellion avant de connaître une fin tragique. Elle était véritablement la fillette adorable et gentille que montrait ce portrait. Je l'avais crue innocente, sereine, franche. Comment avais-je pu me tromper à ce point ?

Le présentateur en costume sobre, la mine grave, donna un bref résumé de ce qui avait été rendu public à propos de la mort de Jenny. Le reportage s'ouvrait sur des images de la conférence de presse : Vickers d'abord, puis les Shepherd. La lumière dure des projecteurs soulignait les cernes noirs sous leurs yeux, les sillons qui encadraient la bouche de Michael Shepherd. J'espérais que cela inciterait quelqu'un à contacter la police, quoi qu'en dise Blake. Après quoi, une envoyée spéciale apparut à l'écran, avec l'école en toile de fond. Je la reconnus pour l'avoir vue à la conférence de presse ; elle était assise à l'un des premiers rangs. Je l'avais trouvée jolie, avec ses sourcils sombres bien dessinés, ses pommettes saillantes et sa grande bouche. Son chemisier rouge et ses cheveux noirs brillants passaient bien à la caméra, aussi, très vifs sous les projecteurs. Sa voix était soigneusement modulée, son accent neutre. Je me forçai à écouter ce qu'elle disait :

« Nous connaissons donc l'identité de la victime, Jennifer Shepherd, nous savons également comment elle est morte. Si la police en sait davantage, elle ne nous en tient pas informés. Des questions se posent sur la manière dont elle s'est noyée et dont elle a pu arriver dans les bois non loin d'ici. Bien entendu, la plus grande interrogation entre toutes reste celle-ci : qui l'a tuée ? »

Elle fut remplacée par de nouvelles images enregistrées, les Shepherd traversant le bâtiment de l'école, Valerie en guise de vaillant petit brise-glace pour leur ouvrir un chemin à travers la foule. La voix off de la journaliste poursuivait :

« Pour les parents et la famille de Jenny, un supplice déchirant. Pour ses camarades... »

Apparut alors un groupe de filles blotties les unes contre les autres, en larmes.

« ... un rappel alarmant que le monde est un endroit violent. Et pour tous ceux qui connaissaient Jenny, une perte terrible. »

Sur ces trois derniers mots, la séquence changea à nouveau. Et, bouche bée, je vis apparaître Geoff Turnbull, qui serrait dans ses bras une jeune femme aux longs cheveux blonds et bouclés, une femme petite et fine qui semblait bouleversée. Moi. Chaque muscle de mon corps se raidit au malaise qui m'envahit. De toutes les scènes qui auraient pu être incluses, de toutes les images pleines d'émotion qu'ils auraient pu utiliser, il avait fallu qu'ils choisissent celle-là. Je me souvins de ce que je pensais à ce moment précis : j'essayais désespérément d'échapper à cette étreinte.

— Incroyable, articulai-je silencieusement en secouant la tête.

Ma mère fixait l'écran, impassible.

— Louisa Shaw, notre envoyée spéciale dans le Surrey, merci, conclut le présentateur en pivotant vers une autre caméra, comme surgissait derrière lui une image de robinet.

J'attendis que ma mère évoque mon apparition au journal, mais elle continuait de regarder la télévision, les yeux vides, apparemment absorbée par un sujet sur la tarification de l'eau. Peut-être ne m'avait-elle pas reconnue. Eh bien, au moins, cela m'épargnait les explications. J'étais on ne peut plus fatiguée. Je voulais en finir avec cette journée, cette semaine, tout.

— Je monte me coucher, maman.
— Dors bien, répondit-elle machinalement, sans remarquer qu'il faisait à peine nuit dehors et que j'avais environ deux heures d'avance sur mon horaire habituel.

Je la laissai devant son écran. J'aurais pu parier qu'elle n'avait qu'une chose à l'esprit : Charlie.

L'ampoule de la lampe surmontant le lavabo de la salle de bains avait grillé. Le plafonnier dispensait une lumière grisâtre qui donnait à ma peau un teint cadavérique, colorait mes lèvres de bleu, soulignait d'ombre mes yeux, leur conférant un aspect terne et noir. Je m'observai dans le miroir en pensant à Jenny. Pendant un instant, je la revis telle qu'elle avait été, vivante, puis telle que je l'avais découverte dans les bois. Il manquait quelque chose dans cette seconde image – ce qui avait fait d'elle celle qu'elle était. Cela avait disparu. « Éteindre la lumière, et puis éteindre cette lumière. » Shakespeare avait tout compris, avec son pauvre Maure confus et assassin. « Une fois la rose cueillie, je ne pourrai lui rendre la vie, il faudra qu'elle se fane... »

Je quittai la salle de bains pour rejoindre mon lit dans la pénombre de ma chambre, me glissant sous les couvertures avec un soupir. Je fixai le plafond, attendant que le sommeil vienne. J'aurais dû ressentir de la colère, du chagrin, une forme de détermination. Mais je me sentais avant tout anesthésiée.

Au matin, je me rendis à l'école sans enthousiasme aucun. J'étais bien obligée : Elaine avait insisté pour que les professeurs soient présents, même si les élèves ne l'étaient pas. J'imaginais que plus d'un collègue aurait vu les informations, je ressentais déjà sur ma peau le picotement symptomatique de ma gêne. En fait, lorsque je franchis le portail, les premières personnes que j'identifiai furent trois filles de la classe de Jenny : Anna Philips, Corinne Summers et Rachel Boyd. Elles étaient vêtues de manière décontractée, en jean et sweat-shirt à capuche. Je les vis qui se serraient ostensiblement les unes contre les autres devant les nombreuses équipes de télévision et les journalistes qui assiégeaient l'école. À bien y regarder, cependant, il y avait quelque chose de sincère dans cet étalage d'émotions, quelque chose de vrai – elles avaient le teint rose marbré de celles qui ont trop pleuré, n'étaient en rien pomponnées pour les caméras. Je me garai sur la première place disponible et sortis rapidement de la voiture pour accomplir mon devoir de garde du corps, conseillère ou amie, quel que soit leur besoin.

Elles étaient venues déposer des fleurs, compris-je lorsque je m'approchai. Un autel improvisé avait surgi le long de la grille, qui réunissait des cartes, des ours en peluche – des ballons, même –, ainsi que des affiches illustrées de photos trouvées dans le journal. Le visage de Jenny apparaissait encore et encore sur ces mauvaises reproductions floues de coupures de presse. Et bien entendu, il y avait des bouquets de fleurs, aux couleurs trop vives dans leur papier d'emballage bigarré. Des bougies vacillaient faiblement sous le soleil éclatant. En passant devant la grille, je lus quelques-unes des cartes et affiches.

Un petit ange trop tôt disparu. Nous ne t'oublierons pas, Jennifer. Je ne te connaissais pas, mais je penserai toujours à toi… Cet assemblage était une manifestation du besoin désespéré des gens de s'impliquer dans la tragédie, de montrer à quel point ils étaient touchés. C'était spectaculairement vain.

Je n'eus pas à me creuser les méninges pour inciter les filles à venir me parler ; elles approchèrent à l'instant où elles remarquèrent ma présence. C'était là la différence entre des enfants et des adolescents, pensai-je. Un an de plus et elles seraient parties de l'autre côté, juste pour éviter de devoir parler à un professeur. Ces filles étaient simples, confiantes. Des proies faciles. Jenny était comme elles.

— Comment allez-vous ? m'enquis-je, tout en les entraînant vers un banc hors de portée des médias, situé à l'intérieur de l'enceinte de l'école.

Corinne, une grande perche au teint mat, toute mince, me répondit d'un petit sourire.

— Ça va. On a du mal à se rendre compte.

— La police vous a déjà contactées ? demandai-je.

Les trois têtes firent non simultanément.

— Si les policiers jugent nécessaire de vous parler, commençai-je en choisissant soigneusement mes mots, il se peut qu'ils vous interrogent sur la vie de Jenny.

Trois oui de la tête.

— Ils vont peut-être vous poser des questions sur les gens que Jenny connaissait, ses amis.

Nouveau hochement de tête.

— Et, éventuellement, sur certaines personnes dont ses parents n'ont peut-être jamais entendu parler, ajoutai-je.

Ces mots me valurent un regard étonné de la part de Corinne et d'Anna, dont le petit visage rond et le corps robuste me faisaient irrésistiblement penser à un hamster. Quant à Rachel, ses yeux bleus pivotèrent vers le sol, pour ne plus le quitter.

Intéressant.

— Si jamais Jenny avait des amis secrets, la police pourrait y voir une piste permettant de retrouver celui qui l'a tuée, dis-je pour voir si je provoquais une quelconque réaction chez Rachel.

Sa moue naturelle lui donnait en permanence un air boudeur, la plupart du temps trompeur – peut-être pas aujourd'hui. Elle ne cilla pas, ses yeux demeurèrent rivés sur l'herbe à nos pieds.

Anna s'éclaircit la gorge. Elle semblait encore plus bouleversée qu'auparavant.

— Jenny était notre copine, madame, mais on ne sait rien sur celui qui l'a tuée, je vous jure...

Je m'empressai de la rassurer :

— Personne ne croit que vous êtes impliquées, Anna. Simplement, si elle a mentionné qui que ce soit de bizarre, quelqu'un qui aurait pu lui demander de faire quelque chose ou de la voir, vous vous en souviendriez, n'est-ce pas ? Quelqu'un en dehors de l'école ? Un petit ami, peut-être ?

Corinne secoua la tête.

— Elle ne sortait avec personne. Ça, c'est clair. Impossible.

— Tu en es sûre ? insistai-je. Personne ? Rachel ?

À cet instant, la jeune fille s'arracha à la contemplation du sol pour me regarder droit dans les yeux, avec une expression si franche et si candide que je sus, avant même qu'elle n'ouvre la bouche, qu'elle était sur le point de mentir.

— Non. Personne.

— Et vous seriez au courant si elle avait des ennuis à la maison ? Y avait-il quelque chose qui la chagrinait ?

Trois non. Je lâchai un petit soupir. C'était inutile.

— Bien, repris-je d'un ton plus léger. Enfin, si quelque chose vous revient, n'ayez pas peur d'en parler à quelqu'un. Vous ne vous ferez pas gronder.

Dans un chœur de « oui, merci, au revoir », les trois filles se levèrent d'un bond. Je les regardai s'éloigner et disparaître à l'angle de l'école. J'avais fait de mon mieux, mais j'avais du mal à ne pas me sentir découragée. Fallait-il que j'en touche un mot à quelqu'un, Vickers ou je ne sais qui, pour les avertir que Rachel savait peut-être quelque chose d'important ? Qui m'écouterait ? Et comment être sûre que j'avais raison ?

Je m'attardai quelques minutes de plus sur le banc, tournant et retournant le problème dans ma tête. Je ne pouvais rien faire, décidai-je finalement. J'allais devoir attendre qu'elle se confie à moi. Je venais d'arriver à cette conclusion quand je vis une petite silhouette traverser le parking. Rachel, débarrassée de ses amies. Elle avait laissé tomber le masque de la neutralité et lorsqu'elle approcha je lus le trouble sur son petit visage encore marqué des rondeurs de l'enfance.

— Madame Finch, je n'en suis pas sûre, mais… commença-t-elle en jetant un coup d'œil par-dessus son épaule. Je ne voulais rien dire devant les autres parce que Jenny m'a demandé de n'en parler à personne…

Je me redressai sur mon siège, en tentant de garder un calme apparent.

— De quoi s'agit-il, Rachel ?

La jeune fille semblait de plus en plus bouleversée.

— Vous vous rappelez ce que vous nous avez demandé ? Si elle connaissait des personnes en dehors de l'école ? Eh bien, un jour, elle m'a montré une photo d'elle avec… avec son petit ami.

— Son petit ami ? Tu en es certaine ?

Ma voix avait pris un ton bien trop excité ; le doute apparut dans le regard de Rachel et je compris qu'elle était à deux doigts de se fermer comme une huître, sans lâcher ses secrets. Je pris une grande inspiration et demandai, très doucement :

— Qui est-ce ?

— Je ne sais pas. Quelqu'un qu'elle voyait après l'école.

— Tous les jours ?

Rachel secoua la tête.

— Non. Elle avait un copain, un garçon qu'elle connaissait. Elle allait le voir plusieurs fois par semaine.

— Et c'était lui, sur la photo ?
— Non !

Rachel commençait à s'énerver après moi.

— C'était juste un ami. Mais c'est son frère aîné qu'elle aimait bien.

— OK, dis-je calmement. Et comment s'appelle-t-il, le frère ?

Elle haussa les épaules.

— Elle ne m'a rien dit.

— Bon, et le nom de son ami ?

— Elle ne me l'a pas dit non plus. Je ne sais rien de plus sur eux sauf… sauf que…

Je patientai.

— Son petit ami… La personne sur la photo… Il est *vieux*, madame Finch. Adulte. Je n'ai vu que le côté de son visage parce qu'il l'embrassait, mais c'est un adulte, c'est sûr.

— Adulte comme un parent ou comme moi ?

Il était inutile de lui demander de se montrer plus précise ; aux yeux d'une fillette de douze ans, nous étions tous vieux, mais j'eus le sentiment qu'elle saurait faire la différence entre une personne âgée d'une petite vingtaine d'années et une de trente-cinq ans ou plus.

— Adulte comme vous. Madame, vous croyez vraiment… Vous pensez qu'il pourrait savoir qui a tué Jenny ?

Le petit ami adulte d'une gamine de douze ans qui se trouve avoir été assassinée et abandonnée au milieu d'une forêt ? Oh, j'imagine que oui, pensai-je ; au lieu de quoi, je répondis :

— Peut-être. Mais ne t'inquiète pas. Tu as bien fait de m'en parler. Je suis sûre que la police l'a déjà retrouvé.

Je parlais sans vraiment réfléchir, concentrée sur le fil de mes pensées. Ainsi, les choses n'étaient pas plus compliquées que ça : une amourette irraisonnée avait donné lieu à une relation inconvenante, qui s'était soldée par une grossesse accidentelle et, pour finir, par une résolution violente du problème. Toutes les pièces du puzzle se mettaient en place. La police le tenait sûrement déjà en garde à vue. Il suffirait que je la mette en rapport avec Rachel, celle-ci confirmerait ce que les policiers savaient déjà et tout serait terminé, en gros. Justice serait rendue, Jenny serait vengée, les Shepherd et tous ceux qui la connaissaient auraient de la peine, mais tout reviendrait à la normale, pour l'essentiel. Et j'aurais contribué à éclaircir l'affaire. Changé les choses, bien qu'il fût trop tard pour sauver Jenny.

Je remarquai que Rachel se balançait d'avant en arrière, de plus en plus agitée ; j'étais visiblement en train de passer à côté d'un point important.

— Ne t'en fais pas, répétai-je. Les enquêteurs vont découvrir de qui il s'agit et où il vit. Les parents de Jenny le leur diront.

Lorsqu'elle reprit la parole, sa voix était haut perchée, étranglée de sanglots :

— C'est ça, le... le problème. Elle n'a jamais dit à ses parents où elle allait. Elle leur faisait croire qu'elle était chez moi, et ils n'ont jamais rien su. Je ne connais pas son petit ami, j'ai menti pour elle et maintenant elle est morte !

Un peu moins d'heure plus tard, j'arrivai dans le bureau d'Elaine, accompagnée de Rachel et de sa mère ;

Vickers contemplait le paysage par la fenêtre d'un air morose. Je devinai qu'il ne distinguait pas grand-chose des bouleaux plantés là. L'impression générale qui se dégageait de lui était celle d'un homme au tréfonds du désespoir. L'enquête ne semblait pas progresser de manière satisfaisante, contrairement à ce qu'avait affirmé son attachée de presse le matin même aux informations. Cela dit, cela devait faire trois ou quatre fois que je le voyais et à chaque rencontre il m'avait paru déprimé au plus haut point, mieux valait donc s'abstenir d'en tirer des conclusions hâtives.

— Bonjour, dis-je doucement en donnant un petit coup sur la porte ouverte.

Il se retourna, son air de chien battu s'atténua légèrement. Un quart de seconde plus tard il vit Rachel, un peu en retrait derrière moi, l'affliction incarnée ; le nez encore rouge, elle tirait nerveusement sur les manches de son sweat-shirt de manière à y dissimuler ses mains. Il m'interrogea du regard, l'épuisement balayé par cette acuité d'esprit que j'avais remarquée chez lui.

— Voici Rachel, une amie de Jenny, annonçai-je. Elle m'a parlé de la vie de Jenny en dehors de l'école, j'ai pensé qu'il y avait là quelques détails qui pourraient vous intéresser.

Je ne voulais pas en dire trop. Je m'étais montrée délibérément prudente au téléphone avec Mme Boyd lorsque je lui avais demandé de nous rejoindre à l'école, pour éviter qu'elle s'imagine sa fille en témoin clé de l'affaire et soit saisie d'une panique surprotectrice. J'espérais que Vickers saurait lire entre les lignes.

Il lui sourit, et toutes les rides de son visage s'adoucirent.

— Rachel, c'est ça ? Et voici ta maman ? Très bien. Nous allons nous installer dans une petite salle de réunion pour discuter un peu, ça te va ?

Sans paraître les presser, il les avait déjà fait passer dans la pièce où avaient lieu les entretiens, équipée de fauteuils et d'une table basse. Une femme agent de police fit son entrée de nulle part et s'assit dans un coin, bloc-notes à la main. Je m'attardai dans le couloir, désireuse d'expliquer à Vickers que j'avais croisé Rachel par hasard, que je n'avais pas eu l'intention d'intervenir.

Le capitaine traversa la pièce pour fermer la porte, s'arrêta en me voyant là. Il se pencha et, d'une voix trop basse pour que les personnes derrière lui puissent l'entendre, murmura :

— Merci, Sarah. Votre aide a été très précieuse. Je ne vais pas vous retenir plus longtemps.

Sur ce, il ferma la porte. Je restai là quelques instants encore, à fixer le bois vide, dont je n'apprendrais rien, déconcertée. J'avais la très nette impression de m'être fait congédier.

1992
Disparu depuis trois jours

— Nous voulons un nouveau communiqué télévisé.

Le gros policier est assis à la table de la cuisine. Sa chemise est sombre sous les bras et ornée de deux demi-lunes humides sur la poitrine. Il fait chaud dans la pièce, dehors aussi, mais personne d'autre que lui ne transpire. De temps à autre, il essuie son visage, épongeant les gouttes de liquide qui dégoulinent de la racine de ses cheveux jusqu'à sa mâchoire. À chaque fois qu'il recommence l'opération, il marmonne – «Mon Dieu, c'est pas vrai…» –, alors je le regarde, concentrée, j'observe la sueur qui perle à la surface de sa peau, les gouttes qui enflent et se rejoignent, au point d'être assez lourdes pour ruisseler vers le bas, comme de la pluie sur une vitre.

— Encore ? dit papa, dont le visage a une teinte grisâtre. Quel est le problème ? Le premier ne suffit pas ?

Le policier écarte les mains, mimant l'impuissance.

— J'ai fait ce que j'étais censé faire, mais…

— C'est une perte de temps pour tout le monde. Je vous avais prévenu que ça ne servirait à rien, toutes ces imbécillités sur le thème «S'il te plaît rentre à la maison, tu ne te feras pas disputer »... Comme si Charlie ne serait pas déjà rentré s'il l'avait pu ! Comme s'il restait loin de nous volontairement !

— Je suis d'accord, ça ne nous a menés nulle part.

— Alors quel intérêt à recommencer ?

— Nous allons changer l'angle du communiqué. Nous voulons en appeler à la personne qui serait avec lui. Nous redoutons qu'il ne soit retenu prisonnier.

Mon père croise les bras.

— Ah, alors comme ça, vous avez enfin décidé de croire à un enlèvement ?

— Selon notre point de vue, c'est une possibilité non négligeable, effectivement.

Et que j'éponge, et que j'éponge.

— Mon Dieu ! souffle-t-il avant de regarder autour de la table d'un air piteux. Nous devons tenir compte de l'opinion de la psychologue. Elle sait comment ils opèrent. Les pédophiles, je veux dire. Elle dit que nous devons lui faire prendre conscience que Charlie est une personne à part entière, qu'il a une famille. Selon elle, la plupart d'entre eux voient les enfants comme des produits de consommation, alors il faut leur faire comprendre que votre fils est plus que ça.

Maman lâche un petit son, tout bas. Elle se balance sur sa chaise, paupières closes. Je contourne la table pour me mettre à côté d'elle, je me penche vers elle. Elle paraît légère, fragile presque, prête à se briser. Je lui mets de petits coups de tête à la manière des biquettes, mais elle ne réagit pas.

— Qu'attendez-vous de nous ? veut savoir mon père.

— Nous voulons que vous parliez de Charlie à la caméra. Pour le placer dans un contexte. Peut-être en montrant des photos de famille où il apparaît. Nous allons transmettre des photos de lui aux médias, et faire venir une équipe de tournage ici pour avoir quelques images de vous, ses proches. Tous les trois.

Je sautille, parcourue d'un frisson d'excitation à l'idée de passer à la télé. Un grand sourire apparaît sur mon visage que je ne peux réprimer. J'espère que les filles de ma classe me verront.

— Je ne veux pas qu'elle y participe.

Je ne comprends pas tout de suite ce que veut dire ma mère. Puis toutes les personnes présentes autour de la table se tournent vers moi.

— Je sais que vous voulez protéger votre fille de toute publicité, mais c'est vraiment très important, madame Barnes, dit le policier, le visage sérieux.

La bouche de ma mère ne forme plus qu'une ligne toute fine.

— Je ne pense pas que ce soit bon pour elle de passer à la télé.

Elle refuse parce qu'elle sait combien j'en ai envie. Elle ne veut pas que quoi que ce soit de bien m'arrive parce que je ne le mérite pas. J'ai les genoux qui tremblent, j'ai du mal à me tenir debout.

— Mais, maman… commencé-je.

Mon père intervient :

— Laura, nous n'avons pas le choix.

Elle ne lui répond pas, se contente de secouer la tête, en baissant les yeux vers ses genoux, où ses mains serrées sont perpétuellement en mouvement. Elle affiche un visage fermé, vide de toute expression.

Papa revient à la charge :

— Nous devons le faire. Pour Charlie.

Voilà ce qu'il ne cesse de répéter. Mange un morceau, pour Charlie. Parle à la police, pour Charlie. Repose-toi, pour Charlie. C'est le seul moyen pour qu'elle ne refuse pas d'obtempérer.

L'équipe de télévision installe son équipement dans le jardin. Ils nous disent où nous asseoir, quoi faire. Je suis entre mes parents, les froufrous de ma robe préférée prennent toute la place. Nous faisons semblant de parcourir un album photo – des images de Charlie bébé, puis bambin sur un tricycle rouge que je reconnais. J'ai joué avec, moi aussi. Il se trouve toujours dans l'abri de jardin, bien que la peinture soit écaillée et usée, maintenant.

J'attends la première photo de moi, avec Charlie qui me regarde, penché sur le berceau. Je sais exactement à quelle page elle se trouve. Je l'ai regardée souvent, en essayant de me reconnaître dans ce petit paquet rond, tout rouge, emmailloté dans une couverture, dont jaillit une petite main potelée. Ma mère tourne les pages lentement, trop lentement, en s'arrêtant de temps à autre pour lâcher un soupir. Lorsque je lève les yeux, je vois son visage déformé par le chagrin.

Derrière la caméra, quelqu'un lance :

— Maintenant, Sarah, mets ta main sur le bras de ta maman.

J'obéis et lui tapote doucement le bras. Sa peau est froide sous mes doigts, bien que nous soyons installés en plein soleil, dans la chaleur de l'après-midi. Elle écarte son bras comme si je l'avais brûlée. Pour la première fois, je comprends que je ne parviendrai jamais à la réconforter. Jamais je ne réussirai à la rendre heureuse. Jamais je ne lui suffirai.

Les larmes coulent alors, sans prévenir. Assise là, je pleure à gros sanglots, comme si je devais ne jamais m'arrêter. Au journal du soir, je semble pleurer la disparition de mon frère. Je suis la seule à savoir que je verse ces larmes sur mon propre sort.

5

Il était un peu plus de 13 heures lorsque Andrew Blake fit son entrée au secrétariat de l'école, où m'avait affectée Elaine, en l'absence de cours à donner. Mes collègues, eux, planqués dans la salle des professeurs, comblaient leur retard de paperasse. C'était également ce que j'avais prévu de faire. Seulement, j'avais eu la malchance de croiser la directrice, et, pire, je n'avais pas eu la présence d'esprit d'inventer une excuse pour échapper à la corvée, quoique cela ne me dérangeât pas vraiment. Il n'y avait rien de très pénible à passer toute une matinée à ouvrir le courrier et à répondre au téléphone. En fait, le seul inconvénient tenait à la présence de Janet, la secrétaire de l'établissement. Depuis mon arrivée ici, j'avais toujours connu cette femme squelettique, âgée d'une cinquantaine d'années, au bord de la dépression nerveuse. En temps normal, elle faisait preuve d'une inefficacité remarquable dans son travail; les circonstances l'avaient rendue pour le coup totalement incapable de faire quoi que ce soit, sinon évoquer ses problèmes de santé, passés et présents, et pleurer. À l'instant où j'avais franchi le seuil du bureau et aperçu ses paupières gonflées et son nez rougi, j'avais compris que la journée serait longue. Plus ou moins bien installée dans ma bulle, je triais machinalement la pile de courrier et des messages téléphoniques. Le tri avait quelque chose de thérapeutique. Le monologue de Janet coulait en fond sonore, aussi inéluctable que le flot d'une rivière. Si l'on évitait de se concentrer sur les mots, cela avait presque un côté apaisant.

Lorsque la porte s'ouvrit et que la tête de Blake apparut dans l'entrebâillement, une seconde me suffit pour revenir à la réalité. Janet était en train de dire :

— ... su tout de suite, évidemment, que c'était une descente de l'utérus, parce que c'était déjà arrivé à ma... Je peux vous aider ?

Il lui adressa un sourire radieux, charmeur à souhait.

— Par pour l'instant, très chère. C'est Mlle Finch que je voudrais voir.

Je me levai et lissai les plis de ma robe, pour gagner du temps. Pourquoi voulait-il me parler ? Cela devait avoir un rapport avec Rachel. J'approchai de la porte, l'esprit embarqué dans un tourbillon de réminiscences de ce que j'avais voulu préciser à Vickers un peu plus tôt.

— Vous en avez pour longtemps ? entendis-je derrière moi.

La voix de Janet, tranchante, trahissait son irritation.

— Parce qu'il faut bien que l'une d'entre nous soit présente ici pendant l'heure du déjeuner, vous comprenez. Vu tout ce qu'il y a à faire...

Je m'arrêtai, déconcertée, puis jetai un coup d'œil à Blake avant de revenir sur elle.

— J'espère que ça ne vous dérange pas, l'informa le lieutenant d'un ton amical, qui ne suggérait aucune marge de négociation. Nous n'en avons pas pour très longtemps.

Janet fit une moue.

— Bien. Je déjeunerai plus tard. De toute manière, je n'ai pas tellement d'appétit en ce moment.

Lui tournant le dos, j'adressai une grimace moqueuse à Blake qui regagnait le couloir, hors du champ de vision de Janet, en tentant de dissimuler son rire dans une quinte de toux. À l'instant où la porte fut bien refermée derrière moi, il dit :

— Qu'est-ce que c'est que ce phénomène ?

— Quoi, Janet ? Elle est spéciale, n'est-ce pas ?

— Ah ça, vous pouvez le dire. À peu près aussi gaie que ces femmes qui tricotaient au pied de la guillotine. Comment avez-vous atterri là-dedans ?

— Pas d'élèves à qui faire cours, et je me suis retrouvée au mauvais endroit au mauvais moment. C'est mieux que de rester à ne rien faire, mais merci quand même d'être venu à mon secours…

J'eus une seconde d'hésitation.

— De quoi vouliez-vous me parler ?

Il prit un air extrêmement sérieux et j'attendis, en le redoutant un peu, ce qu'il avait à me dire.

— Je me demandais si vous aviez faim. Si jamais vous êtes sans cœur au point de supporter d'avaler quelque chose dans une période comme celle-ci, je me ferai un plaisir de vous offrir l'un de ces sandwichs…

Il souleva un sachet en papier.

— … dans l'environnement de votre choix. C'est une belle journée. Pouvons-nous trouver un coin où pique-niquer à l'extérieur ?

Je le regardai, étonnée, avant de sentir mon moral remonter soudain. La journée était belle, en effet. Je n'avais aucune raison de m'imposer le martyre en passant l'heure du déjeuner dans l'atmosphère confinée du secrétariat ou pire, dans la salle des professeurs par exemple, forcée d'endurer les claquements du dentier de Stephen Smith à chaque bouchée enfournée. Cela n'aurait eu aucun sens, surtout quand une option bien plus séduisante s'offrait à moi. L'aurais-je regretté si j'avais refusé la proposition de Blake ? À tous les coups, oui.

— Je ne sais pas, répondis-je en calquant mon expression sur le sérieux de Blake. Ils sont à quoi, vos sandwiches ?

— Un jambon salade et un fromage tomate.

Je pris le temps de la réflexion. Puis :

— Je peux avoir celui au fromage ?

— Absolument.

— Dans ce cas, suivez-moi.

J'ouvris la voie et me dirigeai vers la porte qui donnait sur le parking.

— Un endroit calme, à l'extérieur, c'est ça, ma mission ?

Blake pressa le pas pour arriver le premier à la porte et me la tenir.

— Loin de toute cette bande, idéalement.

Il désigna de la tête les journalistes qui grouillaient devant la grille.

— Aucun problème.

Je longeai le bâtiment, laissai derrière nous le terrain de hockey et poursuivis jusqu'au petit jardin de l'école, entouré de hauts murs. Les filles y étaient encouragées à exercer leurs talents pour le jardinage, avec plus ou moins de succès. Le potager composait un triste spectacle, rempli de laitues flétries terrassées par de mauvaises herbes florissantes, mais les murs d'enceinte étaient recouverts de chèvrefeuille odorant et deux grands pommiers parsemaient l'herbe d'une ombre morcelée. Le jardin avait l'immense avantage de n'être surplombé d'aucun bâtiment, ce qui signifiait qu'il était le lieu le plus convoité par les élèves qui s'octroyaient une cigarette illicite à l'heure du déjeuner. Ces jours-ci, cependant, il était désert.

— Parfait, commenta Blake par-dessus mon épaule en jetant un coup d'œil par le portillon.

Il se tenait tout près de moi, je ressentais intensément sa présence. Il me fallut une seconde pour me souvenir de ce que j'étais en train de faire : j'ouvris la petite porte et avançai sur la pelouse, il m'emboîta le pas.

— Les écoles privées sont vraiment imbattables, n'est-ce pas ? reprit-il.

— Sûrement.

Je posai un regard dubitatif sur son costume particulièrement classe.

— Vous préférez vous asseoir sur un banc ou dans l'herbe ?

Il s'accroupit, la main posée sur le gazon.

— Archi-sec. Allons-y pour l'herbe.

Il ôta veste et cravate puis remonta ses manches de chemise avant de s'allonger sur le dos. Je le regardai, amusée, presser la paume de ses mains sur ses orbites.

— Fatigué ?

— Un peu, répondit-il, la voix empâtée par le sommeil.

Il avait choisi de s'installer au soleil, je me pelotonnai dans une zone d'ombre, à proximité. J'entrepris d'explorer le contenu du sachet qu'il avait apporté. Le silence se prolongeant, je commençai à me sentir gênée.

— Alors, comment ça avance ? dis-je enfin.

Il se réveilla en sursaut et cligna des yeux, en me regardant comme si j'étais une parfaite inconnue.

— Pardon. J'ai piqué du nez ?

Je mordis dans mon sandwich en guise de réponse. Blake se releva, en appui sur un coude, et fouilla dans le sac.

— Je n'arrive plus à savoir si j'ai faim ou si je suis fatigué, en ce moment. On est à fond depuis lundi.

— Et vous progressez ?

La bouche pleine de pain, il répondit :

— Si on veut. Vous nous avez bien aidés en nous amenant sa copine. Comment ça s'est passé ?

Je haussai les épaules.

— J'ai croisé Rachel par hasard. Elle mourait d'envie d'en parler à quelqu'un, et puis elle me connaît, alors…

Il opina.

— Elles doivent vous faire confiance parce que vous êtes jeune. Vous leur ressemblez plus que la plupart des autres professeurs qui travaillent ici.

— Vous seriez étonné. Je vous parais peut-être jeune, mais je ne pense pas qu'elles me considèrent comme proche d'elles. Je suis bel et bien classée parmi les adultes, en ce qui les concerne.

Je soupirai.

— Toute cette histoire avec Jenny… Je n'ai rien vu. Rien de rien.

— Vous ne pouvez pas vous le reprocher. Personne n'était au courant. Même pas ses parents. Comment auriez-vous pu remarquer quelque chose ?

J'abandonnai mon sandwich et serrai mes bras autour de mes genoux.

— J'aurais dû, pourtant. Je n'arrête pas d'y penser. De temps en temps, elle traînait un peu pour discuter avec moi après les cours, de rien en particulier. On bavardait, juste. Je n'y ai jamais prêté attention, mais peut-être attendait-elle une occasion de me raconter ce qui se passait. Dire que je la pressais sans cesse pour qu'elle n'arrive pas en retard au cours suivant...

Je posai le front sur mes genoux, craignant de lire sur le visage de Blake un jugement négatif. Mais la conviction de son ton me fit relever la tête :

— Tout ça, c'est du vent. Si elle avait voulu vous faire des confidences, elle aurait trouvé un moyen. Écoutez, je n'essaie pas de changer vos sentiments vis-à-vis de cette fille, mais elle a eu un comportement très retors. On a retourné sa chambre de fond en comble sans rien trouver d'intéressant – on a pourtant emballé des tonnes de trucs pour procéder à l'examen médico-légal. La seule personne à qui elle semble en avoir touché un mot est cette Rachel, et elle ne lui a d'ailleurs pas dit grand-chose. À votre avis, a-t-elle pu se confier à quelqu'un d'autre ?

— Non, lâchai-je d'un ton plein de regrets. Pour être franche, je crois que Jenny a parlé à Rachel uniquement parce qu'elle avait besoin d'une couverture et pas parce qu'elle voulait la mettre au courant pour son petit ami.

— Comment ça, une couverture ? demanda Blake, intéressé.

— C'était la seule de la classe qui vivait relativement près de chez Jenny – à environ dix minutes en vélo. À en croire Rachel, Jenny avait la permission de venir chez elle pour faire leurs devoirs ensemble. Mais bien entendu, ce n'était pas chez Rachel qu'elle se rendait, elle filait ailleurs – retrouver son fameux copain et son frère.

— Et les parents n'ont jamais rien soupçonné…

— C'est tout l'intérêt des téléphones portables. Diane Shepherd appelait Jenny ou lui envoyait un SMS lorsqu'elle voulait qu'elle rentre. Jamais elle n'a appelé les Boyd, il n'y avait donc aucun risque qu'elle découvre que sa fille ne se trouvait pas chez eux. Jenny n'avait mis Rachel au courant de sa petite combine qu'au cas où Mme Shepherd discuterait avec elle à l'école.

— Malin. Elle manipulait tout le monde, finalement.

— Il faut croire.

Cette idée était tellement aux antipodes de l'image que j'avais de mon élève que j'en ressentis un certain malaise.

— Mais peut-être tout cela avait-il été concocté par son petit ami.

— Hum, répondit Blake d'un ton neutre. Possible.

Il n'ajouta rien, moi non plus. Un ramier roucoula dans les arbres, comblant le silence. Blake fixait la pelouse, en pleine réflexion, j'en profitai pour le dévisager. La lumière vive du soleil faisait luire ses cheveux, les poils sur ses bras, les cils qui se déployaient sur ses joues. Jamais je n'en avais vu d'aussi longs chez un homme, alors qu'il n'avait pourtant rien de féminin. Sa chemise, mal rentrée dans son pantalon, laissait apparaître au-dessus de sa ceinture un triangle de peau lisse et mate, traversé d'un fin trait de poils bruns qui m'entraînèrent jusqu'à des pensées que je n'aurais pas dû avoir. Il restait aussi immobile qu'une statue. Seule la trotteuse de sa montre était en mouvement. Je serrai mes genoux contre ma poitrine et sentis bouillonner en moi une impression nouvelle, un sentiment qu'après un instant je reconnus comme étant du bonheur.

Blake leva les yeux vers moi, mon ventre fit un saut périlleux.

— Vous ne finissez pas votre sandwich ?

La deuxième moitié était encore enveloppée dans le papier sulfurisé.

— Je n'ai pas grand appétit, pardon.
— Si vous ne le voulez pas, je le mange.

Je le lui tendis. Il le dévora en trois bouchées puis s'allongea à nouveau, un bras au-dessus des yeux pour les protéger du soleil.

— Alors, comment va votre mère ?
— Ma mère ?

Jusqu'à cet instant, j'avais complètement oublié l'avoir mentionnée devant lui. Tentant de me souvenir de ce que j'avais pu dire sur son compte, je restai dans le vague :

— Oh, égale à elle-même.
— Lui avez-vous dit où vous étiez, lundi soir ? En compagnie des méchants policiers ?

Je ris.

— Non, je n'ai pas eu besoin d'expliquer quoi que ce soit. Elle dormait quand je suis rentrée.
— Pourquoi déteste-t-elle la police ?

Il écarta son bras de son visage un instant et me regarda en plissant les yeux.

— Ça me tracasse, depuis que vous m'avez raconté ça.

— Certaines personnes sont comme ça, dis-je en détournant la tête. Nous avons eu affaire à eux et disons qu'ils ne se sont pas montrés sous leur meilleur jour…

— Dans quel cadre ?

J'hésitai une seconde, tentée de lui parler de Charlie, mais c'était une longue histoire qui ne l'intéresserait sûrement pas plus que ça. Je me convainquis qu'il posait des questions, simplement en bon policier qu'il était.

— C'est de l'histoire ancienne. Vous savez comment c'est. Les priorités de la police du Surrey ne correspondaient pas aux siennes. Elle s'est sentie un peu abandonnée. Si elle n'avait pas été du genre rancunier, je suis persuadée qu'elle s'en serait remise aujourd'hui.

— Vous vivez toutes seules, toutes les deux ? Pas de père ?

— Il est mort.

Bien que ma voix ne me parût pas avoir tremblé, Blake se releva et se mit en position assise.

— Quand est-ce arrivé ?

— J'avais quatorze ans. Il y a dix ans. Mon Dieu, ça ne me semble pas si loin.

— Comment est-il mort ?

J'étais habituée à décrire ce qui s'était passé sans m'effondrer.

— Accident de voiture. Ils étaient séparés, à ce moment-là. Il avait déménagé. Il venait de Bristol pour me voir et… c'était un accident bête, voilà tout.

Et pas un suicide, non plus. Quoi qu'en aient pensé les gens.

— Ça a dû être dur.

— Hum, acquiesçai-je sans le regarder. La vie à la maison est devenue compliquée. Après le divorce, ma mère n'était déjà pas en grande forme, c'était pour cette raison que j'étais restée avec elle. Mais à la mort de mon père…

Je déglutis.

— Elle a dû passer un moment à l'hôpital. Elle n'y arrivait plus.

La réalité avait été bien pire. Le chagrin l'avait rendue psychotique, elle avait perdu l'esprit et été internée pour sa propre sécurité et la mienne. Alors tante Lucy était arrivée, tel un ange, pour m'emmener passer quelques mois à Manchester, sous son aile. J'avais écrit à ma mère tous les jours, sans jamais avoir aucun retour.

— À sa sortie de l'hôpital, elle n'était pas tellement en meilleure forme, à dire vrai. Et elle ne s'en est jamais remise. Comme nous sommes seules toutes les deux, je m'occupe d'elle. C'est un peu le moins que je puisse faire.

— Ce qui est arrivé à votre père… dit Blake en posant sa main sur ma cheville. Ce n'était pas votre faute, vous savez.

— Ai-je prétendu le contraire ?

Mon ton était sec ; j'avais passé des années à écouter ma mère me répéter que j'étais responsable.

— Je sais qu'il n'a pas eu de chance, repris-je. Ça n'aurait pas dû arriver, mais voilà… Et on aurait pu croire que ma mère n'en ferait pas grand cas, puisqu'ils étaient divorcés depuis deux ans. Pourtant, elle a été anéantie.

— Peut-être qu'elle l'aimait toujours. Comment se sont-ils séparés ?

— Mon père est parti. Cela dit, c'est elle qui l'y a forcé.

Je secouai la tête.

— J'entendais la façon dont elle lui parlait. J'entendais ce qu'elle disait de lui. Elle le détestait.

— Elle a ôté son alliance ?

— Quoi ?

— Après le divorce, a-t-elle enlevé son alliance ?

— Non, d'ailleurs, elle la porte toujours.

Il haussa les épaules.

— Alors, elle l'aime encore.

J'y réfléchis brièvement, réticente à accorder le moindre crédit à ma mère. Cependant, Blake n'avait peut-être pas tort. Et pour la première fois depuis des années je ressentis véritablement de la peine pour ma mère, qui avait refusé la tournure qu'avait prise sa vie, incapable d'affronter tous les malheurs qui s'étaient abattus sur elle et apparemment désireuse que le monde entier disparaisse.

Blake s'était remis sur le dos, les yeux fermés. Ma cheville me chatouillait encore à l'endroit où s'était posée sa main. Sans réfléchir, sans même avoir l'intention de l'interroger à voix haute, je lâchai :

— Pourquoi n'avez-vous pas de petite amie ?

Il tourna la tête et me répondit dans un sourire :

— Ai-je besoin de vous rappeler mes horaires effroyables ? Elles ne tiennent pas longtemps.
— Oh, bien sûr.
Le plus probable était encore qu'il devait en changer souvent, les prétendantes ne devaient pas manquer. Cela dit, j'avais trop d'amour-propre pour me joindre à la file d'attente.
— En parlant de travail, je ferais bien d'y aller. Janet va être aux cent coups.
Je m'attendais à le faire rire, mais au lieu de ça il s'assit, l'air préoccupé.
— Sarah… À propos de cette affaire. Jurez-moi que vous serez prudente. Promettez-moi de rester en dehors de l'enquête.
Je sentis la stupeur se peindre sur mon visage.
— Comment ça ?
— Écoutez, vous êtes quelqu'un de bien. Vous assumez vos responsabilités, même quand vous ne devriez pas, peut-être. Mais ce qui se passe… Il vaut mieux ne pas y être mêlée.
— Je ne vois pas de quoi vous voulez parler.
J'entrepris de plier les emballages de sandwiches, juste pour m'occuper les mains.
— Écoutez, je ne nie pas que vous nous avez aidés. Vous avez été géniale. Mais depuis le début vous êtes un peu trop impliquée dans cette affaire. Je vous aime bien, Sarah, et je ne veux pas vous voir souffrir.
J'étais en partie agacée, en partie occupée à essayer de savoir ce qu'il entendait par là exactement… M'aimait-il *vraiment* bien ou m'appréciait-il simplement ? J'écartai cette question de ma tête et me forçai à me concentrer.
— Qu'est-ce que je risque ?

— Des tas de choses.

Blake se leva, il me dominait de toute sa hauteur. Le soleil derrière lui traçait les contours de sa silhouette contre le ciel clair. Je ne parvenais pas à voir l'expression sur son visage.

— Tôt ou tard, dans une affaire comme celle-là, il y a toujours quelqu'un qui finit par être accusé de tous les maux. Ça n'a pas encore commencé, mais si nous n'obtenons pas des résultats bientôt, les gens vont commencer à s'interroger, à se demander qui aurait dû repérer ce qui se tramait. Croyez-moi, mieux vaut ne pas être dans leur ligne de mire quand ils se mettront à chercher.

— J'ai du mal à croire que cela arrivera.

— Je l'ai déjà vu. Retournez travailler, Sarah. N'essayez pas de faire notre boulot à notre place et ne vous mettez pas en danger.

Je levai vers lui des yeux stupéfaits. Maladroit soudain, il jeta un coup d'œil à sa montre.

— Je ferais bien d'y aller. Merci d'avoir déjeuné avec moi.

Je le regardai traverser la pelouse, tête baissée. J'avais la gorge serrée comme si j'étais sur le point de pleurer, mais c'était la colère qui s'était emparée de moi. C'était lui qui était venu me trouver, après tout. J'avais juste tenté d'aider les Shepherd en discutant avec Rachel. Que pouvait-il y avoir de mal à vouloir faire mon possible ?

Sans personne pour entendre mes arguments irréfutables, je finis par me calmer et levai le camp. J'avais ramassé les derniers papiers, il ne restait aucune trace de notre passage, à part un coin d'herbe aplati.

J'avais commis une erreur en croyant que ma compassion toute neuve pour ma mère survivrait à un face-à-face avec elle. Je n'étais pas rentrée depuis deux minutes que la pitié s'évanouissait puis s'éteignait pour de bon.

J'arrivai en sueur et fatiguée à la maison, accueillie par l'odeur caractéristique de renfermé et de tissu moisi qui y régnait. Le temps était loin où notre intérieur sentait bon le pain frais et le café chaud. Sur le canapé, ma mère feuilletait un gros album en similicuir que je reconnus immédiatement.

Ces albums étaient une idée de ma grand-mère. Elle avait consacré les semaines et les mois qui avaient suivi la disparition de Charlie à passer en revue des piles de journaux, pour y découper le moindre article y faisant référence. Il y avait derrière cela une forme de fierté perverse, comme s'il s'agissait là d'un exploit remarquable de mon frère – un événement à commémorer, comme une prouesse sportive ou une excellence particulière dans les études. Comment avait-elle pu imaginer que cette collection nous aiderait, je ne l'avais jamais compris. Ma mère en avait hérité à la mort de ma grand-mère, sous la forme de trois lourds albums aux pages craquantes et raidies par la colle. Je les avais vus de nombreuses fois sans jamais les feuilleter. D'abord, parce que je ne le souhaitais pas, et ensuite parce que ma mère y tenait comme à la prunelle de ses yeux. Elle les cachait dans un endroit sûr, qui devait se situer sous son lit, suspectais-je, quoique je n'aie jamais pris la peine de vérifier. Des circonstances récentes semblaient lui avoir donné envie de les ressortir pour se complaire dans leur contemplation, en souvenir du bon vieux temps.

— Je suis rentrée, l'informai-je inutilement en traversant le salon pour rejoindre la cuisine, où je me remplis un verre au robinet.

L'eau avait un goût tiède et légèrement métallique, mais je mourais de soif et la bus d'une traite. Après m'être resservie, je vins m'installer à côté du canapé. Ma mère leva les yeux une seconde puis se replongea dans sa lecture. Je tendis le cou pour tenter de déchiffrer la manchette à l'envers. Dans un claquement assez fort pour me faire sursauter, elle referma l'album et me fusilla du regard.

— Qu'est-ce que tu veux ?

Je haussai les épaules.

— Rien, je jetais un coup d'œil, c'est tout, répondis-je en m'asseyant avec hésitation sur l'accoudoir. C'est un article sur Charlie ?

À l'instant où les syllabes franchirent mes lèvres, je fus parcourue d'une sorte de choc électrique. Je ne prononçais jamais son nom, jamais. Surtout pas devant ma mère. « Il y a deux choses qu'on ne peut rattraper, avait un jour expliqué un de mes vieux professeurs, en classe, la flèche qui jaillit et le mot que l'on profère. » Sur la défensive, j'attendis la réaction de ma mère.

Très calme, elle déclara :

— Je passais en revue les albums.

Elle tapota celui qu'elle avait sur les genoux.

— Je peux voir ?

Sans attendre sa réponse, j'attrapai un de ceux qui étaient posés sur la table basse. Nous pourrions les feuilleter ensemble. Cela pourrait nous aider à améliorer notre compréhension mutuelle. Je commençais à penser que je ne connaissais pas du tout ma mère. C'était peut-être là le problème.

L'album était un peu trop loin pour que je le saisisse facilement. Je glissai sous le dos un doigt en crochet et le tirai à moi. Il avait collé au livre placé en dessous, je forçai un peu pour le dégager… La déchirure, sonore, se transforma en une horrible fente de cinq centimètres dans la reliure plastifiée, qui laissa apparaître la doublure de papier blanc sous la couverture chocolat. Je me figeai.

Ma mère se pencha en avant pour s'emparer de l'album et sans dire un mot se mit à caresser la partie endommagée.

— Je… je suis désolée, dis-je.

Elle leva les yeux vers moi, me foudroya du regard.

— C'est bien toi, ça. Toi tout craché. Tu veux juste détruire tout ce qui compte pour moi, c'est ça ?

— Je n'ai pas fait exprès. Ces albums sont vieux. Et ils n'ont jamais été d'une grande qualité. Le plastique devait être usé.

— Oh, ils n'ont pas beaucoup d'importance pour toi, ça, je le vois bien ! Mais j'y tiens, moi, Sarah.

Sa voix s'amplifia et monta dans les aigus :

— Regarde-moi ça. Il est fichu !

C'était exagéré.

— On n'a qu'à mettre du Scotch, protestai-je, détestant être ainsi dans mon tort.

— On n'a qu'à rien du tout ! Toi, tu n'y toucheras plus.

Elle saisit les albums et les serra contre elle, avec un œil noir.

— Tu es une fille négligente, destructrice. Tu l'as toujours été. Surtout en ce qui concerne ton frère.

— Qu'est-ce que tu veux dire ?

— Je ne devrais pas avoir besoin de te l'expliquer, rétorqua ma mère en se levant tant bien que mal, les albums toujours contre elle. Tu as toujours été jalouse de lui. Toujours.

— Ce n'est absolument pas vrai. Je...

— Je m'en fiche, Sarah !

Ses mots claquèrent comme un fouet, je tressaillis.

— Tu es une immense déception. Ma seule consolation, c'est que ton père ne soit plus en vie pour voir ce que tu es devenue. S'il savait, il serait effondré.

— S'il savait quoi ?

Je me redressai à mon tour, secouée de tremblements.

— S'il savait qu'au lieu de vivre ma vie, je passe mon temps à te servir de baby-sitter ? S'il savait les occasions que j'ai refusé de saisir pour ne pas te laisser seule ?

— Je ne t'ai jamais demandé de revenir ! cracha-t-elle. Ça n'a rien à voir avec moi, si tu n'assumes pas ta vie. Il est beaucoup plus facile pour toi de rester ici à m'en vouloir pour l'existence que tu mènes que de faire ta place dans le monde. Ne me mets pas ça sur le dos. Je ne voulais même pas de toi à la maison. Je préfère encore être seule...

— Ah, c'est sûr, tu t'es bien débrouillée pendant que j'étais à la fac ! Tu ne tiendrais pas une semaine, énonçai-je froidement. À moins que tu ne veuilles vraiment mourir. Je vois bien comme il est gênant que je reste dans tes pattes si tu comptes te saouler à mort…

— Comment *oses*-tu !

— Comment oses-tu, toi ? Tu ferais bien de ne pas m'encourager trop à partir. Je pourrais te prendre au mot, tu sais.

— Je n'aurai jamais cette chance, malheureusement, répondit-elle, impassible.

Je l'observai en silence pendant une longue minute.

— Tu me détestes vraiment, n'est-ce pas ?

— Je ne te déteste pas. Je n'ai simplement pas besoin de toi.

Deux mensonges pour le prix d'un. Mais elle savait, comme moi, que cela ne faisait pas de différence. Elle pouvait bien dire ce qu'elle voulait. Je ne pouvais pas partir ; elle non plus.

Je passai devant elle sans ajouter un mot et montai à l'étage dans ma chambre dont je claquai violemment la porte derrière moi. Le dos au battant, je parcourus la pièce des yeux – je la regardai vraiment, pour une fois. Il était déprimant de constater le peu qui avait changé depuis mon enfance. L'endroit était exigu, dominé par le lit double que j'avais acheté grâce à ma première paye, avec le sentiment d'accéder à l'âge adulte, enfin. J'avais passé des heures à réviser, les pieds sur le radiateur, installée à ce petit bureau maladroitement coincé contre la grande fenêtre. À côté de mon lit, une étagère rassemblait tous les livres que j'avais lus à l'université et avant – des classiques, pour la plupart, leur reliure défraîchie à force de relectures. Ma chambre ne contenait rien d'autre, en dehors d'une commode et d'une table de chevet minuscules.

Rien ne reflétait mes goûts. Rien que je n'aurais été ravie d'abandonner derrière moi à tout jamais, à l'exception de la photographie de mon père.

Une mouche bourdonnait quelque part dans la pièce. J'allai ouvrir la fenêtre puis, sans but, sans rien chercher en particulier, je me mis à ouvrir et fermer les tiroirs de mon bureau. Ils étaient pleins de relevés bancaires et de vieilles cartes postales que je n'avais jamais pris la peine de jeter, envoyées par des amis de fac : *Je me suis endormie sur la plage, j'ai pris un coup de soleil dans le dos ! La Grèce, c'est top – j'espère y revenir bientôt !* Ou encore : *Alain est adorable, il skie super bien… Si seulement tu avais pu venir avec nous !* Mon nom ne figurait plus sur les listes de cartes de vœux de qui que ce soit, désormais. Difficile de continuer à échanger des nouvelles lorsque la réponse à la question « Quoi de neuf chez toi ? » est invariablement « Rien ».

La mouche fila sous mon nez, s'échappa par la fenêtre. Ce que ma mère avait dit était-il vrai ? Rejetais-je sur elle mes propres fautes ? Un sentiment était en train de grandir en moi que je n'avais plus éprouvé depuis longtemps, une sorte d'audace née de la frustration, de l'épuisement et d'un ras-le-bol général. Je me laissais rarement emporter par l'émotion, et je fus étonnée de la force de ce qui me saisissait en cet instant.

Sur le palier, le parquet grinça. Je me raidis et attendis que la porte de la chambre de ma mère se referme. Elle aussi était venue se terrer dans son antre. Il s'agissait de notre mode opératoire, tacitement accepté, pour nous tenir à l'écart l'une de l'autre pendant plusieurs jours après une dispute. Rien n'était jamais ni résolu ni oublié, mais le temps passait. Le temps passait, sans qu'aucune fin se dessine.

Assise sur le bord de mon lit, je réfléchis à tout et rien, à Charlie, à Jenny, à mon père et au reste, sans en tirer la moindre conclusion, sinon celle-ci : il fallait que quelque chose se passe, et vite. Je me demandai ce que je voulais vraiment. Les yeux perdus dans les nuages, je laissai défiler les idées dans mon esprit jusqu'à ce que celui-ci s'arrête sur la seule chose que je souhaitais follement, une chose qu'une fois envisagée je ne pus plus m'enlever de la tête et qui, si je ne m'étais pas trompée, était à ma portée. Je m'emparai de mon portable, vérifiai le numéro dont j'avais besoin et envoyai un SMS dans la foulée, sans m'accorder le temps de douter de ce que j'étais en train de faire. La réponse, lorsqu'elle arriva, était simple : *Oui*.

Le ciel était en train de se vider de sa lumière lorsque je passai à la salle de bains. Là, je me déshabillai et ouvris en grand le robinet de la douche. Elle était encore froide lorsque je me glissai dessous. Le visage tourné vers le pommeau, je laissai l'eau couler en cascade sur mes cheveux pendant une minute ou deux puis, avec des gestes lents, concentrée, je les lavai méticuleusement, jusqu'à ce qu'ils grincent à m'en faire frissonner sous l'eau ruisselante. Lorsque j'eus terminé, la tête enveloppée dans une serviette, j'appliquai de la lotion hydratante sur la moindre parcelle de mon corps, donnant à ma peau un éclat satiné.

De retour dans ma chambre, j'enfilai un ensemble de lingerie noir translucide qu'une amie m'avait incitée à acheter à Paris il y avait une éternité de cela et que je n'avais jamais porté. Je n'en avais pas eu l'occasion. Il n'y avait eu personne pour admirer ce genre de détails depuis Ben. De manière générale, je préférais ne pas penser à lui. Je n'allais certainement pas commencer maintenant.

Au fond d'un tiroir, je dénichai un haut noir ajusté et décolleté que j'enfilai avec mon jean fétiche, une vieillerie qui avait la douceur du daim. Ultimes accessoires, j'ajoutai des sandales plates, un bracelet large à mon bras. En m'observant dans le miroir d'un œil critique avant de m'attaquer à ma coiffure, j'estimai avoir atteint le bon équilibre : la tenue était agréable à l'œil sans en faire des tonnes. Je séchai mes cheveux, les nouai en chignon au bas de ma nuque. Quelques mèches fines bouclaient en anglaises de chaque côté de mon visage. Je n'y touchai pas. Le rouge qui avait envahi mes joues sous la chaleur du sèche-cheveux était entretenu par une autre chaleur, en moi, née de la détermination et du désir mêlés.

Je pris mon temps pour me maquiller, soulignant mes yeux d'eye-liner et de mascara noirs de manière à les faire paraître immenses, me contentant de quelques touches de gloss sur mes lèvres. Je paraissais différente, même à mes yeux. Je ressemblais à quelqu'un que je n'avais plus été depuis longtemps. À celle que j'aurais dû être, loin de cette ombre pâle que j'étais devenue.

Il était plus de 22 heures lorsque je terminai. J'attrapai mon sac à main et me précipitai au rez-de-chaussée, sans particulièrement éviter de faire du bruit, puis je claquai la porte, mon côté puéril espérant que ma mère avait entendu, qu'elle se demanderait où j'allais à cette heure et pourquoi.

La bouche sèche, les nerfs à fleur de peau, je me garai sur le parking, refusant de prêter l'oreille à la petite voix qui me soufflait que j'allais me ridiculiser, qu'il allait changer d'avis. C'était inéluctable, je le savais au fond de moi. Mon plan était une mauvaise idée, à plus d'un titre. Je sortis de la voiture et entrai dans le bâtiment d'un pas décidé, j'empruntai l'ascenseur jusqu'au dernier étage comme si j'étais là tout à fait à ma place. J'approchai de sa porte. Des accords de musique me parvenaient en sourdine. Je frappai doucement, fermai les paupières un instant. Mon cœur virevoltait dans ma poitrine comme un oiseau prisonnier.

Lorsque Blake ouvrit, nos regards se rencontrèrent, provoquant en moi un choc aussi physique que si j'avais dû parer un coup. Pieds nus, vêtu d'un jean et d'un tee-shirt, il semblait tomber du lit. Il m'observa, imperturbable, pendant un moment qui parut durer des heures, sourit puis recula.

— Entrez.
— Merci.

Je me frayai un passage dans l'entrée et déposai mon sac sur le sol avant d'aller plus loin. Sur ma droite se trouvait la pièce principale, un salon ouvrant sur une cuisine, doucement éclairé par quelques lampes. De vastes baies vitrées dépourvues de rideaux donnaient sur un balcon qui courait sur toute la longueur de la pièce. De jour, la vue sur la rivière devait être impressionnante. Le décor avait un caractère vaguement masculin, fonctionnel. Aucun tableau n'était accroché aux murs crème, le mobilier était minimaliste : un grand canapé marron, une table de salle à manger, des chaises, une chaîne hi-fi intimidante et des étagères remplies de vinyles et de CD. Il y avait des livres, aussi, et je m'approchai pour les passer en revue, à la recherche de titres que je connaissais. Il s'agissait exclusivement d'ouvrages documentaires – historiques, biographiques, politiques même. Je souris, Blake était un homme qui appréciait les faits. Pas étonnant qu'il aime son métier. La cuisine était immaculée ; je me demandai s'il lui arrivait de mitonner quoi que ce soit ici.

— Les chambres et la salle de bains se trouvent de l'autre côté, lança-t-il depuis l'entrée, d'où il m'observait.

Ce qu'il pouvait avoir dans la tête à ce moment-là était masqué par son habituel sang-froid. Aussi efficace qu'un rideau de fer pour me laisser à l'extérieur.

— Charmant, déclarai-je en revenant vers lui. Vos parents se sont montrés généreux.

— On ne peut pas prendre mon père en défaut là-dessus, répondit-il dans un sourire. Quand il s'agit d'argent, il n'est pas avare. Pour le soutien émotionnel, on peut courir, mais en revanche l'argent coule à flots.

— Vous avez de la chance.

— Si vous le dites.

Il regarda autour de lui, comme s'il découvrait son appartement pour la première fois.

— Enfin. Voilà mon héritage. Plus un investissement qu'un *home sweet home*.

Effectivement, il s'en dégageait une impression impersonnelle qui évoquait davantage un décor ou une suite d'hôtel. Un endroit que Blake aurait pu quitter dans la seconde, devinai-je.

— C'est très ordonné, remarquai-je.

— J'aime que tout soit nickel, constata-t-il avec un haussement d'épaules. Et je ne suis jamais là pour déranger quoi que ce soit.

— Coup de chance que vous soyez chez vous ce soir, alors, avançai-je d'un ton dégagé. Quand je vous ai envoyé ce SMS, j'étais persuadée que vous me répondriez que vous n'étiez pas disponible.

— Vickers m'a accordé ma soirée. D'après lui, ça ne servait à rien que je sois présent si j'étais trop fatigué pour réfléchir.

— D'ailleurs, vous avez l'air épuisé.

— Merci bien.

Il fit quelques pas, entra dans le salon.

— Vous êtes juste venue voir à quoi ressemblait mon appartement ou bien je peux vous offrir un verre ?

Je fis non de la tête.

— Je ne suis pas là pour boire.

— Je vois. Alors vous avez envie de discuter.

— Je ne dirais pas ça non plus.

Nous n'étions plus séparés que de quelques dizaines de centimètres. Je m'avançai pour le mettre à portée de ma main. L'air entre nous semblait électrisé. Je fis encore un pas qui me plaça si près de lui que je sentais la chaleur de sa peau à travers le fin coton de son tee-shirt et, les yeux rivés sur les siens, j'attendis qu'il se lance. Sans hâte, du bout des doigts, il effleura le bas de mon cou, descendit jusqu'au creux en V de mon décolleté ; à ce contact aussi doux qu'une plume, un frisson de désir me parcourut. Je glissai mes mains sur son torse et tendis mon visage vers lui, dans l'attente d'un baiser qui, après des débuts timides, se révéla très vite profond et passionné. Ses doigts sur ma nuque dénouèrent mon chignon, puis il les enfonça dans mes cheveux ainsi libérés et d'une poigne ferme maintint mon visage de sorte que je n'aurais pu m'écarter, même si je l'avais voulu. Dans un soupir, je me pressai contre lui, il m'embrassait dans le cou, sa main libre explorait mon corps, son goût dans ma bouche, son cœur qui cognait fort contre le mien.

J'ignore ce qui le poussa à s'arrêter. Sans prévenir, il m'attrapa par les épaules et me repoussa. Je me sentais sonnée, comme si je venais de me réveiller d'un profond sommeil. Il haletait et se montra tout d'abord incapable de me regarder en face.

— Qu'y a-t-il?
— Sarah... Je ne devrais pas faire ça.
— Pourquoi?

Il me fixa cette fois, visiblement en colère.

— Ne sois pas idiote. Tu sais très bien pourquoi. C'est un manque de professionnalisme.
— Ça n'a rien à voir avec le professionnel. C'est personnel.
— C'est juste...

Il s'interrompit, peinant à trouver les mots.

— Je ne peux pas, c'est tout.

J'attendis un instant, pour voir s'il allait continuer, puis reculai.

— OK. Je comprends. Tu aurais pu me dire de ne pas venir.

Je m'étais exprimée d'un ton détaché, nullement agressif, mais il croisa les bras et me fusilla du regard comme si je l'avais insulté.

— Je ne prends pas toujours les bonnes décisions. Surtout en ce qui te concerne, apparemment. Tu es témoin dans la plus grosse affaire de ma carrière. Je ne peux pas faire ça, bien que l'envie ne m'en manque pas. Je risque de perdre mon boulot.

Je parvins à esquisser un petit sourire.

— C'est déjà bien de savoir que tu en as envie.

— Ne fais pas ça. Ne joue pas les modestes, rétorqua-t-il d'un ton cinglant. J'ai envie de toi depuis la première fois que je t'ai vue. Tu ne te rends pas même compte du regard que les hommes portent sur toi…

Il tendit la main et son doigt suivit le contour de mon visage, je fermai les yeux un instant. Je sentais les larmes piquer le fond de ma gorge, je déglutis à grand-peine ; non, je ne pleurerais pas devant Andy Blake. J'avais trop de fierté pour ça.

Me détournant de lui, j'approchai de la fenêtre. J'écartai les cheveux de ma figure, mes joues me cuisaient. Je fixai brièvement mon reflet, qui flottait sur le fond trouble du paysage, plongé dans l'obscurité. Puis je me collai à la vitre, les mains en visière au-dessus des yeux, pour apercevoir les bâtiments en face, et les lumières qui se réfléchissaient dans la rivière.

— La vue est effectivement splendide, lançai-je sur un ton de conversation absurde, comme si rien n'était venu interrompre notre discussion à propos de son appartement.

— Rien à foutre de la vue, répliqua Blake avec violence en traversant la pièce en quelques grandes enjambées et en me forçant à me retourner pour lui faire face.

Je lus dans le regard qu'il posait sur moi une forme de désespoir. Alors, sa bouche se colla à nouveau à la mienne et je m'abandonnai. Il me souleva pour m'emmener jusqu'à sa chambre, je l'aidai à ôter mes vêtements, les siens. Le monde se réduisait à ma peau contre la sienne, ses mains, ses lèvres et lorsque je me cambrai dans un cri ma tête était vide de toute pensée, absolument vide, et c'était merveilleux. Après, il me serra fort contre lui ; il fallut qu'il essuie mes larmes pour que je prenne conscience que je pleurais.

1992
Disparu depuis deux semaines

Je sais que je vais avoir des ennuis dès qu'ils m'annoncent que nous allons tous au commissariat. Chaque fois que mes parents s'y sont rendus depuis la disparition de Charlie, ils m'ont laissée avec tante Lucy. Assise à l'arrière de la voiture, derrière ma mère, j'ai envie de dire que j'ai mal au ventre. Ce n'est pas un mensonge. Mais je doute que cela suffise à faire changer mes parents d'avis. Quelque chose dans leur expression me fait penser que je ne vais pas pouvoir y couper et à cette idée mon ventre me fait encore plus souffrir.

Quelqu'un nous attend au poste. À notre arrivée, une petite femme aux cheveux courts se précipite sur nous.

— Merci d'être passés, Laura, Alan. Et tu dois être Sarah. Nous allons discuter toutes les deux, ça te plairait ?

Si j'étais plus courageuse, je répondrais non, mais mon père, qui me donne la main, la serre un peu et je couine quelque chose qui pourrait ressembler à un oui.

— Très bien. Tu m'accompagnes ?

Mon père tend ma main jusqu'à la femme pour qu'elle s'en saisisse et elle commence à s'éloigner en me traînant derrière elle, en direction d'une porte blanche. Je jette un coup d'œil par-dessus mon épaule, à l'endroit où se tiennent mes parents, qui ne se touchent pas, qui me regardent, simplement. Papa affiche un visage inquiet. Maman, une expression implacable, comme si je ne signifiais rien pour elle. Soudain, je crains qu'ils ne m'abandonnent et j'essaie d'extirper ma main de celle de la femme, je tire dans la direction opposée, vers mes parents, en pleurant.

— Maman, je ne veux pas y aller.

Mon père fait un pas, se fige. Ma mère ne bouge pas d'un millimètre.

— Allez, ne sois pas bête, m'assène la femme d'un ton brusque. Je veux juste discuter avec toi dans une pièce spéciale. Tes parents vont nous observer grâce à une petite télévision. Viens.

Je cède, nous franchissons le seuil puis empruntons un couloir qui mène à une petite pièce meublée d'un fauteuil et d'un canapé très vieux, tout défoncé. Il y a des jouets entassés dans un coin – des poupées, des ours en peluche, une figurine Action Man avec des cheveux en feutrine, les bras levés au-dessus de sa tête.

La femme dit :

— Pourquoi tu n'irais pas choisir une poupée à câliner pendant qu'on discute ?

J'approche de la pile de bras et de jambes. Je n'ai envie de toucher aucun de ces jouets. Pour finir, je choisis celui du dessus de la pile, une poupée de chiffon au visage souriant et aux cheveux de laine rouge vif vêtue d'une robe à volants fleurie. Son visage dessiné à la peinture est gris autour de la bouche et des joues.

Je reviens m'asseoir sur le canapé en tenant la poupée avec raideur. La femme, installée sur le fauteuil, me dévisage. Elle ne porte aucun maquillage, sa bouche est incolore, ses lèvres presque invisibles lorsqu'elle ne sourit pas. Mais elle sourit souvent.

— Je ne me suis pas présentée, n'est-ce pas ? Je suis agent de police. Mon nom est Helen Cooper, mais tu peux m'appeler Helen. Aujourd'hui, j'aimerais discuter avec toi de ton frère, parce que nous ne l'avons toujours pas retrouvé, tu vois ? Je voulais revenir avec toi sur ce jour-là encore une fois, au cas où tu te serais souvenue d'un nouveau détail depuis que la police t'a parlé la première fois.

J'ai envie de lui dire que je ne me suis souvenue de rien, que j'ai essayé, mais elle ne me laisse pas la parole.

— Nous nous trouvons dans une pièce spéciale, équipée de caméras qui enregistrent ce que nous nous disons. Il y en a une ici, dans le coin…

À l'aide de son stylo, elle désigne une boîte blanche placée près du plafond.

— … et une là-bas, sur son pied. Tout ce que nous racontons est filmé, alors d'autres personnes peuvent t'entendre. Ne te préoccupe pas d'eux, parle avec moi normalement, c'est juste une petite conversation, d'accord ? Il n'y a pas de quoi avoir peur.

Je commence à peigner les cheveux de la poupée avec mes doigts. Par endroits, ils sont collés en paquets par ce qui semble être de la morve séchée.

— Tu aimes l'école, Sarah ?

J'opine sans lever les yeux.

— Quelle est ta matière préférée ?
— L'anglais.
Elle arbore un grand sourire.
— Moi aussi, j'aimais l'anglais. J'aime bien les histoires, pas toi ? Mais, dis-moi, tu connais la différence entre une histoire inventée et quelque chose qui s'est réellement passé ?
— Oui.
— Et comment ça s'appelle, quand on fait croire qu'il s'est passé une chose qui en fait n'est jamais arrivée ?
— Un mensonge.
— Exactement. Admettons que je sorte de la pièce en laissant mes papiers ici, qu'un autre policier arrive et les déchire. Si je reviens en demandant qui a fait ça, que le policier réponde : « C'est Sarah », qu'est-ce que c'est ?
— Un mensonge.
— Et si le policier répond : « C'est moi qui les ai déchirés », qu'est-ce que c'est ?
— La vérité.
— Voilà. Et dans cette conversation, seule la vérité nous intéresse, d'accord ? Nous voulons seulement entendre ce qui s'est vraiment passé, n'est-ce pas ?

Sauf que ce n'est pas ce qu'ils veulent. Ils ne veulent pas entendre que je ne sais rien. Ils refusent de croire que je me suis endormie, que je n'ai pas demandé à Charlie où il allait. Tout le monde veut que je dise la vérité, mais ils attendent une version arrangée, différente de celle que je peux leur donner, et je ne peux rien y faire.

Les questions sont toujours les mêmes : ce que j'ai vu, ce que j'ai entendu, ce que Charlie a dit, l'heure à laquelle il est parti, y avait-il quelqu'un d'autre avec lui. Je réponds machinalement, sans réfléchir vraiment.

Tout à coup, Helen se penche vers moi et m'interroge :

— Essaies-tu de cacher quelque chose, Sarah ? De protéger quelqu'un ?

Je lève la tête, le froid m'envahit. Que veut-elle dire par là ?

— Si quelqu'un t'a demandé de nous dire quelque chose qui n'est pas vrai, tu peux me le dire.

Sa voix est calme, douce.

— Tu es en sécurité, ici. Tu ne te feras pas gronder.

Je la dévisage sans un mot. Je ne peux pas répondre.

— Parfois, certaines personnes nous demandent de garder des secrets, n'est-ce pas, Sarah ? Quelqu'un que tu aimes aurait pu te forcer à nous cacher quelque chose. Ta maman… ?

Je fais non de la tête.

— Et ton papa, alors ? T'a-t-il demandé de faire croire qu'une chose s'était passée alors que ce n'était pas vrai ou bien qu'il n'était rien arrivé alors qu'il s'était passé quelque chose ?

Je secoue la tête encore une fois, sans la quitter des yeux. Les siens ne clignent pas, remarqué-je. Elle m'observe avec une grande intensité.

Après une minute ou deux, elle s'adosse à son fauteuil.

— Bien. Reprenons depuis le début, tu veux ?

Je réponds à ses questions du mieux que je peux tout en tressant les morceaux de laine rouge en deux nattes régulières. Chaque fois que je termine, je les défais pour pouvoir recommencer, et obtenir un résultat parfait. Lorsque Helen jette enfin l'éponge, la poupée de chiffon au doux visage passé me plaît presque. Je suis désolée de devoir l'abandonner dans cette petite pièce confinée, mais je la dépose en haut de la pile, pendant que Helen, à côté de la porte, fait cliqueter le bout de son stylo-bille avec impatience, son sourire depuis longtemps disparu.

6

Plus tard, pas mal de temps plus tard, Blake s'endormit. Il faisait preuve de la même assurance dans son sommeil que dans la vie de tous les jours, son visage était sérieux, posé. En appui sur un coude, je l'observai un moment. Je n'avais pas envie de sombrer tout de suite. Je n'avais pas envie non plus de me réveiller le lendemain, dans la froide lumière du jour, en ayant le sentiment de ne pas être la bienvenue. Mieux valait filer avant qu'il ne le décide pour moi.

Je repoussai la couette, sortis du lit, en prenant soin de ne pas le déranger, et partis à la chasse aux vêtements dans la pénombre de la chambre. Les jambes mal assurées, j'avais l'impression d'être un peu saoule, la tête me tournait. Je dénichai mon jean et ma culotte à l'endroit où je les avais enlevés – ou était-ce lui? Je ne me souvenais plus très bien –, mais mon soutien-gorge demeurait introuvable. Je passai la moquette au peigne fin, décrivant de grands arcs avec mes mains, sans rien trouver d'autre sur la surface douce qu'une boucle d'oreille en forme de papillon qui ne m'appartenait pas. J'esquissai un sourire ironique; inutile de se leurrer, ce n'était pas la première fois que Blake se trouvait en galante compagnie dans sa chambre. Je laissai le papillon où il était et, à pas de loup, regagnai le couloir, où je mis la main sur mon haut, un tas froissé sur le sol. Toujours pas trace de mon soutien-gorge. J'allais devoir faire sans.

Au contact frais de la soie fine de mon chemisier, ma peau surchauffée fut parcourue d'un petit frisson. Je grimaçai en me penchant pour ramasser mon sac à main, je ressentais une légère sensibilité en certains endroits stratégiques. Il avait commencé en douceur avant de s'abandonner suffisamment pour prendre moins de gants, ce que j'avais considéré comme un compliment. Je ne pus m'empêcher de rejouer la scène en esprit, d'autant plus que je n'osais espérer qu'elle se reproduirait. Comment aurait-elle pu se répéter ? Il avait raison ; j'aurais dû être intouchable. Il n'y aurait pas de prochaine fois.

Je vis mon reflet dans le miroir de l'entrée et me reconnus à peine : les yeux barbouillés d'eye-liner, les cheveux en bataille. Je tentai de démêler mes boucles du bout des doigts. Il n'y avait rien faire, juste à me réjouir qu'il fût bien trop tard pour que je croise qui que ce soit sur le chemin de la maison – plus d'une heure du matin, constatai-je un peu étonnée, en me demandant à quel moment j'avais oublié l'heure, consciente toutefois que c'était entre les bras d'Andy Blake, la première ou la seconde fois.

Je tirai la porte derrière moi, sans oser la claquer vraiment, de crainte que le bruit ne le réveille, estimant qu'il y avait peu de risques qu'il soit victime d'un cambriolage. Trop tendue pour attendre l'ascenseur, je choisis d'emprunter l'escalier. Je le sentais toujours sur moi, en moi, lorsque je déverrouillai la voiture. Je restai assise à l'intérieur un instant avant de mettre le contact, en fixant mes mains sur le volant comme si je les découvrais pour la première fois. J'aurais dû lui parler avant de partir : en m'éclipsant ainsi, il y avait fort à parier que je me sentirais gênée lors de notre prochaine rencontre. Mais j'étais incapable d'affronter la réalité pour l'instant. Je n'avais pas envie de lire le regret sur son visage à son réveil. Ce que nous avions fait ne regardait personne d'autre que nous. Tant qu'il n'en soufflerait mot, j'agirais de même. Nul besoin que quiconque soit au courant.

Je quittais la route principale pour me diriger vers le quartier de Wilmington Estate lorsque je décidai subitement de ne pas rentrer chez moi tout de suite. Il y avait une chose que j'avais le sentiment de devoir faire et ne cessais de repousser... il n'y aurait jamais de meilleur moment pour m'en acquitter sans me faire remarquer. Je continuai au-delà de l'embranchement menant à ma rue pour m'enfoncer un peu plus loin dans le lotissement. Les maisons de part et d'autre de la voie principale semblaient toutes désertes sous l'impitoyable éclairage des réverbères. Rien ne bougeait et pendant un instant j'eus la sensation d'être la seule personne vivante de tout le quartier, de tout Elmview. Je pris à droite, encore à droite, suivant de mémoire un trajet qui me mena jusqu'à un petit square ouvert entouré de pavillons, où les urbanistes des années 1930 avaient judicieusement relégué les jeux d'enfants. Mes parents nous y avaient un jour amenés pour assister à des feux d'artifice ; nous avions allumé des cierges magiques, j'avais pleuré en entendant éclater des pétards. Il me semblait que Morley Drive se trouvait dans le coin. Je tâtonnai un peu, je me trompai une ou deux fois, mais j'étais dans la bonne direction et je finis par retrouver la rue. J'avançai sur la chaussée étroite, scrutant les deux côtés, jusqu'à ce que je repère la voiture de police garée sur le trottoir. Vide : ses habituels occupants devaient se trouver au domicile de Jenny. Je trouvai une place pour me garer, un peu plus loin de l'autre côté de la rue.

La maison de brique rouge m'était familière à cause des journaux télévisés ; la voir en vrai me fit une impression étrange. Les rideaux, tous tirés, ne laissaient rien filtrer : je me demandai si les Shepherd vivaient encore là ou s'ils avaient fui en terrain neutre, loin des médias. La propriété paraissait impeccable dans le halo orangé des réverbères – la façade était fraîchement ravalée, la haie taillée, le cerisier à l'avant encore en fleur. Mais, en regardant de plus près, j'aperçus deux bouquets posés sous le porche. L'herbe débordait entre les pavés qui délimitaient l'allée menant au garage, comme si la tonte de la pelouse avait été plusieurs fois reportée. Quand cela redeviendrait-il une priorité pour les Shepherd, si tant est que ce soit un jour possible ? Comment trouver la force de s'inquiéter de l'apparence de son domicile quand on a perdu son contenu le plus précieux ?

Assise dans ma voiture, je contemplais leur maison. J'ignore ce que j'espérais découvrir. J'avais juste eu envie de venir jusque-là, pour me rendre compte à quel point Jenny avait vécu près de chez moi durant sa courte vie, pour lui rendre hommage, prendre le pouls du chagrin des Shepherd, comparer leur affliction à la mienne. Les petits signes de négligence que je distinguais depuis l'endroit où je me trouvais étaient comme des taches sur une poire trop mûre, des stigmates de cette pourriture qui rongeait jusqu'au cœur. La débauche qui avait gagné la fille des Shepherd était restée indécelable, mais elle existait bel et bien et sitôt que la presse en aurait vent, si ce n'était déjà le cas, les Shepherd perdraient Jenny une nouvelle fois. Un frisson me parcourut à cette idée… Un rêve pour rédacteurs en chef de tabloïd, le cauchemar d'une mère : la jolie fillette menait une double vie. Pauvre Jenny, avec son visage d'enfant et ses problèmes d'adulte. Elle était fille unique. Cela réduisait-il les chances pour les Shepherd de s'en remettre un jour ? Le fait de pouvoir compter l'un sur l'autre les aiderait-il ? Peut-être, s'ils découvraient ce qui lui était arrivé et qui en était responsable. C'était cette ignorance qui avait rongé ma famille. Mes parents, au lieu de se rapprocher, s'étaient éloignés ; quant à moi, j'étais tombée dans le gouffre qu'ils avaient creusé.

Quelque part, au fond de mon cerveau, un projet commençait à prendre forme – une idée. J'avais passé tant de temps à refuser de penser à Charlie, tant d'années à lui interdire la moindre place dans ma vie. J'avais essayé de l'oublier, ce qui rendait d'autant plus difficile de vivre avec sa disparition. Il fallait que je découvre ce qui lui était arrivé. Personne ne s'en chargerait à ma place. La police ne se montrerait sûrement pas d'une grande aide à propos d'une affaire dont les dernières pistes avaient été épuisées seize ans auparavant. Je ne pouvais pas m'attendre à ce que cela éveille l'intérêt de quiconque. Et moi, cela me tenait à cœur, et j'étais en train de m'en rendre compte. La mort de Jenny trouvait un écho dans ma propre vie. Il me fallait des réponses ou tout du moins me persuader que j'avais tenté d'en obtenir. J'avais tant voulu venir en aide aux Shepherd, quand en réalité j'aurais dû m'occuper de moi. Et personne ne m'en dissuaderait, désormais, me dis-je, sentant la chaleur me monter aux joues au souvenir de la mise en garde de Blake un peu plus tôt dans la journée. Cela méritait une petite enquête. Certes, je ne résoudrais sûrement pas l'affaire, mais j'avais vraiment envie de comprendre ce qui était arrivé à mon frère. Les faits bruts m'étaient bien connus, mais il y avait sans doute nombre de nuances que j'étais trop jeune pour percevoir à l'époque. Sans compter que de l'eau avait coulé sous les ponts, depuis 1992. Quel mal pouvait-il y avoir à vérifier s'il existait des liens entre la disparition de Charlie et d'autres crimes commis depuis dans la région ? Je verrais peut-être quelque chose qui avait échappé à tout le monde.

Cette décision me fit du bien ; pour la deuxième fois de la soirée, j'eus l'impression de prendre les choses en main. Je n'avais plus rien à faire à Morley Drive. Il était temps de rentrer chez moi. J'embrassai du regard le domicile des Shepherd une dernière fois puis tournai la clé de contact. Le moteur toussa mollement, sans démarrer. En jurant à mi-voix, je réessayai, une fois, puis deux, effroyablement consciente du bruit que je faisais. La voiture, peu coopérative, émit quelques bruits de ferraille et se tut. Plus rien. De rage, je frappai le volant, ce qui n'eut d'autre effet que de me meurtrir les mains, mais me permit de me défouler un peu. Ce n'était pas la première fois qu'elle me lâchait, mais il ne pouvait y avoir pire timing. Il était impensable de faire appel à une société de dépannage à cette heure. Le tapage que cela engendrerait dans cette rue tranquille ne servirait qu'à attirer l'attention sur moi, une attention dont je ne voulais surtout pas. Je n'étais pas loin de la maison. Je pouvais rentrer à pied. Une bonne chose que ça ne me soit pas arrivé chez Blake. Je m'imaginai revenir cinq minutes après avoir filé à l'anglaise pour lui demander de me ramener chez moi. J'aurais été honteuse – pour le moins.

L'air nocturne fit courir ses doigts glacés sur mes bras nus. Je n'avais pas pensé à prendre une veste. Je verrouillai la voiture, bien qu'elle ne contînt aucun objet de valeur et ne risquât pas s'envoler, à moins que le voleur ne vienne avec sa dépanneuse personnelle. Grand bien lui fasse, pensai-je amèrement, en jetant les clés dans mon sac, avec une pointe de mauvaise foi. J'adorais ma voiture, aussi miteuse et peu fiable fût-elle. Je me rassurai en songeant qu'elle se trouvait à proximité d'un véhicule de police, en sécurité au moins jusqu'au lendemain, jusqu'au moment où je viendrais la reprendre. Je refusais d'envisager que ce que je venais d'entendre était un râle d'agonie. Il faudrait qu'elle remarche. Pour l'heure, j'étais coincée.

Mes pas résonnaient anormalement fort sur le trottoir sur lequel je me hâtais tout en me demandant s'il y avait un son plus solitaire que celui d'une personne qui marche seule au plus sombre de la nuit. Une buée légère brouillait mon reflet dans les vitres des voitures garées sur mon passage, je serrais mes bras contre ma poitrine, en quête d'un peu de chaleur. À chaque expiration, mon haleine formait un petit nuage devant moi. La lune immaculée brillait, haute et lointaine, une perfection glaciale ; la nuit claire avait laissé filer la chaleur du jour. Mon sac battait en rythme sur ma hanche au fil de mes pas, dans un cliquetis aussi sonore qu'une caravane de dromadaires surchargés dans le désert. Je m'attendais à ce que quelqu'un ouvre ses rideaux à tout moment pour me fusiller du regard.

Le chemin me parut long jusqu'à la route principale. Je la traversai en m'assurant machinalement qu'il n'y avait personne ni d'un côté ni de l'autre, quoique j'aurais entendu venir le moindre véhicule à un kilomètre à la ronde. La route s'étirait au loin devant moi, j'avais une bonne dizaine de minutes de marche pour rejoindre Curzon Close. J'empruntai délibérément la bande d'herbe qui longeait la route plutôt que le trottoir, pour étouffer le bruit de mes pas. La rosée mouilla très vite le bas de mon jean, mes sandales se firent glissantes. Je laissai sur ma droite un terrain de jeux désert plongé dans l'obscurité, je déglutis, me convainquis que je n'avais pas peur. Ce n'était pas pour cette raison que j'avais la chair de poule, la bouche sèche et les paumes moites, pas du tout.

J'y étais presque.

En pénétrant dans le cul-de-sac de Curzon Close, je sentis quelque chose craquer sous mes pieds. Des bris de verre disséminés sur le sol, restes épars d'une bouteille de vin, faisaient comme des bouquets d'étincelles orange sous la lumière des réverbères. L'air était lourd des relents sucrés et musqués de l'alcool bon marché. Je ralentis le pas, pour tenter d'éviter les plus gros morceaux de verre, consciente que mes orteils n'étaient pas protégés dans mes chaussures ouvertes. La nuit était calme, sans aucune brise pour disperser l'odeur – la bouteille avait pu tomber plusieurs heures auparavant. Il n'y avait personne derrière moi, aucun intrus tapi dans l'ombre, aucune raison pour que les cheveux sur ma nuque se hérissent ainsi. Cela dit, pourquoi ne pas s'en assurer, tout de même ? Je m'arrêtai et me tournai à demi pour jeter un coup d'œil dans mon dos, feignant la décontraction, mais prête à foncer si nécessaire... Je ne vis rien qui puisse faire cogner mon cœur à ce point dans ma poitrine. Je secouai la tête, agacée par mon propre comportement, et me mis à fouiller dans mon sac à la recherche de mes clés. En m'engageant dans l'allée qui menait jusque chez moi, je ne remarquai rien d'anormal, j'étais simplement soulagée d'arriver. Je n'entendis aucun bruit, je le sais, j'entraperçus une forme qui, à mon approche, se détacha des buissons touffus. Sans prendre la mesure de ce qui se passait, par pur instinct, je plongeai de côté, de sorte que le coup qui visait l'arrière de mon crâne heurta finalement mon épaule. La force de l'impact était telle que je m'effondrai brutalement et atterris sur un genou. La douleur, fulgurante, remonta jusqu'à ma hanche.

Je ne crois pas avoir perdu connaissance, mais durant les quelques instants qui suivirent je ne fis pas preuve d'une grande vivacité. Je flottais, perdue dans un océan de douleur, trop choquée pour articuler la moindre pensée cohérente, lorsque deux mains m'attrapèrent sous les aisselles et me remirent sur pied. Je ne tentai pas de résister. Mon corps, aussi flasque qu'une poupée de chiffon, dodelinait contre la masse chaude derrière moi. Je ne sentais plus mon bras gauche, qui pendait, inerte, sur le côté. Avec un étrange détachement, je me demandai pour quelle raison, tout en sachant qu'il y avait plus grave. Peu à peu, la lointaine alarme que j'entendais résonner avec insistance dans ma tête se fit plus proche et plus stridente, au point d'effacer tout le reste. Je suis en danger, pensai-je. Je dois agir.

Pendant que cette partie de mon cerveau qui fonctionnait encore correctement tentait d'obtenir une réaction du reste de mon corps, je sentis confusément mon agresseur se déplacer. Je savais à sa force et à son odeur, mélange de cigarette, d'huile de moteur et d'excitation âcre, qu'il s'agissait d'un homme. Il m'entraîna derrière les fourrés, hors de la vue d'éventuels passants. À cet instant, la panique éclata en moi, j'ouvris la bouche pour crier, mais il me tomba dessus comme un chat et m'enfonça son poing dans la bouche, en faisant pression sur mon larynx. Je ne pouvais pas appeler à l'aide. Je ne pouvais même pas respirer. Des lueurs blanches se mirent à tourbillonner et à exploser devant mes yeux, mes genoux cédèrent. S'il ne m'avait pas tenue, je serais sûrement tombée.

Après ce qui me sembla durer des siècles, son étreinte sur ma gorge se relâcha, sa main s'abaissa. J'invitai l'air dans mes poumons en grandes inspirations saccadées. Lorsque je pus enfin parler, je croassai :

— Que… voulez… vous ?

Je n'attendais pas vraiment de réponse, je n'en eus d'ailleurs aucune. Je le sentis rire plus que je ne l'entendis, son haleine chaude contre mon visage faisait voleter mes cheveux. Il traça le contour de ma joue du bout de son doigt ganté – la couture m'irrita la peau. Il me tenait par la mâchoire en tirant ma tête en arrière, les tendons en extension ; son autre main remonta le long de mon torse, ma poitrine, se plaça autour de mon sein gauche, qu'il pressa doucement tout d'abord puis assez violemment pour m'arracher un petit cri, entre douleur et frayeur. Il sursauta, étonné : il venait sûrement de découvrir que je ne portais rien sous mon fin chemisier. Il mit sa main à sa bouche pour retirer son gant ; je venais à peine de remarquer ce détail que ses doigts me palpaient à nouveau, poisseux sur ma peau. Les larmes me montèrent aux yeux. Je n'arrivais pas à croire ce qui était en train de m'arriver, à moi, juste là, dans mon allée, à moins de deux mètres de ma porte d'entrée. J'aurais pu essayer de me débattre, mais je ne voyais pas comment. Si je m'étais trouvée face à face avec lui… s'il avait été moins fort, moins lourd… j'aurais peut-être eu une chance.

— Je vous en supplie, dis-je, sans pouvoir rien ajouter.

Je vous en supplie, ne me tuez pas. Je vous en supplie ne me violez pas. Je vous en supplie, ne me faites pas de mal.

Il le ferait, si telle était son intention. C'était aussi simple que ça.

Sur un imperceptible soupir, il desserra son étreinte. Pendant un instant, je crus qu'il allait me retourner face à lui, car il avait posé ses mains sur mes épaules. Mais il pesa dessus de toutes ses forces pour me mettre à genoux. L'impact sur ma rotule droite me fit atrocement souffrir au point que je fus presque soulagée lorsque, d'un coup entre les omoplates, il me projeta à quatre pattes, le visage à quelques centimètres du sol. Il fit un pas, plaqua sa main contre mon crâne, mon visage dans la terre. J'inhalai des particules terreuses, m'étranglai en tentant de me relever, paniquai à nouveau, mais lui continuait d'appuyer.

— Bouge pas, entendis-je derrière moi, comme si j'étais un chien.

Sa voix n'était guère plus qu'un chuchotement, non identifiable, terrifiant. Je n'avais pas prévu de désobéir. Je le sentis qui s'éloignait, ne perçus qu'un petit bruit de frottement lorsqu'il se baissa pour ramasser quelque chose. Le tic-tac de ma montre s'égrenait contre ma joue : dix secondes, vingt, une minute pleine, je ne l'entendais plus. Je restai où j'étais, frissonnante, jusqu'à ce que je fus aussi certaine que possible qu'il était parti. Le simple fait de me redresser et de regarder autour de moi fut bien la chose la plus courageuse que j'aie jamais accomplie.

Le soulagement m'envahit, aussitôt remplacé par le pincement aigu de la consternation : si mon agresseur avait disparu, mon sac à main aussi.

Il semblait idiot de se soucier d'un sac quand je craignais pour ma vie quelques minutes plus tôt, mais ce vol me mit en colère, en rage, plutôt. Il contenait toute ma vie, pas simplement des objets aussi remplaçables que des cartes de crédit. J'y conservais des photos de mes parents, de mon frère, mon agenda et un carnet dans lequel je prenais des notes, dressais des listes. Il était rempli de cartes de visite, de bouts de papier où étaient consignés des numéros de téléphone, des adresses et d'autres informations utiles désormais disparues à jamais. Mes clés de voiture et de maison : envolées. Ce sac ne contenait même rien qui ait une valeur particulière ; mon vieux téléphone cabossé ne valait pas un clou. J'aurais pu le lui dire s'il m'avait posé la question. Je lui aurais donné l'argent et les cartes bancaires en lui souhaitant bon vent. Cette violence n'avait pas lieu d'être, absolument pas. Pourtant, je ne parvenais pas à me débarrasser de cette impression qu'il avait éprouvé du plaisir à me toucher – à me faire mal – et que l'idée de voler mon sac ne lui était venue qu'après coup. Le rouge me monta au front au souvenir de ses mains sur moi ; je me sentais sale.

Je parvins tout doucement à me remettre debout. L'horizon oscillait follement, je dus fermer les paupières et m'accrocher aux branches pour ne pas basculer à nouveau vers l'avant. Je savais que si j'attendais un peu les choses s'amélioreraient, mais je ne pouvais me le permettre. Et s'il revenait ? Je me forçai à lâcher les buissons pour me diriger vers le mur de la maison, que j'atteignis en titubant, comme sous l'effet de l'alcool. Peu élégant, mais assez efficace. Debout, agrippée aux briques, le corps pris de faiblesse, je me demandai s'il y avait la moindre chance pour que ma mère ne soit pas couchée. Entre les rideaux mal joints de la fenêtre du salon, juste à côté de moi, filtrait une lueur bleuâtre qui suggérait que la télévision était allumée. Je glissai contre le mur pour jeter un coup d'œil à l'intérieur. Ma mère était allongée sur le canapé, le visage bleu-gris à la lumière vacillante de l'écran. Ivre morte. Un verre vide posé sur la table basse devant le canapé. Je cognai doucement à la vitre, en sachant très bien qu'elle ne réagirait pas, espérant toutefois me tromper. Pas un battement de cils.

Je me tins là un moment, en essayant de trouver une idée, puis je pivotai très lentement sur moi-même. J'étais en train de fouiller dans mon sac à la recherche de ma clé, me semblait-il ? Et je venais de mettre la main dessus lorsque j'avais franchi le portail, juste avant que mon agresseur ne surgisse des fourrés. J'entrepris de remonter l'allée à quatre pattes en scrutant le sol avec la plus grande attention et fus récompensée par un éclat métallique sous les branches du buisson, où mon trousseau m'avait échappé. L'homme, ou était-ce moi, l'avait piétiné au point de l'enfoncer dans la terre et seule la breloque brillante du porte-clés restait visible. Je nettoyai la clé, gagnée par un sentiment de triomphe, aussi absurde fût-il. Quoi qu'il ait réussi à me prendre, il n'avait pas eu ma clé, c'était déjà ça.

Je me traînai jusqu'à la porte. Mon genou était une torture, désormais. Je boitillai jusque dans l'entrée, manquant de m'écrouler. Avant toute chose, je refermai derrière moi, tours de clé et de verrou compris. Du salon provenait la musique stridente des programmes télévisés de la nuit ; douleur au genou ou pas, je ne pouvais supporter de laisser la télévision allumée. Je traversai la pièce à cloche-pied et l'éteignis. Dans le silence qui s'ensuivit, la respiration de ma mère paraissait bruyante. Je détaillai son visage sans expression, sa bouche molle, l'éclat blanchâtre de son globe oculaire sous sa paupière gauche, pas complètement close, et je ne ressentis rien : ni haine, ni amour, ni pitié. Rien. Juste parce que je l'avais sous la main, j'étalai sur elle une couverture posée sur le dossier du canapé. Elle ne broncha pas.

Je commençais à recouvrer des sensations dans le bras gauche. Je pliai mes doigts avec précaution et portai ma main à mon épaule à plusieurs reprises. Rien de cassé, bien que je sois incapable de lever le bras plus haut que mon épaule et que j'eusse du mal à me persuader de refaire le mouvement, tant la douleur était lancinante. En boitant, j'allai jusqu'à la cuisine boire un verre d'eau. Ma gorge me faisait souffrir. Mon genou m'élançait. J'avalai deux cachets d'ibuprofène poussiéreux dénichés au fond d'un tiroir. Ce devait être à peu près aussi utile que jeter une cuillerée d'eau sur un feu.

Ensuite vint le temps de la gestion de crise : je contactai les services d'annulation de cartes, ainsi que mon opérateur de téléphonie mobile. C'était tellement simple. Il suffirait de quelques jours pour tout arranger. Mon portable serait remplacé par un modèle plus récent ; je n'avais qu'à passer à la boutique la plus proche dès l'ouverture, le lendemain. Le tout réalisé en dix minutes, au beau milieu de la nuit, via des centres d'appel localisés en Inde. Sans qu'aucune question me soit posée. En dehors des objets personnels que j'avais perdus, le seul vrai problème était ma voiture. Le double des clés se trouvait à Manchester, chez tante Lucy, loin de ma mère qui avait par deux fois emprunté mon véhicule au beau milieu de la nuit, alors qu'elle n'était absolument pas en état de prendre le volant. Je ne pouvais courir le risque de garder une seconde clé à la maison. Je contacterais ma tante au matin pour qu'elle me l'envoie par courrier. En attendant, la voiture allait devoir rester où elle était. Au moins, elle n'était pas sur un stationnement interdit. Il ne manquerait plus que j'hérite d'une série de PV !

Je remplis une nouvelle fois mon verre et m'installai lentement à la table de la cuisine. En buvant du bout des lèvres mon eau tiède, je réfléchis à la situation : si j'appelais la police, on m'interrogerait sur mon emploi du temps, sur la raison pour laquelle je traversais le quartier en pleine nuit. Blake n'apprécierait sûrement pas que j'ébruite notre rencontre. Je serais mortifiée de devoir expliquer ce que je faisais dans la rue des Shepherd. Autrement dit, pas de police. De plus, il était peu probable qu'ils retrouvent le coupable. Pour ce que j'en savais, ils ne parvenaient jamais à arrêter qui que ce soit pour ce genre de délit à moins de le prendre sur le fait.

L'essentiel était surtout de ne pas en faire toute une histoire. Quelqu'un m'avait volé mon sac, et alors ? La belle affaire. Il avait sûrement l'intention d'en échanger le contenu contre de la drogue. Même dans les banlieues les plus tranquilles, cela n'avait rien d'inhabituel. Une affaire de délinquance banale. Pas d'inquiétude à avoir. Un hasard. Je pouvais envisager cette agression sous tous les angles, cela ne me mènerait nulle part. C'est vrai, il se tenait tout près de mon domicile. C'était juste un coup du sort, non ? Il ne devait tout de même pas m'attendre, moi, précisément. J'avais eu le malheur de croiser sa route, il en avait profité. Je n'allais pas m'en faire pour si peu. J'allais me ressaisir et tirer un trait là-dessus.

Il était d'ailleurs temps d'avancer un peu. J'avais grand besoin d'une bonne douche et d'une nuit de sommeil à peu près correcte. Avant de me lancer dans l'ascension de l'escalier, je m'attardai un instant dans l'entrée pour constater l'étendue des dégâts, à contrecœur. J'allumai le plafonnier, dont la lumière me parût excessivement vive et dure, puis approchai du miroir suspendu à côté de la porte. M'armant de courage, je m'y observai un long moment, avec effroi : les saletés dans mes cheveux, sur mon visage, les souillures de maquillage sur mes joues, l'hématome sur ma pommette à l'endroit où il avait impitoyablement écrasé ma figure contre la terre.

Puis j'éteignis et montai me coucher.

1992
Disparu depuis quatre semaines

Debout à côté de ma mère, je regarde des conserves de tomates concassées. Le rayon s'étire au loin, différentes marques, différents types de tomates. Je ne sais laquelle choisir et ma mère non plus, apparemment. Elle reste là, à fixer les étiquettes. C'est la première fois que nous allons au supermarché depuis la disparition de Charlie. Nous avions notre petite routine pour les courses. Ma mère décidait quoi acheter, je plaçais les articles dans le Caddie, Charlie était chargé de le pousser. Après quoi, nous avions droit à une viennoiserie et une boisson au petit café situé en face du supermarché. Ma mère buvait un café. Je n'aime pas le goût mais j'adore l'odeur, et j'adorais rester un moment dans cet endroit à regarder les gens entrer faire leurs courses puis ressortir.

Aujourd'hui, la routine ne fonctionne pas. Je pose les produits dans le chariot, mais ma mère ne semble pas s'en apercevoir. Elle est passée sans les prendre devant des articles que nous achetons toujours et a choisi des trucs que nous ne mangeons pas d'habitude – pizzas surgelées, poulet déjà rôti dans son sachet en papier doublé d'aluminium où apparaissent des taches sombres de gras, filet de citrons verts, saucisses de Francfort sous vide qui ressemblent à des doigts poisseux. J'ai peur de le lui faire remarquer. Elle a été calme toute la journée – plutôt rêveuse, perdue dans son monde. Je préfère ça à son humeur hargneuse, qui me terrorise au point de me rendre muette.

Je reste à côté d'elle, accrochée à sa jupe, tout doucement, pour qu'elle ne le sente pas, et je fais comme si tout était normal. Charlie est juste à l'angle. Il va arriver bientôt avec les boîtes de céréales et ma mère le grondera d'avoir choisi celles au chocolat, après quoi, nous irons au café boire un verre et nous rirons à des blagues idiotes en observant les passants.

Une grosse dame pousse son chariot à l'autre bout de l'allée. Il a l'air lourd, la dame a la figure toute rouge. Elle se fige en nous voyant là, elle se fige et nous fixe. Je lui rends son regard, en me demandant ce qu'elle nous veut. Ma mère est toujours plongée dans la contemplation des conserves, inconsciente de l'attention de cette femme et de la tête qu'elle fait. La dame recule un peu son Caddie pour dire quelque chose que je ne peux pas entendre à quelqu'un que je ne peux pas voir. Après un moment, une autre cliente apparaît, petite et maigre, également équipée d'un chariot. Maintenant qu'elles se trouvent côte à côte, elles ont un air comique, la maigre et la grosse, toutes deux avec la même expression sur le visage. Surprise, curiosité et désapprobation. À elles deux, elles bloquent le passage, je me demande comment nous allons réussir à nous frayer un chemin. Elles échangent des messes basses sans cesser de nous dévisager. Je sais qu'elles nous ont reconnues, je saisis les mots « pauvre petit garçon » et « leur faute ». Ma mère a sûrement entendu, elle aussi, parce qu'elle tourne la tête brusquement, comme si elle venait de se réveiller. Elle observe le bout de l'allée pendant quelques secondes, je jette un coup d'œil vers elle. Elle pince les lèvres. Elle paraît en colère.

— Viens, me dit-elle en faisant pivoter le chariot pour nous permettre de repartir par où nous étions arrivées.

Ses talons cognent sur le sol, *tap tap tap*, je presse le pas à sa suite jusque dans l'allée suivante, où nous ne nous arrêtons pas, puis dans celle d'après, où ma mère, sans aucune hésitation ou presque, attrape une boîte de café instantané qu'elle jette parmi nos courses. Je suis soulagée que nous soyons débarrassées des deux femmes, mais je vois que ma mère est furieuse. Je me traîne derrière elle, courant de temps à autre pour rattraper mon retard. Les couleurs vives des articles dans les rayons ne forment plus qu'un flou autour de nous comme nous nous dépêchons d'arpenter les dernières allées, celles des produits d'hygiène et des cosmétiques, pour arriver, légèrement hors d'haleine, à la caisse.

La caissière nous salue d'un sourire sans vraiment nous voir et passe les marchandises sous le lecteur avant de les pousser jusqu'à l'endroit où attendent les sacs plastique.

— Va les ranger.

Je préférerais décharger le Caddie. J'aime bien classer les produits par groupes, les mettre en place pour qu'il ne reste plus de trous sur le tapis roulant. Ma mère, elle, y jette négligemment toute la nourriture que nous avons choisie. Les bananes pendent par-dessus, les bocaux roulent bruyamment à chaque mouvement en avant. Je m'empare d'un sachet et je commence à le remplir. Je déteste ma mère, vraiment. Le rangement, ce n'est pas marrant. Je fais exprès de poser des boîtes lourdes sur les fruits frais et d'entasser trop de trucs dans le sac plastique fragile, au point qu'il s'étire et se déchire un peu. Lorsque je relève la tête, ma mère a disparu, abandonnant le chariot vide de guingois devant la caisse. Je traverse un moment de terreur pure.

La caissière fait passer une boîte sous le laser dans un bip.

— Ne t'inquiète pas, elle est juste partie chercher un dernier article.

Voyant le sachet que j'ai à la main, elle tend le bras vers la caisse.

— Tu en veux un autre ?

J'opine et la regarde lécher le bout de ses doigts pour décoller le haut du sac. C'est dégoûtant. Je n'ai pas envie de le toucher maintenant qu'elle a mis de la bave partout, mais je ne vois pas comment je pourrais y couper. Je le remplis, puis un autre aussi, ma mère ne revient toujours pas. La caissière, sourcils froncés, m'observe, maintenant. Mes joues me cuisent. Si ma mère ne revient pas, je ne peux pas payer les courses. Je ne peux pas les ramener à la maison.

Tout à coup, elle réapparaît, les bras chargés de bouteilles. Elle les dispose au bout du tapis roulant : trois bouteilles pleines d'un liquide transparent, fermées par un bouchon argenté, avec une étiquette bleue tournée de l'autre côté. La femme les scanne rapidement, ma mère les place elle-même dans un sachet en m'écartant du passage. Elle règle à l'aide de sa carte bancaire. Lorsque la caissière lit le nom qui y est inscrit, sa bouche forme un petit « O » de surprise.

Je la regarde droit dans les yeux, la mettant au défi de dire quoi que ce soit, pendant que ma mère signe le reçu.

Nous quittons le supermarché au pas de charge, je dépose les courses dans le coffre. Ma mère nous ramène à la maison en silence. À notre retour, elle ne sort qu'un seul sac. Il émet un tintement musical. Les bouteilles.

— Je t'aide à ranger, proposé-je.

— Rentre juste à la maison, s'il te plaît.

Elle m'ouvre et me pousse devant elle à l'intérieur. Elle va droit à la cuisine, prend un verre dans le placard. Je l'observe depuis le pas de la porte. Elle s'assied à table, débouche la première bouteille qu'elle a tirée de son sac et se sert. On dirait de l'eau. Elle le boit d'une longue traite puis reste immobile un instant, les yeux clos, le visage froissé par une grimace. Après quoi, elle remplit à nouveau son verre et recommence. Et encore une fois.

Les provisions restent dans le coffre, et moi sur le seuil. Je la regarde, j'attends tandis que pour la première fois de ma vie ma mère boit devant moi, tant et plus, comme si personne ne pouvait la voir. Comme si je n'étais même pas là.

7

Une fois la lumière éteinte, allongée dans mon lit, je fis le maximum pour tenter de me vider l'esprit, mais avec l'obscurité arrivèrent les souvenirs, sous forme d'images fragmentées, de ces derniers jours. Une branche morte par terre dans la forêt, une main pâle dans l'herbe, juste à côté. Un poster mal collé représentant un canal vert. Blake étendu sur la pelouse, les yeux fermés. Du verre éparpillé sur le bitume. Un homme qui surgit de l'ombre, animé par la violence. Je bloquai sur la dernière, incapable de m'en défaire. Je n'avais aucun visage à mettre sur mon agresseur, je n'avais pas la moindre idée de qui il pouvait s'agir. Il valait mieux que j'oublie. Mais je n'y parvenais pas.

Je ne pus m'empêcher de faire l'inventaire des détails que j'avais remarqués, en essayant, malgré moi, de déterminer si je le connaissais ou si je le reconnaîtrais. Il était plus grand que moi, comme la plupart des hommes. La meilleure estimation que je pouvais donner était entre un mètre soixante-dix et un mètre quatre-vingt-cinq. Il était svelte mais robuste. Chaussures foncées – probablement des tennis ; il s'était éloigné d'un pas presque silencieux. Pantalon noir. Une veste taillée dans une sorte de tissu imperméable. Gants de cuir. Rien de particulier, rien qui me permettrait de le repérer. Je pourrais le croiser dans la rue sans jamais l'identifier.

La seule caractéristique distincte qui me venait à l'esprit était son odeur, de cigarette et d'huile de moteur mêlées. Pas exactement unique. L'huile pouvait provenir d'à peu près n'importe où ; il était fréquent de voir des taches sur des places de stationnement. Il avait pu marcher dedans et l'odeur persister fortement. Cela m'était déjà arrivé.

Le sentiment qui dominait tous les autres n'était pas tant la crainte que l'irritation contre moi-même, contre mon manque d'attention et le fait que j'avais baissé la garde. S'il avait voulu me violer ou me tuer, qu'est-ce qui aurait pu l'en empêcher ? Pas moi, j'avais été incapable de me défendre. J'aurais dû mieux le regarder, j'aurais dû m'enfuir, ou hurler assez fort pour alerter les voisins. Il était futile de s'attarder sur des regrets, mais je le fis quand même, tandis que la douleur dans mon bras se ravivait soudain. Les aiguilles phosphorescentes du réveil sur ma table de chevet progressaient avec méthode et monotonie ; quant à moi, je continuais de m'interroger sur l'identité de l'agresseur, sa motivation, sans trouver le début d'une réponse.

L'aube approchait lorsque je m'enfonçai dans un sommeil lourd et sans rêves ; je m'éveillai bien plus tard que d'habitude, les yeux collés, la gorge endolorie, et avec l'impression que mon visage avait été cisaillé et remis en place à l'agrafeuse de manière approximative. Je boitais, découvris-je en me rendant à la salle de bains. Mon genou, raide, regimbait à chaque tentative pour le plier. Il était tout enflé et contusionné, sans toutefois être aussi vilain que mon épaule, au-dessus de laquelle je ne parvenais toujours pas à soulever mon bras. L'un comme l'autre étaient vivement colorés, entre violet et noir bleuté pour le point le plus tendre. L'hématome qui s'étendait sur mon bras, à peu près à mi-hauteur entre l'épaule et le coude, comme un tatouage de docker, se révéla effroyablement douloureux. Le visage qui me faisait face dans le miroir était sombre. Je me sentais épuisée ; j'étais trop éreintée pour envisager de me rendre à l'école.

À pas prudents et inégaux, je descendis au rez-de-chaussée pour appeler le secrétariat ; je m'attendais à tomber sur Janet, mais ce fut Elaine qui décrocha. Je dus bredouiller mon excuse en espérant qu'elle ne ressemblait pas trop à un mensonge, tout en ayant conscience qu'Elaine, qui n'était pas née de la dernière pluie, n'en croirait pas un mot, quoi qu'il en soit. Je lui vendis mon argumentaire, « mal de crâne fulgurant, je ne vais pas pouvoir venir aujourd'hui », comme si ma vie en dépendait. Elle émit un bruit de gorge. Quelque chose me disait que je n'étais pas la seule à me faire porter pâle. J'accrus le chevrotement pathétique de ma voix tout en me plaignant de nausées et finis par obtenir son autorisation, du bout des lèvres.

— Mais j'aurai besoin de vous ce soir à l'église Saint Michael. Une veillée de prières est organisée à la mémoire de Jenny Shepherd. Je tiens à ce que tous les professeurs soient présents.

— À quelle heure ?

— À 18 heures. J'espère que votre migraine aura disparu d'ici là.

Préférant ignorer le sarcasme dans sa voix, je promis d'y être et raccrochai en me demandant comment diable je pourrais me rendre présentable en à peine dix heures. La meilleure option semblait encore de retourner me coucher. J'écrivis un petit mot à ma mère pour lui expliquer que je n'étais pas allée travailler et en réclamant de ne pas être dérangée, puis gagnai le salon sur la pointe des pieds. Elle y était toujours, blottie sur le canapé, et ne bougea pas. Il régnait dans la pièce sombre et surchauffée une odeur amère de mauvaise haleine et d'alcool. Je laissai le message bien en vue et ressortis sans un bruit.

À l'aide de la rampe, je me hissai dans l'escalier, qui me parut plus abrupt et plus long que d'ordinaire. Je sentais des courbatures dans tous mes membres, des raideurs dans chacune de mes articulations. J'avais l'impression qu'à mes blessures s'ajoutait une méchante grippe et la seule chose qui me donnait la force de rejoindre ma chambre était la perspective du calme, des draps frais et de quelques heures de solitude. Je me mis au lit tant bien que mal. Je m'endormis aussi vite – et soudainement – que si j'étais tombée d'une falaise.

Ce fut la pluie qui me réveilla, pour finir. Le temps se gâta en milieu d'après-midi, la première chaleur estivale balayée par une basse pression venue de l'Atlantique et la poignée d'averses brutales qui la précédait. J'avais laissé ma fenêtre entrouverte ; à mon réveil, des taches sombres constellaient la moquette rose et des éclaboussures mouchetaient mon bureau, à cause des grosses gouttes qui avaient éclaté sur le rebord comme autant de grenades. Je me levai, dans les vapes après ce long sommeil, tendis la main gauche pour fermer le battant. Mon bras tressaillit sous une douleur électrique et, le souffle coupé, je m'étonnai d'avoir pu oublier. Changeant de main, je baissai la vitre, ne laissant qu'un espace de deux centimètres pour permettre à l'air pur, lavé par la pluie, d'entrer. Elle tambourinait en rythme sur le toit et formait des rideaux presque opaques devant les maisons de l'autre côté de la rue, les résumant à des approximations adoucies et décolorées d'elles-mêmes, comme des aquarelles peintes à l'eau sale. Apathique, j'observai les gouttes qui rebondissaient sur la route, ruisselaient sur le trottoir. Une telle averse avait quelque chose de fascinant, d'hypnotique. Surtout quand on n'avait pas besoin de sortir.

Quel choc lorsque je me rappelai soudain que j'étais bel et bien forcée de sortir, justement, et qui plus est à pied. J'étais bien trop terrorisée par Elaine pour ne pas me présenter à la veillée. Je grimaçai en regardant ma montre : il était déjà 16 h 30. Mon seul espoir était d'appeler Julie. J'avais son numéro, il se trouvait dans mon agenda de l'année passée. Elle l'y avait noté elle-même, de son écriture tout en boucles qui prenait deux lignes au lieu d'une. Je descendis l'escalier à cloche-pied en souhaitant sombrement que le type qui m'avait piqué mon sac apprécierait mon Nokia. Les choses auraient été beaucoup plus simples s'il m'avait laissé mon portable. Et mes clés. Et mon portefeuille. Mais enfin, l'agression ne lui aurait alors pas rapporté grand-chose.

— Allô ?
— Julie, c'est moi, Sarah…
— Sarah ! Je ne reconnaissais pas le numéro, j'ai failli ne pas répondre. Comment vas-tu ?

— Bien, répondis-je sans m'étendre. Écoute, j'ai un problème de voiture. Tu pourrais passer me prendre avant d'aller à l'église Saint Michael pour la cérémonie ?

— La quoi ? dit Julie d'un ton vague. Ah, oui. Désolée, chérie, mais je n'y vais pas.

— Je pensais qu'on n'avait pas le choix…

— Ce n'est pas mon truc. J'ai fait croire à Elaine que j'avais une obligation familiale dont je ne pouvais pas me dégager.

— Je vois, fis-je, regrettant de ne pas avoir trouvé un prétexte du même acabit. Tu as bien de la chance.

— Elle était furax. Cela dit, je m'en fous. Elle ne peut pas me virer pour ça. Mais je suis désolée, tu vas réussir à te débrouiller ?

Ce n'était pas très loin, en réalité, à trois kilomètres environ. Sans ma blessure au genou, je n'aurais pas hésité à marcher. Je ris.

— Bien sûr. Je la jouais feignante à cause de la pluie.

— Je viens de me faire coiffer, expliqua Julie à mi-voix. Le temps que j'arrive au pub, le résultat risque d'être lamentable…

— Alors la voilà, ton obligation familiale ? la taquinai-je en souriant, à quoi Julie répondit par un juron très grossier avant de raccrocher.

Je reposai le combiné, mon sourire évanoui. C'était bien beau de plaisanter, mais elle était la seule personne à qui je pouvais demander cette faveur. Si je voulais être présente, j'allais devoir m'y rendre à pied et je n'étais pas sûre que ce soit possible, dans l'état où j'étais.

En dépit de tout, j'arrivai à l'heure, en me félicitant presque du mauvais temps : les caméras massées au bout de la rue de l'église filmaient les gens qui entraient, les uns après les autres, mais sous mon parapluie je me sentais anonyme et en sécurité. Il protégeait mon visage, empêchant quiconque de repérer l'hématome sur ma pommette, que j'avais tout de même camouflé à l'aide de fond de teint.

Laissant mon parapluie s'égoutter sous le porche, à l'endroit prévu à cet effet, au milieu d'une forêt de ses semblables, je me faufilai à l'intérieur. Voilà un moment que je n'y avais plus mis les pieds. Saint Michael était un édifice vieux de plusieurs siècles mais qui ne semblait pas faire grand cas de son caractère historique. Sur les murs, les plaques de cuivre antiques et les ex-voto dédiés à des paroissiens depuis longtemps oubliés le disputaient aux affiches sur la charité chrétienne et la pauvreté dans les pays en voie de développement. Un vitrail chamarré, ajout des années 1970, se détachait avec incongruité sur la pierre grise qui l'entourait. L'allée latérale de gauche avait été en partie vitrée pour canaliser, pendant la messe, les enfants bruyants et les parents forcés de les endurer. Mais les vieux bancs en bois sur la droite étaient, eux, heureusement intacts et je m'y rendis de mon pas boiteux, assourdi par les dalles usées, polies par des siècles de passage des fidèles. Il n'allait pas être facile de trouver une place sans se faire remarquer. Il restait encore un quart d'heure avant que ne débute la cérémonie et, déjà, les bancs étaient presque pleins.

Je reconnus parmi l'assistance certains parents d'élèves ainsi que les camarades de Jenny et filai avant qu'ils ne m'aperçoivent, d'un pas rapide malgré mon nouveau style de démarche sautillante. J'avais inventé une histoire au cas où quelqu'un me demanderait pourquoi je boitais, mais je ne tenais pas à ce qu'on nous examine de trop près, mon genou et moi. La pluie avait à ce point terni la lumière du jour qu'on se serait davantage cru un soir d'hiver qu'un après-midi de fin de printemps, et l'église n'était pas bien éclairée. Une aubaine. Je me glissai sur un banc à l'avant, à côté de deux vieilles dames en pleine conversation. Elles se poussèrent un peu pour me faire une place sans m'accorder un regard. Parfait.

Comme je me retournais, j'aperçus un groupe de collègues côte à côte au centre de la nef, qui discutaient entre eux. Ils avaient le visage fermé, les traits tirés, plus à cause de leur devoir de présence en ces lieux que du chagrin, me sembla-t-il. D'où j'étais, je pouvais les voir vérifier l'heure d'un air pincé.

Elaine elle-même était assise au premier rang, à côté de son adjoint, qui avait mis une cravate pour la circonstance. Elaine s'était fait coiffer, maquiller ; de toute évidence elle voyait là l'occasion de faire bonne impression. La petite dame à côté de moi avait à la main une feuille de messe format A4, que je n'avais pas pensé à prendre avant de m'installer. Je me demandai si la pauvre Janet avait dû se charger toute seule de toutes les photocopies et du pliage. Je parvins à déchiffrer son contenu en plissant les yeux. Elaine s'acquitterait d'une lecture, et la chorale de l'école de l'accompagnement musical.

À l'entrée de l'église, j'avais aperçu une affichette polie exigeant des médias qu'ils respectent l'intimité de la communauté, manière de les décourager d'assister à la commémoration. Un membre au moins avait ignoré la consigne, même si je devais admettre qu'elle avait l'excuse d'appartenir à la communauté en question. Carol Shapley était assise au troisième rang, juste derrière le banc réservé à la famille Shepherd elle-même. Elle serrait contre elle deux adolescents, ses enfants, sûrement, et paraissait tout à fait inoffensive, mais elle semblait surtout occupée à mémoriser les moindres détails de la scène et de l'assistance. Sa tête pivotait de tous côtés comme celle d'une chouette. Rien n'échapperait à cette femme, et le journal local tiendrait son exclusivité.

Un bourdonnement de conversations résonna au fond. Je tendis le cou pour voir ce qui se passait : la police venait de faire son entrée, en compagnie des Shepherd. Le capitaine Vickers conduisit la procession dans l'allée, comme il l'eût fait d'une mariée. Il prit place dans la rangée juste devant la journaliste, qui croisa son regard au passage. Elle baissa la tête, rouge de honte. Il ne m'avait pas semblé qu'il lui ait adressé la parole, peut-être n'était-ce pas nécessaire.

Les Shepherd ne se trouvaient pas loin derrière, avec le prêtre. Diane Shepherd, qui paraissait ignorer où elle était, regardait autour d'elle en affichant un sourire vague. Son mari progressait d'un pas lourd, la tête basse. Il avait perdu beaucoup de poids depuis la disparition de Jenny, il flottait dans son costume. Le col de sa chemise n'était pas boutonné, mais il était habillé avec soin ; c'était un homme pour qui l'apparence comptait et il avait tenu à se vêtir correctement jusque dans son chagrin. Valerie suivait, avec son air suffisant, à peine tempéré pour la circonstance. Et j'aperçus, au fond de l'église, Blake. Évidemment. Il prit place à côté de la porte, flanqué de deux collègues. Dos au mur, les mains jointes devant eux, dans la position classique du footballeur en attente du penalty, ils semblaient distants, comme si ce qui se passait ne les concernait en rien, mais leurs yeux scrutaient l'assemblée en permanence. Je me demandais ce qu'ils cherchaient quand Blake croisa mon regard. Il leva imperceptiblement un sourcil, je me retournai brusquement vers l'avant, gênée d'avoir été surprise en train de le dévisager.

Le curé entama la prière d'ouverture. Celle-ci se transforma en une sorte de sermon, ce qui parut étonner l'orateur autant que l'assistance. La pomme d'Adam du jeune prêtre décrivait des va-et-vient dans son cou entre des phrases qui ne menaient nulle part. Fatalement hors sujet, il s'enfonçait, de plus en plus perdu :

— Car sans Dieu, où est le réconfort ? Avec Dieu, que peut-il y avoir d'autre que le réconfort, par Dieu et en Dieu. Ce réconfort qui... est le seul véritable Dieu. Jennifer est avec Lui, au paradis, une de ses enfants comme nous le sommes tous... Ce doit être une consolation pour sa famille. Cela doit être une consolation, parce que...

Il fouilla dans ses papiers, à la recherche d'une réponse et n'y trouvant ni conclusion au fil de ses idées, ni nouvelle pensée sur laquelle rebondir, il abandonna et, plutôt lâchement, présenta la chorale de l'école. Les filles entonnèrent un cantique, une interprétation tonitruante et enthousiaste de « Jésus, sois ma vision ». Je fixai sans le voir le livre de chants devant moi, en me demandant si Jenny avait prié avant de mourir et, si oui, pourquoi ses prières n'avaient pas été entendues.

C'est peu dire que mon attention fut distraite durant la cérémonie. La voix d'Elaine s'éleva pour délivrer, selon une cadence mesurée, des mots appropriés tirés de l'Ecclésiaste, quant à moi je rêvassais, contemplant la belle voûte du plafond au-dessus de ma tête, l'arche gothique à la croisée du transept. Des pensées glissaient dans mon esprit, où je les laissais flotter sans vraiment me concentrer.

En revanche, quelqu'un était concentré sur moi. Tandis que je me levais avec le reste de l'assemblée pour entonner «Le Seigneur est mon berger» en observant vaguement les gens autour de moi, je croisai soudain le regard de Geoff, qui me fixait. À l'instant où il comprit que je l'avais vu, il leva la main comme autour d'un verre invisible et le pencha – signe universel pour inviter quelqu'un à boire un verre. Je répondis d'un froncement de sourcils peu encourageant et me plongeai dans le livre de cantiques comme si je n'avais jamais lu les paroles de ce psaume auparavant.

Lorsque les dernières notes de l'orgue se turent, le prêtre se pencha pour décrocher le micro de son pied, ce qui généra quelques aboiements de larsen et de parasites, l'assistance le regardant se débattre, impassible. Il se lança dans une nouvelle prière interminable, sans queue ni tête, visiblement improvisée – encore une fois, mon attention se mit à dériver.

— Je vais maintenant inviter les camarades de classe de Jenny à monter jusqu'à l'autel pour le dernier chant, déclara-t-il enfin d'une voix sourde.

Les filles approchèrent, d'un peu partout, l'air embarrassées et traînant des pieds pour ne pas arriver parmi les premières à l'autel. Certaines, qui avaient déjà leur taille adulte, semblaient plus âgées que les autres tant par leur tenue que par leur comportement – tout en brushing et maquillage charbonneux. Mais d'autres avaient encore leur joliesse et leur fragilité enfantines, comme Jenny, de petites filles menues au visage poupin. Toutes partageaient la même expression : confusion figée.

— Si vous pouviez toutes vous tenir par la main… suggéra le curé.

Elles obéirent. La chef de chœur se plaça délicatement devant l'autel et hocha la tête en direction de l'organiste. Il lui donna une note tenue qui se transforma bientôt en introduction d'« Amazing Grace ». Les élèves connaissaient les paroles par cœur. Elles les avaient apprises pour un concert à l'école, quelques mois plus tôt. Que pouvaient ressentir leurs parents, en les voyant ainsi ? Étaient-ils malades d'une peur rétrospective à l'idée que leur fille aurait pu être celle qui manquait à l'appel ? Se félicitaient-ils secrètement que ce ne soit pas le cas ?

Comment leur en vouloir ?

Vickers et Valerie raccompagnèrent les Shepherd vers la sortie avant que le chant soit terminé et que quiconque parmi l'assistance ait pu bouger. J'en vins à m'interroger sur le but de cette cérémonie – qui était-elle censée aider, exactement ? Les parents de Jenny semblaient tout aussi hébétés et désespérés qu'à leur arrivée.

Je sentis qu'on me tirait sur la manche, les petites dames voulaient s'échapper, je me levai pour nous permettre, à elles comme à moi, de filer en douce. Le plan avait du bon, mais deux obstacles surgirent aussitôt pour le contrecarrer. D'abord mon genou, qui céda presque à l'instant où j'entrepris de poser le pied par terre et me força à prendre appui contre une colonne, le temps que le monde cesse de tourbillonner autour de moi. Puis Geoff, qui attendait son heure et en profita pour se jeter sur moi.

— Salut, toi, me murmura-t-il en approchant bien trop près.

J'avais la sensation d'être l'animal le plus faible du troupeau, sans défense, vulnérable ; c'était comme s'il l'avait senti. Il me serra contre lui pour une étreinte trop enthousiaste. La pression sur mon bras envoya la douleur de mon épaule jusque dans mon cou, j'en eus le souffle coupé. Geoff baissa les yeux vers moi, pour voir dans quel état j'étais.

— C'était un peu trop pour toi, toute cette émotion ?

— Ça va, répliquai-je, dents serrées, en m'arrachant au pilier pour me diriger vers la sortie.

Cela dit, puisque toutes les personnes présentes avaient désormais la même idée, je fus forcée d'attendre que la foule franchisse les doubles portes, au compte-gouttes, avec une lenteur insoutenable, comme du bétail à la foire. Geoff m'emboîta le pas, évidemment ; il se tenait si près de moi que je sentais son haleine sur ma nuque. J'avançai, bien qu'aucun espace ne se soit dégagé, m'enfonçant dans la masse pour mettre de la distance entre nous.

— Je crois que tu as besoin d'un petit remontant, me glissa-t-il à l'oreille, quasiment incrusté en moi.

Gain net en ma faveur : nul.

— Allez, viens, on va se trouver un coin sympa, insista-t-il.

— Non merci. Je rentre à la maison.

Mon genou me faisait souffrir, je n'étais pas bien du tout. Même dans l'éventualité où j'aurais été en état d'aller prendre un verre avec Geoff, je ne m'en sentais sincèrement, véritablement, aucune envie. L'instant d'après, je sursautai avec violence : ses deux grosses mains me pétrissaient les épaules – on l'aurait cru irrésistiblement attiré par les zones les plus douloureuses de mon anatomie. Je lui échappai et fis volte-face, une main protégeant mon épaule au cas où il tenterait de remettre ça.

— Geoff, je t'en prie !

— Tu es tellement tendue, me murmura-t-il. Calme-toi.

— Arrête de me tripoter !

Il leva les mains.

— C'est bon, tu as gagné. Quel est le problème ? Tu t'es fait mal au dos ?

— Ce n'est rien, dis-je, remarquant que nous nous étions attiré des regards interrogatifs de la part des personnes les plus proches de nous. Laisse tomber.

Nous étions à la porte, désormais. Les grosses gouttes qui s'abattaient sur l'allée devant le porche me rappelèrent de récupérer mon parapluie. Je me dirigeai vers l'endroit où je l'avais laissé, pour constater qu'il n'en restait là plus aucun. Quelqu'un s'était approprié le mien. Je restai plantée à regarder bêtement l'espace vide où il aurait dû se trouver, jusqu'à ce que la personne derrière moi me contourne avec un bruit irrité.

— Pas de parapluie ? fit Geoff, compatissant. Ta voiture est loin ?

— Chez moi, dis-je sans réfléchir.

Le retour s'annonçait long et difficile, avec ma jambe de plus en plus raide et la pluie d'orage qui ne semblait pas vouloir se calmer. Les flaques qui avaient fait leur apparition sur les trottoirs un peu plus tôt devaient s'être transformées en véritables mares.

— Tu ne peux pas rentrer à pied dans ces conditions, décréta Geoff avec fermeté, en me prenant par le bras pour m'écarter du passage. Je te ramène.

J'étais sur le point de refuser quand je vis Blake s'approcher de nous, l'air inquiet. Je n'aurais pu imaginer pires conditions pour le revoir.

— Vous boitez, dit-il sans préambule. Que s'est-il passé ?

— J'ai trébuché et je suis tombée dans l'escalier.

Le scepticisme se lisait sur son visage. Avant qu'il ait eu le temps d'ajouter quoi que ce soit, Geoff intervint :

— Il faut vraiment qu'on bouge, là, Sarah.

Il s'était exprimé d'un ton autoritaire et possessif qui lui valut un regard noir de la part de Blake.

— Vous avez dit que vous vous appelez comment, déjà ?

— Je ne me suis pas présenté. Geoff Turnbull.

Il tendit la main, Blake la lui serra brièvement en énonçant son nom suivi de son titre, sans enthousiasme.

— Je ne vous ai pas vu à l'école, observa-t-il.

— J'ai parlé à une de vos collègues. Une fille plutôt sympa.

Geoff avait un ton détendu, mais il tapait du pied et je me rendis compte que sous son calme apparent il était crispé.

Les formalités terminées, tous deux se dévisagèrent avec une hostilité non dissimulée.

Je m'adressai à Geoff :

— Tu sais, si ça ne te dérange pas, j'apprécierais vraiment que tu me ramènes. Tu es garé où, tu me disais ?

— Juste au coin. Mais attends-moi là. Je ne veux pas que tu sois trempée. Je vais chercher la voiture.

Il s'élança sous la pluie.

Blake le suivit des yeux.

— Tu rentres avec lui ? Pourquoi tu ne patientes pas un peu, je te reconduirai.

— Je ne pense pas que ce soit une bonne idée.

Pour lui, voulais-je dire, au cas où quelqu'un soupçonnerait quelque chose entre nous, mais pendant un instant il parut blessé. Puis son visage retrouva son expression impassible, le masque de nouveau en place.

— Oh, je n'avais pas compris. Tu couches aussi avec lui ?

— Non, mais je rêve, sifflai-je en l'attrapant par le bras et en l'entraînant à l'écart des dernières personnes présentes. Baisse d'un ton. Ce n'est ni le lieu ni le moment !

— Quand cela te conviendrait-il ? J'ai noté que tu ne t'étais pas attardée, cette nuit.

— Je ne peux pas avoir cette conversation maintenant, remarquai-je d'un ton neutre. Et tu es bien placé pour savoir que tu devrais éviter d'être vu avec moi en public. Ton patron ne serait sûrement pas ravi d'apprendre ce que nous avons fait.

— C'est mon problème, répondit Blake en fronçant les sourcils.

— Tout à fait, je te suggère donc de t'en préoccuper et de me laisser rentrer avec mon collègue sans faire de coup d'éclat.

J'étais sur le point de partir, mais je me retournai pour ajouter :

— C'est tout ce qu'il est, d'ailleurs. Un collègue.

— Franchement affectueux, pour un collègue. Ce n'est pas lui que tu serais dans tes bras, l'autre jour à l'école ? Il me semblait bien l'avoir déjà vu quelque part…

— C'est lui qui me serrait dans ses bras, rectifiai-je, agacée. Mais je ne suis pas… Enfin, il n'est pas… Toi, c'est différent, quoi.

Je sentis mon visage me cuire, mes joues rougir, je me demandai ce qui m'était passé par la tête pour dire une chose pareille.

Un petit sourire semblait sur le point d'apparaître sur les lèvres de Blake. Avant qu'il puisse réagir, un coup de Klaxon retentit et j'aperçus à travers la pluie une Golf Volkswagen garée devant le portail de l'église.

— Il est là, il faut que j'y aille.

Je m'éloignai de mon pas claudiquant en espérant qu'il ne m'interrogerait plus sur ma blessure.

Gentleman, comme toujours, Geoff se pencha pour m'ouvrir la portière, je me glissai sur le siège. Pour la deuxième fois en trois jours, je pris conscience du peu d'espace qui sépare un passager du conducteur à l'avant d'une voiture. J'aurais encore préféré me retrouver à côté de Blake, même s'il avait dû me questionner sur ce qui était arrivé à ma jambe, même si cela avait pu éveiller les soupçons quant à ce qui s'était passé entre nous la veille. Geoff se tourna vers moi, histoire de me faire admirer ses yeux bleu vif.

— Ça va ?

— Très bien. Prends à gauche au feu et après je te guiderai, répondis-je sèchement, déterminée à maintenir la conversation au strict minimum.

Naturellement, Geoff envisageait la suite autrement :

— Comment se fait-il que tu ne veuilles jamais passer du temps avec moi, Sarah ?

Il avait pris pour l'occasion une expression peinée.

— Je ne vois pas de quoi tu veux parler. À gauche, ici.

Il tourna le volant en douceur.

— Je commence à croire que tu ne m'aimes pas.

— Pas du tout, dis-je pour me montrer polie. Tu es… très gentil. Un collègue très agréable.

— J'espérais pouvoir être un peu plus que ça.

J'enfonçai mes ongles dans la paume de ma main. Pitié, pas ça ! S'il tentait quelque chose, j'en mourrais. Sur-le-champ. L'ironie de l'histoire était qu'il se montrait obsessionnel après moi uniquement parce que je le repoussais. Certaines souffraient le martyre parce qu'il ne leur adressait jamais la parole, d'autres irradiaient de joie pendant des jours pour s'être attiré un sourire de sa part. Pourquoi ne s'intéressait-il pas elles ?

Il jeta un petit coup d'œil vers moi.

— Je tourne à droite, là, c'est ça ?

J'opinai, étonnée.

Dis-moi, Geoff, comment se fait-il que tu saches où il faut aller ?

Comme s'il avait entendu ma question silencieuse, il répondit avec décontraction :

— Je me souviens de t'avoir entendue parler de Wilmington Estate. Tu n'as pas déménagé, si ?

— Non.

Je me creusai les méninges, pour essayer de retrouver quand cette information avait bien pu m'échapper devant lui. Comme s'il voulait changer de sujet, il enchaîna sur des considérations banales à propos des autres professeurs. Je réagis par quelques onomatopées évasives, l'esprit à des kilomètres de là. Quand, soudain, je vis par terre quelque chose qui me ramena brutalement au présent. Je me penchai pour récupérer l'objet qui dépassait de sous mon siège. Il me suffit d'apercevoir un bout du familier logo rouge et blanc pour identifier un paquet de Marlboro.

— Geoff, qu'est-ce que tu fiches avec ça ?

Il me jeta un regard en coin.

— Tu ne vas pas me faire un sermon, au moins ? Je m'en grille une de temps en temps, quand j'ai besoin d'une pause.

— Mais tu es prof de sport…

— Oui, mais je ne suis pas un moine. Je bois pas mal, il m'arrive de fumer une clope, et alors ? Pas la peine d'être un vrai athlète pour enseigner le sport dans une école de filles, je t'assure.

Il se tourna vers moi une nouvelle fois et ajouta :

— Elaine n'est pas au courant. Je préférerais que ça reste comme ça.

— Bien sûr.

Mon cerveau travaillait à toute allure. J'avais écarté Geoff de la liste des suspects potentiels parce que j'étais certaine que mon agresseur était fumeur. Mais maintenant…

Une vieille rengaine me revint : « La paranoïa n'empêche pas de se faire agresser. »

— Il va falloir que tu m'indiques le chemin, à partir d'ici, dit-il en ralentissant à l'entrée du lotissement.

Une envie irrépressible de descendre de voiture s'était emparée de moi.

— Je peux marcher. Tu n'as qu'à me déposer ici.

— Pas question. Ça ne me dérange pas du tout. Alors, je vais où ?

Il accéléra un peu, il devenait trop dangereux d'ouvrir la portière. Geoff était aux commandes et il adorait ça.

Vaincue, je lui donnai le nom de ma rue et les instructions pour la rejoindre. Il se gara devant chez moi, observa la maison d'un œil critique.

— Pas mal, mais elle a besoin qu'on s'occupe d'elle, si tu veux mon avis, commenta-t-il.

Il avait raison. Des mauvaises herbes poussaient dans les gouttières, la peinture s'écaillait en copeaux sur les rebords des fenêtres et de la porte, comme de la peau morte.

— Le bricolage, c'est mon truc, annonça Geoff en pliant les mains, de manière à faire vibrer les muscles de ses avant-bras hyper bronzés. Peindre des fenêtres au soleil, torse nu, en haut d'une échelle, il n'y a rien de mieux. Je serais ravi de m'en charger si tu veux.

— C'est très aimable de ta part, dis-je en détachant ma ceinture. Mais n'y pense même pas. Je refuse de t'imposer ça.

— Ça ne poserait aucun problème, j'adore ça, s'empressa-t-il de répondre.

Je me montrais trop gentille. Il était temps de me faire bien comprendre.

— Écoute, Geoff. Je me fiche un peu de ma maison, d'accord ? Alors laisse tomber.

Il haussa les épaules.

— OK.

Je tâtonnais pour trouver le mécanisme d'ouverture de la portière quand sa main passa pour m'empêcher d'y accéder. Son bras pressé contre moi me colla au siège.

— Sarah, attends… dit-il d'une voix rauque.

— Lâche-moi !

Ma gorge et ma poitrine s'étaient serrées, j'avais du mal à respirer.

— Geoff, arrête !

— Je veux juste discuter, souffla-t-il en détachant sa ceinture de sécurité. Sarah…

Il lâcha la poignée, pour mieux enserrer mon visage de ses deux mains et l'approcher du sien. Il était beaucoup, beaucoup plus fort que moi. Je compris qu'il allait m'embrasser et que je ne pouvais rien faire pour l'en empêcher. Sa bouche s'abattit sur la mienne, je pinçai les lèvres chastement, répugnée par la succion qu'il m'imposait et la langue humide et invasive qui tentait de se frayer un passage. Je tendis le bras pour atteindre le Klaxon et appuyai dessus de toutes mes forces. Le bruit fut assourdissant, les ondes sonores se répercutèrent dans tout le véhicule.

— La vache ! brailla-t-il en s'écartant d'un bond. Ça va pas, qu'est-ce qui te prend ?

— Laisse-moi tranquille, Geoff, déclarai-je posément. Je pense ce que je dis. Tu ne m'intéresses pas.

Ne reste pas en mauvais termes, m'ordonna alors une voix dans ma tête. Tu ne voudrais pas d'un psychodrame en salle des profs, n'est-ce pas ?

— Écoute, je ne veux pas aller plus loin pour le moment. Je ne suis pas disponible.

— Eh bien, il suffisait de le dire !

Je réfrénai une grande envie de lever les yeux au ciel. Il regarda à travers le pare-brise et soupira.

— Est-ce que je peux au moins essayer de te convaincre que je pourrais faire un bon ami, à défaut d'autre chose ?

Je grimaçai.

— Geoff, tu n'as pas besoin de…

— J'en ai envie.

Et de toute façon, il n'y a que toi qui comptes, n'est-ce pas ?

Ce fut à mon tour de soupirer.

— Si tu y tiens.

Je pris mon sac à main.

— Bon, Geoff, je suis crevée. Merci de m'avoir ramenée. Sans rancune ?

— Sans rancune.

En sortant de la voiture, je jetai un regard rapide en direction de la maison juste en face, celle de Danny Keane. Il me semblait avoir remarqué quelque chose. Un mouvement. Le coup du rideau qui bouge, un classique de la banlieue pavillonnaire. Je remontai l'allée jusque chez moi, aussi vite que ma jambe boiteuse me le permettait.

Comme si Geoff n'avait pas déjà attiré suffisamment l'attention du voisinage, il baissa sa vitre et lança :

— Tu es quelqu'un de spécial, Sarah, tu sais ! On se voit bientôt !

Je n'osai pas me retourner. J'étais à l'intérieur, en train de fermer à double tour, lorsqu'il s'éloigna enfin, sur un coup de Klaxon d'adieu.

Adossée à la porte, j'émis un grognement d'exaspération pure. Maintenant il connaissait mon adresse exacte, si toutefois il ne l'avait pas avant. L'un d'entre nous avait fait une erreur. C'était ma faute si j'avais mentionné Wilmington Estate devant lui, mais s'il avait découvert le nom de mon quartier par d'autres moyens il venait de se griller. Je n'étais pas certaine de croire à son « il va falloir que tu m'indiques le chemin, maintenant ». Il était du genre à ne pas lâcher l'affaire tant qu'il ne savait pas tout ce qu'il y avait à savoir. Il connaissait la maison, pensai-je. Il l'avait déjà vue. Peut-être m'avait-il espionnée.

Je frissonnai, saisie par le froid, soudain, dans mes vêtements mouillés qui me collaient au corps. J'avais toujours trouvé Geoff pénible, mais essentiellement inoffensif… Et si je m'étais trompée ? Et s'il savait exactement où me toucher pour obtenir une réaction ? Et si c'était lui qui m'avait infligé ces blessures ? Et s'il savait que, sans mes clés de voiture, j'aurais besoin d'être raccompagnée jusque chez moi ?

Je déglutis, tentant de me calmer.

C'est un collègue, pas une menace, me persuadai-je. Qui dit intérêt ne dit pas forcément obsession. L'affection n'implique pas le harcèlement.

Même s'il m'avait agressée, il ne pouvait pas deviner que je ne détenais pas de double de mes clés de voiture. Ni être certain que je ne demanderais pas à quelqu'un d'autre de passer me chercher.

Il fallait que je cesse de m'inquiéter au sujet de Geoff, même si je n'avais pas réussi à me débarrasser définitivement de lui. D'une façon ou d'une autre, je m'étais même laissée aller à lui promettre de mieux le connaître. D'une façon ou d'une autre, je l'avais mené jusqu'à ma porte. Peut-être était-ce le fruit de la paranoïa, mais j'avais l'impression que c'était son plan depuis le début.

1992
Disparu depuis six semaines

Je pousse la porte de la chambre de Charlie, elle s'ouvre. Je reste sur le palier, à écouter, en tenant mes trois Barbie par les jambes. Ma mère est en bas, devant la télévision. Il fait froid et humide, trop froid pour jouer dehors. Encore une semaine avant la rentrée, j'ai hâte d'y être. Depuis la disparition de mon frère, les journées sont vides et tristes. La routine de l'école me manque. Mes amies aussi. La pluie éclabousse la fenêtre, une voiture passe devant la maison, là un instant, disparue le suivant. Je fais un pas dans la chambre de Charlie, puis un autre. La moquette paraît bizarre, différente de celle du palier ou de ma chambre. Elle est plus épaisse, elle rebondit sous mes pieds. J'avais oublié; voilà des semaines que je n'y suis plus venue. Je sais que je ne suis pas vraiment censée y entrer, mais je m'en fiche. Si je ne fais pas de bruit, ma mère n'en saura rien.

Je fais le tour de la chambre sur la pointe des pieds, en observant les affaires de mon frère. Il flotte encore ici son odeur de garçon, des relents de crasse et de chaussettes sales. C'est agréable de le sentir ainsi; il me manque. Je m'assieds sur le sol, dos au lit, et je dispose mes poupées à côté de moi.

Je reste là à jouer un moment. J'organise un défilé de mode, ma Barbie préférée décrit des allers-retours sur ma jambe, les deux autres la regardent. J'ai oublié où je me trouve, aussi lorsque j'entends un bruit à la porte, je ne lève pas tout de suite la tête.

— Qu'est-ce que tu fiches ici ?

Ma mère se tient sur le pas de la porte, elle me dévisage avec une expression effrayante. Elle est blême, ses yeux sont fixes. Je pose mes poupées sans la quitter du regard.

— Je joue, c'est tout, maman.

— Tu joues ?

Elle m'attrape par les cheveux et me met debout de force.

Je crie :

— Maman, tu me fais mal !

Elle me secoue.

— Tu n'entres pas dans cette pièce, tu entends ? Tu n'entres pas ici !

— Je sais. Pardon. Je ne recommencerai plus.

Je pleure maintenant, mais elle ne semble pas le remarquer. Elle regarde les poupées sur le sol.

— Ramasse-les.

J'obéis, les yeux brouillés par les larmes.

— Donne-les-moi.

Elle attend, la main tendue. Je ne sais pas pourquoi elle les veut. Je ne peux rien faire sinon obéir. De l'autre main, elle m'attrape par le bras et me tire hors de la chambre de Charlie, jusque dans la mienne, sans ménagement.

— Reste là tant que je ne te dis pas d'en sortir, m'ordonne-t-elle.

Soudain, je sens cette odeur douce-amère qui me signale qu'elle a bu, une fois de plus.

Elle ferme la porte, je m'assieds au bord de mon lit et je me mets à pousser des cris, de véritables hurlements. Je pleure tellement que je me crois sur le point de vomir, quand j'entends tout à coup un bruit à l'extérieur. Étranglée par les sanglots, je me lève pour regarder par la fenêtre.

Ma mère est à côté de la poubelle posée le long du trottoir. Elle soulève le couvercle et jette mes poupées la tête la première parmi les ordures. Elle le repose et repart vers la maison, dont elle claque violemment la porte derrière elle. J'ai le nez qui coule, envie de faire pipi, mais je ne peux pas sortir de ma chambre ; j'ai trop peur de ce qu'elle me ferait si elle me trouvait sur le palier, en train de lui désobéir à nouveau. Je n'arrive pas vraiment à croire qu'elle a jeté mes poupées. Je n'arrive pas à croire qu'elle n'ira pas les récupérer avant le passage des éboueurs. Pourtant, dans mon cœur, je sais que je ne les reverrai plus.

Il est tard quand je me réveille et pendant un instant je ne me souviens plus pourquoi ma gorge me fait tant souffrir. Mon père est assis là, une main sur mon dos, l'autre sous son menton.

— Ça va, chaton ?

Je hoche la tête et me remémore d'un coup ce qui s'est passé :

— Mes Barbie…

— Désolé, Sarah. Elles ne sont plus là.

Papa se penche et dépose un baiser sur ma joue.

— Je sais bien que tu ne pensais pas à mal. Je t'emmènerai faire des courses, samedi. On achètera de nouvelles poupées, d'accord ? Plus belles.

Je n'en veux pas de nouvelles. J'adorais les autres. Je les imagine dans le camion-poubelle, toutes cassées et mutilées, ou bien dans la décharge, avec des cochonneries dans les cheveux, au milieu des déchets.

Mon père m'observe, l'inquiétude se lit dans son regard, alors je m'assieds et je place mes bras autour de son cou. Je lui fais croire que je suis impatiente d'avoir de nouvelles Barbie. Je le laisse croire qu'il a tout arrangé, que je ne suis plus triste. Je lui permets d'être heureux de faire mon bonheur.

C'est ce qu'il souhaite.

8

Je me forçai à ne pas me retourner plus de deux fois pour regarder derrière moi sur le chemin de la bibliothèque, le lendemain. M'étant à nouveau fait porter pâle, je m'inquiétais qu'un collègue m'aperçoive en train de me balader dans le centre-ville d'Elmview, donc manifestement capable de rester assise dans une école vide. Celle-ci rouvrirait le lundi, m'avait informée Janet, ce qui signifiait que j'allais devoir profiter au maximum de ma journée. La normalité finirait bien par reprendre ses droits, même si, pour l'heure, la banalité du quotidien semblait totalement hors d'atteinte.

Les panneaux annonçant les grands titres des journaux en devanture des maisons de la presse d'Elmview trahissaient l'anomalie de la situation – ASSASSIN DE JENNY : LA TRAQUE pouvait-on lire sur l'un ; UN ANGE ENVOLÉ disait un autre, accompagné de cet éternel portrait d'elle. Elle avait effectivement l'air angélique, et Vickers avait jusque-là réussi à tenir secrète la nouvelle de sa grossesse. L'intérêt pour l'enquête ne montrait aucun signe d'affaiblissement. L'information faisait toujours la une, ainsi que le suggéraient les camionnettes des chaînes de télé qui rôdaient dans les environs. D'autres détails me donnaient des frissons dans le dos : les appels à témoins rédigés par la police placardés dans toutes les vitrines ou presque, les couronnes de fleurs déposées devant l'église où s'était tenue la cérémonie en hommage à Jenny. Les passants semblaient nerveux, hantés, comme si tous ceux que j'avais croisés n'avaient d'autres sujets de conversation.

La ville était calme, mais cela n'avait rien d'inhabituel. En vérité, pour leurs achats, les habitants d'Elmview se partageaient entre Guildford et Kingston ; le minuscule centre-ville ne proposait que le strict minimum. Il se mourait lentement, les petits commerces périclitaient semaine après semaine sans que rien vienne les remplacer. Le plus étonnant étant encore le temps que cela prenait.

La municipalité ne comptait cependant pas se laisser faire. La bibliothèque venait d'être réhabilitée, l'odeur de peinture fraîche me chatouilla les narines. Une longue file de gens s'étirait devant moi, pourtant le temps d'atteindre le guichet ne me suffit même pas à trouver comment formuler ma requête. Visiblement, la jeune bibliothécaire se démenait pour ne pas être assimilée au stéréotype de la vieille fille en cardigan : soigneusement maquillée, les cheveux teints, le brushing impeccable, elle portait un petit haut échancré sur un pantalon noir moulant enfoncé dans des bottes compensées. Le badge à son nom, trop lourd pour le tissu de son débardeur, en accentuait le décolleté, révélant un canyon aux os saillants. Je plissai des yeux pour déchiffrer l'étiquette et finis par déterminer qu'elle s'appelait Selina. Avant même que j'aie terminé d'expliquer que je souhaitais consulter les archives des journaux, elle bondit de derrière son bureau.

— Figurez-vous que nous détenons la totalité des numéros du quotidien local depuis 1932, réunis sur CD-Roms. Que recherchez-vous, exactement ?

— Oh… euh, je m'intéresse à l'histoire de la région, en gros, dis-je, en songeant que j'aurais mieux fait de concocter une fable crédible avant de me lancer dans une conversation comme celle-ci. J'aimerais commencer en… 1992, disons.

— C'est l'année de votre arrivée ici ? s'enquit la bibliothécaire en m'entraînant vers un ordinateur.

Je lui emboîtai le pas sans répondre.

— C'est vraiment un système fantastique ! On l'a depuis une dizaine d'années. Avant ça, on était forcé de consulter les microfiches. Un véritable cauchemar. Le lecteur était constamment en panne, et bruyant avec ça, jacassait Selina, qui s'exprimait elle-même à un niveau sonore plutôt élevé.

Elle entra un mot de passe.

— Et encore avant, il y avait les journaux reliés – d'énormes ouvrages en cuir. Ça prenait une place pas possible. Donc, 1992, vous dites…

Je trouvais une certaine ironie à écouter une bibliothécaire se plaindre des livres, mais je n'en dis rien à Selina, qui explorait un classeur installé à côté du poste de travail. Elle ouvrit un tiroir, dont elle parcourut le contenu à la vitesse de l'éclair. Il s'agissait exclusivement de CD sous pochette plastique.

— Voilà les nouvelles locales de 1992, sur ce disque, et puis je peux vous donner les nationales aussi, si vous le souhaitez…

— Local et national, ce sera parfait, merci. Si je veux d'autres années, je peux chercher moi-même ?

— Absolument, mais n'oubliez pas de signer ici...

Elle m'indiqua un bloc-notes posé sur le meuble.

— Vous inscrivez la date, l'heure, votre nom et le numéro de série du CD. N'essayez pas de les ranger une fois que vous aurez terminé ; apportez-les-moi au guichet. Je m'en chargerai. Ce n'est pas sorcier, mais vous seriez étonnée du nombre de personnes qui sont incapables de comprendre notre système de classification. Je ne dis pas que vous vous tromperiez forcément, mais c'est la règle, vous voyez. Oh, il y a une imprimante sous le bureau, si vous en avez besoin ; le tarif est de cinq pence par page, à payer à la fin. Ce n'est pas excessif, remarquez. Nous ne gagnons pas d'argent là-dessus. Cela vous coûterait le double dans un cybercafé, cela vous force simplement à garder un œil sur le compteur.

Elle poursuivit ainsi à plein volume, tandis que je balayais du regard la pièce autour de nous, en espérant que nous ne dérangions personne. Les autres usagers semblaient s'en accommoder. Heureusement que je m'étais montrée un peu cachottière quant à mes recherches ; j'imaginais d'ici les détails claironnés dans toute la salle...

— Appelez-moi si vous avez besoin d'aide, conclut-elle avant de filer vers son bureau.

Je m'installai, passai les écrans d'introduction et les listes de dossiers. La date de la disparition de Charlie, le 2 juillet, était gravée dans mon cœur. J'ouvris les fichiers correspondant à cette journée de 1992 et, dans une sorte de tressaillement, vis apparaître la première page de l'*Elmview Examiner*. La une évoquait les projets de la municipalité pour le remplacement des tuyaux des égouts et le chaos qui en résulterait pour la circulation. Rien n'indiquait qu'il se produirait quoi que ce soit d'anormal ce jour-là. À l'époque, le journal paraissait de manière hebdomadaire, je cliquai donc sur le numéro de la semaine suivante avec appréhension. Charlie faisait les gros titres.

LA CRAINTE GRANDIT
POUR LE GARÇON DISPARU

L'inquiétude est grande autour de la sécurité du jeune garçon disparu à Elmview, Charlie Barnes. Voilà une semaine que ce garçon de douze ans a été vu pour la dernière fois, la police fait tout pour retrouver sa trace. Charlie (photo ci-dessous) a disparu de son domicile, à Wilmington Estate, le jeudi 2 juillet. Toute personne l'ayant vu depuis ou sachant où il se trouve actuellement est priée de contacter le poste de police le plus proche sans délai. Le père de Charlie, Alan Barnes, a déclaré hier : « Nous avons hâte de revoir notre fils, nous souhaitons de tout notre cœur qu'il rentre à la maison. Nous voulons simplement le revoir et lui dire combien nous l'aimons. »

Je lus l'histoire dans la presse, tant locale que nationale, au fil des jours et des semaines suivantes. Les titres me sautaient à la figure depuis l'écran. Le *Sunday Times*, 5 juillet 1992 : JEUNE GARÇON DISPARU : LES RECHERCHES CONTINUENT. Le *Daily Mail*, 7 juillet 1992 : QUI A ENLEVÉ CHARLIE ? Le *Sun*, 9 juillet 1992 : RENDEZ-NOUS NOTRE FILS.

Je pris un instant pour observer les photographies. Une d'entre elles, grand format, représentait ma mère détournant le regard, son visage mince marqué par la tension et l'inquiétude. Une main à la gorge, l'autre bras autour d'elle. Elle était très belle – affolée, bien sûr, mais ravissante néanmoins. Sur de plus petits clichés, je pus voir Charlie et moi quelques années avant sa disparition, au pied du sapin de Noël, des cadeaux dans les bras ; Charlie sur son vélo ; Charlie en uniforme d'écolier avec un grand sourire, la chemise ouverte au col pour bien montrer son collier débile, une lanière de cuir sur laquelle étaient enfilées trois perles. Il insistait pour le porter en permanence ; il était têtu, quand il le voulait.

Des bribes d'articles attirèrent mon attention, décrivant l'horrible et futile processus qui n'avait finalement pas permis de retrouver mon frère, ni celui qui l'avait enlevé.

La police du Surrey a écarté les témoignages évoquant un homme d'âge moyen avec un comportement suspect dans le lotissement de Wilmington Estate à l'heure de la disparition. Des recherches approfondies n'ont mené les policiers sur aucune piste valable. Le capitaine Charles Gregg, en charge de l'enquête, a déclaré : « Nous savons que le public a à cœur de nous aider à retrouver la trace de Charlie. Nous apprécions les renseignements que nous avons reçus jusque-là, mais malheureusement ils n'ont rien donné. Si quelqu'un se rappelle quoi que ce soit d'utile, qu'il ou elle n'hésite pas à nous contacter. »…

Le lieutenant Harold Spark a réagi avec colère lors de la conférence de presse organisée hier lorsque certains journalistes lui ont demandé si la police du Surrey était à court d'idées pour retrouver Charlie Barnes. Le périmètre de recherches de huit kilomètres établi autour du lieu de résidence a été passé au peigne fin ces dernières semaines, pour un résultat décevant. Aucun signalement crédible n'a été rapporté depuis que Charlie a été vu pour la dernière fois il y a dix jours...

La police a nié toute enquête sur le compte du père de Charlie Barnes, Alan, en lien avec la disparition de son fils. Cependant, dans le voisinage on semble penser que l'investigation se concentre désormais sur la famille, soulignant qu'Alan Barnes avait été interrogé une nouvelle fois récemment et qu'on avait exigé de lui qu'il fournisse un compte rendu détaillé de ses mouvements le jour en question...

J'en frissonnais encore. À mesure que les jours passaient sans qu'il y ait trace de Charlie, la suspicion avait petit à petit remplacé la compassion. Statistiquement, comme l'avait si bien résumé Blake, les personnes les plus susceptibles de faire du mal à un enfant ne sont pas les inconnus, mais les membres de sa famille. Sans suspect crédible, l'attention s'était tournée vers nous. Le ton des reportages avait commencé à changer quand les journalistes s'étaient mis à spéculer sur l'état du mariage de mes parents. Ils n'hésitèrent alors plus à écrire ce qui jusque-là aurait été impubliable.

Laura et Alan Barnes se prétendent victimes d'une campagne de médisance qui attiserait des rumeurs à leur encontre. Près d'un mois après la disparition de Charlie, ses parents sont de plus en plus fortement soupçonnés d'être au courant de quelque chose. Un voisin, qui préfère rester anonyme, a ainsi déclaré: « On se pose des questions, forcément. Personne ne sait où est passé ce gosse et eux, ils sont partout à la télé et dans le journal, en train de donner des interviews comme des célébrités. On dirait presque qu'ils aiment être sous le feu des projecteurs. » Un autre nous a confié : « Leur histoire ne tient pas la route. Il y a tellement de monde dans le coin. Si quelqu'un était venu là pour kidnapper un enfant, je ne vois pas comment il ne se serait pas fait repérer. » Les Barnes nient farouchement apprécier l'attention des médias, prétendant au contraire qu'ils l'utilisent uniquement pour maintenir Charlie sur le devant de la scène, de manière à ce que les gens le reconnaissent si jamais ils venaient à le croiser. Cependant, il est peu probable que les interrogations cessent de sitôt.

Ma famille était devenue une proie, du divertissement pour les masses.

Presque malgré moi, je recherchai le nom de mes parents, mais cette fois sur le CD de l'année 1996. Et voilà… un encadré, quatre ans après la disparition de Charlie, dont le titre me sauta au visage : SÉPARATION DES PARENTS DE CHARLIE. Il s'agissait, une fois encore, de sous-entendus voilés et de citations recyclées. L'article incluait un commentaire rebattu d'un conseiller conjugal sur les effets du stress sur le mariage ainsi que quelques statistiques brutes concernant les divorces suite à des événements traumatiques. Ce qui n'évoquait que de très loin l'horreur de la réalité.

Je commençais à fatiguer, mes yeux me brûlaient à force de scruter l'écran. Je m'étirai et regardai autour de moi, prenant soudain conscience que je lisais depuis plus longtemps que je ne le pensais. Selina bavardait avec animation au téléphone, la bibliothèque s'était vidée. L'heure du déjeuner approchait, mais je n'avais absolument pas faim. Je changeai de tactique et revins aux CD du début des années 1990. Je lançai une recherche sur «Wilmington Estate» et détaillai les résultats: événements locaux, petite délinquance, augmentation des statistiques des cambriolages et des vols de voitures dans le quartier. Je m'efforçais de trouver des tentatives d'enlèvement ou des condamnations pour pédophilie. J'hésitai sur un cas de maltraitance sur enfant signalé à l'autre bout du lotissement, mais il n'y avait sûrement aucun rapport entre un bébé sous-alimenté et ce qui était arrivé à mon frère.

Je passai très vite à 1992. Charlie sortait dans la première liste de résultats. Sur la deuxième page, il y avait: «... effort de collecte de fonds pour Laura et Alan Barnes par les résidents de Wilmington Estate...» Cela remontait au début de l'affaire, avant que l'opinion ne se retourne contre nous. Je changeai de CD, épluchai 1993, puis 1994. Rien qui sorte de l'ordinaire – délits mineurs, épidémie de graffitis, vandalisme et tentatives d'incendie volontaire. Les mêmes histoires se répétaient sans cesse. Je persévérai, parcourant les réponses avec ténacité, tout en ressentant les premiers élancements de la déception. Les résultats de 1996 se révélèrent brièvement excitants, avec une série de reportages sur un homme du voisinage qui avait été condamné pour agression sexuelle sur mineur, mais il n'avait emménagé dans le coin qu'en 1993. De plus, seules les très jeunes filles semblaient l'intéresser.

Assise, la main sous le menton, je passais machinalement en revue les dossiers au fil des mois, des années, quand soudain un nom se détacha de la masse: «... Derek Keane (41 ans) résidant au

7, Curzon Close, a été présenté au tribunal pour y être accusé de l'homicide... » Je connaissais cet homme. Derek Keane était le père de Danny. Je m'empressai de cliquer sur le lien.

IL PLAIDE NON COUPABLE D'HOMICIDE

Derek Keane (41 ans), résidant au 7, Curzon Close, a été présenté au tribunal pour y être accusé de l'homicide de sa femme Ada (40 ans). Keane ne s'est exprimé que pour énoncer son nom, son adresse, et confirmer qu'il plaidait non coupable. Ada Keane est décédée samedi dernier après une chute dans l'escalier, chez elle, à Wilmington Estate. Elle laisse deux fils, Daniel (18 ans) et Paul (2 ans). Des voisins ont signalé avoir entendu une dispute peu avant l'incident, la police a arrêté Keane lundi. Le procès aura lieu en octobre.

En 1998, j'avais quatorze ans et j'étais totalement engluée dans mon propre malheur. J'avais surtout passé la majeure partie de l'année à Manchester, chez tante Lucy et oncle Harry, pendant le séjour de ma mère à l'hôpital. Pas étonnant que je ne me souvienne pas de la mort d'Ada. On avait dû m'en informer à un moment ou un autre, cela dit, parce que je savais qu'elle n'était plus là, sans que j'aie retenu ce qui était arrivé. J'imprimai l'article puis revins à l'écran de recherches pour entrer « Derek Keane ».

KEANE RECONNU COUPABLE D'HOMICIDE

La semaine de procès de Derek Keane au tribunal de Kingston s'est conclue hier sur un verdict unanime de culpabilité. La cour a entendu les témoignages des techniciens de la scène de crime suggérant qu'Ada Keane avait été impliquée dans une bagarre dans les instants précédant la chute fatale. Keane (41 ans) a reconnu s'être disputé avec son épouse, niant toutefois l'avoir frappée durant l'altercation.

Le ministère public a soutenu que Keane avait giflé sa femme, âgée de quarante ans, lui laissant une trace au visage dont les experts se sont accordés pour dire qu'elle correspondait par sa taille et sa forme à la main de Derek Keane. Edward Long, avocat de la Couronne, pour l'accusation, a déclaré au jury : « Vous devez condamner M. Keane si vous croyez que ses actes ont directement mené au décès tragique de son épouse, même si vous doutez qu'il en ait eu l'intention. » Keane a prétendu que la chute était un accident, mais le jury a cru la version de l'accusation sur ce qui s'est produit lors de la nuit du 20 juin de cette année. Keane a été condamné à cinq ans de prison.

L'article était illustré d'une photographie d'un homme grisonnant, essayant de dissimuler son visage derrière ses mains menottées face à la presse devant le tribunal. Je tentai de voir si je trouvais la moindre ressemblance avec Danny, mais il était difficile de distinguer ses traits. J'imprimai tout de même l'article. Je me souvenais à peine de M. Keane. Charlie et Danny jouaient toujours chez nous ou dans la rue, jamais chez Danny. Quant à la mère de celui-ci… C'était une femme maigre aux cheveux courts, avec en permanence une cigarette allumée en équilibre sur sa lèvre inférieure, la cendre tremblotante. Je l'aurais crue âgée de bien plus de quarante ans.

Ainsi, Danny s'était retrouvé orphelin de mère à dix-huit ans avec un père en prison et un petit frère de deux ans sur qui veiller. Notre tragédie n'était pas la seule de Curzon Close. 1998 semblait avoir été une mauvaise année de bout en bout. Je revins au moteur de recherche et inscrivis « Alan Barnes », consciente de ce que j'allais obtenir, détestant le voir écrit noir sur blanc sur l'écran : MORT TRAGIQUE DU PÈRE DE CHARLIE, L'ENFANT DISPARU. Ma gorge se serra, je déglutis, le curseur au-dessus du lien.

Je ne me doutais pas le moins du monde que quelqu'un regardait par-dessus mon épaule quand soudain une main vint se poser sur la mienne pour cliquer à ma place. Je profitai de ce que le CD-Rom, dans un ronronnement, affichait un écran blanc pour quitter ma recherche, espérant annuler du même coup l'instruction d'ouvrir l'article concernant la mort de mon père. Je levai les yeux. Carol Shapley, journaliste hors pair, à la chasse au scoop.

— J'ai terminé, déclarai-je en réunissant les CD et mes impressions.

— Oh, ne vous inquiétez pas, je ne suis pas pressée. Vous pouvez laisser les CD-Roms.

Elle affichait un sourire froid.

— Apparemment, nous nous intéressons aux mêmes périodes, n'est-ce pas ?

— Je n'en ai pas la moindre idée, répondis-je d'un ton raide en serrant contre moi les disques. Excusez-moi, mais la bibliothécaire m'a demandé de les lui remettre. C'est ainsi que cela fonctionne.

Carol jeta un coup d'œil en direction du guichet.

— Selina ? Elle ne verra aucun inconvénient à ce que vous me les confiiez. Elle sait que je ferai attention.

Je secouai la tête.

— Désolée, mais ça me dérange, personnellement.

Hors de question que je me laisse forcer la main par Carol Shapley. Je la fixai, une expression neutre sur le visage, tandis que ses yeux, tels de petits cailloux, me renvoyaient un regard dur.

Constatant que je n'étais pas disposée à céder, elle bâilla ostensiblement.

— Très bien. Rendez-les. Mais il va falloir un moment avant que Selina les classe. En attendant, vous pouvez peut-être m'aider…

— Je ne crois pas, non.

Je pris mon sac, le plaçai sur mon épaule indemne et me dirigeai en boitant vers le bureau de la bibliothécaire. En comptant la pile de documents imprimés pour savoir combien je devais, je remarquai que mes mains tremblaient.

— Cinq pages ? dit Selina d'un ton jovial. Vingt-cinq pence. Eh bien, vous n'avez pas tiré grand-chose. Pourtant, avec tout le temps que vous avez passé là-dessus, j'aurais parié que vous auriez des tonnes de trucs.

— Elle est très sélective, commenta Carol avant que j'aie eu la possibilité de répondre quoi que ce soit. Elle savait ce qu'elle voulait.

— Tant mieux pour vous, pépia Selina, toujours aussi sotte.

J'étais au supplice.

Il lui fallut une éternité pour me rendre la monnaie sur ma pièce de cinquante pence, puis je dus la dissuader de me donner une enveloppe renforcée pour protéger mes documents.

— Avez-vous réussi à trouver tout ce dont vous aviez besoin ? demanda-t-elle avec le plus grand sérieux.

Je l'assurai que oui et la remerciai pour son aide, puis je rangeai les pages pliées dans mon sac et me dirigeai aussi vite que possible vers la sortie. Carol me collait au train.

— Ça fait plusieurs jours que je cherche à vous voir, justement, Sarah, et je crois que vous savez pourquoi, annonça-t-elle, atteignant la porte avant moi. Dites, lors de notre première rencontre, vous m'avez fait un petit mensonge, n'est-ce pas ?

— J'ignore de quoi vous voulez parler, répondis-je en maudissant intérieurement mon problème de voiture.

Je scrutai la rue, à la recherche d'une échappatoire, mais je ne voyais pas comment m'en sortir.

— Mon petit doigt m'a dit que c'est vous qui avez découvert le corps de Jenny, Sarah, me susurra-t-elle à l'oreille. Ce n'était pourtant pas l'impression que vous m'aviez donnée, si ?

— Écoutez, je ne souhaite pas en parler.

Mon esprit travaillait à cent à l'heure. Qui avait bien pu lui apprendre que j'avais trouvé Jenny ? Pas les Shepherd, ni Vickers, encore moins Blake. Valerie Wade était une possibilité. Elle aurait été incapable de résister aux flatteries de Carol. Mais peu importait : ce qui comptait était ce que savait la journaliste.

Et si elle connaissait ce détail, il se pouvait qu'elle en sache beaucoup plus sur l'avancement de l'enquête. J'arrêtai de chercher un moyen de la fuir, préférant me concentrer sur un plan pour découvrir les renseignements en sa possession. J'avais besoin d'une source si je voulais être au courant des derniers développements : Blake m'avait fortement conseillé de rester en dehors, il ne me tiendrait donc pas informée. De plus, lui et moi avions d'autres préoccupations. Sans prévenir, une série d'images plutôt malvenues envahirent mon esprit : Blake approchant de moi, le visage résolu ; ses mains, lentes et sûres d'elles, plus foncées que ma peau. Un frisson me parcourut. Ce n'était pas le moment. Je fermai les yeux une demi-seconde, puis m'arrachai au lit de Blake juste à temps pour entendre Carol me dire :

— Allez, Sarah. *Off the record*. Je n'écrirai rien sur ce dont vous ne voulez pas que je parle.

— Vous ne préciserez pas mon nom ? insistai-je, comme si j'hésitais encore à avoir affaire à elle, et en espérant de toutes mes forces qu'elle n'avait pas décrypté mon défaut d'attention passager.

— Absolument pas. Je vous laisserai en dehors de tout ça.

Je voyais briller dans ses yeux l'anticipation de la victoire.

— Alors d'accord, répondis-je en feignant d'abdiquer à contrecœur avant de la suivre jusqu'à un café situé non loin.

Elle nous commanda chacune un sandwich puis insista pour payer. Elle avait la main et tenait à me le faire savoir.

Il faisait sombre dans le petit bistrot. Carol m'entraîna jusqu'à une table près de la fenêtre et sortit un dictaphone.

— Ça ne vous dérange pas ? s'enquit-elle en vérifiant qu'il fonctionnait. Je tiens à être scrupuleusement fidèle.

Tu parles, pensai-je.

— Alors, lança-t-elle tandis que la serveuse déposait devant nous deux tasses remplies de thé foncé. Commençons par le début. Parlez-moi de Jenny.

Avec aussi peu de pathos et d'émotion que possible, je décrivis Jenny dans le cadre de la classe, donnai mon impression générale concernant la fillette. Je tentai de lui fournir des propos banals à souhait, pour qu'elle n'ait pas envie de les citer.

— Elle était très agréable. Très travailleuse. Elle faisait toujours de son mieux.

Carol se pencha vers moi.

— Que s'est-il passé ? L'autre jour, elle était absente, c'est ça ?

J'ai hoché la tête.

— Saviez-vous qu'elle avait disparu ?

— Pas avant que son père ne vienne à l'école, le lundi matin. Il était visiblement inquiet, elle n'était pas rentrée chez elle depuis le samedi, il voulait discuter avec ses camarades. Mais personne ne savait rien.

— D'accord, fit Carol en hochant la tête pour m'encourager.

Je doutais qu'elle ait entendu quoi que ce soit de ce que j'avais dit jusque-là.

— Ensuite, vous êtes partie faire un jogging, me relança-t-elle.

— Oui.

— Et vous l'avez trouvée.

— Hmm.

Je regardai par la fenêtre.

— Parlez-moi un peu de ça, dit-elle après quelques secondes lorsqu'elle comprit que je ne comptais pas m'étendre sur le sujet.

— Eh bien, j'ai du mal à me rappeler exactement ce qui s'est passé. J'ai aperçu quelque chose d'étrange, je me suis rendu compte que c'était un corps, j'ai appelé la police. Ils sont arrivés et vous êtes au courant de la suite.

— Quand avez-vous pris conscience que vous la connaissiez ? Quand avez-vous identifié Jenny ?

— Je ne sais pas trop…

— Avez-vous observé le cadavre de près ?

J'avais vu le jour décliner sur sa peau pâle et glacée. J'avais vu la rangée de demi-lunes dont ses dents avaient marqué sa lèvre inférieure.

— Je ne me suis pas approchée à ce point, répondis-je d'un ton lisse.

Il était temps de renverser les rôles ; elle en avait obtenu assez de moi.

— Vous devez être bien informée pour avoir appris que j'étais celle qui avait découvert le corps, ajoutai-je.

— J'ai mes sources, répliqua Carol en buvant son thé d'un air suffisant.

— Que se passe-t-il maintenant ? Ils ont un suspect ?

— Ils tiennent quelques individus dans leur ligne de mire, mais, pour être franche, je crois qu'ils ignorent ce qui est arrivé. L'autopsie n'a rien donné. Les analyses médico-légales non plus. La fille était complètement clean.

Intéressant.

— Ils savent comment elle est morte ?

Carol posa sur moi un regard soupçonneux.

— Ils ont annoncé qu'elle s'était noyée, non ?

— Oh oui, c'est vrai, dis-je, prenant conscience de mon erreur.

— Ça ne ressemblait pas à une noyade, pour vous ? Vous qui avez vu le corps ? Pourquoi cela vous paraît-il bizarre ? Ne se trouvait-elle pas à proximité d'un étang ?

Je haussai les épaules.

— J'ai dû oublier.

Carol secoua la tête, agacée.

— Vous essayez de me rouler, c'est ça ?

— Pas du tout, protestai-je en injectant une note d'innocence outragée dans mes dénégations, qui ne la dupa pas une seconde.

— Vous savez très bien, Sarah, que le corps ne se trouvait pas près d'un point d'eau, n'est-ce pas ? Parce qu'elle n'est pas morte à cet endroit. Ils ont réussi à déterminer qu'elle est morte dans une eau traitée par procédé chimique.

— Comment ça ?

Ma perplexité était réelle.

— Dans de l'eau du robinet. Elle s'est noyée dans une maison. Une baignoire, un évier, quelque chose.

Carol avait un ton neutre. Elle versa une cuillerée de sucre dans son thé, se mit à remuer énergiquement, dans le tintement métallique du couvert contre la porcelaine.

Je serrai les mains sous la table pour qu'elle ne voie pas le tremblement qui les agitait. Quelqu'un avait froidement mis fin à la vie de Jenny dans une salle de bains ou une cuisine, transformant un foyer en abattoir.

— Comment s'en sortent les Shepherd ? demandai-je, soudain consciente du silence qui s'était abattu entre nous.

— La mère est désespérée, évidemment, répondit la journaliste, la bouche pleine de sandwich au bacon. Je n'ai pas réussi à obtenir une réaction publiable de sa part. Quand elle n'est pas bourrée de cachetons, elle est en larmes. Le père… le père, c'est une autre histoire. Il est en colère. Je n'ai jamais vu quelqu'un d'aussi remonté.

La peur brûlait dans ses yeux, la première fois que je l'avais vu. La colère était venue après. J'attaquai mon repas du bout des lèvres.

— Cela affecte chaque personne de manière différente.

— C'est vrai, vous êtes bien placée pour le savoir, remarqua Carol.

Je levai la tête, sur mes gardes, tout à coup. La journaliste me dévisageait de ses yeux toujours aussi durs.

— J'ai un peu fouiné dans les dossiers, figurez-vous. Comme vous, à la bibliothèque, finalement, j'imagine. Et qu'est-ce que j'ai appris ? Un autre enfant avait été porté disparu à Elmview, il y a un moment déjà. Quinze ans, c'est ça ?

— Seize, rectifiai-je, conscient qu'il était inutile de tergiverser.

Elle eut un de ses sourires secs.

— C'est ça. Vous n'étiez qu'une petite fille à l'époque, n'est-ce pas ? En fait, à mon grand étonnement, je vous ai reconnue. Imaginez ma surprise de vous voir, Sarah, en photo dans le journal avec vos pauvres parents. Je n'ai pas été découragée par le changement de nom, ce genre de chose est très facile à vérifier. Vous portez le nom de jeune fille de votre mère, je ne me trompe pas ?

Je ne répondis pas. Cela n'était pas nécessaire.

— Alors, je me disais… poursuivit Carol. Je pourrais écrire un papier sur ce qui arrive à la famille dans ce genre de circonstances. Ce que vivent ceux qui restent.

Involontairement, j'émis un petit bruit qui signifiait mon désaccord. Carol rebondit tout de suite :

— Oh, je ne demande pas votre coopération. Je vous informe. Vous pensiez vraiment que je ne remarquerais pas que vous étiez la mieux placée dans le cadre de l'enquête ? Vous croyiez vous en tirer sans me donner une compensation ? Moi je trouve que ça pourrait être une formidable histoire à dimension humaine, pas vous ? Deux tragédies au même endroit, avec vous comme fil rouge. C'est presque… ça ficherait presque la chair de poule, non ? Et comme je suis la seule à avoir repéré cette particularité, la proposition n'en est que plus acceptable.

— Écoutez, arguai-je faiblement. Je ne tiens vraiment pas à m'exprimer…

— Vous, écoutez ! Il y a deux manières de procéder. Soit je concocte avec votre aide un gentil petit papier qui fera pleurer dans les chaumières, soit je le rédige seule en revenant sur toutes les rumeurs à propos de vous, de votre famille et de votre pauvre papa, paix à son âme, parce que les gens étaient persuadés qu'il en savait plus qu'il ne voulait bien en dire, non ? Et maintenant, cette affaire. Ça m'a paru étrange, que vous soyez impliquée là-dedans. Vous êtes accro aux drames, en fait ? Ça doit vous manquer, toute cette attention, que vous aviez avant ? Tout le monde a oublié Charlie, n'est-ce pas ? Vous ne trouvez pas ça injuste ? Vous n'avez pas envie qu'on se souvienne de lui ?

Comme je ne répondais pas, elle se pencha vers moi, appuyant ses seins contre la table en Formica toute grasse.

— À vous de voir, Sarah. Vous pouvez me parler ou non. Je peux l'écrire sans vous. Ou bien…

Sur ce, elle sourit.

— Je pourrais m'adresser directement à votre mère.

— Non, ne faites pas ça, protestai-je, bouleversée. Ne la mêlez pas à ça.

— Et pourquoi donc ? Elle pourrait me fournir un témoignage précieux.

Elle se carra sur sa chaise.

— Vous savez bien que votre père s'est suicidé, Sarah…

— C'était un accident !

Elle monta immédiatement au créneau.

— Un accident qui vous a mises à l'abri du besoin jusqu'à la fin de vos jours, votre mère et vous. L'assurance vous a rapporté un bon petit pactole. Votre mère n'a plus jamais travaillé, depuis.

C'était vrai, mais elle ne s'en portait pas mieux pour autant. Je me levai et récupérai mon sac à main, trop furieuse pour répliquer.

— Avant que vous ne fonciez dehors, réfléchissez un peu, me relança Carol. Si vous acceptez de coopérer, nous bavarderons tranquillement et je vous ferai passer pour un ange. Je ne préciserai même pas votre nom. Ce sera l'occasion pour vous de remettre les pendules à l'heure ; et moi j'obtiens un reportage à caractère humain qui devrait faire son effet auprès des journaux du dimanche. Je vise le *Sunday Times*. Peut-être l'*Observer*. En tout cas, du haut de gamme.

J'hésitais, partagée. Je ne lui faisais pas confiance. En revanche, je ne doutais pas un instant qu'elle serait capable de me donner le mauvais rôle.

— J'ai dû me battre pour avoir une vie privée. Je ne veux pas être photographiée. J'insiste, personne ne doit pouvoir me reconnaître d'après l'article.

— Bien entendu. Ça n'est pas un problème. Allez, à vous de voir, conclut-elle.

Ça n'était pas vrai. Je savais que j'aurais dû l'envoyer balader. Je savais qu'il ne sortirait rien de bon de cet entretien. Mais je ne pouvais pas prendre de risque.

Je me réinstallai sur le bord de ma chaise, vaincue.

— Que voulez-vous savoir ?

1992
Disparu depuis sept semaines

L'odeur de l'école le jour de la rentrée : poussière de craie, peinture fraîche, désinfectant, livres neufs. À l'avant de la classe, la nouvelle maîtresse – tant pour moi que pour l'école – est grande et mince, elle a des cheveux noirs très courts, des yeux verts, elle s'appelle Mme Bright.

Le dernier élève entre dans la salle, et moi je ne tiens pas en place, excitée, nerveuse. Mon père m'a acheté un cartable avec une trousse assortie à l'effigie de Belle, de *La Belle et la Bête*. Je remarque qu'ils attirent l'attention de Denise Blackwell, qui s'assied à côté de moi. Je lui souris. J'ai toujours eu envie d'être amie avec elle. Denise a des cheveux si blonds qu'ils semblent blancs, de minuscules clous qui brillent à ses oreilles et une allure délicate de danseuse.

Au lieu de me répondre par un sourire, Denise me dévisage pendant une minute puis détourne le regard et se met à chuchoter à l'oreille de Karen Combes, une fille qui a le nez qui coule en permanence et qui s'est fait pipi dessus le jour même de la rentrée. Je vois bien que je suis le sujet de ces messes basses : Karen se penche vers l'avant pour mieux me fixer pendant que Denise lui parle. Je fronce les sourcils et place ma main à hauteur de mon visage pour le cacher.

Une silhouette approche de mon bureau : Mme Bright.

— Eh bien, tu t'ennuies déjà ? Ça commence mal, on dirait ? Tu as l'air sur le point de t'endormir. Allez, redresse-toi. Fais un effort.

Toute la classe rit, un peu trop fort, en espérant que la maîtresse appréciera. Mon visage est en feu. Je baisse les yeux vers mes genoux, mes cheveux me cachent.

— Comment t'appelles-tu, petite marmotte ?
— Sarah Barnes, dis-je tout doucement.

Mme Bright reste immobile une seconde, sans rien dire. Puis elle me tapote le bras.

— Ne t'en fais pas. Essaie juste de bien écouter, d'accord ?

Je lève la tête, elle s'éloigne déjà. Elle est toute rouge, comme gênée. Tout d'abord, je me demande pourquoi, puis je comprends. Elle a reçu pour instruction de se montrer gentille avec moi à cause de Charlie.

Je ne suis plus comme les autres, désormais. Je suis différente.

À l'heure de la récréation, je préfère rester dans la salle de classe. Je prétends que je ne me sens pas bien et Mme Bright m'autorise à ne pas bouger de ma place, pendant que les autres sortent jouer. La tête sur les bras, je fais des nuages de buée sur la surface brillante de mon bureau. Le silence n'est troublé que par le tic-tac de la pendule au mur. C'est également là que je passe l'heure du déjeuner. Tout le monde s'en va manger au réfectoire puis jouer dans la cour. Je les entends dehors, qui rient et qui crient.

Lorsque la sonnerie retentit, à la fin de la journée, je me lève pour rejoindre les autres en rang près de la porte. Je sens leur regard, à tous, sur moi. Je baisse les yeux vers mes mains qui serrent fort la poignée de mon nouveau cartable, jusqu'à ce que la maîtresse nous ouvre.

Ma mère est en retard. Elle n'est pas la seule, je patiente en compagnie d'autres enfants qui jouent à se courir après, sautent partout en riant et en criant de toutes leurs forces. Je garde les yeux rivés sur le portail, où ma mère devrait se trouver. Chaque fois que j'aperçois des cheveux foncés, mon cœur s'emballe, mais ce n'est jamais elle. Pour finir, je m'aventure jusqu'aux grilles pour mieux voir la rue, puis je me glisse au-dehors. La cour est trop bruyante : j'ai mal à la tête.

Dès que je franchis le portail, je sais que j'ai commis une erreur. Des enfants, parmi lesquels certains de mes camarades, tournent en rond, sans surveillance. Denise s'approche de moi, Karen sur les talons. Je ne peux ni repartir dans la cour ni m'enfuir. C'est trop tard. Denise se penche trop près de moi et me souffle à voix basse :

— Tu te crois spéciale, hein ?

Je fais non de la tête.

— On a reçu une lettre de l'école sur toi. Ils nous demandaient d'être gentils.

Denise affiche un visage méchant, de tout petits yeux.

— T'as pleuré quand ton frère a fugué ?

J'ignore quelle est la bonne réponse.

— Oui, dis-je enfin.

— Espèce de bébé ! siffle Denise, ce qui fait s'esclaffer Karen.

— Non, pas vraiment, rectifié-je, désespérée. Je n'ai pas pleuré. Pas trop.

— Tu n'aimes pas ton frère ?

Karen, cette fois.

— Il ne te manque pas ?

Les larmes me piquent le fond du nez, mais je ne craquerai pas devant elles, jamais.

Denise s'approche encore davantage.

— Ma mère dit que ton père sait où il est. Elle raconte que tes parents cachent ce qui lui est arrivé. Ils font croire à une fugue. Mon père dit qu'il est sûrement mort.

D'autres enfants nous entourent, maintenant. Quelqu'un me pousse dans le dos, fort, et tout le monde rit. Je me retourne pour voir qui a fait ça. Michael Brooker est le plus près. Il a le visage rouge d'excitation mais dépourvu de toute expression. Je sais que c'est lui – tout le monde le regarde, lui, puis moi, tour à tour.

— Tu m'as poussée, dis-je enfin.

Ses yeux s'écarquillent.

— Moi ? Moi ? C'est pas vrai, je te jure. Comment ça, je t'ai poussée ? Ce n'était pas moi.

Quelqu'un étouffe un rire. Un autre me secoue sur le côté, je me retourne, commençant à paniquer, dépassée par la cohue. Autour de moi, dans leurs yeux, je ne lis que la méchanceté. Je n'ai pas le temps de réfléchir à une solution de repli que déjà un grand bras fend la foule d'enfants pour m'attirer vers lui.

— Allez tous vous faire foutre ! tonne une voix rude que je reconnais comme étant celle de Danny, le meilleur ami de Charlie.

Danny, élève au collège en haut de la colline, qui devient un peu mon ange gardien, à ce moment précis.

— Viens, Sarah, je te raccompagne.

J'écarte l'attroupement formé par mes camarades, personne n'essaie de m'en empêcher.

— Je dois attendre ma mère.

— Ne t'en fais pas pour ça. On va sûrement la croiser sur le chemin.

Je ressens une vague de gratitude pour ce garçon qui s'est toujours montré gentil envers moi, même quand Charlie lui disait de m'ignorer.

— Merci de m'avoir débarrassée d'eux.

— Ce sont des petites pourritures. Je sortais de l'école quand je t'ai vue.

Danny se penche, son visage proche du mien.

— Écoute, Sarah. Si jamais quelqu'un t'embête à propos de Charlie, tu l'envoies balader. Et si ça ne suffit pas, alors tu me le dis et je m'en occuperai à ta place.

Il serre les poings.

— Je leur apprendrai. Je vais veiller sur toi.

— Jusqu'au retour de Charlie, ajouté-je en le regrettant immédiatement, quand je vois le visage de Danny se décomposer.

— Oui, jusqu'au retour de Charlie.

Danny tourne la tête et me donne un coup de coude.

— Voilà ta mère. Vas-y, cours.

Sans me laisser le temps de dire quoi que ce soit, même pas au revoir, Danny a filé et traversé la rue sans se retourner. Ma mère se tient à l'angle, l'air fâchée. Lorsque j'arrive à sa hauteur, elle grommelle :

— Tu es censée m'attendre.

À son odeur, je sais qu'elle a bu, encore une fois. Je hausse les épaules.

— Je n'étais pas sûre que tu viendrais.

Je crois qu'elle va ajouter quelque chose, me gronder, mais elle se contente de soupirer. Nous regagnons la maison en silence, je pense à Danny qui a promis de veiller sur moi et je me sens envahie par une chaleur que je n'ai plus ressentie depuis longtemps.

9

Je dus finalement rentrer à pied. Lorsque Carol eut terminé, une fois ses affaires rassemblées, elle s'empressa de quitter le café sans un regard en arrière et bien évidemment sans me proposer de me ramener. Sur le chemin du retour, mon humeur empira au rythme de la douleur dans mon genou. J'espérais seulement ne pas en avoir trop dit.

En m'engageant dans Curzon Close, je me surpris à observer la maison de Danny Keane. Je me mordis la lèvre. Je commençais à prendre conscience que je ne pourrais plus l'éviter bien longtemps. Il constituait un lien important avec Charlie. Il était temps – plus que temps – de lui parler, quoi qu'il se soit passé entre nous, et bien que ce simple souvenir suffise à me faire monter le rouge aux joues. Je secouai la tête, comme si je pouvais le déloger physiquement de ma mémoire. Je n'allais pas laisser une humiliation remontant à l'adolescence se mettre entre moi et la vérité. Apprendre ce qu'avait enduré la famille Keane me facilitait les choses. Nous étions tous les deux des survivants. Il était plus à même que n'importe qui d'autre de comprendre ce qui me motivait.

Le domicile des Keane se trouvait dans un état déplorable. Une fuite d'huile de moteur avait laissé une tache de la forme de l'Australie à l'avant de la maison, sur les pavés cernés par les mauvaises herbes. À la place de la sonnette, déconnectée, le câblage électrique à nu donnait l'impression d'être tout sauf sécurisé. Concession à la respectabilité pavillonnaire, les fenêtres étaient toutes équipées de voilages, cependant crasseux et déchirés en maints endroits. La maison paraissait victime d'un profond désamour, un point commun avec celle que j'occupais. L'une comme l'autre évoquaient des épaves sans vie.

La moto de Danny n'était pas garée devant, mais je décidai de frapper quand même, au cas où. La porte, de ces modèles bon marché, émit un son sourd. Je n'avais aucun autre moyen d'annoncer mon arrivée, aucun accessoire n'avait été installé sur le battant. Le trou pour le contre-heurtoir avait été comblé avec du papier toilette pour éviter les courants d'air. Je me sentais un peu gênée, là, sur le seuil, j'espérais surtout que ma mère ne me voyait pas, tout en me demandant combien de temps je devais attendre avant de réitérer le coup à la porte ou m'en aller. Au bout d'une minute, un bruit traînant se fit entendre à l'intérieur, sans que personne vienne ouvrir. Je frappai une nouvelle fois, en vain, enfin je me penchai vers la fente de la boîte aux lettres.

— Bonjour… c'est Sarah. La voisine d'en face. Excusez-moi de vous déranger. Je… je voudrais juste parler à Danny, si c'est po…

La porte s'ouvrit d'un coup, révélant une entrée remplie de cartons et de pièces détachées mécaniques non identifiables. Il s'en dégageait une impression un brin chaotique et pas franchement propre. De l'autre côté du battant apparut une tignasse de cheveux gras et, dessous, un petit œil soupçonneux.

— Bonjour, tentai-je une nouvelle fois. Je m'appelle Sarah.

Aucune réponse.

— Euh… C'est toi, Paul ?

— Ouais, acquiesça la tignasse en opinant avec optimisme.

— Je vis juste en face, dis-je en désignant la maison derrière moi. Je… connaissais bien ton frère, avant.

— Je sais qui vous êtes, répondit-il.

Je m'arrêtai, bouche bée, au lieu de poursuivre mes explications. Quelque chose, dans le ton de Paul, m'avait étonnée. Neutre, sans exagération, mais aussi chargé de sens. Ce qui était plutôt déstabilisant.

— Super, dis-je sans conviction. Nous ne nous sommes jamais rencontrés, n'est-ce pas ?

J'aperçus une épaule, qui se souleva, visiblement dans le seul but de me répondre.

— Alors, enchantée, Paul. Danny est à la maison ?

— Il est au boulot, répondit Paul en prenant tout son temps, avec une pointe d'insolence.

Quelle idiote ! Évidemment, au milieu de l'après-midi, les gens normaux étaient au travail. Moi non, parce que l'école était fermée. Ce qui me mena directement à la question suivante :

— Comment se fait-il que tu sois ici à cette heure, un jour de semaine ? Tu ne devrais pas être en cours ?

J'avais adopté le ton du professeur, ce qui me valut un sourire effronté en retour.

— Je n'y vais plus.

Je dus avoir l'air perplexe, car le garçon ouvrit largement la porte et se montra. Il était obèse. Pas gros – énorme. Il était plus grand que la moyenne pour son âge, mais cela ne le rendait pas plus proportionné pour autant. La chair, plissée aux articulations, pendait en rouleaux sur ses bras. Son torse, sous un tee-shirt de la taille d'une tente, était orné de renflements. Sous son pantalon de survêtement taché, ses pieds nus apparaissaient, enflés, difformes. Les ongles de ses orteils, longs et irréguliers, se détachaient, jaunes, sur la peau d'un gris bleuâtre qui suggérait une mauvaise circulation sanguine, un corps trop endommagé pour se défendre avec efficacité. Non sans difficulté, je cessai de fixer ses pieds pour croiser à nouveau son regard. Derrière son air de défi, je lus la souffrance, aussi.

— J'étais devenu le souffre-douleur de l'école, expliqua-t-il. Maintenant je suis scolarisé à domicile.

— Ah, d'accord, fis-je, comprenant mieux.

Il ne devait pas être simple de trouver la motivation pour travailler seul dans une maison comme celle-là.

— Et ça te plaît ?

— Ça va, répondit-il avec un haussement d'épaules. J'ai un QI élevé, alors… De toute façon, je m'ennuyais en classe.

— Tant mieux, dis-je avec un sourire. C'est super. Comme je te disais, je voulais voir Danny. Tu sais vers quelle heure il rentre ?

— Nan. C'est un peu quand il veut.

— D'accord.

Je commençai à m'éloigner du pas de la porte.

— Ravie d'avoir fait ta connaissance, Paul. Je reviendrai voir ton frère à un autre moment. Tu n'as qu'à lui dire que je suis passée.

Il parut déçu.

— Vous ne voulez pas entrer ?

Je n'avais aucune envie de mettre les pieds dans cette maison. Paul ne saurait absolument rien sur Charlie, alors que c'était là la raison de ma présence, j'ignorais quand Danny serait de retour, et si j'aurais le cran de lui parler lorsqu'il serait là. De plus, l'intérieur paraissait sordide au possible. Mais je voyais aussi combien Paul se sentait seul. S'il n'allait pas à l'école et que Danny travaillait toute la journée, il ne devait sûrement pas fréquenter grand monde. Je ne l'avais jamais vu entrer ou sortir – même si cela ne signifiait pas grand-chose. À la maison, je travaillais dur et je n'étais pas forcément présente aux horaires adéquats. Mais j'avais le sentiment que Paul ne sortait tout simplement pas de chez lui. Quel âge pouvait-il avoir ? Douze ans ? Trop jeune pour rester cloîtré ainsi. Si j'étais partie maintenant, j'aurais culpabilisé, je le savais. J'aurais eu l'impression de le laisser tomber, en quelque sorte. Et nous, les survivants, nous devions nous serrer les coudes.

— Merci, déclarai-je d'un ton jovial en acceptant son invitation.

Je parvins tout juste à ne pas me retenir de respirer. Il régnait à l'intérieur une odeur de vestiaire – mélange de vieilles chaussettes, vêtements humides et sueur. Paul referma derrière moi puis il se dirigea vers la cuisine. La maison était identique à la nôtre, mais le couloir paraissait différent, plus sombre. En regardant autour de moi, je constatai que la porte du salon était fermée. La nôtre était vitrée, celle-ci était pleine, ce qui semblait réduire l'espace. Je fus soulagée d'accéder à la cuisine, où le soleil de l'après-midi soulignait toutes les poussières qui flottaient dans l'air. La pièce était chaleureuse, plutôt confortable, avec un canapé contre un mur et une table au centre, couverte d'un bazar de livres et de feuilles volantes au milieu duquel trônait un ordinateur portable. L'endroit semblait faire office à la fois de séjour et de cuisine et, malgré son désordre extrême, il avait quelque chose d'accueillant. L'égouttoir était surchargé de casseroles et de plats, tous propres. Le stockage se résumait à quelques placards, vestiges d'une cuisine intégrée qui avait laissé des marques au mur après avoir été, pour sa majeure partie, démontée. Une porte pendait sur ses gonds, révélant des rangées et des rangées de boîtes de conserve et de céréales, achetées par lots. Un micro-ondes cabossé, dans l'angle, paraissait avoir rendu de fiers services au fil des années. Un vaste congélateur ronronnait à côté d'un haut réfrigérateur vieillissant. Au-dessus de celui-ci, en revanche, se trouvait une base pour iPod dernier cri et le mur, face au canapé, était équipé d'un écran de télévision impressionnant. Danny semblait dépenser son argent dans le divertissement à domicile, pas vraiment dans le confort domestique.

— Asseyez-vous, dit Paul en désignant la table.

Comme je saisissais le dossier de l'une des chaises en vinyle, celle-ci bascula violemment d'un côté, elle n'avait plus que trois pieds.

J'entendis pouffer derrière moi.

— Pas celle-là. Le pied n'est pas loin, remarquez.

Il pointait le plan de travail où était posé le morceau de bois brisé.

— Danny l'a cassée l'autre jour et…

Troublé, il s'interrompit sans que je comprenne pourquoi. Faisant mine de ne m'être aperçue de rien, j'en choisis une autre et m'installai.

— Une tasse de thé ? s'enquit Paul en se traînant vers la bouilloire.

— Oui, avec plaisir.

Tout en croisant les doigts pour que la tasse ne soit pas contaminée par le botulisme, je le regardai se déplacer dans la cuisine pour réunir matériel et sachets de thé. Il était rapide et agile dans ses mouvements, malgré sa carrure, même si la légère fatigue provoquée par cette préparation le laissa un peu essoufflé. Il y avait dans sa manière d'être une certaine confiance en lui, une caractéristique que je ne m'étais pas attendue à trouver chez un garçon de son âge. Je commençais à apprécier mon voisin. Il me surprit en train de le dévisager, m'adressa un sourire impertinent ; j'avais le sentiment qu'il était content que j'aie accepté son invitation, bien que je ne comprenne pas trop pourquoi.

— Du lait ? demanda-t-il en ouvrant en grand le réfrigérateur, révélant plusieurs packs de deux litres de lait entier, des bières, des desserts au chocolat, des sachets de cheddar et des tranches de jambon.

Pas de légumes, ni de fruits.

Paul attendait ma réponse, prêt à verser le lait dans une des tasses.

— Juste une goutte, m'empressai-je de l'informer.

— Du sucre ?

— Non merci.

Il s'en servit quatre cuillerées puis remua sa boisson. Je grimaçai, prise d'une soudaine envie de protéger l'émail de mes dents. Il écarta quelques documents, posa la tasse devant moi puis alla chercher des biscuits au chocolat dans un placard. Je les refusai de la tête lorsqu'il m'en proposa. Il se jeta sur le siège face au mien, tira du paquet trois gâteaux secs, qu'il trempa dans son thé quelques secondes avant de les fourrer dans sa bouche en une seule liasse poisseuse. J'observai, fascinée, ses joues gonflées comme le ventre d'un python rempli par une proie vivante.

Lorsqu'il put parler, il déclara :

— Mon défi, c'est de les avaler d'un coup.

— Bonne technique.

— Je me suis entraîné.

Je souris dans ma tasse. Il semblait aussi brillant qu'il l'avait expliqué : une pile d'ouvrages épais s'élevait sur la table devant lui, je les retournai pour en lire les titres. *Programmation. Langage informatique. Théories informatiques. Mathématiques avancées. La philosophie de la technologie.* J'étais perdue ; je comprenais à peine les intitulés.

— Vous aimez les ordinateurs ? demanda Paul en ouvrant le livre placé au-dessus de la pile pour le feuilleter.

À ce seul mot, son visage s'était éclairé et pendant une seconde j'entraperçus le petit garçon caché dans ce grand linceul de peau distendue.

— Je n'y connais pas grand-chose, m'excusai-je. Et toi ?

— J'adore.

Il s'était mis à lire, les yeux collés à la page.

— C'est génial.

— Et tu es… doué en informatique ?

Je ne savais même pas quelles questions poser.

— Oui, répondit-il, d'un ton plus neutre que vantard. Je m'en suis construit un. Avec mon propre système d'exploitation… enfin, à partir de Linux, mais je m'en suis servi à ma manière. Je veux faire de l'informatique, plus tard.

Il leva brièvement la tête, les yeux brillants d'enthousiasme.

— D'ailleurs, c'est ce que je fais déjà, maintenant.
— Comment ça ?

Il haussa les épaules.

— Tout se passe sur Internet, non ? Personne ne sait que je n'ai que douze ans. Je fais des tests pour des gens, j'essaie des trucs. Je crée des sites web. Je bosse sur des projets. J'ai un copain en Inde, il est à la fac, là-bas. On essaie de résoudre une équation que personne n'a jamais résolue.

Je me trompais, il n'était pas bloqué ici. Tant que la bande passante fonctionnait correctement, il pouvait aller n'importe où, rencontrer n'importe qui, être lui-même sans être jugé.

— Où est-ce que tu as eu ces livres ?
— Surtout par Internet. On peut les acheter d'occasion, ça ne revient pas trop cher, du coup. Parfois j'en commande à la bibliothèque et Danny passe les prendre. Je n'aime pas trop, en fait, parce qu'on ne peut pas les garder aussi longtemps qu'on veut. C'est énervant.

— Danny aussi est branché ordinateur ?

Paul secoua la tête.

— Il n'y comprend rien. Lui il est fort en mécanique – les bagnoles et tout. Il aime bien se servir des ordinateurs, mais il ne les *aime* pas vraiment.

De toute évidence, Paul avait pitié de son frère. Je me sentais tout aussi peu sûre de moi quant au fonctionnement de ces machines, mes capacités se limitant aux e-mails et au shopping en ligne, disons ; mais je ne tenais pas à ce que Paul me mette dans le même panier que Danny. J'avais à cœur de gagner sa confiance. Je commençais à penser que je pourrais peut-être venir en aide à ce garçon. Je pourrais le sauver, le mettre sur la bonne voie. Il n'avait besoin que d'un peu d'encouragement.

— Donc, Danny part travailler et toi tu restes ici, c'est ça ? demandai-je avec gentillesse, en prenant garde de ne laisser transparaître aucun jugement dans ma voix.

— Oui. Je ne suis plus forcé de sortir. Je m'occupe des courses en ligne, on se fait livrer. Danny gère le reste. Il veille sur moi.

Enfin, il y avait manière et manière de veiller sur quelqu'un. Danny avait mis un toit sur la tête de son frère, il l'avait soutenu quand il avait laissé tomber l'école. Il l'avait visiblement incité à approfondir ses connaissances en informatique. Son rôle avait sûrement dû être plus celui d'un père que d'un frère. Mais, face à cela, il y avait cette prise de poids catastrophique qu'il n'avait rien fait pour empêcher. Paul avait été autorisé à fuir les problèmes qu'il avait pu rencontrer à l'école au lieu de les affronter. Ce n'était pas l'idéal.

Sous mes yeux, Paul, absorbé par son livre, avala deux biscuits supplémentaires. Ce n'était peut-être pas juste de critiquer Danny. Il y avait chez Paul quelque chose d'inflexible, sous cette apparence douce et ronde. S'il voulait manger, comment quelqu'un aurait-il réussi à le lui interdire ? Ce n'était pas comme si j'avais réussi à empêcher ma propre mère de boire. Pouvais-je attendre de Danny qu'il fasse mieux avec son frère ?

Le menton sur la main, je regardais Paul lire. Je dus sûrement faire un petit mouvement, car mon coude dérapa sur un morceau de papier et heurta des livres entassés, qui tombèrent bruyamment sur le sol. Je me mis debout d'un bond et commençai à les rassembler, lissant leurs pages froissées avant de les rempiler soigneusement. Non sans mal, Paul se baissa pour récupérer les deux feuilles écrites serré qui avaient glissé sous sa chaise. En l'entendant ainsi grogner comme un vieillard sous l'effort, je m'emportai farouchement contre ce qui l'avait conduit ainsi à trouver le réconfort dans la nourriture. C'était tellement injuste de voir un garçon de douze ans presque incapable de se pencher pour ramasser une feuille de papier !

Je m'apprêtais à reposer la pile après l'avoir enfin reformée, lorsque je remarquai un exemplaire du journal local sur la table. Dans un article signé *Carol Shapley*, on pouvait lire un résumé de la mort de Jenny, accompagné d'un grand portrait en couleurs. J'éloignai le quotidien pour ne pas poser les livres sur la photographie de la fillette. Cela me semblait un manque de respect, d'une certaine manière. Paul fixait le journal lui aussi, son visage avait une expression étrange.

— Vous étiez sa prof.

Je m'étonnai :

— Jenny ? Oui, c'est vrai. Comment le sais-tu ?

— Je la connaissais. Nous étions en primaire ensemble.

À y regarder de plus près, ses yeux n'avaient rien de porcin comme je l'avais préjugé ; ils étaient brun foncé et plutôt beaux, au contraire. Ils paraissaient presque perdus au fond de deux canyons de chair qui se creusaient jusqu'à ses tempes. Je les vis s'embuer le long des plis. Il les essuya de sa patte sale.

— Vous savez ce qui s'est passé ?

Je fis non de la tête.

— Mais la police enquête. Je suis sûre qu'ils vont trouver celui qui lui a fait ça.

Il jeta un regard dans ma direction puis fixa à nouveau l'article.

— Je n'arrive pas à croire qu'elle est morte.

— Tu la voyais souvent ? demandai-je.

Il haussa les épaules.

— De temps en temps. Je l'aidais en maths quand elle en avait besoin. Elle était super. Elle ne m'a jamais dit de méchancetés, elle. Elle se fichait de… de ça.

Il désigna son corps, maladroit dans ses mouvements, soudain. Je vis ses traits se tordre et il enfouit sa tête entre ses bras, les épaules secouées de sanglots. Je lui tapotai le dos pour essayer de le réconforter. Au bout d'une minute ou deux, il releva la tête, le visage rougi, les yeux brillants de larmes.

— C'est juste que… Elle me manque.

— À moi aussi, murmurai-je, au bord des larmes à mon tour. À moi aussi.

En quittant la maison, j'insistai auprès de Paul pour qu'il envisage de faire autre chose que passer ses journées assis devant l'écran.

— Tu devrais essayer de reprendre les cours.

— C'est nul, l'école.

— C'est pourtant là que tu seras le mieux, rétorquai-je. Il n'y a pas que les ordinateurs dans la vie. Quel est le dernier livre que tu aies lu qui ne parle pas de machines ou d'informatique ?

Il leva les yeux au ciel de manière théâtrale.

— D'accord, prof. Je lirai autre chose.

— J'espère bien.

Sur un signe de la main, je traversai la route en réfléchissant aux romans qui pourraient lui plaire ; je pourrais les emprunter pour lui à la bibliothèque de l'école. C'était de toute évidence un garçon brillant, qui avait néanmoins besoin d'élargir ses horizons. J'en toucherai un mot à Danny, décidai-je. Je pourrais ainsi enchaîner sur des questions à propos de Charlie. Parmi toutes ces vies brisées – celle de Charlie, la mienne, celle de Danny, celle de ma mère, même –, il y avait peut-être une solution pour celle de Paul.

Pendant des heures, je sentis sur mes vêtements, mes cheveux, l'odeur de la maison des Keane. Sans même analyser les raisons qui me poussaient à le faire, je me lançai dans un grand ménage compulsif : poussière, aspirateur, balai, la totale. Je nettoyai la salle de bains et ma chambre, mais pas le séjour, où ma mère passait ses journées devant la télévision, avec son verre qui se remplissait sans cesse, comme par magie, chaque fois qu'il était à deux doigts d'être vide. Lorsque je passai la tête par la porte, elle me jeta un regard digne de Méduse. Je battis en retraite.

Ce ne fut que lorsque je me retrouvai à genoux en train de frotter le four que je pris conscience d'une chose : j'agissais en réaction à la crasse qui régnait dans la maison d'en face, où tout ce que j'avais touché était couvert de graisse ou de miettes. Je ne pouvais supporter l'idée que notre domicile fasse cet effet – mal entretenu, négligé – à quelqu'un qui le découvrirait pour la première fois. J'arrosai les plantes sur le rebord de fenêtre, bien qu'elles soient toutes à moitié mortes et, dans l'ensemble, plutôt laides. Je fis briller carreaux et sols, aérai pour évacuer les relents de renfermé, laissant entrer une brise très fraîche, pas vraiment de saison, et vaporisai un parfum de synthèse citronné.

J'allai jusqu'à vider les placards de la cuisine pour en laver l'intérieur, de fond en comble. J'alignai sur le plan de travail des ustensiles que j'identifiais à peine, sans parler de les faire fonctionner, leurs prises en rang d'oignons au bout de cordons entortillés. Je doutais qu'aucun d'entre eux soit aux normes de sécurité actuelles, on les aurait crus susceptibles d'exploser au premier branchement. J'exhumai des blenders, des mixeurs, et même une yaourtière, aussi incroyable que cela me parût. Sans hésiter un seul instant, je plaçai dans un carton tout cet électroménager dépassé. Nous avions reçu dans la boîte aux lettres un prospectus d'appel aux dons provenant d'une association caritative : des bénévoles passeraient dans le quartier samedi matin – le lendemain matin, donc – pour récupérer les appareils ménagers dont on souhaitait se débarrasser. Et c'était exactement ce que je voulais faire de ces objets. En toute honnêteté, je n'imaginais pas trop qui ils pourraient intéresser, mais cela valait tout de même mieux que de les jeter. Au fond d'un placard, derrière une pile d'assiettes décorées de petites fleurs roses qu'il me semblait n'avoir jamais vues ni utilisées, je découvris une coupelle en plastique et son gobelet assorti à motif de fraise. Accroupie près de la porte ouverte, je les tournai et les retournai entre mes mains ; voilà des années que je ne les avais plus vus. Jusqu'à ce que je sois en âge d'aller à l'école, j'avais toujours refusé une autre vaisselle que celle-là. Il existait d'ailleurs une photo où l'on nous voyait, ma mère et moi, dans le jardin, je devais avoir trois ans : je mangeais un sandwich dans ma coupelle tandis qu'elle tenait un parasol-jouet au-dessus de ma tête en riant. Ce devait être le plein été ; elle portait une robe bain de soleil à fines bretelles. L'amour, l'indulgence, la tendresse – j'avais connu tout cela autrefois. La chance avait juste tourné pour moi en même temps que pour Charlie.

Je refoulai mes larmes. Pour une raison ou une autre, j'étais touchée que ma mère ait gardé ces objets. Bien sûr, elle avait obsessionnellement préservé un tas de choses dans notre maison, celles liées à Charlie, pour faire comme si rien n'avait changé depuis sa disparition. Là, c'était différent. C'était moi qui étais concernée. Plus que ça, c'était le genre de geste qu'une mère normale aurait eu. Il s'agissait d'un unique lien minuscule et fragile avec une femme que je n'avais jamais connue, à propos duquel nous aurions pu rire ensemble si la vie avait été autre. Si tout ne s'était pas effondré. Avec un soupir, je rangeai la petite assiette et le gobelet dans le placard puis poursuivis sur ma lancée.

Il faisait déjà sombre lorsque je terminai. Je transportai le carton plein d'électroménager fossilisé jusqu'au bout de l'allée, où les membres de l'association ne pourraient pas le manquer. Je me redressais, les mains sur les hanches, quand j'entendis soudain claquer une portière de voiture. Je me retournai brusquement, le cœur à cent à l'heure, persuadée qu'il y avait quelqu'un derrière moi. Mon adrénaline chuta lorsque je constatai que la rue était vide, bordée de maisons aux fenêtres impénétrables, comme un décor de pacotille de ville du Far West. Rien ne bougeait. Personne ne parlait. Je scrutai les environs, à droite, à gauche, pour m'assurer qu'il n'y avait aucun individu tapi dans l'ombre, puis rentrai. Je me sentis un peu ridicule, en parcourant des yeux les alentours depuis le pas de ma porte avant de la fermer à double tour, mais, après tout, je portais encore les stigmates de mon insouciance. À partir de maintenant, avais-je décidé, si je me sentais menacée, je prendrais les mesures en conséquence. J'avais manqué me faire tuer pour avoir ignoré mon instinct.

Bien entendu, peu importe le nombre de cadenas et de verrous qui ornent une porte si on les ouvre au premier coup de sonnette. Je le savais pertinemment. Mais malgré moi, bien qu'il soit 22 heures passées et que je n'attende personne, l'air vibrait encore de la sonnerie qui venait de retentir que je m'empressais déjà de voir qui était à la porte. Le bruit m'avait mis les nerfs à vif, le cœur à cent à l'heure ; méfiante, je laissai tout de même la chaînette en place. À travers l'étroit entrebâillement, j'aperçus un énorme bouquet de lis et de roses enveloppé dans une Cellophane brillante nouée par un ruban. Les fleurs s'agitèrent d'un air engageant, dissimulant à ma vue la personne qui les avait à la main.

— Oui ? dis-je.

Je ne fus pas surprise, mais déçue néanmoins, de découvrir, derrière le bouquet, le visage de Geoff.

— Ce n'est pas l'accueil que j'espérais, mais bon, fit-il.

Ses yeux brillaient d'excitation, il souriait comme si nous partagions une plaisanterie, rien que tous les deux.

— J'avais envie de te donner ça.

Je le dévisageai avec froideur, absolument pas charmée.

— Pourquoi ?

— Doit-il vraiment y avoir une raison ?

— Pour que tu m'offres des fleurs ? J'aurais pourtant cru, tu vois.

Geoff soupira.

— Je les ai vues et je les ai trouvées aussi jolies que toi, si tu préfères.

Il poussa la porte, la chaîne de sûreté le bloqua. Il fronça les sourcils.

— Tu ne comptes pas m'ouvrir ?

— Je pense que je vais la laisser comme ça, en fait, dis-je, réprimant une forte envie de lui claquer la porte sur la main.

Il laissa éclater un rire plutôt tendu.

— Eh bien, les fleurs ne passeront pas par ce trou, Sarah. À moins que tu ne tiennes à ce que je te les donne une par une.

— Non, je t'en prie. Écoute, Geoff, je ne veux pas te paraître ingrate, mais je n'ai pas besoin de fleurs.

— Personne n'en a *besoin*, Sarah. Pourtant, les gens les apprécient.

La main sur le verrou, je tentai de répliquer avec fermeté :

— Pas moi.

— Dommage. Pas de bouquet pour toi, donc.

Avant que je puisse ajouter quoi que ce soit, il le jeta par-dessus son épaule. Je l'entendis s'écraser au sol derrière lui. J'ouvris la bouche pour dire quelque chose, puis la refermai, déroutée.

Les mains libres, désormais, il s'appuya contre le chambranle. Je n'eus pas le temps de réagir qu'il glissait sa main dans l'intervalle entre la porte et l'encadrement pour la poser sur ma hanche et m'attirer à lui.

— Peu orthodoxe, mais si tu veux la jouer comme ça, ça me va… commenta-t-il.

Je reculai vivement, hors de sa portée.

— Je ne veux pas jouer à quoi que ce soit. Qu'est-ce qui te prend ?

Il pressa une nouvelle fois contre la porte avec force. Son visage avait viré au cramoisi.

— Merde, j'essaie juste de me montrer sympa, c'est tout. Pourquoi tu agis comme si je te menaçais ?

— Peut-être parce que je me sens menacée, justement.

— J'ai eu envie de t'offrir des fleurs, poursuivit-il comme si je n'avais rien dit. Un bouquet, c'est tout. Pas la peine d'être aussi garce avec moi. Tu m'as quand même expliqué que tu voulais qu'on soit amis. Tu l'as dit toi-même. Ce n'est pas très amical, comme comportement, Sarah.

— Eh bien, j'ai dû me tromper sur cette histoire d'amitié.

Je me rendis compte avec angoisse que je n'allais pas pouvoir me débarrasser de Geoff en faisant preuve de gentillesse. J'avais essayé de l'ignorer. J'avais tenté l'option « amicale, mais ferme ». Il était temps de se montrer brutale :

— Je suis désolée si je t'ai induit en erreur sur mes sentiments, Geoff. Tu ne m'intéresses pas, c'est tout. Je ne t'apprécie même pas vraiment, pour être tout à fait franche. Je crois qu'il vaut mieux que tu me laisses tranquille.

Il n'y avait pas matière à contresens là-dedans.

Il se mordit la lèvre, puis donna un coup de poing dans le chambranle, si fort qu'il dut se faire mal à la main même s'il ne parut pas le remarquer. Je reculai jusqu'au pied de l'escalier et agrippai le poteau qui soutenait la rampe, le cœur battant.

— Il n'y a que toi qui comptes, n'est-ce pas ? Jamais ce que *moi* je veux ! s'exclama-t-il.

— Au contraire ! Il ne s'agit que de toi ! Tu n'écoutes pas. Je ne t'ai jamais encouragé à éprouver quoi que ce soit pour moi. Jamais je ne sortirais avec un collègue. Et même si tu ne travaillais pas à l'école, tu ne m'intéresses pas. Nous n'avons rien en commun.

Je secouai la tête, puis repris :

— Enfin, Geoff, tu ne me connais même pas.

— Parce que chaque fois que je t'approche tu fuis, répondit-il avant de soupirer. Arrête de lutter, Sarah. Pourquoi tu m'interdis d'être proche de toi ? Est-ce parce que tu as peur d'être avec moi ? Tu crains de ressentir quelque chose, pour une fois ?

Sa voix descendit dans les graves.

— Tu joues la princesse des glaces, mais c'est du cinéma, je le parierais. Je pourrais te rendre heureuse.

Je sais ce qui plaît aux femmes. Je pourrais te montrer comment t'aimer, toi, et ton corps, comme moi je t'aime.

Je ne pus me retenir ; j'éclatai de rire.

— Tu me crois frigide simplement parce que je ne veux pas coucher avec toi ? !

— Sinon, c'est quoi le problème, alors ?

Il avait l'air vexé. Il ne comprenait tout bonnement pas que je puisse résister à son charme.

— Je ne t'aime pas. Tu ne me plais pas. Et pour être honnête, je ne te fais pas confiance.

— Alors ça, tu vois, c'est adorable. Charmant. Tu crois que ça me fait quoi, d'entendre des choses pareilles ? Je me démène pour te faire plaisir, je fais des tas d'efforts pour être là pour toi et je n'obtiens rien en retour. Tu me plais depuis le premier jour, Sarah, malgré ton côté coincé, mais franchement, là, j'en ai ma claque !

Je croisai les bras. Il était peut-être enfin à bout. Tant mieux pour lui s'il était persuadé d'avoir eu le dernier mot, pourvu que je n'entende plus parler de cette histoire.

— J'imagine que tu considères que j'ai agi comme un imbécile. Très bien. Je n'en suis pas étonné.

Geoff arpenta le perron pendant quelques secondes.

— Je savais que tu étais bouleversée par la mort de cette gamine et j'ai cru pouvoir te soutenir dans cette épreuve, Sarah. Si seulement tu voulais bien me laisser t'aider…

— Je n'ai pas besoin de ton aide, Geoff, l'informai-je calmement.

Il pointa un doigt sur moi à travers l'entrebâillement.

— Non, tu *crois* ne pas en avoir besoin, mais moi je sais que c'est faux. Je ne vais pas t'abandonner, te laisser affronter ça seule, même si tu me le demandes.

Je m'assis sur la marche du bas de l'escalier, la tête dans les mains.

— Pourquoi tu ne me laisses pas tranquille ?
— Parce que tu comptes pour moi, Sarah.

Ce n'était pas vrai. Ce qui l'intéressait, c'était de me rayer de sa liste. Il aimait la compétition, il ne supportait pas l'échec, voilà tout. Je ne pouvais même pas le regarder en face.

Il donna un petit coup du plat de la main sur la porte.

— Tu ne pourrais pas ouvrir ça, au moins ? Je préférerais te parler dans des conditions normales.
— Je ne crois pas, non. Je suis vraiment fatiguée, Geoff. Tu devrais rentrer chez toi.
— Allez, laisse-moi entrer. Que faut-il que je te dise pour te convaincre ?
— Ce n'est pas ça, répondis-je en souhaitant simplement qu'il s'en aille. J'ai besoin de temps seule. Tu m'as... euh... donné matière à réfléchir.

Il opina.

— D'accord. D'accord, je comprends.
— Alors tu t'en vas ?
— Oui, dans un moment.
— Comment ça ?

Il fit un geste ample qui désignait l'espace derrière lui.

— Je vais faire un petit tour dans le coin. Pour être sûr que tout va bien. J'ai l'impression que tu as besoin de quelqu'un qui veille sur toi. Je suis content que ta porte soit équipée d'une chaînette aussi solide. Il y a beaucoup de gens pas nets qui traînent par ici. Tu es très vulnérable, Sarah, tu t'en rends compte ? À vivre ici toute seule avec ta mère ?

Sourcils froncés, je tentai de comprendre son changement d'humeur, me demandant soudain si Geoff essayait de me faire peur. Même si je n'en laissais rien paraître, j'étais effrayée. Loin de le rebuter, notre dispute l'avait excité. Ça ne me plaisait pas, je ne lui faisais pas confiance et, une fois de plus, j'avais le sentiment qu'il pouvait bien être celui qui m'avait agressée dans l'allée deux jours plus tôt. Je me forçai à répliquer, dans un rire sec :

— Je ne me sens pas vulnérable. Juste épuisée. Je vais me coucher, Geoff. S'il te plaît, ne reste pas là trop longtemps.

— Un moment, c'est tout. On se voit demain, peut-être.

— C'est ça, dis-je, en jurant intérieurement.

Il quitta le perron et me salua de la main, jovial, endossant à nouveau ses habits de gentil, avant de descendre l'allée. Je fermai la porte, la verrouillai et la reverrouillai. Lorsque je risquai un coup d'œil à l'extérieur, il était assis sur le muret devant la maison, en train de s'allumer une cigarette. On l'aurait cru chez lui.

Un bruit dans mon dos me fit sursauter, ma mère se tenait sur le seuil du salon, un verre à la main.

— C'était qui, cet homme ?
— Personne.
— Tu lui as parlé longtemps.

Elle but une gorgée. Ses yeux luisaient dangereusement.

— Pourquoi tu ne l'as pas fait entrer ? Tu as honte de moi ? Tu avais peur que ton ami ait une mauvaise opinion de toi à cause de moi ?

— Ce n'est pas un ami, maman, expliquai-je, gagnée par un épuisement indicible. Je ne voulais pas de lui chez moi. Ça n'a aucun rapport avec toi.

Une idée me vint soudain, qui aggrava mes craintes :

— Si jamais il se présente à la porte, ignore-le. Ne lui ouvre pas, d'accord ?

— Je réponds à qui je veux chez moi, rétorqua sèchement ma mère. Ne me dis pas ce que je dois faire.

— Très bien, abdiquai-je en levant les mains. Invite-le à entrer si ça te chante. Je m'en fiche, après tout.

Voyant disparaître la possibilité d'une dispute, elle se désintéressa de la conversation et se dirigea vers l'étage. À deux doigts de pleurer, j'observai ses progrès laborieux et titubants dans l'escalier. J'étais désemparée à propos de Geoff, je n'avais personne à qui parler. Je n'arrivais pas à savoir si j'avais réagi avec exagération ou non. Je n'avais que des soupçons. Mon seul indice était qu'il m'appréciait, rien d'autre. Le fait qu'il me fasse froid dans le dos ne signifierait rien pour la police.

Cela dit… il y avait bien un policier que cela intéresserait. Si j'osais, je pouvais demander à Blake de me débarrasser de lui. Lors de leur rencontre à l'église, Geoff ne lui avait pas plu. Les deux hommes s'étaient tourné autour comme des chiens en train de se jauger avant de se battre, et j'étais prête à parier mon argent sur une victoire de Blake à tous les coups.

Je déambulai jusqu'au salon, me posai sur le canapé en étouffant un bâillement. Je déciderai de mon plan d'action après une bonne nuit de sommeil. Geoff se trouvait à l'extérieur et nous bien en sécurité à l'intérieur. Au matin, tout serait sûrement beaucoup plus clair.

1992
Disparu depuis trois mois

— Tu te promènes sur une plage magnifique, le soleil est haut dans le ciel, énonce une voix derrière moi.

Les syllabes s'étirent, le ton est chantant.

Promèèèèèèènes. Maaaaaaaagnifiiiiiique.

Je m'ennuie. Je dois rester très calme, très tranquille, garder les yeux fermés et écouter la dame, qui parle toujours de la plage.

— Le sable blanc, pur et fin, est tout chaud, tout doux sous tes pieds.

Je pense à ma dernière balade sur une plage. J'ai envie de raconter à la dame, Olivia, ce qui s'était passé. Charlie m'avait forcée à rester debout près de la mer, puis il avait creusé un fossé autour de moi. Il était profond et large, et lorsque le canal qu'il avait tracé avait atteint la mer l'eau s'était engouffrée à l'intérieur, jusqu'à remplir le creux un peu plus à chaque nouvelle vague. Je n'avais pas eu peur, jusqu'à ce que l'îlot de sable ne commence à s'effondrer à son tour sous l'assaut de la mer. Mon père avait dû se précipiter à mon secours. Il avait retroussé son pantalon puis traversé l'eau pour venir me chercher et me ramener à l'endroit où ma mère nous attendait. Il avait traité Charlie de fou dangereux.

— Fou, dis-je maintenant tout bas, moins fort qu'un murmure, même.

La voix d'Olivia ralentit encore un peu. Elle s'écoute elle-même, se concentre. Elle ne m'entend pas.

— Alors, nous allons remonter le temps, Sarah.

Tout à coup, j'ai envie de remuer sur mon siège ou de rire, ou de taper des pieds.

— Tu es parfaitement en sécurité ici, Sarah.

Je le sais bien. J'entrouvre les yeux et je regarde autour de moi. Les rideaux sont tirés, bien que ce soit le milieu de la journée. Les murs sont roses. Il y a des livres sur les étagères derrière un bureau couvert de papiers. Ce n'est pas très intéressant. Je referme les paupières.

— Revenons au jour où ton frère a disparu, roucoule Olivia. C'est l'été. Que vois-tu ?

Je sais que je suis censée me souvenir de Charlie.

— Mon frère, je suggère.
— Bien, Sarah. Que fait-il ?
— Il joue.
— À quoi ?

Tout le monde sait bien qu'il jouait au tennis, je l'ai déjà dit. C'est cette réponse qu'elle attend.

— Au tennis, dis-je.
— Il est seul ?
— Non.
— Qui d'autre est avec lui, Sarah ?
— Moi.
— Et que fais-tu ?
— Je suis allongée sur la pelouse, dis-je avec confiance.
— Que se passe-t-il ensuite ?
— Je m'endors.

Il y a un petit blanc.

— Super, Sarah, tu te débrouilles vraiment bien. Maintenant je veux que tu repenses au moment avant que tu t'endormes. Que se passe-t-il ?

— Charlie tape dans la balle.

Je commence à m'impatienter. Il fait chaud dans cette pièce. Mes jambes collent à la chaise en plastique sur laquelle je suis installée.

— Et quoi d'autre ?

Je ne sais pas ce qu'elle veut que je dise.

— Est-ce que quelqu'un vient, Sarah ? Est-ce que quelqu'un parle à Charlie ?

— Je… je n'en sais rien, répondis-je enfin.

— Réfléchis, Sarah !

Je perçois l'excitation dans la voix d'Olivia. Elle est en train de perdre son calme.

J'ai réfléchi. Je me souviens de ce dont je me souviens. Il n'y a rien d'autre.

— J'ai faim, dis-je. Je peux y aller ?

Derrière moi, j'entends un soupir puis un bloc-notes qui claque.

— Tu n'étais pas du tout endormie, n'est-ce pas ? dit-elle en venant se placer en face de moi.

Elle a les joues roses, ses lèvres semblent sèches.

Je réponds d'un haussement d'épaules.

Elle se passe les mains dans les cheveux, lâche un autre soupir.

Dans le couloir, mes parents nous sautent dessus.

— Comment ça s'est passé ? demande mon père, s'adressant à Olivia, qui a la main sur ma nuque.

— Bien. Je crois que nous progressons vraiment, déclare-t-elle, ce qui me fait lever la tête dans sa direction, étonnée.

Elle sourit à mes parents.

— Ramenez-la la semaine prochaine, nous essaierons encore.

Je vois bien qu'ils sont déçus. Maman détourne le regard, papa se met à tapoter ses poches.

— Il faut que je vous règle… commence-t-il.

— Ne vous inquiétez pas, s'empresse de dire Olivia, vous me paierez lors de la dernière séance.

Sur un hochement de tête, il tente de lui sourire.

— Viens, Sarah, me dit-il en tendant la main.

Olivia me secoue un peu la tête avant de lâcher ma nuque. Cela ressemble à un avertissement. Libérée, je rejoins mon père. Ma mère se trouve déjà plus loin dans le couloir.

Dans la voiture qui nous ramène à la maison, sous la pluie qui ruisselle sur les vitres et tambourine sur le toit, j'annonce à mes parents que je ne veux pas y retourner.

— Je refuse d'entendre ça, déclare ma mère. Tu y retourneras, que tu le veuilles ou non.

— Mais…

— Si elle ne veut pas, Laura…

— Pourquoi prends-tu toujours sa défense ?

Ma mère a une voix aiguë, pleine de colère.

— Tu la gâtes trop. Tu te fiches de ce que ça représente pour moi. Tu ne te préoccupes même pas de ton fils.

— Ne sois pas ridicule, proteste mon père.

— Ça n'a rien de ridicule de faire tout ce qui est en notre pouvoir pour le retrouver.

Du pouce, elle désigne l'arrière de la voiture où je me trouve.

— Elle est notre seul lien avec ce qui est arrivé à Charlie. Et elle ne peut pas, ou ne veut pas, nous dire ce qui s'est passé. C'est aussi pour l'aider, elle.

Pas du tout. J'en suis parfaitement consciente.

— Cela fait des mois, insiste mon père. Si elle avait vu ou entendu quoi que ce soit d'utile, nous le saurions, maintenant. Il faut que tu laisses tomber, Laura. Il faut que tu nous laisses vivre.

— Et comment est-on censé faire ?

La voix de maman se brise ; elle tremble. Elle se penche par-dessus son siège pour me regarder.

— Sarah, je ne veux plus un mot de protestation de ta part. Tu y retourneras, tu parleras à Olivia et tu lui raconteras ce qui s'est passé, ce que tu as vu, sinon… sinon…

La fenêtre à côté de moi est embuée. À l'aide de ma manche, je dégage une zone par laquelle je peux regarder défiler le paysage. J'observe les voitures, les gens, en essayant de ne pas entendre ma mère qui pleure. Il n'y a rien de plus triste au monde.

10

Le matin arriva beaucoup plus vite que prévu. La lumière vibrait à travers les rideaux, il me fallut un moment pour prendre conscience qu'elle était plus vive que le bleu froid de l'aube – et de toute manière le soleil clignotait rarement selon un cycle de deux pulsations par seconde.

Je m'assis, en appui sur un coude, et, à la manière d'un kaléidoscope brutalement secoué, le bruit diffus à l'extérieur se décomposa en éléments reconnaissables. Dans les arbres près de ma fenêtre, les oiseaux alternaient cris d'alarme saccadés dans les aigus et pépiements de mauvaise humeur dus au dérangement. Comme en réponse, des radios crachotaient et bipaient, des voix basses murmuraient, crispées par l'urgence. À cela s'ajoutaient des ronronnements de moteur, plus d'une voiture. Alors même que je tendais l'oreille, un nouveau véhicule entra en trombe dans le cul-de-sac, puis pila sèchement avant que son conducteur coupe le contact. Eh bien, il est pressé, celui-là, pensai-je en m'asseyant de mon mieux et en repoussant les cheveux de mon visage. Puis il y eut des pas, réguliers, déterminés, trop proches de la maison pour ne pas me mettre mal à l'aise. Des graviers éjectés ricochèrent sur l'asphalte, je frissonnai, soudain peu pressée de découvrir ce qui se passait. J'éprouvai tout à coup le besoin presque irrésistible de me recoucher et d'enfouir ma tête sous la couette.

Je ne pouvais pas faire ça. Je sortis du lit à la seconde qui suivit ; deux pas m'amenèrent à la fenêtre, dont j'écartai le rideau pour jeter un coup d'œil à l'extérieur. Il faisait encore nuit, ou bien la fin en approchait. Deux voitures de police étaient stationnées sur le trottoir d'en face, leur gyrophare clignotant avec ce rythme syncopé qui avait dérangé mon sommeil. Juste devant chez moi se trouvait un véhicule du SAMU. Les portières arrière étaient ouvertes et je parvenais à distinguer du mouvement derrière les vitres opaques sur le côté. Un petit groupe de policiers se tenaient près de l'ambulance ; dans un tressaillement, je reconnus Blake parmi eux. C'était sa voiture que j'avais entendue arriver dans le cul-de-sac ; il l'avait abandonnée à la perpendiculaire du trottoir, quelques mètres plus haut dans la rue, portière ouverte, dans sa hâte de sortir. Vickers était assis sur le siège du passager, les valises sous ses yeux encore accentuées par l'éclairage du plafonnier. Les sillons sur son visage paraissaient plus sombres, plus profonds, mais que ce changement dans son apparence fût le résultat des jeux de lumière, de l'heure indue ou du souci qui le tenaillait, je n'aurais su le dire. Les trois, peut-être.

Je lâchai le rideau, m'adossai au mur. Je ne comprenais absolument pas la scène que je venais de contempler. Je n'arrivais pas à y croire non plus – si j'avais à nouveau écarté ce rideau pour découvrir la rue totalement vide, je n'en aurais pas été étonnée. Il y avait quelque chose de surréaliste à trouver tous ces gens sur le pas de ma porte – presque au sens propre, compris-je en risquant un autre coup d'œil qui me permit d'apercevoir un homme se dirigeant vers la rue depuis notre perron. Qu'était-il venu faire là ? Que se passait-il ? Pourquoi la police était-elle présente en force ?

Le camion électrique du laitier était garé au bout de la rue. D'ailleurs, l'homme lui-même, tout emmitouflé contre le froid de la nuit, vêtu d'une veste avec des bandes fluo, discutait d'un air grave avec l'un des agents en uniforme. Celui-ci écoutait patiemment en opinant, mais sans prendre de notes, et il tenait sa radio près de sa bouche comme s'il attendait simplement de pouvoir intervenir. J'espérais que le laitier n'avait pas d'ennuis. C'était un monsieur très gentil qui opérait aux petites heures du matin, entre le retour des oiseaux de nuit et l'apparition des premiers lève-tôt, trottinant en silence dans l'obscurité, son domaine. Je ne voyais pas ce qu'il avait pu faire qui suscite l'intérêt d'un si grand nombre de policiers. Sans compter la présence de l'ambulance…

La fenêtre devant moi s'embuait ; je m'écartai un peu de la vitre, ce mouvement suffit à attirer l'attention de Vickers. Il était descendu de voiture et, en appui contre la portière, s'adressait maintenant à Blake. Nos regards se croisèrent. Sans laisser paraître de réaction, il continua de parler, sans toutefois détourner les yeux. Blake jeta un coup d'œil dans ma direction par-dessus son épaule avec une telle rapidité, une telle désinvolture, que je m'en sentis presque insultée, puis il se retourna vers son chef sur un hochement de tête. Je compris qu'ils ne comptaient pas me laisser observer la scène de loin. Avec effort, je m'arrachai au regard pâle et scrutateur de Vickers pour aller chercher de quoi m'habiller dans ma penderie. Je voulais arriver en bas avant que quelqu'un ne sonne à la porte et ne réveille ma mère; ils avaient déjà suffisamment de problèmes sans s'attirer la crise d'hystérie que nous vaudrait sûrement cette imposante présence policière devant chez elle.

Je tirai une paire de bottes Ugg du fond du placard, les enfilai en y enfonçant mon bas de pyjama, puis dénichai une polaire que je passai telle quelle sans me donner la peine de défaire la fermeture Éclair. Les hommes à l'extérieur m'avaient semblé frigorifiés, ils se frottaient les mains en discutant, leur haleine faisait un petit panache à la lueur des phares. Plusieurs épaisseurs ne seraient pas de trop.

Il me fallut une éternité pour ouvrir la porte : les clés et les verrous se montrèrent récalcitrants. Je me débattis avec eux tout en jurant à voix basse. Une silhouette familière se dessinait juste devant, j'espérais que Blake comprendrait que j'essayais de lui ouvrir et qu'il n'était pas nécessaire de sonner ou de frapper à l'aide du heurtoir, ce qui réveillerait ma mère à coup sûr... Le dernier pêne céda, j'écartai le battant. Le visage de Blake passa du professionnalisme figé à l'amusement pendant une demi-seconde, lorsqu'il découvrit mon bas de pyjama couvert de vachettes imprimées.

— Joli, commenta-t-il.

— Je n'attendais pas de visites. Que se passe-t-il ? Une urgence ?

— Nous avons reçu un appel... commença-t-il avant de s'interrompre, agacé, lorsque je lui fis signe de baisser d'un ton. Quel est le problème ?

— Je ne veux pas que ma mère sache que tu es ici.

Avec un regard noir dans ma direction, Blake arracha les clés de la serrure, puis me prit par le bras et m'attira en dehors de la maison, laissant la porte se refermer derrière nous. Je le suivis dans l'allée en traînant des pieds, gênée, soudain, en remarquant le nombre de personnes présentes, en train de nous observer. Lorsque nous atteignîmes le portillon du jardin, je dis :

— C'est assez loin. Et j'aimerais récupérer mes clés, si ça ne te dérange pas.

— Très bien.

Il les laissa tomber dans ma paume, je les rangeai dans ma poche et serrai les doigts autour.

— Je t'expliquerai ce que nous faisons ici si tu me racontes ce que ton copain Geoff fabriquait dans le coin. Il ne vit pas dans ce quartier, pourtant, alors que faisait-il ici, au beau milieu de la nuit ? Cela aurait-il un rapport avec toi, par hasard ?

J'étais mortifiée.

— Il n'a pas fichu le bazar au moins ? J'ai cru qu'il se calmerait et qu'il rentrerait chez lui.

Une lueur apparut brièvement dans l'œil de Blake, puis son visage se figea, avec cette expression de détachement amusé que je connaissais désormais, son impassibilité feinte.

— Il était donc bien là pour toi…

Je ne savais plus où me mettre.

— Il a débarqué comme ça. Je ne voulais pas… Enfin, je ne l'attendais pas et je ne l'ai pas laissé entrer.

Blake patienta, sans rien dire. Je me mordis la lèvre.

— Il m'a apporté des fleurs. Un gros bouquet. Je… je ne les ai pas acceptées.

— Seraient-ce celles-ci, par hasard ?

Elles avaient échoué au milieu de la pelouse, où Geoff les avait jetées, dans un ramassis informe de tiges brisées et de pétales broyés. La condensation avait formé des gouttes sur la Cellophane.

— Écoute, je ne tiens pas à ce que Geoff ait des ennuis, dis-je avec sincérité, à mon grand étonnement. Il a un peu dépassé les bornes hier soir, mais je suis sûre qu'il ne pensait pas à mal. Il était un peu énervé que je ne… que ce ne soit pas…

— Réciproque, suggéra Blake.

— Merci. Oui. Du coup, je l'ai laissé se calmer là, dehors.

— D'accord. Quelle heure était-il ?

— Eh bien… 22 h 30 peut-être ?

Je fronçai les sourcils, dans un effort pour me souvenir.

— Il était plus de 22 heures quand il a sonné, et après ça nous avons discuté un moment. Je n'arrivais pas à me débarrasser de lui.

— Et tu ne l'as pas fait entrer ?

— Je n'ai même pas ôté la chaîne de sûreté, expliquai-je simplement. Il était d'une humeur bizarre.

— Il t'a fait peur ?

Je levai la tête vers Blake et compris tout à coup qu'il était en colère – furieux, même. Mais pas contre moi.

— Eh bien… oui. Je ne sais pas trop si j'avais raison de me sentir menacée, mais toute cette histoire avec Geoff… C'était un peu ingérable. Il insistait, il insistait…

Me surprenant à refouler mes larmes, je m'interrompis pour tenter de reprendre un semblant de contenance.

— Tu ferais bien de tout me raconter. Que s'est-il passé, exactement ?

À cet instant, un des secouristes surgit de l'arrière de l'ambulance, referma la porte et se précipita à l'avant. Il exécuta un demi-tour impeccable et quitta Curzon Close, suivi par un véhicule de police, tous deux gyrophares allumés. Le bruit de moteur s'amenuisa en direction de la route principale, puis les sirènes se mirent en action. Peut-être était-ce un tour de mon imagination, mais je crus lire la compassion sur le visage de Blake. Avant de reprendre la parole, il jeta un regard par-dessus mon épaule, avec une expression neutre.

— Capitaine, justement Sarah me demandait des nouvelles de M. Turnbull.

Je me retournai. De près, Vickers ressemblait plus que jamais à une tortue, ridée et âgée.

— Une sale affaire, commenta-t-il. Avez-vous entendu quoi que ce soit, Sarah ? Quoi que ce soit d'inhabituel ?

Je secouai la tête et serrai mes bras contre moi, saisie par le froid, soudain.

— Que s'est-il passé ? Qu'aurais-je dû entendre ?

Les policiers se regardèrent, ce fut Blake qui parla enfin, Vickers ayant décliné l'invitation en silence :

— Nous avons reçu un appel de Harry Jones, le laitier qui passe dans le quartier, il y a environ…

Il jeta un coup d'œil à sa montre.

— Quarante-cinq minutes. Il avait trouvé quelque chose.

Au lieu de poursuivre ses explications, Blake me prit par le bras pour m'entraîner vers l'avant de la maison ; cette fois, je n'opposai pas de résistance, je le suivis jusque dans la rue. À ma gauche, la voiture de Geoff était garée à cheval sur le trottoir et la chaussée. Le pneu sur la droite, tailladé, formait une flaque de caoutchouc déchiqueté. La lunette arrière n'était plus qu'un brouillard de verre brisé, dont on retrouvait des éclats sur le sol. Je portai ma main à ma bouche, sous le choc. Je fis quelques pas, les jambes tremblantes. D'où je me tenais, je distinguais les fenêtres latérales, sombres et vides, leur vitre réduite en miettes, dont les vestiges en dents de scie surgissaient du cadre.

— Mais pour quelles raisons Geoff aurait-il vandalisé sa propre voiture ? demandai-je à Blake, perdue.

— Ce n'est pas lui. Le laitier l'a découvert sur le siège avant. La personne responsable des dégâts sur le véhicule lui a infligé la même chose.

— Quoi ?

Mon cœur se mit à cogner fort dans ma poitrine, ma gorge se serra comme si quelqu'un tentait de m'étrangler.

— Il n'est pas…

— Pas mort, non, articula laborieusement Vickers, d'une voix éraillée, fatiguée. Mais il est en piteux état, j'en ai bien peur.

— Blessures au crâne, expliqua Blake. Apparemment, son agresseur l'a frappé de près, très violemment, avec un objet contondant quelconque. Vous pouvez constater les dégâts que cela a provoqués sur la voiture.

En effet, et je ne parvenais pas à imaginer comment on pouvait survivre à ce genre d'attaque.

Comme s'il avait lu dans mes pensées, Vickers désigna le véhicule de la tête.

— Le fait de s'être trouvé à l'intérieur lui a sûrement sauvé la vie. La carrosserie l'a protégé du pire. Grâce à l'espace confiné, vous voyez, qui ne permet pas de prendre suffisamment d'élan…

Il mima un coup, mon estomac se retourna. Je vacillai, sentis la sueur ruisseler dans mon dos, perler sous mes seins. Mes mains, mes pieds étaient glacés, la tête me tournait. Je fermai les yeux pour ne plus voir la scène, comme si je pouvais la faire disparaître en ne la regardant plus. L'obscurité était si proche ; il aurait été si facile de s'y abandonner, loin de tout. Des mains que je savais appartenir à Blake se posèrent sur mes épaules et les pressèrent fort.

— Holà. Respirez.

J'inspirai à grands traits l'air pur de la nuit, paupières toujours closes, vaguement consciente qu'il m'éloignait de la voiture, de la zone où brillait un liquide noirâtre, que je savais désormais être du sang. Il me guida jusqu'au muret du jardin, où il me fit asseoir, sans me lâcher, jusqu'à ce que je parvienne à trouver la force de l'écarter de la main et de l'assurer que non, je ne tomberais pas.

Au loin, je l'entendis expliquer à Vickers que Geoff était venu à Curzon Close pour me rendre visite, mais que je ne l'avais plus vu après 22 h 30. Le silence s'abattit entre les deux enquêteurs. Je parvenais presque à entendre travailler le cerveau de Vickers.

— Très bien, lâcha-t-il finalement. Alors notre gars débarque ici et se fait envoyer sur les roses… si je puis dire. Mais il ne va pas loin. Pourquoi ?

J'étais suffisamment remise pour prendre la parole :

— Il a dit qu'il voulait s'attarder un peu dans le coin. Il a prétexté qu'il y a beaucoup de gens pas nets qui traînent par ici.

— Ce sont ses mots ? s'enquit Vickers.

J'acquiesçai de la tête.

— Qu'entendait-il par là ? demanda-t-il, presque pour lui-même. Il avait peut-être vu quelque chose…

— Ou bien il cherchait simplement une excuse pour rester dans le coin, avança Blake.

Je me sentis rougir.

— C'est ce que j'ai pensé, effectivement. J'ai cru qu'il avait juste besoin de se calmer avant de rentrer chez lui. Quand j'ai regardé par la fenêtre, il fumait une cigarette.

Vickers se passa les mains sur le visage, il y eut un frottement sec et râpeux des petits poils de barbe qui commençaient à pointer sur sa mâchoire.

— Alors, il est contrarié, énervé, il ne sait plus par quel bout prendre les choses et décide de rester un moment là, le temps que ça se tasse…

— C'était aussi pour me montrer que, quoi que je dise, il faisait comme bon lui semblait.

Vickers opina.

— Plus que probable. Donc il est assis là, à méditer en fumant un clope, pour ce qu'on en sait… Blake, vous essaierez d'en savoir plus, quand il sera l'heure d'aller frapper aux portes… Demandez juste si quelqu'un a vu quelque chose de bizarre au milieu de la nuit. Même si cette maison est la plus proche du lieu où s'est produit l'incident.

Il se tourna vers moi.

— C'est votre chambre, à l'étage, sur l'avant ? Eh bien, si vous, vous n'avez rien entendu, je ne vois pas qui d'autre aurait pu remarquer quoi que ce soit. Il n'y aurait pas de jeunes mamans dans la rue, par hasard ?

Je fis non de la tête, amusée malgré moi, et il parut déçu.

— Ce sont les meilleurs témoins du monde. Debout à des heures pas possibles, sans rien d'autre à faire que nourrir leur bébé et regarder par la fenêtre. Les mères de nouveau-nés et les retraités, voilà mes deux types de témoins préférés.

Quelque chose me chiffonnait. J'observai les cartons et les sacs alignés le long de la rue, françai les sourcils.

— Qu'y a-t-il ? s'enquit Blake, à l'affût.

— Rien… C'est juste qu'il doit y avoir un ramassage de dons par une association ce matin. J'ai cru les entendre, tout à l'heure. J'étais à moitié endormie, je ne sais pas trop quelle heure il était. Mais c'est encore trop tôt, finalement, non ?

Je jetai un coup d'œil distrait à ma montre, avant de réaliser que je ne l'avais pas prise. Quand je relevai la tête, Blake et Vickers échangeaient des regards lourds de sens.

— Qu'est-ce… Vous ne pensez pas que… j'ai entendu l'agression, si ?

Ni l'un ni l'autre ne me répondit, me laissant tirer les conclusions qui s'imposaient.

— Oh, mon Dieu !

Blake s'éclaircit la gorge.

— Si ça ne vous dérange pas, capitaine, je vais discuter avec les agents, il faut qu'on organise la récupération du véhicule.

— On ne va pas le laisser là, acquiesça Vickers. Cela dit, ne lésinez pas sur les photos avant qu'ils le bougent, et insistez pour que l'équipe scientifique prenne ça au sérieux. C'est une tentative de meurtre, quoi qu'il arrive.

Je scrutai alternativement son visage et celui d'Andrew Blake, lisant sur leur traits ce qu'aucun ne disait à voix haute. Ils s'apprêtaient à traiter cette affaire comme un meurtre. En d'autres termes, il y avait de grands risques que Geoff succombe à ses blessures.

Blake rejoignit une des voitures de patrouille garées en face, les deux occupants en sortirent pour lui parler. Je l'observai qui bavardait et plaisantait, pendant que Vickers continuait son monologue, déversant des mots ennuyeux comme la pluie près de mon oreille, plus pour lui-même que pour moi :

— Il est assis là au milieu de la nuit. Peut-être fait-il quelques pas pour essayer de se remettre de la scène qui s'est déroulée entre vous… S'est-il ridiculisé ?… Je le parierais. Il a fait l'idiot devant une fille qui lui plaît, après quoi, il lui faut un moment pour se requinquer. Il conduit une Golf. Joli petit modèle, mais pas du genre à vous valoir une agression. Une Mercedes, une Jaguar, une BMW, admettons, mais pas une petite Volkswagen. Sans compter qu'on n'attaque pas une personne au volant si c'est la voiture qu'on veut. On se retrouve avec du sang partout à l'intérieur. Qui aurait envie de conduire une voiture dans cet état ? Non, dans ce cas, on tire le propriétaire de son véhicule, on lui met quelques coups pour l'empêcher de se relever et de faire des ennuis, et puis on s'en va en douceur…

Vickers soupira, les yeux fixés sur l'arrière de la Golf. Je devinais qu'il ne voyait pas l'épave garée devant nous, mais le véhicule d'il y a quelques heures, parfait, soigneusement entretenu, propre et net.

— J'arrive pour faire des dégâts, poursuivit-il doucement. Je commence par le conducteur, c'est évident. Pour qu'il ne démarre pas. J'ouvre la portière et je cogne. Il se débat, ou il n'en a pas le temps, mais en tout cas il glisse sur le siège du passager, du coup, je n'ai plus un bon angle pour le frapper. Je crois lui avoir fait son affaire, mais je suis toujours en colère. Je n'éprouve pas encore de sentiment de satisfaction. Cela dit, il me reste la voiture. De quoi me passer les nerfs. Donc je casse les vitres du côté où je me trouve, puis je fais le tour pour exploser la lunette arrière. Une bonne grosse cible. Ensuite, je sors mon couteau, je crève les pneus. Pour une raison ou une autre, je ne prends pas la peine de passer du côté gauche. Pourquoi donc…

— Pas assez de place ? suggérai-je, interrompant son monologue.

De fait, la haie du voisin aurait eu besoin d'être taillée et les feuilles débordaient sur l'allée longeant le trottoir. Il n'y avait pas vraiment d'espace pour se faufiler entre la voiture et les buissons.

Vickers fronça les sourcils.

— Possible. Mais c'est peut-être aussi parce que je ne vois pas la voiture sous cet angle. Je l'observais de la droite, je l'avais repérée, peut-être. C'est sur elle que j'ai concentré tout ce que je ressens. Je l'identifie fortement avec la personne que j'agresse.

Il se retourna pour examiner les maisons situées en face de la mienne.

— Un peu comme si quelqu'un vous épiait. Je me demande si un de vos voisins n'aurait pas vu quelqu'un de bizarre traîner dans le coin…

Je fis comme lui, considérant soudain les jardinets devant les maisons comme des cachettes potentielles, en proie à cette sensation désagréable qui me poursuivait depuis des jours, cette impression d'être sous surveillance. J'hésitais à en toucher un mot à Vickers. N'étais-je pas en train de devenir folle ?

Avant que j'aie eu le temps de dire quoi que ce soit, le capitaine reprit :

— La seule chose que me signale cette scène de crime, c'est que l'agresseur connaissait sa victime, et qu'il savait que sa voiture lui tenait à cœur. Nous allons donc demander à M. Turnbull de nous parler de ses fréquentations, dès qu'il sera en état de le faire…

Le ton de sa voix trahit le fond de sa pensée : *S'il est un jour en état de le faire.*

Geoff avait toujours porté un soin maniaque à sa voiture. Il la briquait avant de monter dedans, écartait les feuilles mortes et les détritus de sous les essuie-glaces, inspectait les pare-chocs pour s'assurer qu'il n'y avait pas la moindre éraflure.

— Elle était dans un état impeccable, il n'était pas difficile de deviner combien il l'adorait, répondis-je doucement. Nul besoin de le connaître pour s'en rendre compte.

— Mais il fallait bien le connaître, ou au moins savoir quelque chose à son sujet, pour l'agresser de cette manière, vous ne pensez pas ? rétorqua Vickers. J'ai été témoin d'un certain nombre d'actes de violence, et nous avons là l'expression de sentiments d'une grande brutalité.

Il contempla la voiture une fois de plus, les mains sur les hanches, en secouant la tête.

— Si seulement je savais dans quel cadre placer ça...

— Comment ça ?

Vickers posa les yeux sur moi.

— Vous ne pensez pas que c'est lié à ce qui est arrivé à la pauvre petite Jenny Shepherd ? Sinon, à votre avis, pourquoi Blake et moi serions présents ?

— Mais je ne vois pas en quoi... commençai-je.

Il m'interrompit d'un geste.

— Sarah, considérez les faits. Une fillette a été assassinée. Cet homme, qu'elle connaissait, qui est un de ses professeurs, se présente, loin de chez lui, dans une rue qui, à vol d'oiseau, est très proche du domicile de Jenny. Il est laissé pour mort ou presque par une ou plusieurs personnes inconnues. Jenny a connu elle aussi une fin violente. La coïncidence est trop grande pour que je l'ignore. Tout ce qui se passe dans ce quartier, vraiment tout, peut avoir un lien avec le meurtre de Jenny. Je compte maintenant deux crimes d'une extrême violence, loin de toutes les statistiques de criminalité de cette zone en temps normal. Si je les prends séparément, je vais sûrement progresser un peu ici et là. Avec un peu de chance, je tomberai sur un témoin, ou bien sur un meurtrier qui n'attend qu'une chose, avouer. C'est peu probable, mais ça s'est déjà vu. Si je les traite individuellement, je dépends d'une percée qui pourrait très bien ne jamais se produire, ni d'un côté, ni de l'autre. Mais si je travaille simultanément sur les deux affaires, alors je peux commencer à trouver des similitudes, vous saisissez ? Des coïncidences. C'est comme l'algèbre : il faut les deux parties du problème pour arriver à la solution.

L'enthousiasme du capitaine pour son métier se lisait sur son visage ; il aimait vraiment ce qu'il faisait. Je fus momentanément distraite par la référence à l'algèbre, qui me remémora qu'on avait un jour déclaré à mon sujet que je n'avais pas l'esprit mathématique, loin de là même…

Vickers continuait :

— Pourtant, ne croyez pas que j'aie décidé que le meurtrier de Jenny est aussi responsable de ça. C'est une possibilité qui doit être explorée, mais je ne suis pas fixé là-dessus, vous comprenez. Ces deux crimes peuvent être liés de tas de manières différentes, Sarah. De tas de manières…

En bonne élève, je suggérai :

— La vengeance ?

— Tout à fait.

Il me sourit, tel un vieil oncle protecteur.

— Notre Geoff pouvait très bien être impliqué jusqu'au cou dans ce qui est arrivé à Jenny, pas la peine d'être un génie pour imaginer ça. C'est un sacré numéro, d'après le portrait qu'on m'en a fait. Nous savons que Jenny couchait avec quelqu'un, lui a bien entendu eu l'occasion de faire sa connaissance, de lui dire qu'elle était spéciale, d'obtenir d'elle ce qu'il voulait. Ce ne serait pas la première fois qu'un prof abuse d'une élève, n'est-ce pas ?

— Mais ça ne correspond pas à ce que Jenny a raconté à Rachel, objectai-je. Ni à la photographie qu'elle lui a montrée.

— Je ne prends pas le récit de cette petite pour argent comptant, répondit Vickers avec prudence. Jenny a pu lui mentir, pour qu'elle ne devine rien. Et puis Rachel pourrait même nous mentir, encore aujourd'hui. Quelqu'un pourrait s'arranger pour nous orienter dans la mauvaise direction. Nous n'avons pas trouvé la photo, ni quoi que ce soit qui nous indiquerait que Rachel nous ait dit la vérité.

Je n'arrivais pas à croire que Geoff ait pu coucher avec Jenny ; il n'était pas comme ça, mais je savais que le capitaine n'accorderait pas plus de crédit à mes propos qu'à ceux de Rachel.

— Jenny était enceinte. Vous ne pouvez pas utiliser l'ADN pour vérifier s'il était le père de cet enfant ?

— Ne vous inquiétez pas, nous le ferons. Mais il faudra un moment avant d'obtenir les résultats. De plus, il ne s'agit pas tant de savoir si Geoff Turnbull est coupable d'avoir abusé de Jenny Shepherd que de déterminer si quelqu'un pourrait en être convaincu. Quelqu'un qui aurait tiré ses propres conclusions. Une personne qui détiendrait peut-être un peu plus d'informations que nous. Ou juste un pressentiment. Quoi qu'il en soit, cette personne tiendrait à agir pour obtenir réparation vis-à-vis de Jenny, sans attendre que la justice, la vraie, fasse son travail.

En esprit, je vis Michael Shepherd, métamorphosé par le chagrin, avec son nouveau regard noir, et je sus que Vickers se figurait la même chose.

J'imaginais volontiers avec quelle force pourrait exploser ce cocktail de rage, de culpabilité et de soupçon s'il trouvait une cible sur laquelle s'abattre.

— Andy ira interroger les parties intéressées en temps voulu, lança Vickers en désignant Blake du menton. Nous n'allons pas les réveiller en pleine nuit sans preuve, mais ça vaut bien un petit entretien, vous ne croyez pas ?

Je comprenais comment tout cela pouvait s'articuler, néanmoins je ne pouvais m'empêcher de ressentir un certain scepticisme. Jamais, jamais je ne pourrais croire que Geoff avait abusé d'une fillette, et pas seulement à cause de son obsession pour moi. Cela ne collait pas avec le personnage, dont l'intérêt enthousiaste visait bien les femmes, pas les enfants. J'avais du mal à concevoir qu'il ait pu profiter de Jenny et il m'était impossible d'accepter qu'il puisse être un meurtrier. Cependant, je l'avais moi-même vu assez agité, quelques heures plus tôt, et je ne parvenais pas à me débarrasser du doute qui s'était alors emparé de moi. Je n'aurais juré de rien quant à ce dont Geoff était capable. Je devais bien le présumer coupable de *quelque chose*, sinon pourquoi se serait-il fait ainsi tabasser ?

J'éprouvais pour ma part une certaine culpabilité. J'avais conscience que Vickers aurait sûrement aimé être informé d'un autre incident violent, l'agression dont j'avais été victime. Je n'avais pas sa foi dans le pouvoir de la coïncidence, mais cela aurait pu constituer une pièce du puzzle qu'il était en train de mettre en place. Mais, comme j'ouvrais la bouche pour lui en parler, les mots s'éteignirent avant même d'être prononcés. D'abord, les raisons pour lesquelles je n'avais rien signalé demeuraient valides. Ensuite, il ne les comprendrait peut-être pas. Enfin, je ne croyais pas cela pertinent. Si mon pressentiment était le bon et si Geoff était celui qui m'avait agressée, alors il se trouvait bel et bien hors circuit. Je n'aurais plus rien à craindre de lui tant qu'il était à l'hôpital.

Pourtant, la principale raison de mon silence sur cette affaire était plus fondamentale : je ne faisais pas confiance à Vickers. Et j'étais à peu près persuadée que la réciproque était vraie. Que ce soit à cause de ce qu'il percevait de la confusion de mes sentiments vis-à-vis de Geoff ou bien de ce qu'il s'était mis en tête, je sentais, pour la première fois, une tension dans ce qu'il me disait. Gardant cela à l'esprit, il m'appartenait de me montrer prudente. Avec effort, je m'obligeai à en revenir au présent, à la réalité de mes pieds froids, de mon besoin pressant de bâiller, et me préparai à poursuivre notre joute verbale.

Vickers s'était finalement tu, mais soudain il se tourna à nouveau vers moi, un éclat dans ses yeux perçants.

— Étant donné ce que je viens de vous expliquer, si vous saviez quoi que ce soit, si vous étiez au courant d'une connexion qui mériterait que je m'y intéresse, je veux dire, vous m'en parleriez, n'est-ce pas ?

— Vous oubliez une évidence, précisai-je non sans une certaine raideur, consciente que Vickers m'avait poussée dans cette direction, consciente qu'éviter de mentionner ce détail ne ferait qu'alimenter les soupçons au lieu de les dissiper. Je connaissais Jenny, moi aussi. J'étais un de ses professeurs. Je suis celle qui a trouvé son cadavre. Et tout ça…

J'agitai le bras en direction de la voiture, refusant toutefois de penser à ce que cela signifiait réellement.

— Tout ça s'est produit juste devant chez moi. Je me trouve pile au centre de tout un tas de coïncidences, pour le coup, n'est-ce pas ?

Vickers eut un petit sourire et, avec tristesse, je vis que j'avais eu raison de me montrer prudente. Et dire que je vous aimais bien… Je mobilisai toute la logique dont j'étais capable.

— Cependant, si c'est ce que vous pensez, il y a un hic dans votre raisonnement.

Il leva les sourcils, je poursuivis :

— Cette histoire n'a aucun rapport avec moi. J'ignore tout de ce qui a pu leur arriver, à l'une comme à l'autre.

Ma voix avait un timbre grêle, faible, qui trahissait l'épuisement que je ressentais.

— Parfois il ne s'agit de rien d'autre que de coïncidences, justement. Pourquoi faudrait-il qu'il y ait un lien entre les deux incidents ?

Voire les trois ?

Plus que jamais, j'étais persuadée que j'avais bien fait de ne pas lâcher cette munition supplémentaire à Vickers.

— Ce lien n'existe pas forcément, certes, mais pour le moment, je vais partir du principe que oui. Ce n'est pas parce que vous ne voulez ou ne pouvez pas le voir que vous ne savez rien qui serait susceptible de m'intéresser. Avec deux crimes tels que ceux-ci, deux agressions violentes, évidemment je cherche le lien…

— Vous êtes sur cette piste fictive parce que vous n'avez pas le début d'une réponse concernant ce qui est arrivé à Jenny. Ajoutez donc *ça* à votre équation.

— Nous menons l'enquête sur plusieurs fronts. Nous n'avons pas le droit d'en discuter avec les membres du public pour l'instant, puisque les investigations sont en cours.

— Eh bien ça n'en a pas l'air, rétorquai-je, hargneuse. On dirait plutôt que vous n'avez pas le début d'une preuve et que vous essayez de faire correspondre tout ça à une hypothèse sur laquelle vous travaillez depuis que le corps de Jenny a été découvert. Je sais comment vous fonctionnez, vous, la police. C'est quand vous n'avez pas de preuve que vous commencez à devenir créatifs…

Le visage de mon pauvre père, qui avait subi tant d'interrogatoires et de contre-interrogatoires, apparut dans ma tête. Le nuage de suspicion qui avait entouré notre famille aurait pu être dissipé par le responsable de l'enquête si seulement il avait bien voulu s'en donner la peine. Je repris la parole, d'une voix basse et passionnée :

— Vous pouvez oublier ce que je vous ai dit, et même m'oublier tout court : je ne suis pas impliquée dans cette affaire. Je ne comprends pas pourquoi les circonstances semblent s'ingénier à vous faire penser que je le suis. Tout ce que je sais, c'est que j'ai fait de mon mieux pour coopérer, depuis le début. J'ignore pourquoi Geoff a été agressé, ou pourquoi Jenny a été assassinée, et si je le savais je vous l'aurais dit depuis longtemps.

— Nous verrons ça, lâcha Vickers, le regard froid. Nous verrons ça.

— Vous en avez terminé avec moi ?
— Pour l'instant. Mais attendez-vous à avoir de nos nouvelles.

Vickers se dirigea d'un pas lent vers la voiture de Blake.

— Ne partez pas en vacances prolongées, d'accord ? lança-t-il.

Je regagnai la maison, très raide. Dans le miroir de l'entrée, je me découvris les yeux brillants de colère, les cheveux hirsutes. Il me fallut faire un effort pour détendre mes lèvres, serrées en une ligne sèche. Vickers m'avait secouée intentionnellement et ça avait marché. J'avais aussi le sentiment de ne rien savoir qui puisse lui être utile. Le vol de mon sac à main aurait brouillé les pistes et je ne pouvais plus le mentionner maintenant ; j'avais eu amplement l'occasion de le faire, après tout. Donc je cachais quelque chose à la police, ce qui me faisait culpabiliser, et me donnait l'apparence d'une coupable, en plus de ça. Si je n'y prenais pas garde, tout finirait par très mal tourner, effectivement.

Le seul point que je me refusais à envisager, c'était Geoff, mais à l'instant où je me l'avouai, je ne pus plus penser à autre chose. Je jetai un coup d'œil à la pendule de la cuisine, abandonnai l'idée de me recoucher en constatant qu'il était près de 5 heures. Tout en me préparant une tasse de thé, je passai lentement en revue les faits, un par un. Geoff se trouvait à l'hôpital. Dans un état grave. Très grave. Il avait des blessures à la tête. Mon ventre se serra à cette simple idée. Il risquait de mourir. Il pouvait aussi vivre, mais à peine. Il risquait des séquelles permanentes. Il pouvait aussi récupérer totalement. Je voulais croire que la dernière option était la plus probable, mais je n'en savais rien du tout. Blake et Vickers avaient eu l'air pessimistes lorsqu'ils avaient évoqué son cas.

J'ajoutai du lait, plus trop certaine d'avoir envie de thé mais concentrée sur sa préparation. Essayaient-ils de me faire culpabiliser pour me pousser à leur confier tout ce que je savais ?

Je m'assis à la table de la cuisine et regardai la vapeur s'élever au-dessus de ma tasse. L'ironie était que malgré ma colère envers Vickers j'avais tendance à être d'accord avec lui. Je me sentais bel et bien coupable. Si je m'étais montrée un tant soit peu plus sympathique avec Geoff… Si, lorsque j'avais eu l'impression d'être épiée, je l'avais signalé à quelqu'un… Si j'avais porté plainte après mon agression… Alors tout aurait pu être différent. Bien que je n'aie rien fait pour me mêler à tout ça, je me trouvais, d'une manière ou d'une autre, au cœur des événements. J'aurais bien aimé comprendre pourquoi.

1993
Disparu depuis dix mois

Un merle picore dans la pelouse par une belle soirée d'avril. Installée sur le pas de la porte, j'agite mes orteils dans mes chaussures. Les règles sont très claires : j'ai la permission d'être assise là, mais pas de quitter le jardinet devant la maison. Si jamais quelqu'un m'adresse la parole, je dois rentrer prévenir maman. À force d'être mise en garde contre les gens, je suis devenue très timide.

L'oiseau est magnifique, il a un plumage brillant et des yeux ronds orangés qui me fixent sans cligner, il sautille dans le gazon, en arrache quelques petites touffes de mousse. Il construit un nid dans le houx des voisins et rapporte tout ce qu'il peut à sa femelle à plumes brunes, chargée de l'édification. Elle l'encourage sans cesse de ses chants. Je me protège les yeux, pour essayer de l'apercevoir à travers les branches, lorsqu'une voix me salue. Le merle file dans un bruissement d'ailes paniqué. Je bondis sur mes pieds, prête à foncer à l'intérieur, mais l'homme au bout de l'allée paraît amical. Il tient un chien en laisse, un setter roux qui saute de tous côtés avec excitation en remuant la queue.

— Belle soirée, n'est-ce pas ?
— Oui, dis-je, presque sans émettre un son.

— Tu habites ici ?

J'opine.

— Je viens d'emménager dans la rue. Au numéro dix-sept.

Il désigne la maison de la tête.

— J'ai une petite fille qui doit avoir le même âge que toi, elle s'appelle Emma. Elle a neuf ans, et toi ?

— Moi aussi.

— Super. Eh bien tu pourrais passer jouer avec elle, un de ces jours. Elle cherche une nouvelle copine.

Je hoche la tête, ravie. Une nouvelle copine. Je m'imagine déjà une fille aussi brune que je suis blonde, une fille qui n'aurait pas peur du vide ni des araignées, une fille qui aimerait les histoires d'animaux, la danse classique, se déguiser pour jouer des scènes lues dans des livres…

Derrière moi, la porte s'ouvre avec une telle violence qu'elle claque contre le mur à l'intérieur de la maison.

— Fichez-moi le camp !

Le visage de ma mère est contorsionné, à peine reconnaissable.

— Laissez ma fille tranquille !

L'homme recule et tire son chien derrière lui, choqué, raide.

— Je suis désolé… Je… j'aurais dû réfléchir. Mais en fait… Nous venons d'emménager dans la rue et…

— Il a une fille, dis-je à ma mère, souhaitant qu'elle comprenne et qu'elle cesse de le regarder avec ces yeux.

— Et vous ne lui apprenez donc pas à ne pas parler aux inconnus ? Vous ne vous préoccupez pas de sa sécurité ?

Elle parle trop fort.

L'homme s'excuse rapidement et s'éloigne. Il ne dit pas au revoir. J'espère qu'il reviendra avec sa fille, que nous pourrons tout de même être amies une fois que je lui aurai expliqué pour maman, Charlie et la règle.

Ma mère attend qu'il ait disparu hors de notre vue puis m'attrape violemment par le bras.

— Toi, tu rentres et tu files dans ta chambre ! Je t'ai dit de ne parler à personne.

— Mais… commencé-je, tenant à m'expliquer.

— À l'intérieur, j'ai dit !

Elle me tire par la porte et me pousse jusqu'à l'escalier. Elle me lâche le bras au moment où je suis en déséquilibre, je tombe et me cogne la tête contre la rambarde. Je me mets à crier, fort, pour que papa, ou maman, vienne me consoler, d'une manière ou d'une autre.

Ma mère, adossée à la porte, a les mains sur la bouche. Ses yeux sont ronds, sa peau semble vibrer sous les tremblements qui l'agitent. Je sens un mouvement sur ma gauche. Mon père se trouve sur le seuil du salon, ses yeux ne sont pas sur moi, mais sur elle. J'arrête de hurler, mais j'émets un gémissement continu pour rappeler à mon père que je suis là, par terre, et que je souffre.

— Laura, dit-il d'une voix qui ne semble pas la sienne. Ça ne peut pas continuer comme ça. Tu fais du mal aux gens. Tu fais du mal à Sarah. Il faut que tu arrêtes.

Maman se laisse glisser au sol, en boule, ses épaules se secouent. Elle murmure, si bas que je l'entends à peine :

— Je ne peux pas…

Mon père se tient les cheveux.

— Ça ne peut plus durer, répète-t-il. Je ne peux plus vivre comme ça.

Puis il fait demi-tour et claque la porte derrière lui, nous abandonnant là, elle et moi.

Au prix d'un gros effort, je me relève et monte dans ma chambre, ma mère reste dans l'entrée. Je me rends dans la chambre de mes parents où je découvre mon visage, rougi et tourmenté, dans le miroir. Mes yeux sont grands, brillants de larmes. Déjà la bosse apparaît au-dessus de mon œil droit et cinq marques rouges encerclent mon bras, surmontées de cinq demi-lunes écarlates, les traces laissées dans ma chair par les ongles de ma mère. Logée dans ma gorge, douloureuse et tout en angles saillants, la conviction qu'elle ne m'aime pas, que je l'ai déçue une fois encore. Je déglutis, et le sentiment descend jusque dans mon ventre, où il forme une masse solide. Je ne sais pas trop ce qui s'est passé entre mes parents, mais je sais que c'est ma faute. J'ai désobéi à ma mère, j'ai manqué à mes engagements. À partir de maintenant, je serai sage. Je serai plus que sage. Je serai parfaite. Et je ne la décevrai jamais plus.

11

Il était plus de 8 heures lorsque je me résolus à contacter Saint Martin's, où avait été emmené Geoff, d'après ce que m'avait dit la police. Cet établissement, le plus grand des environs, datait de l'époque victorienne, mais il avait été restructuré dans les années 1960 avec toute la brutalité que cela impliquait. Il occupait un vaste site à proximité d'une double voie rapide, comptait un important service d'urgences et d'innombrables bâtiments abritant différents pôles spécialisés. Quelle que soit la gravité de ses lésions à la tête, Geoff avait toutes les chances avec lui dans cet endroit.

Assise à la table de la cuisine, j'avais regardé les aiguilles tourner autour de la pendule, souhaitant appeler tout en craignant de le faire, au cas où j'apprendrais une mauvaise nouvelle, au cas où il aurait succombé à ses blessures. Ce n'était pas par hypocrisie que je voulais qu'il vive. Jamais je n'aurais souhaité la mort de Geoff simplement pour qu'il me laisse tranquille.

Si l'offre de soins de Saint Martin's était de qualité, le standard, lui, laissait à désirer. Le temps qu'on me transfère aux urgences, je tremblais de la tête aux pieds. Une femme à l'accent sud-africain m'informa que oui, Geoff Turnbull comptait bien parmi leurs patients et que non, il n'avait pas encore repris connaissance. Elle ne pouvait rien me préciser de plus à propos de son état pour le moment.

— Oh, s'il vous plaît… suppliai-je, tendue par l'abus de caféine et les récents événements.

— Je ne peux pas parce que je viens de prendre mon poste, dites, répliqua-t-elle, apparemment irritée. Je vous ai dit tout ce que je sais.

— D'accord, abdiquai-je. Puis-je lui rendre visite ?

Un infime blanc s'ensuivit.

— Si vous voulez, concéda la voix, comme si c'était la requête la plus bizarre qu'elle ait jamais entendue.

Son accent faisait traîner la seconde syllabe du verbe, conférant à sa réponse un ton incrédule.

Je la remerciai puis raccrochai, bêtement rassurée. Tant que Geoff n'était pas mort, il y avait de l'espoir. Même s'il ne se réveillait pas immédiatement, je pourrais veiller à son chevet, ce qui me donnerait quelque chose à faire. Cela soulagerait peut-être même mon sentiment de culpabilité.

Saint Martin's se trouvait trop loin pour que je puisse m'y rendre à pied. Plutôt que d'appeler un taxi ou de me plonger dans le plan des bus, je contactai une fois de plus Julie. C'était plus simple. Sans compter qu'elle me devait bien ça. Je l'avais à plusieurs reprises tirée d'embarras après des soirées qui avaient mal tourné. Le moins qu'elle pouvait faire était me rendre la pareille.

À l'instant où elle se gara devant chez moi, je constatai qu'elle n'était pas de bonne humeur. Elle ne m'adressa pas un sourire tandis qu'elle me regardait approcher de la voiture. Pas de maquillage. Cheveux emmêlés attachés en queue-de-cheval. Sweat-shirt à capuche et pantalon de survêtement. Julie au naturel, tombée du lit.

— Je te remercie, vraiment, dis-je en prenant place côté passager.

Elle conduisait une Toyota qui avait connu des jours meilleurs. Des boîtes de mouchoirs et des CD en vrac jonchaient la banquette arrière. Le tissu au plafond, juste au-dessus de sa tête, était strié de mascara, à cause de l'habitude qu'elle avait de se maquiller aux feux rouges : la brosse rencontrait souvent le plafond lorsqu'elle faisait de grands mouvements vers le haut pour séparer ses cils à l'aide d'un ongle. On aurait dit des traces d'araignées écrasées.

— T'as plutôt intérêt à me remercier. Je n'arrivais pas à y croire, quand j'ai vu l'heure.

— Désolée, m'excusai-je, pas tout à fait sincère.

— Alors, à quelle heure est ton rendez-vous, au fait ?

— Euh… 9 h 30.

Je lui avais fait croire que je devais subir un examen à l'hôpital et que ma voiture était au garage. Cela m'avait paru plus simple que d'expliquer pourquoi j'allais rendre visite à Geoff alors qu'elle savait très bien ce que je pensais de lui. À l'idée de la conversation que cela aurait entraîné, mon niveau de stress avait grimpé d'un cran. Le mensonge m'avait semblé la seule option viable. Maintenant que je me trouvais avec elle, cela dit, j'hésitais à me confier. Julie était ma seule amie, après tout. Le problème était que je ne voyais pas par quel bout prendre toute l'histoire. Je n'avais jamais eu assez confiance en elle pour lui dire la vérité à propos de ma famille, tout ce qui faisait de moi celle que j'étais, et ça ne me paraissait pas le bon moment pour tout déballer.

— Ta bagnole est vraiment pourrie, déclara-t-elle en changeant de vitesse. Tu devrais en racheter une.

Il fallait surtout que je récupère le double de ma clé, que tante Lucy ne m'avait pas encore renvoyé. Elle m'avait promis que je le recevrais le surlendemain, lundi. En attendant, je supposais que ma voiture était toujours garée près de chez les Shepherd. Je n'avais guère envie d'aller vérifier.

— Tu t'angoisses ?

Julie me dévisageait avec une inquiétude réelle, quoique tardive. Je me rendis compte que je me mordillais la lèvre.

— Pas vraiment, il s'agit juste d'une visite de routine, pour mon dos.

— J'ignorais que tu avais des problèmes de dos. En général, c'est plutôt les grands qui ont ça, non ? J'ai bien remarqué que tu boitais un peu, en sortant de chez toi, mais tu souffres depuis longtemps ?

— Un bout de temps, répondis-je en me tournant vers ma vitre.

Nous n'étions plus très loin, désormais. La circulation était dense ; en ce beau samedi matin, tout le monde était en route vers les magasins. Julie se joignit à une file de voitures immobilisées, jeta un coup d'œil à l'horloge sur son tableau de bord.

— On a le temps, ça va aller.

— Euh, oui.

Je n'ajoutai rien, Julie alluma la radio et se mit à chanter sur une chanson que je ne connaissais pas :

— « Oh, parce que tu m'as menti… Ne me dis pas le contraire… »

Nous parvînmes enfin à quitter le bouchon pour nous engager sur la sortie qui menait à l'hôpital. Après avoir franchi le portail, Julie s'arrêta devant un panneau indiquant les directions d'une vingtaine de services.

— C'est par où ?

Je fixai les différentes flèches d'un air absent, en lisant désespérément les dénominations. Les urgences se trouvaient sur la gauche.

— À gauche, s'il te plaît.

Le véhicule resta sur place.

— Tu es sûre ? s'enquit Julie, sourcils froncés. Tu ne vas pas aux consultations ?

— Hum, non… Le spécialiste que je dois voir a ses bureaux près des urgences, improvisai-je maladroitement. D'ailleurs, c'est là que je vais.

— Ah bon ? C'est super bizarre. En général, c'est complètement séparé, non ?

J'opinai, en espérant qu'elle cesserait de me poser des questions pour me conduire jusque là-bas.

Elle me regarda en soupirant.

— Allez, tu as gagné. Pour toi, j'abandonne le reste ma matinée.

— Quoi ? !

— Je t'accompagne. Tu as réellement une sale tête, Sarah. Je ne sais pas si c'est les nerfs ou quoi, mais tu as l'air de ne pas avoir fermé l'œil de la nuit et puis je te trouve très silencieuse…

Elle me tapota le genou.

— Ne t'en fais pas, ça ne me dérange pas du tout. Je me gare et on y va toutes les deux…

— Non ! m'exclamai-je en commençant à paniquer. S'il te plaît, Julie... Je préfère vraiment y aller seule.
— D'accord... Désolée de te l'avoir proposé. Je croyais t'aider.

Blême de rage, elle arrêta la voiture sur le stationnement minute, avant la zone réservée aux ambulances.

— J'imagine que tu te débrouilleras pour rentrer, après ta... *consultation*.
— Ça ira.

Je choisis d'ignorer l'accent placé sur le dernier mot ; j'avais deviné qu'elle ne me croyait pas. Je n'étais pas digne de son amitié. Mais ce qui comptait pour l'instant, c'était de découvrir comment allait Geoff, et ce qui s'était passé. J'attrapai mon sac, ouvris la portière et lançai :

— Merci de m'avoir amenée !
— Je ne sais pas ce qui se passe, Sarah, remarqua Julie, les yeux fixés droit devant elle, mais tu devrais y réfléchir. Quel que soit le problème, tu as intérêt à t'en débarrasser avant qu'on reprenne le boulot, OK ?

Je ne lui répondis pas, mais m'arrêtai dans l'allée qui menait vers l'entrée de l'hôpital pour la regarder s'éloigner, espérant un signe de sa part, espérant qu'elle voudrait bien me pardonner. Et Julie étant ce qu'elle était, elle s'en alla sur un sourire.

À l'intérieur, je me mis au bout de la queue des patients potentiels qui assaillaient la réceptionniste de leurs problèmes, d'une ahurissante variété mais aucun suffisamment original pour leur éviter de devoir prendre place sur une chaise en plastique orange dans l'attente d'être pris en compte. Des doubles portes nous séparaient de la terre promise où étaient dispensés les soins, mais, bien que le personnel médical ne cessât d'aller et venir à la façon des abeilles par beau temps, aucune des personnes présentes dans la salle d'attente ne semblait jamais en mesure d'y accéder. Les chaises se remplissaient. Le service des urgences était ici bien plus important que celui du petit centre de santé où j'échouais généralement avec ma mère, mais il n'en paraissait pas plus efficace pour autant.

Le visage de la réceptionniste s'éclaira derrière sa vitre de protection lorsqu'elle me vit arriver jusqu'à elle, enfin. Contrairement à la plupart des personnes qui faisaient la queue, je n'étais ni couverte de sang ni en plein délire post-traumatique. J'avais même une requête très claire à faire valoir : je voulais simplement voir Geoff. Ce qui ne l'empêcha pourtant pas de se lancer dans son baratin éculé à propos des chaises en plastique sur ma gauche. À cet instant, un médecin vêtu d'une blouse bleue froissée surgit par la double porte et l'interrompit :

— Karen, tu as réussi à joindre la famille de Geoff Turnbull ?

— Je n'ai pas eu le temps de m'en occuper, répondit-elle froidement en désignant la file. Je suis légèrement surbookée, comme tu peux le voir.

Avec un soupir, le docteur passa sa main dans ses cheveux hirsutes.

— Il va falloir qu'on les prévienne si on doit opérer.

C'était ma chance.

— Je peux peut-être vous aider…

— Qui êtes-vous ?

Le médecin me regarda de haut. Il avait un long nez pointu. Je me fis l'effet d'être un insecte observé par un oiseau affamé.

— Je suis une collègue de Geoff. Enfin… une amie. Je pourrais trouver le numéro de ses parents à l'école où nous travaillons. Si vous le souhaitez, bien sûr.

L'homme, qui avait de très grosses valises sous les yeux, agita la main en direction de Karen.

— Oh, ne vous en faites pas. C'est son boulot, en réalité. Ce pour quoi on la paie.

Il s'attira un regard venimeux de la réceptionniste, ce qui ne parut pas le déranger.

— Laissez-lui donc les coordonnées de l'école, cela dit, ajouta-t-il avec un petit sourire. Ça lui facilitera la vie.

Je les griffonnai sur un bout de carton que la demoiselle m'avait glissé sous l'Hygiaphone.

— Vous serez en contact direct avec la secrétaire à son domicile, si vous téléphonez là, expliquai-je.

L'un des griefs de Janet était qu'elle devait prendre les appels urgents le week-end. Ceci comptait sans aucun doute comme une urgence, selon moi.

— Merci.

Karen m'adressa un sourire reconnaissant lorsque je lui redonnai le papier sous la vitre. Puis son visage reprit sa moue à destination du médecin.

Celui-ci s'adressa à nouveau à moi :

— Vous êtes venue voir M. Turnbull ?

— Euh, oui, si c'est possible.

Avec un hochement de tête, il ouvrit une des doubles portes et franchit le seuil, s'attendant à ce que je lui emboîte le pas. Je me précipitai.

— Il faut aller jusqu'aux soins intensifs. Je suis le docteur Holford, au fait.

— Sarah Finch, répondis-je, un peu essoufflée.

L'homme, grand et maigre, se déplaçait avec rapidité. Il me fallait déployer beaucoup d'efforts pour parvenir à le suivre. Nous traversâmes les urgences au pas de course, les couloirs s'enchaînant aux couloirs. Des flèches sur le sol pointaient vers la radiologie, l'hématologie. Le Dr Holford semblait emprunter son raccourci personnel vers les soins intensifs. Jamais je ne réussirais à sortir de là toute seule. Je commençais à regretter de ne pas avoir emmené Julie avec moi. Ou bien une pelote de laine.

— Il n'est pas en grande forme. Nous le gardons en observation pendant vingt-quatre heures. Si l'hématome au cerveau ne se résorbe pas, nous serons forcés d'opérer.

Le médecin avait un ton abrupt, les phrases sortaient de sa bouche en rafales courtes, comme si elles enflaient en lui avant d'exploser.

— Et vous êtes sa petite amie, c'est ça ?

J'hésitai, craignant de ne pas être assez proche de lui pour être autorisée à le voir.

— Euh… Pas loin, tranchai-je finalement.

— Son état est très aléatoire. Je ne vais pas vous mentir. Les prochaines heures sont critiques. Ne vous attendez pas à le trouver assis dans son lit, prêt à discuter avec vous.

Je tentai d'imaginer mes sentiments si j'avais été émotionnellement impliquée avec Geoff, si nous sortions ensemble, si j'étais amoureuse de lui. Les manières brusques du Dr Holford me rassureraientelles ? Ou m'insupporteraient-elles ? Serais-je en larmes ?

Il s'arrêta devant une porte marquée *USI*. Le jeune docteur entra le code permettant d'accéder à la chambre. Dès lors que nous eûmes franchi le seuil, le niveau sonore parut baisser de façon radicale et immédiate. L'éclairage était tamisé ici, contrairement au reste de l'hôpital, écrasé sous les lumières crues. Six box précédaient un poste central, où étaient installées deux infirmières, pour l'heure occupées à remplir des graphiques. À la vue du Dr Holford, toutes deux affichèrent un grand sourire.

— Vous tenez le coup ? s'enquit l'une.

— Pas terrible, lui répondit-il, avant de se tourner vers moi pour me préciser : J'enchaîne deux gardes de suite. Mais j'en vois le bout. J'ai eu vingt-cinq minutes de sommeil ces dernières vingt-deux heures.

Ce qui expliquait ses yeux rouges et son air d'être au bout du rouleau. J'opinai avec un sourire peu convaincu, perdant tout intérêt pour cette conversation, car je venais de repérer un homme que je connaissais, au fond de la pièce, assis sur une chaise devant un des box, plongé dans un journal. Je l'avais aperçu à côté de Blake à l'église lors de la cérémonie à la mémoire de Jenny. Un grand costaud avec un nez de boxeur, qui semblait affreusement mal installé, ainsi perché sur sa petite chaise, une jambe étendue devant lui. Le Dr Holford passa délicatement par-dessus, ce qui accentua encore son air de cigogne.

— Voici le patient, annonça-t-il en me faisant entrer.

Je me faufilai à côté du policier sans lui adresser la parole, craignant qu'il ne m'empêche d'approcher ou ne veuille savoir à quel titre j'étais là. J'évitai de croiser son regard, bien que je sentisse le sien me suivre à travers la salle. J'accédai au pied du lit, m'attendant à tout moment à ce qu'on me demande de m'arrêter ou que l'on me somme de m'expliquer. Le Dr Holford vérifiait les machines qui gargouillaient toutes seules de chaque côté du lit, ce qui me permit d'observer Geoff à loisir. Je fus soulagée d'avoir un instant ou deux pour me ressaisir, car ce que j'avais sous les yeux était effroyable.

Si le médecin ne m'avait pas dit qu'il s'agissait de Geoff, je ne l'aurais pas reconnu. Son visage enflé luisait sous les ecchymoses. Ses paupières étaient noires et empourprées par le sang. Un tube à oxygène entrait dans son nez, tandis qu'un autre tirait sur la commissure de ses lèvres. Sa tête était entourée de bandages au point que seule une touffe de cheveux emmêlés surgissait au sommet de son crâne. Le contraste était horrible avec le bas du corps : Geoff, obsessionnel de la beauté plastique, était à la fois mince et doté d'une musculature d'athlète. Il était torse nu, ses bras posés par-dessus les couvertures, paumes vers le bas, inertes.

Je dus émettre un petit bruit malgré moi, car le Dr Holford se tourna vers moi.

— Je vous avais prévenue. Ce n'est pas très beau à voir, n'est-ce pas ?

Je m'éclaircis la gorge.

— Comment va-t-il ? Est-ce que son état… s'améliore ?

— Pas de changement.

Le médecin m'observa, et je vis son visage s'adoucir. Il y avait chez lui de la gentillesse, doublée d'une intelligence redoutable.

— Écoutez, pourquoi vous ne vous asseyez pas pour passer un peu de temps avec lui ? Parlez-lui, si vous voulez.

— Est-ce que ça pourra l'aider ?

— Ça pourra vous aider, vous.

Il quitta la salle au pas de charge, après avoir marmonné quelque chose aux infirmières au passage.

Il régnait une chaleur étouffante aux soins intensifs. J'ôtai ma veste et la posai sur mon bras. Je ne me sentais pas vraiment prête à m'installer sur la chaise à la tête du lit. Ce siège était là pour ceux qui menaient la bataille aux côtés du personnel soignant à l'aide de prières et de promesses murmurées, à coups de marchandages pour empêcher l'être aimé de leur échapper. C'était bien la première fois que je me portais volontaire pour passer du temps en compagnie de Geoff. Je n'allais pas mentir, le fait qu'il soit dans le coma aidait beaucoup.

J'approchai de la chaise, déposai ma veste et mon sac à main sur le sol en guettant la moindre réaction au bruit. Il ne cilla pas.

J'entendis une des infirmières réprimander le policier à l'extérieur. Elle avait un accent antillais prononcé :

— Non, mon cher. Pas de portable ici. Vous connaissez la règle.

Je m'assis du bout des fesses. De là, je pus voir l'imposante carcasse de l'agent plié par-dessus le comptoir du poste des infirmières de manière à utiliser leur téléphone, une main collée à l'oreille. Le cuir de sa veste plissait à la courbure de son dos, les coutures étaient tendues comme une voile de bateau par grand vent.

À ce moment, l'infirmière pénétra dans le box, interrompant mon observation.

— Vous pouvez lui tenir la main, mon chou, n'ayez pas peur, me dit-elle.

Ce geste était à peu près la dernière chose que j'avais envie de faire, mais je ne pouvais l'avouer devant cette dame. Elle attendit, m'encourageant de son sourire. Avec hésitation, je tendis la main et la posai sur la sienne. Son contact était chaud et sec, poisseux également. Sale. Je tournai sa paume vers le haut, très doucement, et découvris de la crasse noirâtre incrustée dans les lignes de sa main et le bout de ses doigts, où elle soulignait les volutes et les stries de ses empreintes digitales. De la terre, mais aussi du sang séché. Ses ongles en étaient pleins. Dans un frisson, le cœur au bord des lèvres, je reposai sa main.

Et cela s'était produit devant chez moi. Peut-être même à cause de moi.

Je m'appuyai au dossier, croisai les bras, en serrant fort la main qui venait de toucher celle de Geoff, jusqu'à ce que mes ongles s'enfoncent dans ma chair, pour tenter d'effacer le souvenir de sa peau chaude et légèrement collante contre la mienne. Je la sentais encore, comme un amputé son membre fantôme, un spectre irritant qu'il est impossible d'ignorer. Je fixai le mur face à moi, regrettant qu'il ne soit pas percé d'une fenêtre. Qui avait pu choisir cette teinte de beige, si peu ragoûtante, pour décorer le service ? Je me demandais ce que je faisais là. Je me demandais si Geoff s'en remettrait, s'il me pardonnerait jamais, si je me pardonnerais un jour.

J'ignore depuis combien de temps je me trouvais assise là lorsque j'entendis Andy Blake ; assez longtemps, sûrement, mais on avait du mal à ne pas oublier l'heure dans cet espace de privation sensorielle qu'est une unité de soins intensifs. Blake s'adressait à l'agent devant la porte, d'une voix si basse que je parvenais seulement à en distinguer le ton, qui était grave. Je reconnus la voix avant de le voir et, lorsque je me penchai pour tenter de l'avoir en ligne de mire, je découvris que les deux policiers me regardaient. Une hostilité non déguisée se lisait sur le visage buriné du plus âgé. Blake avait les sourcils froncés. Sans me saluer, d'un coup de coude il signala au planton de le suivre hors de la pièce. Je me sentis agacée, puérilement vexée, et fus prise d'une envie de leur courir après pour leur dire : « Je n'écoutais même pas ! Je me fiche de ce que vous avez à dire sur moi. Ça ne *m'intéresse* pas ! »

À côté de moi, Geoff dormait toujours. Ses parents avaient donné leur accord pour l'opération, le Dr Holford était passé quelques minutes avec le chirurgien pour l'examiner. Je n'arrivais pas à me sortir de la tête que Geoff n'en serait pas là si j'avais géré les choses différemment. Si j'avais été plus douée pour dire non. Si je l'avais laissé entrer. S'il en avait trouvé une autre à harceler. Si j'avais été enseignante dans une école différente. Si j'avais choisi une tout autre profession. La culpabilité pesait sur mes épaules comme un fardeau. Toute conversation m'aurait été impossible. Je m'étais adossée au mur, tandis que les infirmières s'affairaient de leurs petits pas pressés sans m'embêter ni me faire d'histoires. Dans le box voisin gisait un homme ayant chuté d'un échafaudage de grande hauteur non sécurisé ; il était entre la vie et la mort. De l'autre côté du service, une crise cardiaque foudroyante survenue au cours d'un repas était désormais sous contrôle. Les visiteurs affluaient dans l'une ou l'autre chambre, blêmes de terreur ou roses de soulagement. À part moi, il n'y avait personne pour Geoff. Je ne connaissais pas ses amis. Ses parents étaient trop âgés pour venir lui rendre visite, m'avait informée le personnel soignant. J'ignorais s'il avait des frères et des sœurs. Je ne savais absolument rien de lui, sinon qu'il m'appréciait, qu'il aurait souhaité que ce soit réciproque et que nous avions l'un comme l'autre mal négocié cet état de fait. Je commençais à accepter l'idée que j'avais réagi de manière disproportionnée. Je me repassai mentalement tout ce qu'il avait pu me dire – ou faire – et envisageai les choses sous un jour nouveau. Il ne pensait pas à mal, en conclus-je. Il n'avait pas voulu me nuire…

Un petit coup à la porte derrière moi me fit sursauter.

— Pardon de vous interrompre… je peux vous parler ?

C'était Blake, l'air sérieux.

Je me levai lentement et étirai mes membres raidis par la position assise. Son choix de mots m'irrita immédiatement. Que croyait-il interrompre ? D'ailleurs, que me voulait-il ? Je sentais la mauvaise humeur monter en moi comme un nuage noir, je lui emboîtai néanmoins le pas jusqu'à une porte marquée *Salle des proches*. Le *s* du mot *proches* avait été ajouté au Tippex. Le panneau vitré avait été soigneusement dissimulé derrière un rideau vert terne, pour permettre une certaine intimité. La pièce, exiguë, encombrée de meubles, était au moins équipée d'une fenêtre, laquelle donnait sur la cheminée d'un incinérateur qui expulsait pour l'heure une fumée gris foncé dans le beau ciel bleu.

Blake attendit près de la porte, prit bien soin de refermer derrière moi. Je contournai les chaises et la table basse pour me diriger vers la fenêtre et enfin voir l'extérieur.

— C'est un peu une surprise de te trouver ici.

Je ne me retournai pas.

— Pourquoi es-tu étonné ?

— Je croyais que tu ne l'aimais pas, répondit-il avec décontraction.

— Effectivement, je ne l'aime pas.

— Tu veux bien me regarder, s'il te plaît ?

Si la formulation évoquait une question, il s'agissait en réalité d'un ordre. Je m'exécutai et m'assis sur le rebord de la fenêtre. Blake s'était installé face à la table basse. Je pris soudain conscience que l'espace avait été réaménagé en une sorte de salle d'interrogatoire. C'était pour cette raison que les chaises semblaient toutes bousculées et les meubles disposés de manière si aléatoire.

— Prends un siège, dit Blake en désignant le fauteuil situé en face de lui.

Butée, je résistai :

— Je préfère rester debout. Je suis assise depuis un bout de temps.

— Vraiment ?

— Oui, fis-je, d'un ton sec. J'ai eu envie de voir comment allait Geoff. Il… il n'a personne d'autre.

Blake s'appuya contre le dossier de sa chaise basse, les mains derrière la tête.

— Ah, je vois. Encore un dont tu t'estimes responsable, n'est-ce pas? Pas étonnant que je te trouve ici en train de jouer l'infirmière de service.

— Qu'est-ce que tu insinues?

Le sang m'était monté au visage d'un coup. Heureusement, j'étais à contre-jour.

— C'est ton truc, non? Il arrive un malheur à une de tes connaissances et tu veux aussitôt arranger les choses…

Je l'interrogeai du regard.

— De quoi parles-tu?

— Eh bien, de ce petit incident avec ton frère, par exemple…

Il tira de sous sa chaise le journal que lisait son collègue. C'était un tabloïd sur lequel s'étalait un titre en caractères gras. De là où je me tenais, je parvins à déchiffrer les mots qui barraient la double page: LA TRAGÉDIE D'UNE JEUNE PROFESSEURE: «J'AI DÉCOUVERT JENNY, MAIS JE N'AI JAMAIS PU RETROUVER MON FRÈRE.» La manchette surmontait une photo de moi en gros plan devant l'école, le regard soucieux, tourné loin de l'objectif.

— Quand comptais-tu nous parler de ça? demanda Blake en me le tendant.

Quittant ma fenêtre, je traversai la pièce pour lui prendre le journal des mains sans même donner l'ordre à mes jambes de se mouvoir. Cette garce de Carol Shapley! Elle avait dû travailler avec une rapidité remarquable pour réussir à sortir cette interview aussi vite. On était loin du papier bienveillant qu'elle m'avait promis.

Sarah Finch, éplorée, s'étrangle lorsqu'elle évoque devant moi la découverte du corps de son élève préférée. Elle-même frappée par une tragédie, elle connaît la douleur d'une telle perte. «Je sais ce que doit ressentir la famille de Jenny, pleure-t-elle. Mais au moins, ils ont un corps à enterrer. »

— Je n'ai jamais dit ça, marmonnai-je pour moi seule, tout en parcourant les paragraphes à toute vitesse.

Tout y était : la disparition de Charlie, la dépression nerveuse de ma mère, la mort de mon père, celle de Jenny, mais l'histoire était méconnaissable, habilement tournée, désarticulée en morceaux facilement digérables par un lectorat avide. Ma lecture se poursuivit sur une troisième page où l'article se confondait en supputations sur ce qui avait pu arriver à Jenny et en vœux pieux quant à l'avenir de ses parents, que m'attribuait Carol. («J'espère qu'ils resteront ensemble et qu'ils se soutiendront. Même s'ils surmontent cette épreuve, ils n'oublieront jamais. ») Après avoir lu les dernières lignes, je fermai les paupières quelques secondes. Je n'avais pas besoin de revenir sur le texte lui-même, j'aurais sûrement été capable de le réciter mot pour mot, cependant je remontai jusqu'au titre et contemplai la page sans la lire. Je n'étais pas le moins du monde pressée de lâcher le quotidien pour croiser le regard fixe que je savais posé sur moi.

— Je m'excuse de ne pas avoir parlé de mon frère, mais je ne voyais pas le rapport, dis-je enfin en m'asseyant et en serrant mes genoux contre moi, pour me rassurer.

Ses sourcils remontèrent brusquement.

— Ah non ? J'aurais aimé être au courant, avant les médias en tout cas. Comment l'ont-ils appris, d'ailleurs ?

D'une voix morne, je lui racontai Carol, sa persévérance. J'expliquai comment j'avais eu l'impression de ne pas avoir d'autre choix que de coopérer avec elle.

— Elle m'a menti, dis-je en donnant une pichenette dans le journal ouvert sur la table. Elle m'avait promis de ne pas mentionner mon nouveau nom, ni quoi que ce soit qui permettrait de m'identifier. C'est pour cette raison que la photo n'est pas posée. Je ne sais pas quand ils ont pris celle-là. Sûrement le jour où les journalistes étaient tous plantés devant l'école, le lendemain de la découverte du corps de Jenny…

— Le lendemain du jour où *tu* l'as découverte, souligna Blake.

Je levai la tête.

— Et alors ?

Il ne me répondit pas directement, se contentant de regarder par-dessus mon épaule, une expression exaspérée sur le visage.

— Écoute, ne crois pas voir plus qu'une coïncidence dans toute cette histoire, dis-je en m'échauffant de nouveau. Je n'ai jamais parlé de Charlie, à personne. Je ne parle pas de lui, jamais. Ce n'est pas le genre de sujet que l'on glisse facilement dans une conversation, tu vois ? Je ne m'attends pas à ce qu'on se soucie de savoir que mon frère a disparu et que je ne m'en suis jamais remise. C'est arrivé. J'ai dû vivre avec étant petite, je dois vivre avec aujourd'hui, mais la différence c'est que la plupart des gens ne s'en souviennent pas ni ne s'en préoccupent. Alors au moins, ce que je ressens relève du domaine de l'intime.

J'étais d'ailleurs tellement habituée à refouler que je ne savais même pas comment m'ouvrir sur le sujet. La dissimulation était devenue une seconde nature chez moi.

Il haussa les épaules.

— Alors pourquoi être restée ici ? Ce doit être horrible, de vivre dans cette même maison.

— Ma mère, répondis-je simplement avant d'expliquer son besoin de continuer à habiter cet endroit où nous avions toujours vécu, au cas où Charlie réapparaîtrait par miracle.

Il secoua la tête.

— C'est justement de ça que je te parle. Si elle ne veut pas bouger, très bien. Qu'elle y reste. Pourquoi faut-il que tu t'infliges cela ? C'est une adulte. Ce n'est pas parce qu'elle a gâché sa vie qu'elle doit faire la même chose avec la tienne.

— Je ne peux pas la laisser tomber.

Je faisais courir le bout de mon ongle sur la couture de mon jean de manière obsessionnelle, absurde.

— Tout le monde l'a abandonnée. Je ne peux pas lui faire ça.

— Comme tu ne peux pas laisser Geoff dans le coma sans personne à côté de lui, asséna Blake. Ça ne m'a pas vraiment étonné de te trouver là, en réalité.

Il se pencha en avant.

— Tu te rends compte que si les choses avaient été différentes, si tu m'avais parlé de son comportement, il était bon pour une accusation de harcèlement ?

Je refusai de lever la tête.

— Tu n'as pas à te sentir désolée pour ce type, affirma Blake, dont le ton oscillait entre agacement et compassion. On pourrait même dire qu'il l'a bien cherché.

— Tu ne penses pas ce que tu dis.

Blake soupira.

— C'était un connard arrogant, Sarah, qui n'imaginait même pas qu'on puisse lui refuser quoi que ce soit. Tu te fais marcher dessus par tout le monde. Il faut que tu apprennes à te défendre.

Comme je tentais de ravaler les larmes qui me piquaient le haut du nez, Blake me tendit une boîte de mouchoirs, jusque-là posée sur une petite table.

— S'agit-il de ton opinion professionnelle ?

Je me montrais ouvertement ironique.

— Je m'excuse, répliqua-t-il d'un ton offusqué. Apparemment, j'ai du mal à m'en tenir au métier quand je m'adresse à toi.

Il s'ensuivit un bref silence gêné, au souvenir de son dernier manquement à ses devoirs professionnels vis-à-vis de moi. Je n'osai pas le regarder.

— Je m'étais promis de ne pas faire ça, dit Blake, presque pour lui-même. Mais le fait est, je ne te comprends pas. J'ignore pourquoi tu boites, comment tu t'es fait ce bleu sur ton visage. Je l'ai vu ce matin, alors pas la peine de le cacher maintenant. Je ne vois pas comment ça…

À cet instant il désigna vaguement la pièce autour de lui.

— … comment ça colle avec le fait que tu débarques chez moi l'autre soir.

Je me mouchai avant de répondre, choisis de m'attaquer d'abord à la seconde partie :

— Je suis désolée, à ce propos. Je n'aurais pas dû. C'était juste… J'avais besoin de faire un geste impulsif. De sentir quelque chose, pour changer. Ce soir-là, j'avais l'impression de m'enfoncer dans des sables mouvants. Tu as été ma bouée de sauvetage.

Je risquai un coup d'œil dans sa direction.

— Je pensais que ça ne te dérangerait pas.

Il haussa les épaules.

— Effectivement, ça ne m'a pas dérangé. Mais ce n'est pas de ça que je te parle.

— Écoute, ce qui s'est passé l'autre soir, c'était génial. Mais ce n'est pas ma vie. Ma vie, c'est aller à l'école, jour après jour, en espérant ne pas trop mal m'en sortir face aux élèves. Le soir, je rentre chez moi, sans jamais savoir à quoi m'attendre. Les bons jours, je corrige des copies pendant que ma mère boit jusqu'à s'endormir. Les mauvais… eh bien c'est à peu près pareil. Je n'aime peut-être pas ça, mais c'est ainsi. Pendant un instant, l'autre soir, j'ai eu envie d'une pause et j'ai été assez courageuse, assez idiote aussi, pour me l'octroyer. J'aurais sûrement mieux fait de coucher avec quelqu'un qui n'était pas impliqué dans l'enquête, mais je…

Je m'interrompis ; j'étais incapable de prononcer les mots suivants dans cette petite pièce glauque et morne. *J'avais envie de toi.* C'était trop.

— Comme je te l'ai dit, je n'y ai vu aucun inconvénient.

L'esprit de Blake semblait ailleurs.

Je me rassis sur ma chaise.

— Tu peux me laisser, tu sais.

Je voulais dire : N'essaye pas de me comprendre. Ni de me soigner. Je suis bien trop amochée.

Cependant, lui crut que je parlais de Geoff.

— Tu ne vas quand même pas continuer à endosser le rôle de la demoiselle en détresse, j'espère ?

Il affichait une expression écœurée.

— Je ne te croyais pas comme ça, Sarah. Toutes les infirmières sont persuadées que tu traverses une grande tragédie, alors qu'en réalité tu adores te retrouver au centre de l'attention.

— Pas du tout ! m'indignai-je. Je voulais seulement…

— Une nouvelle raison d'éviter de vivre ta vie. Et s'il guérit, tu deviendras sa garde-malade attitrée ? Tu vas le suivre partout et le laisser décider de ta vie, comme il l'a toujours voulu ? Il va prendre la relève de ta mère et te faire marcher au pas sous ses ordres ?

— Je fais mes propres choix, répliquai-je, furieuse, en me levant. Tu ne les comprends peut-être pas, mais ce sont mes décisions. Personne ne me force à agir de la sorte. C'est comme ça que je suis. Et c'est la bonne chose à faire.

Il se mit debout lui aussi et contourna la table entre nous, avec rapidité, s'arrêtant si près de moi que nos visages se retrouvèrent séparés de quelques centimètres seulement.

— Continue donc de me mentir, et de te mentir à toi-même, comme ça peut-être, un jour, tu parviendras à te convaincre que tu es heureuse. Mais, tôt ou tard, tu vas le regretter.

— C'est mon problème, pas le tien.

Son regard était noir. La tête me tournait, j'avais l'impression d'être en chute libre.

— Ce qui s'est passé l'autre soir, la voilà, la réalité, énonça-t-il d'un ton neutre. C'est ainsi que tu devrais vivre. Avec ça.

Du bout de ses doigts, il effleura ma poitrine, juste au-dessus de mon cœur.

J'étais remontée contre lui et encore plus contre moi, mais à son contact j'oubliai tout, je me pressai contre lui, poussée par le besoin de le toucher, et je tendis mon visage vers sa bouche. Il m'embrassa sans la moindre chaleur, avec colère et frustration. Je m'en fichais. Cela n'avait aucune importance. Rien n'avait d'importance.

Une seconde après, il y eut un coup bref à la porte, qui s'ouvrit presque immédiatement. Nous nous séparâmes d'un bond, tout en sachant pertinemment que nous avions été vus et qu'il était trop tard.

— Désolée de vous déranger, intervint l'infirmière antillaise d'un ton profondément sarcastique. Votre patron au téléphone.

Blake jura à mi-voix, attrapa sa pile de documents, y compris le journal, puis se hâta de quitter la pièce, sans un mot pour l'infirmière ou pour moi. Je la regardai, pleinement consciente de la couleur de mon visage, et ne dis rien non plus.

— Hum-hum, fit-elle d'un ton qui en disait long, avant de s'en aller.

Il m'était impossible de rester au chevet de Geoff après ça. Je me faufilai jusqu'à sa chambre pour récupérer mes affaires. Je m'éclipsai en marmonnant quelques mots d'excuse à son intention. Quoi qu'en dise Blake, j'étais convaincue qu'il me faudrait rajouter Geoff à ma liste d'obligations ; j'avais une responsabilité vis-à-vis de lui, que cela me plaise ou non.

Ce n'était pas exagéré. Blake se trompait. Tellement typique de sa part de croire qu'il savait ce qui était mieux pour moi ! Non seulement j'étais gênée que l'infirmière m'ait surprise dans ses bras, mais j'étais aussi agacée de m'être une fois de plus jetée sur lui, de manquer à ce point de respect pour moi-même. Pourtant, mon corps, ce traître, vibrait encore sous le coup de l'excitation et de la frustration mêlées.

Je m'égarai un peu en quittant l'hôpital, désorientée sans les indications du docteur Longues-Jambes. Lorsque je trouvai enfin une porte ouvrant sur le monde extérieur, je la franchis avec un sentiment de libération, ravie de retrouver l'air frais. La journée était belle, lumineuse, la température agréable. Je protégeai mes yeux, éblouie par les reflets du soleil sur les pare-brise des véhicules garés sur le parking, hésitant sur la direction à prendre, et ne remarquai pas tout de suite la voiture qui s'arrêtait à ma hauteur.

— Sarah ! lança une voix joviale depuis le siège du conducteur. Où allez-vous donc ainsi ?

Je me penchai et découvris le visage du capitaine Vickers. Entre lui et moi se tenait Blake, le regard fixé droit devant lui, évitant délibérément de se tourner vers moi.

— Euh… Je rentre chez moi, répondis-je avec embarras.

— Nous allons justement dans votre coin, alors laissez-moi vous ramener, proposa Vickers. Allez, montez.

Je ne voyais pas trop comment refuser. Cela m'aurait obligée à longer la voie rapide sur trois kilomètres, ce qui n'avait rien d'une promenade de santé. Et Vickers ne m'aurait jamais crue si j'avais prétendu préférer rentrer à pied.

— Merci, dis-je finalement en grimpant à l'arrière, derrière Vickers.

Blake avait les oreilles toutes rouges, il ne se retourna pas. Je croisai le regard de Vickers dans le rétroviseur et reconnus cet air calculateur qu'il avait déjà lors de notre conversation au petit matin.

— Donc, j'aurais dû vous prévenir pour mon frère, énonçai-je d'un ton égal.

Les rides autour de ses yeux s'accentuèrent, il souriait, compris-je.

— Absolument. Mais je ne doute pas que vous ayez de bonnes raisons de n'en rien faire.

— Je ne tenais pas particulièrement à vous cacher quoi que ce soit. Je pensais juste que vous n'aviez pas besoin d'être au courant.

— À dire vrai, je le savais déjà, annonça Vickers.

Puis il fut pris d'une toux impressionnante qui dura une bonne vingtaine de secondes.

— Pardon, parvint-il enfin à articuler. Ne fumez jamais, très chère.

C'était ma journée, la police avait décidé de me noyer sous les conseils gratuits. Je souris poliment, l'esprit à cent à l'heure.

— Alors comme ça, vous saviez ?

— Je n'en suis pas à ma première enquête de ce genre, répondit le capitaine en me gratifiant d'un autre regard ironique dans le rétroviseur. Je me suis renseigné sur vous après votre déposition en tant que témoin. Ça n'a pas été très compliqué à découvrir. Une bien triste histoire.

— Et… ça ne vous dérange pas que je ne l'aie pas mentionnée ?

Je refusais d'évoquer Blake alors qu'il se tenait juste là, mais lui, en revanche, en avait fait toute une affaire, n'est-ce pas ? Pourquoi Vickers n'y accordait-il pas la moindre importance ? Et pourquoi n'avait-il pas pris la peine d'informer son équipe de ce détail ?

Le capitaine croassa :

— Un des enseignements que j'ai mémorisés, au fil des années, Sarah, c'est que chacun a un petit secret ou deux qu'il n'a aucune envie de partager avec la police. Certains méritent notre attention, d'autres pas. L'expérience vous indique ceux qui comptent. Tout n'est pas essentiel et j'essaie de déterminer ce que mon équipe a besoin de savoir, j'élimine le superflu pour eux. J'ai jugé que l'affaire de votre frère n'était pas pertinente pour nos investigations.

— C'est aussi ce que je me suis dit, répondis-je, gagnée par un immense soulagement.

— Mais vous nous le diriez, n'est-ce pas, poursuivit Vickers en s'engageant dans la rue, s'il y avait autre chose ? Fini les secrets, nous sommes d'accord ?

Je croisai une fois encore son regard dans le rétroviseur et cette fois je baissai les yeux la première. Je ne m'étais pas trompée, ce matin. Malgré la bonhomie et l'amabilité superficielle dont il faisait preuve, je ne lisais aucune confiance dans ses iris d'un bleu glacé. Vickers soupçonnait quelque chose et j'ignorais ce que cela pouvait être. Je ne répondis pas et nous fîmes le reste du trajet en silence. Ce fut l'un des silences les plus assourdissants qu'il m'ait jamais été donné d'entendre.

1994
Disparu depuis un an et huit mois

— Madame Barnes ! Madame Barnes !

Je connais cette voix derrière nous ; c'est celle de ma maîtresse, Mme Hunt. Je lève les yeux vers ma mère, en me demandant si elle l'a entendue et si c'est le cas, si elle s'arrêtera. Elle tourne la tête à contrecœur.

— Oui ?

Mme Hunt est hors d'haleine.

— Est-ce que vous pourriez… Est-ce que vous pourriez revenir… discuter avec moi rapidement… juste une seconde ?

Elle me regarde, la main sur la poitrine.

— Toi aussi, Sarah.

Ma mère lui emboîte le pas à travers la cour de récréation, je traîne les pieds derrière elle, en fixant ses chaussures. Gauche, droite, gauche, droite. Je sais ce que va dire Mme Hunt. Cette femme rondouillarde et grisonnante est mon institutrice depuis quelques mois maintenant, assez longtemps pour porter un jugement sur moi. J'ai été avertie plusieurs fois. Je décide de ne pas y penser, de garder la tête vide. C'est un truc auquel je me suis entraînée. Il me suffit de décrocher quand j'estime que j'en ai assez. Je le fais souvent.

De retour dans la classe, dans son domaine, Mme Hunt tire une chaise pour ma mère et me fait signe de m'installer au premier rang. Je m'assieds, lentement, à la place d'Eleanor Price. Je m'imagine que je suis elle, Eleanor, avec ses lunettes à monture épaisse, ses cheveux roux vif. Eleanor est la chouchoute de la maîtresse. Elle aime se mettre devant, assez près pour indiquer à Mme Hunt à quelle page du livre d'histoire nous en sommes, assez près pour se porter volontaire quand il s'agit de transmettre un message à un autre enseignant.

— Madame Barnes, je voulais parler avec vous de Sarah, parce que ses résultats actuels m'inquiètent beaucoup. J'ai discuté avec certains de mes collègues qui l'ont eue en classe et nous avons tous le sentiment qu'elle ne fait pas d'efforts. Elle ne fait pas ses devoirs, madame Barnes. En cours, elle rêve. Elle se montre parfois très impolie avec ses camarades et fait souvent preuve d'une grande désinvolture vis-à-vis de moi.

Voilà précisément ce qui l'agace, pensé-je avec une certaine satisfaction. Mme Hunt est l'institutrice préférée de l'école, chaleureuse et joviale, elle est l'amie de tout le monde. Mais moi, je ne me confie pas à elle. Je ne lui demande pas son aide. Je file de la classe sans lui laisser la possibilité de me parler.

Ma mère fait un effort pour paraître s'intéresser.

— C'est très embêtant. Je suis sûre qu'elle va faire de son mieux, maintenant. N'est-ce pas, Sarah ?

Je fixe l'espace. Je suis Eleanor Price. Cette histoire ne me concerne pas.

— Elle paraît tellement renfermée, murmure Mme Hunt, dont les yeux scrutent avidement le visage de ma mère. Y a-t-il des ennuis à la maison dont vous voudriez m'informer ?

Dis-lui ! ai-je envie de crier. Dis-lui pour ton problème d'alcool et les disputes qui vont avec !

Ingénument, ma mère remonte les mèches qui lui tombent sur le front. Sa manche glisse, et le visage de ma maîtresse, choqué, trahit sa curiosité. L'avant-bras de ma mère est d'un bleu noirâtre à cause des ecchymoses. Ce ne sont pas les seules, je le sais, il y a d'autres marques. C'est une ivrogne maladroite. Souvent, elle chute.

J'attends qu'elle s'explique, mais avant qu'elle ait même ouvert la bouche Mme Hunt se penche vers elle.

— Il y a des endroits où vous pouvez aller, vous savez. Des foyers. Je peux vous donner une adresse…

— Ça ne sera pas nécessaire, répond ma mère.

— Mais s'il y a des violences chez vous… si votre mari…

— Je vous en prie, dit ma mère en levant une main pour la faire taire. Pas devant Sarah.

Mon attention tout entière se concentre sur leur conversation, désormais. Elle ne va tout de même pas laisser croire à ma maîtresse que mon père lui a infligé ces blessures ? Elle ne peut pas faire ça.

— Il y a certaines choses que je dois subir, et que je lui épargne, dit-elle, à mi-voix. Elle n'a pas la moindre idée…

— Mais sûrement que si ! s'exclame Mme Hunt, dont les doigts s'enfoncent dans son visage comme s'il était fait de pâte à modeler. Comment pourriez-vous le lui cacher ?

Ma mère secoue la tête.

— Nous allons trouver une solution, madame Hunt. Nous y arriverons, à la fin. Les choses s'arrangent entre nous, vraiment. Et Sarah ira mieux, elle aussi. Merci d'avoir pris le temps de me parler d'elle.

Elle se lève, récupère son sac à main.

— Je vous assure que Sarah est notre priorité numéro un.

Mme Hunt hoche la tête, les yeux embués.

— Si je peux faire quoi que ce soit pour vous…

— Je vous le ferai savoir.

Ma mère se tourne vers moi avec un petit sourire plein de courage.

— Allez viens, Sarah, rentrons à la maison.

Je n'ouvre pas la bouche avant d'avoir quitté le périmètre de l'école et regagné la rue, loin de la foule qui s'agglutine au portail.

— Pourquoi tu n'as pas dit la vérité à la maîtresse ?

— Ça ne la regarde pas, répond-elle d'un ton sec.

— Mais elle va penser que papa… Enfin, elle a dit qu'elle croyait qu'il t'avait fait ça…

— Et alors ?

Elle fait volte-face et me fixe.

— Tu sais, ton père n'est pas parfait, quoi que tu en penses.

— En tout cas, ce n'est pas lui qui t'a fait mal, dis-je en désignant son bras. Tu t'es fait mal toute seule.

— Un jour, me rétorque-t-elle doucement, tu comprendras que ton père m'a fait souffrir de bien des manières, même si ces bleus-là te sont invisibles.

— Je ne te crois pas.

— Pense ce que tu veux. C'est vrai.

Mes yeux sont remplis de larmes, mon cœur bat la chamade.
— Je voudrais que tu sois morte, dis-je.
Et je le pense.
Ma mère recule une seconde, puis elle éclate de rire.
— S'il y a bien une chose que tu devrais savoir, Sarah chérie, c'est que les vœux ne sont jamais exaucés.

Je suis bien placée pour le savoir. Elle a raison, pourtant elle a tort pour tout le reste.

12

Pour la deuxième fois ce jour-là, à notre arrivée Curzon Close était envahi par les véhicules de police. Je lâchai une exclamation de surprise.

Sans tourner la tête, Blake annonça, d'un ton impassible :

— Nous avons un mandat de perquisition.

— Une perquisition ? C'est une descente de police ? Je croyais que ce genre de chose se faisait à 5 heures du matin...

— Seulement quand on pense pouvoir pincer quelqu'un en plein sommeil, lança Vickers par-dessus son épaule en se garant le long du trottoir. Cette fois, nous sommes à peu près certains que la maison est vide.

J'eus la désagréable sensation de savoir de quelle maison il parlait.

— En tout cas, il n'y avait personne lorsque les agents ont fait le tour du quartier pour comprendre ce qui s'était passé cette nuit, poursuivit-il. Pour être tout à fait franc, les voisins n'ont pas été d'une grande utilité, même s'ils ont fait de leur mieux pour répondre à nos questions. On dort à poings fermés dans cette rue. Le règlement nous impose de vérifier les antécédents des habitants du coin, pour voir s'il y aurait quelqu'un qui pourrait être... intéressant, disons. Et je vous le donne en mille, qui habite juste en face de chez vous ? Un certain Daniel Keane. Vous le connaissez ?

Je commençai par faire non de la tête puis me repris :

— Si on veut, reconnus-je. Voilà des années qu'on ne s'est pas parlé. On ne peut pas dire que je le connaisse, non. Avant, oui.

J'étais en roue libre. Je cessai de parler pour me mordiller la lèvre.

Vickers et Blake m'observaient, tous les deux. L'expression similaire sur leurs visages suggérait qu'ils étaient tout ouïe.

Je soupirai.

— Écoutez, c'était un ami de mon frère, d'accord ? Après la disparition de Charlie, je n'ai plus eu le droit de le fréquenter. Nous avons grandi. Je ne lui adressais pas la parole. Je l'apercevais de temps à autre, mais je ne peux pas dire que je le connais, pour être franche.

Vickers parut satisfait.

— Je vois. Auquel cas, vous n'êtes peut-être pas au courant des antécédents de M. Keane. Il y a quelques années, il a traversé une mauvaise passe. Condamnations pour agressions, surtout des bagarres à la sortie du pub : vols, infractions au Code de la route, ce genre de broutilles. Rien de très grave, mais un mauvais comportement général. Il a été arrêté pour une vilaine affaire de coups et blessures qui a valu une fracture du crâne à un des protagonistes, mais on n'a jamais trouvé assez de preuves pour l'inculper. Ensuite, comme par magie... Plus aucun délit. Il n'a plus récidivé, a trouvé un boulot et nous avons relâché notre surveillance. Jusqu'à maintenant. Nous avons appelé le garage où il travaille, personne ne l'y a vu aujourd'hui. Il était attendu ce matin à son poste, comme d'habitude, mais il n'a contacté personne pour prévenir de son absence. Au passage, je précise qu'ils n'ont aucun motif de plainte contre lui. Il n'a jamais été en retard jusque-là.

Blake semblait ne pas tenir en place sur son siège.

— Nous ferions bien d'y aller. Les gars nous attendent.

Je compris que je les retardais. Confuse, je ramassai mon sac, ma veste, et remerciai Vickers pour le voyage en marmonnant. Sans un regard pour Blake, je m'empressai de regagner ma porte d'entrée, vaguement consciente des hommes qui commençaient à se mettre en place autour du domicile de Danny. En glissant la clé dans la serrure, je pensai soudain à Paul. Même s'il se trouvait à l'intérieur, j'étais à peu près persuadée qu'il n'aurait pas ouvert à la police. Il devait être terrifié. Il était sûrement là, en cet instant précis. Je fis demi-tour, prise de scrupules, en me demandant s'il fallait que j'intervienne. Si Danny était parti, ainsi que la police semblait le croire, n'aurait-il pas emmené son frère avec lui ?

Tandis que j'hésitais ainsi sur le seuil, les événements se précipitaient de l'autre côté de la rue. Sur un signe de tête de Vickers, la petite équipe d'hommes en uniforme s'aligna devant la porte d'entrée. L'un d'eux cria « Police ! Ouvrez ! » puis, sans attendre de réponse, il projeta un bélier rouge dans le battant. Celui-ci ploya sous les coups répétés. Enfin, il céda et l'homme au bélier recula pour permettre à ses collègues d'entrer en force en hurlant «Police!» à pleins poumons.

Je redescendis mon allée en direction du portail, les bras serrés contre moi, frissonnant un peu malgré le beau soleil. Vickers et Blake attendaient dehors. De l'intérieur de la maison provenaient des bruits de pieds, des ordres criés, le fracas de portes que l'on force. Puis il y eut une pause. Quelqu'un ouvrit une fenêtre à l'avant et lança:

— On a un peu de mal avec une des portes, lieutenant!

— Allez, du nerf! lui répondit Blake.

Ceci provoqua une nouvelle salve de coups. Je tergiversai encore un peu et, enfin, pris ma décision. J'approchai de Vickers avec résolution.

— Capitaine, il y a quelque chose que vous devriez savoir, dis-je en me tenant derrière lui. Danny a un petit frère…

Comme je parlais, un cri retentit à l'intérieur:

— Appelez une ambulance!

— Attendez ici, m'intima Vickers, qui fila vers la porte dans le sillage de Blake.

Je restai sur place, à me balancer d'un pied sur l'autre, les yeux rivés sur la façade, à la recherche d'indices susceptibles de m'indiquer ce qui se passait. S'il est arrivé quelque chose à Paul… pensai-je sans parvenir à terminer ma phrase.

Une éternité parut s'écouler avant que l'équipe de secours ne passe à côté de moi à toute vitesse, suivant les instructions d'un policier qui était venu les accueillir sur le seuil en entendant la sirène de l'ambulance. Lorsqu'ils pénétrèrent dans la maison, Blake en ressortit et se dirigea droit sur moi.

— Vous étiez au courant pour le frère, non ? Pouvez-vous l'identifier ?

— Que s'est-il passé ? murmurai-je, la gorge étranglée par la terreur. Il n'est pas…

— Mort ? Non. Pas encore, en tout cas. À quoi ressemble-t-il ?

Je déglutis, le temps de réfléchir.

— Cheveux bruns, yeux marron. Il a douze ans, mais il fait plus âgé.

— Carrure ? demanda Blake avec impatience.

— Il est costaud. Enfin, obèse.

J'avais honte de préciser cela.

Il soupira.

— Ça colle. C'est sûrement lui. Douze ans ? Ce n'est pas croyable. Pour se retrouver dans un état pareil aussi jeune, il faut vraiment y mettre du sien.

— Il a eu son lot de malheurs ! aboyai-je, soucieuse de le protéger. Je crois qu'il ne s'aime pas beaucoup.

— Ça paraît assez évident. Il a tenté de se suicider.

— Comment ? parvins-je à articuler.

Un des agents qui se trouvait à passer par là prit l'initiative de répondre :

— Il s'est pendu, juste devant une porte. Le malheureux. Pas étonnant que nous n'arrivions pas à l'ouvrir.

L'homme s'adressa à Blake :

— Regardez, on a compris pourquoi ça n'a pas marché. Il s'est servi d'une corde à linge, en fait. Mais comme elle est plastifiée, son nœud a glissé. Vu son poids, la corde était trop longue, et ses pieds ont fini par toucher par terre. Trop gros pour se pendre. Mon Dieu, on aura tout vu !

— Est-ce qu'il va s'en remettre ? demandai-je, détestant le policier pour la désinvolture avec laquelle il parlait de Paul.

L'homme répondit, accompagnant ses paroles d'un haussement d'épaules :

— Peut-être. Ils s'occupent de lui. Quand on l'a trouvé, il était froid.

On entendit une série de chocs à l'intérieur, Blake annonça :

— Ils le sortent.

— Soulevez-le de votre côté, dit l'un des secouristes au moment où ils franchissaient la porte principale.

Deux agents les aidaient pour porter la civière. Paul avait le visage dissimulé par un masque à oxygène, mais la masse de son ventre et la tignasse en haut du brancard étaient aisément reconnaissables. Une main replète pendait, sans vie, sous la couverture.

— Faites un effort, lança derrière moi le policier qui venait de m'informer de la situation, maintenant adossé à sa voiture, un sourire aux lèvres.

— File-nous un coup de main, l'interpella un des brancardiers.

— Avec mon dos ? N'y compte pas. Je risque l'infirmité permanente.

— Ne plaisantez pas ! m'enflammai-je en direction de Blake, à qui j'aurais voulu demander de leur donner l'ordre de se taire. Ce n'est pas un animal. C'est un enfant qui est étendu là.

Ils m'ignorèrent ; mes poings se serrèrent involontairement sous le coup de la colère.

Les urgentistes, qui avaient réussi à mettre la civière dans l'allée, sortirent les roues. Ils se hâtèrent de l'emmener, passant à côté de moi. De près, Paul semblait en piteux état. Sa peau était teintée de bleu, je me demandai combien de temps il était resté pendu ainsi – et s'il y serait resté encore longtemps, si la police n'était pas entrée de force. Comment se pouvait-il que Danny l'ait abandonné ?

Blake, qui les suivait de près, se pencha à l'intérieur de l'ambulance une fois que Paul y fut installé. À son retour, il affichait une mine sombre, mais les propos qu'il me tint étaient rassurants :

— Ils disent qu'il leur a parlé. Pour l'instant, il reprend connaissance par intermittence. Ils l'emmènent à l'hôpital, mais ils pensent qu'il va s'en sortir.

Sur ces mots, l'ambulance démarra, gyrophare et sirène en action.

Blake m'interrogea du regard.

— Donc tu ne connais pas Danny, mais tu connais Paul.

Je grimaçai au ton qu'il avait employé.

— Pas bien. J'ai discuté avec lui une seule fois. Et en plus, personne ne m'a posé de question sur Paul.

— J'ignorais son existence, répondit-il doucement.

Je haussai les épaules.

— J'ai fait sa connaissance hier, en réalité. Je suis allée chez eux…

J'hésitai puis expliquai les raisons pour lesquelles j'avais eu envie de m'entretenir avec Danny, parce que j'avais cru qu'il pourrait me parler de Charlie.

— Paul est un enfant adorable. D'un naturel doux. Et ne le sous-estimez pas à cause de son poids. Il est très brillant. Je parie qu'il en sait plus sur l'informatique et la technologie que n'importe lequel d'entre vous.

Il me paraissait essentiel que Blake se rende compte que Paul était un être humain, pas une masse informe.

Le lieutenant posait sur moi un regard inexpressif.

— Alors tu n'étais jamais entrée dans la maison avant hier…

— Non.

— Tout à coup, tu t'es mis en tête de découvrir ce qui était arrivé à ton frère.

J'opinai :

— Toute cette affaire avec Jenny a fait remonter un tas de choses en moi. J'ai commencé à réfléchir à sa mort, à me poser des questions. En général, on ne pense pas à tout ça au quotidien. Même si on vit avec les conséquences, la plupart du temps.

Les yeux de Blake se concentrèrent sur un point derrière moi : Vickers sortait de la maison d'un pas traînant, l'air encore plus gris et abattu que d'ordinaire. Il tenait dans sa main droite un objet argenté orné de pompons, et j'eus plus que jamais l'impression d'être en plein rêve, car ce qu'il apportait n'avait aucun sens.

— C'est mon sac !

Mon sac à main, celui que m'avait volé mon mystérieux agresseur, trois jours plus tôt. Je fonçai droit sur Vickers pour le récupérer, mais il le tint hors de ma portée. Je sentis Blake arriver derrière moi.

— C'est à moi, répétai-je. Où l'avez-vous trouvé ?

Vickers répondit d'un air épuisé :

— Dans le salon, Sarah. Où vous l'aviez laissé.

Je secouai la tête.

— Non. Vous ne comprenez pas. Je l'ai perdu. Enfin, non, pas vraiment. On me l'a pris.

— Pitié, pas une nouvelle histoire ! intervint Blake. Vous avez toujours réponse à tout, n'est-ce pas ?

— C'est la vérité, affirmai-je avec dignité, en m'adressant uniquement à Vickers. J'ai été agressée, mardi soir. On m'a bousculée puis on m'a pris mon sac. C'est pour cette raison que je ne me sers pas de ma voiture, je n'ai pas les clés. Vous m'avez vue me déplacer à pied ; vous venez d'ailleurs de me ramener chez moi. Pourquoi ne me serais-je pas rendue à l'hôpital en voiture si j'avais pu faire autrement ?

Vickers ouvrit la fermeture et jeta un coup d'œil à l'intérieur. J'eus tout à coup envie de pouffer, aussi déplacé cela fût-il. Il y avait quelque chose d'incongru à voir cet homme gris en costume gris fouiller dans un sac en cuir argenté comme si c'était le sien.

— Pas de clé, annonça-t-il finalement.

Soudain, je ne trouvai plus la scène si drôle.

— Quoi ? Elles y sont forcément. Vous avez vérifié dans la poche intérieure ?

Vickers m'adressa un regard de reproche.

— C'est ce que j'ai fait en premier. Ma femme les range là, elle aussi.

— Est-ce que je peux m'en assurer moi-même ?

Il me tendit le sac sans un mot de plus et je fouillai dedans, mal à l'aise sous le regard des deux hommes. Je passai les doigts dans les petits bouts de papier, les reçus accumulés au fond, en quête de mes clés. Je dénichai un crayon pour les yeux et un baume pour les lèvres, un stylo-bille qui avait depuis longtemps cessé d'écrire et quelques trombones, mais pas de clé, ni grand-chose de plus. Pour finir, je dus avouer ma défaite.

— Pourtant… elles s'y trouvaient lorsqu'on me l'a volé. Il y avait d'autres objets aussi, mon agenda, des photos…

J'essayais d'établir l'inventaire de tout ce que j'avais perdu.

— Venez, dit Vickers en reculant. Entrez et jetez un coup d'œil par vous-même.

Blake fit un pas en avant pour m'intercepter.

— Patron, la police scientifique est là, nous ne pouvons pas…

— Elle a reconnu être déjà venue dans la maison, l'informa Vickers avec douceur. Je ne crois pas que les experts trouveront une preuve quelconque dans un sens ou dans l'autre. Mais au cas où, nous ne l'autoriserons pas à toucher quoi que ce soit.

Blake se mordit la lèvre, mais il n'ajouta rien. Il battit en retraite et me laissa passer.

Une fois dans l'entrée, je regardai autour de moi.

Rien n'avait changé depuis la veille, excepté les dégâts provoqués par la police en enfonçant la porte. Des rognures de peinture jonchaient la moquette usée à l'endroit où le battant avait claqué contre le mur. Les effluves de vieilles chaussettes que j'avais sentis plus tôt étaient toujours présents, doublés désormais d'un relent plus âcre encore. La peur.

Contrairement à ma première visite, cependant, la porte du séjour était entrouverte.

— C'est là que vous l'avez trouvé ? m'enquis-je. Je peux entrer ?

— Je vous en prie, ça ne vous prendra pas longtemps, m'informa Vickers.

Je compris ce qu'il voulait dire à l'instant où j'ouvris la porte. L'odeur de fauve qui envahissait toute la maison était plus forte à cet endroit ; rance, en fait ; j'eus un haut-le-cœur, puis fis de mon mieux pour respirer à petits coups par la bouche. La pièce était maintenue dans l'obscurité par des stores bon marché qui dissimulaient la baie vitrée en façade. Jusqu'à ce que Vickers actionne l'interrupteur, l'unique lumière était celle du soleil qui parvenait à se faufiler sous les minces lamelles. Clignant des yeux à la violence soudaine de l'éclairage dispensé par l'ampoule nue au plafond, je pris toute la mesure du spectacle sordide ainsi révélé.

La pièce était pratiquement vide. Un lit double recouvert d'un drap de dessous taché et répugnant était collé contre le mur du fond. La tête de lit, en velours vert pâle crasseux, semblait dater des années 1970. D'un côté du lit se trouvait une boîte de Kleenex cernée de mouchoirs usagés. De l'autre, une petite pile de magazines apparemment maintes fois feuilletés – du porno, compris-je, avec un haut-le-cœur. Une fine couette de mauvaise qualité, rejetée au pied du lit, traînait sur le sol, lequel était couvert d'une moquette en synthétique marron qui scintillait à la lumière et couinait un peu sous mes pieds. Les murs, eux, étaient tapissés d'un papier crème rehaussé de motifs nacrés, un authentique papier peint très comme il faut, qui jurait complètement avec la pièce qu'il décorait. Une longue marque dégoûtante au mur suggérait qu'autrefois un meuble imposant s'était trouvé là, un canapé, peut-être.

Je me tournai vers Vickers.

— Pourtant, il y a trois chambres dans cette maison. Pourquoi mettre un lit dans cette pièce alors qu'ils n'y vivaient qu'à deux ?

Vickers ne répondit pas directement, mais il m'incita à avancer un peu plus, de manière à me montrer ce que la porte me dissimulait jusque-là. Le reste du mobilier consistait en une petite étagère usée… et, pour peu qu'elle compte comme un meuble, une caméra fixée sur un trépied. J'observai l'ensemble, médusée, puis cherchai une explication du côté de Vickers. Celui-ci se contenta de me désigner l'étagère.

— Votre sac se trouvait là, en bas. Vous reconnaissez autre chose ?

Je foulai la moquette avec précaution, refusant d'imaginer ce qui pouvait bien grouiller sous mes pieds, ou à quand remontait le dernier passage de l'aspirateur. Un frisson me parcourut lorsque je vis ce qui trônait en haut des rayonnages.

— Ce sont mes photos. Elles étaient dans mon sac.

Quelqu'un les avait disposées en rang contre le mur. C'étaient de petits formats, des photos d'identité. Les voir dans cet endroit me parut une anomalie. Les deux hommes approchèrent pour jeter un coup d'œil par-dessus mon épaule tandis que je les leur désignais tour à tour.

— Charlie. Charlie et moi. Mon père et moi. Mes parents.

Mon agenda était ouvert, face contre terre, je me baissai pour le ramasser tout en me désolant de voir les pages froissées. Blake tendit la main pour m'arrêter.

— Ne touchez à rien pour l'instant, dit-il d'un ton calme.

— Oh, d'accord. Voilà mon agenda…

J'y regardai de plus près.

— Et là, c'est mon stylo… Oh !

— Qu'y a-t-il ? se hâta de demander Vickers.

— Eh bien, en fait, c'est juste très bizarre. Je croyais l'avoir perdu. Il devait être dans mon sac, finalement.

— Quand l'avez-vous égaré ?

— Oh, il y a des mois ! Je l'ai cherché partout. Il appartenait à mon père.

C'était un stylo en argent avec ses initiales gravées et un motif caractéristique de hachures.

— J'ai pensé que je l'avais perdu à l'école. J'ai tout retourné pour le retrouver. Et dire qu'il n'avait pas bougé de mon sac à main…

Les policiers ne firent aucun commentaire et je continuai à scruter le contenu des étagères, passant en revue tout un bazar hétéroclite – une pierre percée d'un trou, une lanière de cuir élimée décorée de trois perles, le crâne d'un petit animal, une musaraigne, peut-être. Il y avait de la menue monnaie, d'autres cochonneries. J'observai l'ensemble avec méthode, en essayant de voir ce qui pouvait être caché là, sans toucher à rien. La breloque qui ornait mon porte-clé dépassait de derrière une carte postale d'Écosse, je la montrai à Vickers, qui écarta la carte du bout de son stylo et hocha la tête lorsqu'il aperçut les clés. Sur l'un des rayonnages du bas, je vis une pince à cheveux que je savais n'avoir plus vue depuis six semaines, un bracelet fantaisie que j'avais porté pour la dernière fois en cours et dont je m'étais débarrassée en milieu de journée, agacée par son poids et le cliquetis qu'il faisait à chaque fois que j'écrivais au tableau.

— La dernière fois que j'avais ce bijou, c'était en classe, précisai-je à Vickers. Impossible qu'il se soit retrouvé dans mon sac. Je l'ai laissé sur mon bureau. Comment a-t-il pu atterrir ici ?

— C'est ce que nous aimerions savoir, répondit sereinement le capitaine. Il semble y avoir beaucoup d'objets vous appartenant dans cette pièce, sachant que vous n'avez jamais été en contact avec les habitants avant hier, selon vos dires.

— Je ne me l'explique pas, avouai-je, totalement perdue. Je ne comprends pas. Qu'est-ce que c'est que cet endroit ?

Blake me fit signe d'approcher de la caméra vidéo et m'indiqua le viseur.

— Sans toucher à rien, jetez un coup d'œil là-dedans et dites-moi ce que vous voyez.

— Eh bien… le lit.

À l'instant où les mots franchissaient mes lèvres, un déclic se fit dans mon esprit.

— Oh… Vous voulez dire qu'ils tournaient des vidéos ? Du porno ? C'est monstrueux.

Je fus soudain soulagée de n'avoir pas été autorisée à toucher quoi que ce soit.

— Et Paul, il devait être présent pendant qu'ils filmaient… Le pauvre ! J'espère que Danny ne l'a pas laissé assister à ça.

Je m'adressai à Vickers :

— Mais pourquoi toutes mes affaires se sont-elles retrouvées ici ? Que se passe-t-il ?

Il soupira.

— Sarah, nous allons devoir partir de l'hypothèse que vous êtes impliquée, d'une manière ou d'une autre.

— Quoi ?

Je n'en croyais pas mes oreilles.

— Je vous l'ai dit, bon sang, on m'a volé mon sac ! Ces objets sont à moi, mais je ne les ai pas apportés. J'ignore comment ils sont arrivés jusqu'ici...

Blake était près de la porte, en pleine conversation à voix basse avec un de ses collègues chargés de fouiller le domicile des Keane. Il s'adressa à son chef :

— Monsieur, je peux vous parler ?

— Ne touchez à rien, réitéra Vickers avec force.

J'acquiesçai et il consentit à suivre Blake au-dehors.

Un agent en uniforme vint se placer sur le seuil pour me surveiller. Il ne dit pas un mot, moi non plus. Je demeurai là, révoltée, dans cette pièce désolée et sordide.

Lorsqu'ils réapparurent enfin, je les interrogeai aussitôt :

— Que se passe-t-il ?

Les deux hommes arboraient un visage encore plus sinistre que précédemment. Vickers prit appui contre le mur, donnant l'impression que ses jambes étaient trop faibles pour le soutenir, et laissa son lieutenant se charger des explications :

— Nos hommes viennent de découvrir une grande quantité d'images de pornographie impliquant des enfants, tournées ici même. L'une des chambres du haut accueille tout un équipement dernier cri, ordinateurs, bande passante haut débit, logiciel de vidéo sur mesure, piles de DVD...

Il désigna la caméra.

— Ce truc permet d'enregistrer directement sur disque dur. Ils filmaient ici, puis ils grimpaient à l'étage pour télécharger ça sur un site d'hébergement. Il n'est pas facile de remonter la trace de ce genre de choses. Les gens qui les gèrent sont doués pour falsifier les adresses IP, pirater les ordinateurs personnels pour utiliser leurs coordonnées, et nous avons toujours du mal à découvrir qui balance ces saloperies sur le net.

— Mais pourquoi ?

J'étais prise de tremblements.

— L'argent, se contenta de répondre Blake. Ce business draine beaucoup de fric. Si vous avez de bons produits, vous les monnayez au prix que vous voulez. Les mêmes vidéos, les mêmes images s'échangent sans cesse. Les pédophiles se lassent de voir toujours les mêmes gosses, toujours les mêmes séances de viol et de torture. Les clients ne manquent pas dès qu'il s'agit de voir du neuf en termes d'abus de mineur. Les meilleurs fournisseurs sont ceux qui peuvent créer à la demande. Vous les chargez de réaliser votre fantasme. Si vous payez assez cher, ils s'arrangeront pour que le môme crie votre nom. Histoire de vous donner l'impression d'y être vraiment, pour vous faire oublier que vous regardez ça derrière votre écran d'ordinateur.

Je tressaillis à la brutalité de son ton.

— Nous avons là un décor de professionnel, résuma Blake en désignant la pièce d'un geste. Il n'y a rien qui identifie le lieu du tournage. Cet endroit a été nettoyé, il ne reste aucun détail personnel devant l'objectif. On voit juste le lit et un bout de mur blanc.

Absolument rien qui puisse servir à la police si jamais on découvrait ces images sur le net. Cette chambre pourrait se trouver à peu près n'importe où. La seule mesure qu'il nous reste à prendre, c'est de ramasser les clients, ceux qui ont été assez idiots pour payer avec leur propre carte bancaire.

— Je n'arrive pas à y croire, dis-je en secouant la tête. Ici ? Dans cette maison ? Au beau milieu d'une impasse, dans une banlieue tranquille ?

Alors Vickers prit la parole à son tour, d'une voix neutre, calme et dénuée de toute émotion :

— Il est possible que de telles choses se déroulent sans que personne soit au courant. C'est incroyable ce que les gens réussissent à ne pas voir, quand ils ignorent ce qu'ils sont censés détecter. Prenez Fred et Rose West[1]. Personne, dans Cromwell Street, ne se doutait le moins du monde de ce que trafiquaient les West, parce qu'il était inimaginable qu'on pût être aussi monstrueux. Les bonnes gens ne pensent pas à ce genre d'horreurs. Les monstres, eux, ne pensent qu'à ça.

Il évoquait le bien et le mal avec toute la force et la gravité d'un prophète de l'Ancien Testament et je compris qu'il croyait au Mal, au Mal à l'ancienne et pas aux excuses des psychologues sur l'éducation et les circonstances.

— C'est presque une affaire de création, lâcha-t-il pensivement. C'est une forme d'art, pour eux. Songez à tous les efforts que cela implique, à toute l'organisation nécessaire.

---

[1]. Couple de serial killers anglais ayant tué au moins douze jeunes femmes entre 1967 et 1987. *(N.d.T.)*

Révoltée, je me tournai vers Blake.

— Nous avons jeté un coup d'œil rapide aux images, là-haut, des photographies, et quelques extraits des DVD. Il va nous falloir un moment pour tout éplucher, mais d'après ce que nous avons vu il semblait travailler sur un thème bien précis.

— Comment ça ? murmurai-je.

— Une seule victime, plusieurs agresseurs.

— Ce n'est pas Paul, au moins ? dis-je, en sentant mon cœur se briser comme je commençais à entrevoir ce qui l'avait conduit à cette obésité.

Pas étonnant qu'il n'ait pas supporté de vivre, une fois ce secret en passe d'être découvert.

Vickers fit non de la tête.

— Non. Pas Paul. Jenny Shepherd.

Je dévisageai les deux hommes avec la plus totale incompréhension.

— *Jenny ?* Mais comment est-ce possible ? Que faisait-elle dans cette maison ?

— C'est ce que nous aimerions savoir, dit Blake tandis que je me faisais l'effet d'être Alice, en chute libre dans le terrier du lapin, le sol ayant disparu sous mes pieds.

Plus rien n'avait de sens, sauf que je comprenais enfin comment cette fille au physique si peu développé, si enfantin, qui suivait mon cours d'anglais, avait pu se retrouver enceinte de quatre mois.

— Et Paul ? dis-je enfin. Vous ne pensez tout de même pas qu'il était mêlé à cette affaire ?

Vickers parut troublé.

— Je sais que ce n'est qu'un enfant, Sarah, et dans un sale état qui plus est, mais le plus triste est encore que nous croyons qu'il a joué un rôle actif dans tout ça.

— Comme vous me l'avez signalé vous-même, souligna Blake, il s'y connaît en informatique. D'après ce qu'on a pu voir, c'est lui qui s'occupe de la partie technique. Les ordinateurs se trouvaient tous dans sa chambre.

Le capitaine soupira.

— Si vous détenez la moindre information susceptible d'exonérer ou d'impliquer le gamin, je serais ravi de l'entendre maintenant, ou au commissariat.

Je fixai le vide devant moi sans rien dire. J'étais à court de mots. J'avais l'intuition que Paul n'aurait jamais volontairement participé à une entreprise aussi sordide et dégradante, mais les preuves s'accumulaient contre lui.

— Je ne sais pas, répondis-je enfin. Tout ce que je peux vous dire c'est qu'il semblait être un bon garçon.

Cela fit réagir Blake :

— Ils ne manquent pas, ceux qui semblent sympathiques, innocents. Parfois, on a du mal à déterminer les coupables au premier abord, mais on y arrive en général, à la fin.

Il fit un grand geste en direction de tous ces objets que j'avais identifiés comme étant les miens, puis ajouta :

— Vous ne croyez pas que vous nous devez quelques explications ?

— *Moi* ? Vous êtes dingues ? Je n'ai rien à voir avec ça. Je ne suis au courant de rien…

Même à mes oreilles, cela sonnait comme un mensonge. Je les regardai tour à tour.

— Vous devez me croire.

— Vous connaissiez la fille, intervint Vickers. Vous vivez dans cette rue. On a trouvé ici certains de vos effets personnels. Vous êtes le lien. Comme toujours, Sarah, vous êtes le lien.

— Vous n'êtes pas sérieux, vous ne pouvez pas penser que je suis mêlée à cette affaire…

Rien, dans leur expression, ne suggérait qu'ils accordaient la moindre foi à ma parole, cependant : les yeux bleus du capitaine étaient d'un froid polaire, quant à Blake, il arborait une mine sombre. Un éclair de panique pure me traversa, je dus me contenir. Ils instauraient une sorte de jeu dont j'ignorais les règles.

— Il vaudrait mieux nous raconter toute l'histoire, Sarah, avant que nous n'allions plus loin.

— Il n'y a rien à raconter. Je ne peux pas vous aider. La journée a été longue, je suis fatiguée.

J'avais adopté un ton irascible ; peu m'importait.

— Je rentre chez moi. Et si vous commenciez à chercher ce qui s'est passé dans cette maison ? Quand vous le saurez, vous me tiendrez au courant ? N'étant en rien associée à tout cela, je n'en sais pas plus que vous.

Cela ne sonnait pas si mal comme réplique finale, je fis donc volte-face sans attendre de réponse. Je n'avais pas fait deux pas en direction de la porte que je sentis une main se poser sur mon bras et me ramener fermement dans la pièce.

— Lâchez-moi !

Je fusillai Blake du regard.

— Aucun risque.

Vickers me contempla d'un air fatigué.

— Si vous refusez de nous parler, Sarah, il ne nous reste plus qu'une option.

— Que voulez-vous dire?

— Nous allons devoir vous obliger à venir vous expliquer.

Sur ce, le capitaine m'écarta du passage pour quitter la pièce, me laissant réfléchir à ce qu'il venait de m'annoncer. Je l'entendis glisser un mot à quelqu'un que je ne pouvais voir, dans le couloir.

— Vous ne croyez quand même pas que je suis complice?

J'essayais de déchiffrer l'expression sur le visage de Blake, attendant qu'il avoue une énorme plaisanterie, qu'il explique qu'ils ne le pensaient pas vraiment.

— Je ne sais plus quoi penser, affirma-t-il d'une voix qui me parut étrange, dure.

Avant que j'aie eu le temps de réagir, Vickers était réapparu, en compagnie d'un autre homme, âgé d'une quarantaine d'années, les cheveux clairsemés, bedonnant. Même sans le capitaine à ses côtés, je l'aurais identifié comme un flic à tous les coups. Quelque chose dans son regard, un mélange de désillusion profonde et de méfiance, suggérait qu'il avait trop entendu de mensonges. Il se mit à parler sur un ton monocorde, sans accentuer la moindre portion de phrase, enfilant les mots les uns derrière les autres, pour énoncer un texte maintes et maintes fois récité :

— Sarah Finch, vous êtes en état d'arrestation pour le meurtre présumé de Jenny Shepherd. Vous pouvez garder le silence. Mais si vous invoquez ultérieurement devant le tribunal un élément que vous avez omis de mentionner auparavant, cela peut nuire à votre défense. Tout ce que vous direz pourra être présenté comme preuve. Vous avez compris ?

Ma bouche s'ouvrit involontairement : réaction de choc classique. Je me tournai vers Vickers, mais son visage affichait déjà une expression distante. Quant à Blake, il baissa le menton, refusant de croiser mon regard.

— Vous ne pouvez pas faire ça, articulai-je avec incrédulité. Vous ne pensez tout de même pas que c'est la vérité…

Vickers prit la parole comme si je n'étais pas intervenue :

— Agent Smith, je vous laisse escorter Mlle Finch au commissariat, avec l'agent Freeman. Comme je vous le disais, les menottes sont inutiles. Nous nous retrouverons là-bas.

Smith opina puis me fit signe de le suivre.

— Vous ne m'emmenez pas vous-mêmes ? demandai-je à Blake et Vickers, sans chercher à dissimuler l'amertume dans ma voix.

Le capitaine secoua la tête.

— À partir de maintenant, vous n'aurez plus affaire à nous. Nous vous connaissons, voyez-vous. En cas de procès, cela pourrait nous causer des ennuis, il pourrait y avoir des révélations…

Blake se détourna avec brusquerie et je me demandai si Vickers avait senti quelque chose entre nous ou s'il s'agissait de simple routine. Le capitaine ignora la réaction de son lieutenant et conclut :

— Mieux vaut laisser d'autres membres de l'équipe prendre le relais.

— C'est mieux pour qui ? répliquai-je, sans obtenir de réponse.

Smith posa sa grosse paluche sur mon bras et m'entraîna dans le couloir, où nous dûmes attendre que passe une enfilade de policiers chargés de cartons et de pièces à conviction ensachées, en direction des véhicules garés devant. Les épais sacs plastique laissaient voir des disques durs, des CD, des boîtes de DVD, une webcam. Un des agents transportait un objet long et lourd, enveloppé dans un papier brun. Un club de golf ? Un tisonnier ? Je ne parvins pas à l'identifier. L'homme adressa au passage à Vickers un regard lourd de sens, le capitaine hocha la tête gravement, sans parler. Puis il y eut d'autres sachets encore, des affaires personnelles, des vêtements, des jouets qui avaient dû appartenir à Paul, des photographies encadrées, des documents divers. Ils étaient en train de retourner la maison tout entière ; il n'en resterait rien lorsqu'ils auraient terminé.

Et ils avaient sûrement prévu de me réserver le même traitement. Je coulai un regard à Vickers, notant les lignes dures qui marquaient son visage, la moue résolue de sa bouche. Aucune douceur n'était lisible sur ses traits. Je ne pouvais pas lui en vouloir. Ce qui avait eu lieu dans cette maison était inconcevable. Je ne parvenais d'ailleurs pas à le concevoir, au sens le plus strict du terme.

Je restai plantée là comme un zombie tandis que la police s'activait autour de moi, écoutant à peine leurs conversations pressées. Pour être tout à fait juste, aucun d'entre eux ne semblait excité par leurs découvertes. Troublé, pour le moins. C'était dur de savoir qu'une enfant avait atrocement souffert dans ce lieu et que personne ne lui était venu en aide.

Quant à moi, j'étais anesthésiée. J'avais abdiqué toute responsabilité. Il ne paraissait plus utile de me défendre. Je cherchais en vain un sens à ce qui venait de se produire. Même en écartant le fait que j'avais visiblement de sérieux ennuis avec les autorités, demeurait le problème de la présence de mes affaires dans cet endroit. D'accord, Danny était ce fameux agresseur qui m'avait volé mon sac. Je connaissais désormais le coupable, mais pas ses motivations. Quant à ces autres objets, ceux dont je savais qu'ils ne se trouvaient pas dans mon sac, ceux qui avaient disparu lors des semaines et des mois précédents... Comment avaient-ils atterri là ?

Blake revint, adressa un signe de tête à Vickers.

— La presse n'est pas encore arrivée. Cela dit, mieux vaut ne pas traîner dans le coin. Il ne leur faudra pas longtemps pour comprendre ce qu'ils sont en train de rater.

Ce qu'ils étaient en train de rater... Un goût amer envahit ma bouche. Ce qu'ils étaient en train de rater, c'était une arrestation. Un authentique suspect emmené en garde à vue. Et je commençais à peine à prendre conscience que je me trouvais sûrement dans la maison où Jenny était morte.

Smith se tourna vers moi.

— Venez. On y va.

Je quittai le couloir sombre, froid et humide pour retrouver le soleil de midi sans vérifier si Vickers et Blake me suivaient ; la lumière m'éblouit un instant. Il y eut un silence puis un étrange susurrement commença, comme le vent dans les arbres. Le son s'amplifia et devint, du même coup, proprement humain. Au bout de la rue se tenait la quasi-totalité de mes voisins : des mères, une main protectrice sur l'épaule de leurs enfants, des retraités âgés qui se rendaient deux ou trois fois par jour aux magasins du quartier, juste pour voir du monde, des femmes d'une cinquantaine d'années aux yeux mauvais, inquisiteurs. Je refusai de croiser leur regard, aux uns et aux autres, malgré l'intérêt que j'étais certaine d'avoir éveillé dans le troupeau de bovins agglutinés. Un picotement d'exaspération me parcourut l'échine. Ils avaient manqué le premier incident à sensation du jour parce que le pauvre Geoff avait été découvert à une heure indue. Ils n'allaient plus rien rater, désormais. Ni eux ni personne, d'ailleurs. En l'absence des médias, la lourde tâche d'immortaliser les événements incombait à mes voisins, qui prenaient cette responsabilité très au sérieux. Au premier coup d'œil, je n'avais pas saisi pourquoi trois ou quatre d'entre eux tendaient le bras en l'air, mais je compris bientôt qu'ils étaient en train de filmer, à l'aide de leurs téléphones portables, cet instant où je sortais de la maison pour être escortée jusqu'à la voiture, Smith devant moi, un autre agent derrière. Sans vraiment réfléchir, je me redressai. Je n'étais pas menottée. Je ne m'engouffrerais pas sur la banquette arrière en essayant de dissimuler mon visage, comme une coupable. J'avancerais la tête haute et personne ne saurait que j'étais en état d'arrestation. Je n'avais aucune raison de me cacher. C'est ce que je fis, mais le rouge me monta au front.

Smith ouvrit la portière du véhicule banalisé qui s'était arrêté devant la maison. Il se tint à côté, attendant que je monte, en caricature de chauffeur. Je m'assis sans lui accorder un regard. La portière claqua et pour la première fois je me sentis prisonnière.

L'homme au volant était jeune, il avait les cheveux roux et des traits fins, qui évoquaient le museau d'un renard. L'agent Freeman, me dis-je ; je ne lui adressai pas la parole bien qu'il me jaugeât ostensiblement. En attendant que Smith s'installe sur le siège du passager, mon regard alla se fixer au-delà du jeune policier, sur ma maison. Il n'y avait aucun signe de vie, aucun indice quant à l'existence que ma mère et moi menions entre ces murs. J'envisageai de leur demander la permission de l'informer de l'endroit où l'on m'emmenait, mais en voyant cette maison, si maussade sous le soleil, mon cœur se serra. Ma mère ignorait très probablement ce qui se passait. Et encore une fois je ne pouvais pas la critiquer pour cela. Ni elle ni moi n'avions remarqué grand-chose. Comment avais-je pu ne pas voir les exactions commises sur une enfant vulnérable à quelques mètres seulement de chez moi ?

Je ressentis un besoin violent de sauter de la voiture, de me précipiter jusqu'à ma porte et de cogner dessus jusqu'à ce que ma mère ouvre, puis de serrer celle-ci dans mes bras pour ne plus jamais la lâcher. Elle pourrait me défendre contre la police, me soutenir, comme le ferait une bonne mère. Dieu sait ce qui se serait réellement passé si j'avais essayé, si tant est qu'elle se soit même donné la peine d'ouvrir. Avec colère, j'écartai mes larmes d'un clignement de paupières. J'avais la nostalgie d'un endroit qui n'existait pas, je souffrais de l'absence d'une mère que je ne connaissais pas du tout. J'étais seule.

Au moment où Smith claqua la portière avec une force qui secoua la voiture de fond en comble, Freeman se tourna vers lui.

— Elle n'est pas du tout comme je me l'imaginais.

— Elle n'a pas le physique de l'emploi, acquiesça Smith. Mais ça ne veut pas dire qu'elle n'est pas coupable.

Mon visage me cuisait.

— Il se trouve justement que je n'ai rien fait. C'est une erreur.

— Ils disent tous ça, répliqua Smith en donnant une claque sur l'épaule de son collègue. Allez, roule.

Le moteur démarra, je m'enfonçai sur mon siège. Je n'étais pas franchement surprise que les policiers ne me croient pas. Je ne m'attendais pas à autre chose, quand j'avais échoué à convaincre Vickers et Blake, qui me connaissaient tous deux bien mieux que ceux-là.

— Vous vous trompez, ajoutai-je tandis que nous empruntions la rue principale, rien que pour avoir le dernier mot.

Pourtant, malgré mon attitude bravache, je ne pouvais le nier : j'étais terrifiée. Tout ce qu'il me restait pour me défendre, désormais, c'était mon innocence, et j'avais l'affreuse sensation que cela ne suffirait pas.

1996
Disparu depuis quatre ans

— Allez, on se décide, maintenant. Quel parfum tu veux pour ta glace ?

Je fais mine de réfléchir.

— Hmmm… Pourquoi pas… Chocolat ?

— Ah, ça c'est original ! dit mon père. C'est osé, mais je pense que… oui, je vais prendre comme toi. Quelle bonne idée !

Lui et moi choisissons toujours la glace au chocolat. C'est une sorte de tradition. Même si j'avais envie d'autre chose, je ne changerais pas, il serait tellement déçu.

Il paye nos cornets et nous rejoignons le bord de mer. Le temps est beau et chaud, nous sommes au cœur de l'été, la jetée est envahie de promeneurs venus pour la journée, comme nous. Je repère un banc au loin et je me précipite pour m'y asseoir avant que quelqu'un nous pique la place. Mon père me suit plus lentement, en léchant sa glace avec méthode, jusqu'à en faire une pointe lisse.

— Dépêche-toi ! lui lancé-je, craignant qu'un intrus ne tente de s'installer à côté de moi si je reste seule sur ce banc.

Ce qui a pour effet de le faire ralentir un peu plus encore. Il lambine carrément, maintenant; je détourne les yeux, agacée. Ça me choque, parfois, de constater combien mon père peut être puéril. Immature, voilà le mot que je cherche. Comme si j'étais l'adulte et lui l'enfant.

— Bien joué, me félicite-t-il en s'asseyant enfin. C'est parfait.

Et c'est vrai. La mer est d'un bleu argenté, la plage de galets toute blanche sous le soleil. Au-dessus de nos têtes, les mouettes poussent des cris en tournoyant. Il y a du monde autour de nous, mais sur notre banc, avec le bras de mon père sur mes épaules, j'ai l'impression d'être dans une bulle. Personne ne peut nous toucher. En léchant ma glace, ainsi blottie contre lui, je me sens heureuse à nouveau. J'adore ces excursions que nous faisons, rien que tous les deux. Jamais je ne l'avouerais à mon père, mais je suis contente que ma mère ne vienne pas. Elle gâcherait tout. Elle n'est pas du genre à rester assise sur un banc à déguster une glace, en riant devant deux gros chiens mouillés qui jouent avec les vagues.

Nous sommes là depuis quelques minutes et je m'attaque au cône en biscuit quand mon père écarte son bras de mes épaules pour le poser sur le banc et annonce :

— Ma puce... Il faut que je te dise quelque chose.
— Quoi?

Je crois à une blague idiote, ou je ne sais quoi.

Il soupire, se passe les mains sur le visage, puis reprend.

— Ta mère et moi… eh bien, ça fait un moment qu'on ne s'entend plus. Nous avons décidé que le mieux était de nous séparer.

Je le fixe sans comprendre.

— Vous séparer ?

— Nous allons divorcer, Sarah.

— Divorcer ?

Il faut que j'arrête de répéter les derniers mots de ses phrases, pensé-je, de manière un peu décalée. Mais je ne trouve rien d'autre à ajouter.

— Tout va bien se passer, je t'assure. Je te verrai souvent, très souvent. Nous aurons toujours des journées comme celle-ci, je viendrai tous les week-ends si je peux. Et puis tu pourras me rendre visite. J'ai trouvé un nouveau travail, à Bristol. C'est une ville géniale. On va bien s'amuser.

— Quand pars-tu ?

— Dans deux semaines.

C'est trop tôt.

— Tu le sais depuis très longtemps, alors, protesté-je d'un ton accusateur.

— Nous voulions être certains d'avoir envisagé la situation sous tous les angles avant de te l'annoncer.

Son front se creuse de dizaines de rides. Il paraît stressé.

J'enregistre toutes ces informations aussi vite que je peux, en essayant de comprendre.

— Pourquoi je ne peux pas venir avec toi ?

Son visage se vide de toute expression.

— Eh bien, à cause de l'école, pour commencer.

— Il y a des écoles, à Bristol.

— Tu serais sûrement triste de quitter tes copains, non ?

Je hausse les épaules. La réponse à cette question est non, mais je ne veux pas faire de peine à mon père. Il m'interroge sans cesse sur mes amis. Je lui laisse entendre que je n'en manque pas, sans jamais avouer que je passe la plupart de mes pauses déjeuner à la bibliothèque, à lire en silence. Je ne suis pas vraiment la fille à éviter à tout prix – je suis celle qu'on ne remarque pas. Je préfère.

— Je pourrais m'inscrire ailleurs à la rentrée, ce serait un bon moment pour changer, avancé-je.

— Je sais, Sarah, mais… Je crois que ce serait mieux pour toi si tu restais avec ta mère.

— Tu sais comment elle est. Comment ça pourrait être mieux pour moi ?

— Sarah…

— Tu me laisses en plan avec elle, c'est ça ? Toi tu as la chance de partir, mais moi je suis forcée de rester.

— Elle a besoin de toi, Sarah. Tu ne le vois peut-être pas, mais elle t'aime très fort. Si tu me suivais… je crois qu'elle ne le supporterait pas. Je refuse de l'abandonner comme ça. Ce ne serait pas juste.

— Alors pourquoi tu pars ? demandé-je en me mettant à pleurer.

Mon nez coule et je parviens à peine à distinguer mon père à travers les larmes.

— Si tu t'inquiètes autant pour elle, pourquoi tu t'en vas ?

— Parce que je n'ai pas le choix, me répond-il calmement, d'un air très malheureux. Sarah, ce n'est pas ma faute. Cette décision ne m'appartient pas.

— Tiens-lui tête ! Dis-lui que tu n'as pas envie de nous quitter. Ne t'en vas pas comme ça ! crié-je.

Autour de nous les gens nous regardent en se donnant des coups de coude, mais je m'en fiche.

— Pourquoi faut-il toujours que tu lui obéisses, papa ? Pourquoi tu te laisses marcher dessus ?

Il n'a aucune réponse et je sanglote trop pour poser la dernière question, celle que je veux vraiment poser.

Pourquoi tu ne m'aimes pas assez pour refuser ?

13

Freeman fit un détour pour rejoindre le commissariat, empruntant des petites rues résidentielles, des allées étroites, pour nous mener jusqu'à une entrée dérobée. Aucun des policiers ne m'adressa la parole avant que la voiture s'immobilise devant la barrière. Smith s'éclaircit la gorge :

— Si vous vous demandez pourquoi il y a autant de monde dans la cour, c'est que la nouvelle de votre arrivée a été transmise par la radio. Ils veulent tous vous voir. Vous êtes en passe de devenir une vraie célébrité.

Je n'avais rien remarqué, mais en jetant un coup d'œil entre les deux sièges avant je constatai, effectivement, que des policiers en uniforme s'étaient rassemblés par petits groupes devant le commissariat, et qu'ils fixaient la voiture. L'expression sur leur visage était tout aussi uniforme que leur tenue : le dégoût dominait, mêlé de curiosité manifeste et d'une pointe de satisfaction. Mission accomplie. Ils en tenaient une. Aux côtés des agents se trouvaient également quelques employés en civil, à la mine aussi implacable. Marie-Antoinette elle-même n'avait pas dû affronter une foule plus dure lors de son ultime apparition publique.

Freeman jura dans sa barbe, je voyais qu'il était nerveux à l'idée de devoir conduire à travers une telle foule. Il fit rugir son moteur et se gara à l'arrière dans un coup de freins un peu trop brutal.

— Du calme, grommela Smith, avant de se tourner vers moi. Ça va, derrière ? Prête pour les gros plans ?

J'avais du mal à trouver l'homme sympathique. Le fait qu'il m'arrête pour un crime que je n'avais pas commis, et que je n'aurais même pas pu imaginer, me restait en travers de la gorge. Je ne répondis pas ; je me tordais les mains sur mes genoux. J'avais froid, j'étais détachée, comme si tout cela arrivait à quelqu'un d'autre.

Freeman désigna une porte.

— Par ici, vous rejoindrez le brigadier responsable de la garde à vue. Vous n'avez qu'à suivre le lieutenant Smith, il vous dira ce que vous devez faire.

J'opinai sans un mot. Lorsque Smith ouvrit la portière, je descendis de voiture, comme on me l'avait demandé, et lui emboîtai le pas sur une rampe d'accès menant à la porte marquée GARDE À VUE. Je n'osais regarder ni à gauche ni à droite et maintins mes yeux rivés sur le dos large du policier en essayant de progresser à son rythme. Un sifflement retentit derrière moi, strident, inattendu, qui me fit sursauter. Ce fut comme un signal pour la foule présente dans la cour, jusque-là silencieuse, et la porte se referma sur moi dans une vague de commentaires et de huées. Je surpris mon reflet dans une porte vitrée que nous étions en train de franchir et j'eus vaguement pitié de cette jeune femme dans son coquet tee-shirt rayé et son jean délavé, cette femme dont les boucles blondes, qui retombaient en cascade dans son dos, semblaient trop lourdes pour sa petite tête, et dont le pâle visage paraissait figé, ses grands yeux assombris par la peur.

Ce fut l'odeur que je remarquai en premier. La puanteur écœurante du vomi sous le parfum du désinfectant au pin. Le sol légèrement collant faisait ventouse sous mes sandales. J'étais si nerveuse que je sentais à peine mes jambes. J'avais une boule dans le ventre.

Un grand bureau prenait presque toute la place dans le couloir où nous nous trouvions. Le lieutenant Smith approcha en plastronnant de la femme au physique maternel et au teint frais qui se tenait derrière. Elle posa les yeux sur moi, puis sur Smith, à qui elle demanda d'un ton résigné :

— Qu'est-ce qu'on a ?

— C'est parti, commença Smith en hochant la tête avant de se redresser à la manière d'un enfant sur le point de réciter son catéchisme. Je suis le lieutenant Thomas Smith, j'ai procédé à l'interpellation de Mlle Sarah Finch, ici présente, sur instruction du capitaine Vickers. Elle a été arrêtée à 12 h 25 au 7, Curzon Close, elle est soupçonnée du meurtre de Jennifer Shepherd.

Je perçus un bruissement et soudain Vickers apparut près de mon coude. Derrière lui, je vis Blake, adossé au mur, les mains dans les poches, les yeux dans le vague. Quelque chose me disait qu'il savait pertinemment que je le regardais, et pour rien au monde il ne m'aurait accordé le moindre coup d'œil. Je me concentrai à nouveau sur Vickers, occupé à confirmer les circonstances de l'arrestation. De *mon* arrestation.

La responsable de la garde à vue se pencha en travers du bureau.

— J'ai quelques questions à vous poser, madame.

Elle s'exprimait d'une voix neutre, toute professionnelle.

Les questions étaient en rapport avec ma santé et mes réponses, quand j'en avais, furent à peine audibles. Non, je ne me considérais pas comme une personne vulnérable. Non, je n'avais pas de besoins spécifiques. Non, je ne prenais aucun médicament et je n'avais pas le sentiment de devoir consulter un médecin.

— Voulez-vous faire appel à un avocat ? s'enquit la femme, avec l'air de celle qui arrive au terme d'un boniment bien rodé.

J'hésitai puis secouai la tête. Les avocats étaient juste bons pour les coupables qui avaient quelque chose à cacher. Je parviendrais à m'en tirer plus facilement – et plus vite, sûrement – grâce à mes seules explications, sans les conseils d'un juriste.

— C'est donc un non, résuma le brigadier, en le notant sur le formulaire. Veuillez parapher cet imprimé et signer en bas.

Je m'exécutai. Tout était accompli dans les règles.

On me fit vider mes poches sur-le-champ, elles contenaient un vieux reçu, de la monnaie et un bouton de chemise que j'avais prévu de recoudre. Mon sac à main et ma ceinture disparurent également. Je n'avais pas de lacets ni d'autres objets avec lesquels j'aurais pu me faire du mal. D'une certaine manière, être dépouillée ainsi de ces diverses possessions fut le pire moment. C'était humiliant, dégradant. Je me tenais devant les policiers, le visage en feu, j'avais envie de pleurer.

La femme sortit un trousseau de clés et contourna son bureau en fredonnant distraitement.

— Par ici, s'il vous plaît.

Je lui emboîtai le pas à travers un seuil usé menant à une série de cellules, certaines apparemment occupées, d'autres ouvertes. L'odeur était insupportable – urine fétide, vomi et celle, plus forte que toutes les autres, des excréments humains. Tout au bout du couloir, la policière s'arrêta.

— Voilà la vôtre, dit-elle en me la désignant.

Je découvris une cellule complètement vide, équipée d'un simple bloc de ciment ayant la taille et la forme d'un lit, ainsi que de toilettes, dans l'angle, que je m'interdis de regarder, sans même parler de les utiliser. J'entrai puis m'immobilisai au milieu de la pièce, que je balayai du regard. Un sol nu. Des murs crème. Une fenêtre en hauteur. Un gros tas de rien. Derrière moi, la porte se ferma dans un bruit sourd. Le tintement métallique des clés dans la serrure irrita mes nerfs tendus. En me retournant, j'aperçus l'œil de ma gardienne par le guichet. De toute évidence, elle dut être satisfaite de ce qu'elle vit, car elle referma le clapet sans autre commentaire, me laissant seule.

Lorsque quelqu'un se manifesta à nouveau, plusieurs heures après, je m'étais installée aussi confortablement qu'il était possible de l'être sur une dalle de ciment, assise contre le mur, les genoux contre la poitrine. Il m'avait fallu un moment pour vaincre ma répugnance à toucher quoi que ce soit dans la cellule. Bien que celle-ci fût globalement propre et me parût, à l'odeur, avoir été entièrement désinfectée, je ne pouvais m'empêcher de penser à tous les précédents occupants. Il s'était sûrement produit ici à peu près tout ce dont est capable le corps humain, à l'exception peut-être d'un accouchement.

L'attente avait été longue. Chaque fois que la gardienne agitait ses clés dans le couloir, mon cœur faisait un bond douloureux et chaque fois la peur et l'impatience s'évanouissaient lentement. À part pour me proposer une tasse de thé (refusée) puis un verre d'eau (accepté), personne n'était venu me voir. On m'avait servi une eau tiède et un peu visqueuse dans un gobelet en carton, en quantité largement insuffisante, mais je n'avais pas osé en réclamer davantage.

Assise là, en faisant de mon mieux pour ne pas paniquer, j'eus le loisir de préparer mon interrogatoire. Vickers me connaissait. Je pourrais faire appel à lui, ou même à Blake. J'étais quelqu'un de sympathique, quelqu'un de bien, ils avaient juste fait une terrible erreur. Je parviendrais sûrement à les en convaincre. Ou pas ?

Je n'en étais pas encore arrivée au point de compter les briques dans le mur ou de faire les cent pas, mais je commençais sérieusement à en avoir assez d'être enfermée, quand j'entendis la clé dans la serrure. La porte s'ouvrit et la gardienne apparut sur le seuil en compagnie d'un homme que je voyais pour la première fois. Plutôt petit, le visage sombre et ténébreux, il se tenait très droit dans son costume bleu marine impeccable, porté avec une cravate gris argent.

— Voici le lieutenant Grange, annonça la femme. Il va vous interroger. Allez, debout, ne nous faites pas attendre.

Je quittai mon banc avec lenteur, l'adrénaline fusait dans mes veines, le sang me bourdonnait aux oreilles. De près, la chevelure du lieutenant Grange se révéla striée de gris, je lui donnai autour de la quarantaine. Son allure soignée le faisait paraître plus grand qu'il n'était ; j'étais habituée à être plus petite que tous ceux que je rencontrais ou presque, mais il était moins avantagé que la plupart des hommes, question taille. La responsable des gardes à vue devait mesurer cinq centimètres de plus que lui.

— Par ici, m'indiqua sèchement Grange.

Je franchis à sa suite la porte au bout du couloir sordide qui desservait les cellules. Nous débouchâmes sur un autre passage répugnant, qu'il traversa d'un pas vif, s'assurant toutefois que je restais dans son sillage puis me tenant la porte coupe-feu pour me laisser passer. Ses manières étaient courtoises sans être chaleureuses, et lorsque nous atteignîmes la salle d'interrogatoire n° 1, comme indiqué sur un panonceau, il me tint une nouvelle fois la porte et je me glissai à l'intérieur.

Je reconnus immédiatement cet espace, pour l'avoir vu dans à peu près toutes les fictions ou émissions policières que j'avais pu regarder. Au centre de la pièce, une table, flanquée de deux chaises de chaque côté. Un magnétophone démesuré s'y trouvait, fixé par des broches métalliques à la table, sûrement pour empêcher les suspects de l'envoyer à la figure des enquêteurs dans un accès de colère. Deux caméras vidéo étaient montées au plafond, en des coins opposés, toutes deux dirigées sur la table. Les différents angles permettraient de donner une image complète de ce qui se déroulait ici. Un deuxième homme était penché sur le magnétophone, apparemment en train de le régler. À mon arrivée, il leva la tête et me jaugea d'un seul coup d'œil expert. Il devait avoir quelques années de moins que Grange, vingt kilos et une tête de plus, le prototype du joueur de rugby. Sa chemise était tendue sur ses épaules musclées, le col lui rentrait un peu dans le cou à chaque mouvement de tête, laissant une trace blanche sur sa peau bronzée.

— Voici l'agent Cooper, le présenta Grange avant de me désigner une chaise. Asseyez-vous, Sarah.

J'hésitai.

— Attendez un peu. Qui êtes-vous ? Où est le capitaine Vickers ? Le lieutenant Blake ? Ou les policiers qui m'ont arrêtée ?

J'avais déjà oublié leurs noms.

Grange prit place sur un des sièges. Il s'occupa de sortir son bloc-notes et ses stylos avant de me répondre.

— On nous a demandé de vous interroger. Ce type d'entretien est notre spécialité et nous faisons partie de l'équipe qui intervient sur cette enquête. Le capitaine Vickers nous a tenus informés.

Il leva la tête un instant, puis reprit la mise en place de ses stylos avec une précision mathématique.

— Ne vous inquiétez pas. Nous savons tout ce qu'il y a à savoir.

Pas le moins du monde rassurée, je me laissai tomber sur ma chaise. Cooper termina ce qu'il était en train de faire avec le magnétophone et s'installa à côté du lieutenant, cognant un pied de table. La secousse produite défit l'alignement de stylos, Cooper marmonna des excuses. Son supérieur pinça les lèvres en signe de désapprobation, puis d'un geste de la tête indiqua à Cooper de commencer.

Celui-ci pressa un bouton du magnétophone et prit la parole. De ses lèvres sortait une voix, rugueuse et grave, totalement incongrue. Ravie de cet instant de distraction, je remarquai une petite ébréchure dans ses dents de devant, où se coinçait sa langue à chaque sifflante qu'il prononçait. Il débita un court laïus d'introduction : heure, date, numéro de la salle ainsi que nom du commissariat où était réalisé cet interrogatoire, leurs noms et grades. Lorsqu'il atteignit la fin de ce préambule, il se tourna vers moi.

— Cet entretien sera enregistré sur bande audio et vidéo, d'accord ?

Je m'éclaircis la gorge.

— Oui.

— Pouvez-vous, s'il vous plaît, énoncer votre nom et votre date de naissance ?

— Sarah Anne Finch. Née le 17 février 1984.

Cooper fouilla dans les documents étalés devant lui.

— Bien. Je vais vous rappeler vos droits.

Il me lut la page qu'il avait sous les yeux, s'interrompant pour détailler le sens de chaque clause. J'avais du mal à me concentrer. J'avais envie d'arriver à l'interrogatoire en lui-même, de manière à pouvoir expliquer que j'étais complètement innocente puis filer sans tarder. Il était impossible que tout cela se termine au tribunal. Je n'allais tout de même pas être jugée pour des faits que je n'avais pas commis ! C'était impensable. J'écoutai à peine et fut surprise lorsque Cooper me posa une question.

— Pardon, qu'avez-vous dit ?

— Vous avez refusé le droit à un avocat. Pouvez-vous nous donner vos raisons ?

Je haussai les épaules puis rougis en voyant qu'il me désignait le magnétophone.

— Heu… Je n'avais pas l'impression d'avoir besoin d'un conseil juridique.

— Vous sentez-vous assez bien pour être interrogée ?

J'étais nerveuse, fatiguée, un peu écœurée, assoiffée, mais je n'avais pas l'intention de retarder les procédures plus longtemps.

— Oui.

— Maintenant je souhaiterais juste confirmer les circonstances de votre arrestation. Vous avez été interpellée aujourd'hui même, n'est-ce pas, c'est-à-dire le 10 mai, au 7, Curzon Close, pour le meurtre de Jennifer Shepherd.

— Oui.

— On vous a lu vos droits et à ce moment-là vous avez gardé le silence.

— C'est exact.

Je tentais de paraître calme et je levai le menton pour regarder l'agent dans les yeux en donnant ma réponse.

Pendant que Cooper griffonnait quelque chose sur un formulaire, Grange se pencha vers moi.

— Vous savez pourquoi vous avez été arrêtée, Sarah ?

Il s'exprimait avec impassibilité, d'un ton décidé, et sans savoir pourquoi j'eus soudain peur de lui.

— Je crois qu'il y a eu une erreur. Je n'ai rien à voir avec la mort de Jenny. Je n'avais rien à voir avec ce qui a pu se dérouler dans cette maison. Je n'y suis entrée qu'à une seule reprise, c'était avant-hier.

Grange opina, pourtant je n'eus pas l'impression qu'il était d'accord avec moi, plutôt que je venais de lui dire ce qu'il s'attendait à entendre.

— En d'autres termes, vous ne concevez pas pourquoi nous verrions un intérêt à discuter avec vous…

— Pas vraiment. Je connaissais Jenny, elle était mon élève. Et j'ai découvert son corps, c'est vrai. Mais je l'ai signalé à la police. J'ai parlé au capitaine Vickers. Je lui ai tout expliqué. Je sais qu'il y avait certains objets m'appartenant dans cette maison, mais j'ignore comment ils sont arrivés là. En tout cas, je ne les ai absolument pas *oubliés* dans cet endroit.

Ma voix s'accélérait et grimpait dans les aigus ; je m'interrompis, consternée de me présenter sous cet angle agité.

Grange leva une main.

— Nous évoquerons ce sujet dans un instant, Sarah, si vous le voulez bien. D'abord, j'aimerais vous proposer quelques suggestions quant à votre implication dans l'affaire telle que nous l'imaginons et ensuite, vous me donnerez votre point de vue.

— Votre première erreur est de me croire mêlée à cette histoire, affirmai-je une fois encore.

Grange tourna une page de son calepin sans montrer qu'il avait entendu. Il lisait, j'en conclus qu'il devait revoir les éléments accumulés contre moi. Je le fixai du regard, bouillant de colère, impatiente de savoir quel lien ils avaient pu imaginer entre moi et la mort de Jenny. Grange ne laissait rien transparaître, je me concentrai sur son collègue. Les yeux ronds et légèrement exorbités de Cooper étaient braqués sur moi, son stylo était en position juste au-dessus de son bloc-notes, prêt à inscrire la moindre réaction de ma part à leurs affirmations. Je me carrai sur ma chaise, bras croisés. Je me sentais pleine d'hostilité et je tenais à ce qu'ils le sachent.

— Les enquêteurs vous ont soupçonnée dès le départ, commença finalement Grange.

À cet instant, je ressentis un choc quasi physique. L'équipe chargée de l'enquête se composait du capitaine Vickers, de Valerie Wade et d'Andy Blake. Ils ne pouvaient pas m'avoir crue impliquée. Il ne pouvait pas, pas lui.

— Il y a souvent un point d'interrogation au-dessus de la personne qui découvre le corps, dans une investigation sur un meurtre, surtout lorsqu'il existe un lien avec la victime. Cela suggère une connaissance préalable des lieux, particulièrement quand il y a eu des battues et qu'elles n'ont rien donné, et puis l'explication est toute trouvée au cas où les experts médico-légaux détecteraient des traces de la personne en question sur place : fibres, empreintes digitales ou de pied, ce genre de choses. Cela permet de brouiller les pistes. Votre présence dans les bois a contaminé la scène de crime, nous ne pouvons donc pas prouver que vous y étiez à un autre moment… par exemple quand vous vous êtes débarrassée du corps…

Je l'interrompis :

— Je mesure un mètre cinquante-sept et je dois peser environ sept kilos de plus que Jenny. Il m'aurait été impossible de la transporter jusque là-bas. C'est très isolé, le terrain est escarpé. J'en aurais été physiquement incapable.

— Seule, c'est sûr. Nous pensons donc que vous avez reçu l'aide de quelqu'un et que vous vous êtes chargée de nettoyer après le départ de votre complice, en sachant que toutes les traces laissées par vous pourraient être expliquées.

— Qui m'aurait aidée ?

— J'y reviendrai, si cela ne vous dérange pas, répliqua Grange avec un air de reproche.

Il tenait à suivre le script qu'il avait préparé et voilà que je tentais de le prendre de vitesse. J'abdiquai. Je voulais vraiment savoir ce dont ils me croyaient coupable.

— Dès l'instant où le corps a été découvert, vous n'avez cessé d'attirer l'attention de la police. Vous vous êtes impliquée activement dans les investigations, allant jusqu'à prendre l'initiative de discuter avec les amies de Jenny avant même qu'elles aient été interrogées par les collègues. Votre curiosité n'est pas passée inaperçue et n'a fait qu'accroître nos soupçons. Nous sommes convaincus que vous avez fourni des informations concernant l'enquête à votre complice, de sorte qu'à l'instant où il lui est paru évident qu'il risquait de se faire pincer il a pu s'enfuir.

— Danny, devinai-je dans un souffle.

— Daniel Keane, en effet, énonça-t-il avec une certaine satisfaction. Cependant, il est inutile de vous inquiéter pour lui. Nous avons des renseignements fiables à son sujet. Nous allons le coincer.

— J'espère bien. Il vous dira qu'il s'agit de pures élucubrations. Je ne lui ai pas parlé depuis des années, encore moins conspiré avec lui, quoi que vous imaginiez.

— Néanmoins, ça a dû vous faire un choc, quand vous vous êtes rendu compte que la police n'était pas simplement là pour vous raccompagner, continua Grange. Du coup, vous n'avez pas eu le temps d'envoyer un texto à Danny ou Paul pour les informer que les forces de l'ordre avaient un mandat de perquisition. Pas le temps d'effacer les fichiers, de reformater les disques durs, ni de détruire les pièces à conviction. Ni de récupérer vos affaires personnelles dans la maison.

— Je ne sais pas comment elles sont arrivées là, arguai-je avec une certaine lassitude. Je vous l'ai déjà dit. Ainsi qu'au capitaine Vickers…

— Qui a d'ailleurs précisé que vous méritiez l'Oscar pour ce rôle, commenta Cooper. Mais cela n'a convaincu personne.

Grange reprit la main :

— Ensuite, vous vous êtes mise à défendre Paul, à expliquer aux collègues qu'il ne fallait pas l'interroger, qu'il était vulnérable. Il était clair pour tout le monde que vous craigniez que Paul n'ait oublié le scénario sur lequel vous vous étiez accordés tous les deux lorsque vous vous êtes rendue chez lui hier. Paul n'est qu'un môme. Vous ne pouviez pas espérer qu'il vous couvre.

— C'est ridicule…

— Vraiment ?

Grange était comme un requin se rapprochant de sa proie.

— Nous, en tout cas, nous ne trouvons pas ça ridicule. Vous êtes trop parfaite pour être honnête, Sarah. Vous vivez avec votre mère, vous enseignez comme un bon petit soldat dans une école très sélect où vous avez sous les yeux tout ce que vous ne pouvez pas avoir. Tout est si simple pour ces filles et elles ne s'en rendent même pas compte. Nous avons passé votre maison au peigne fin, parlé à votre mère. Plutôt sinistre, comme vie, pour une jeune femme, non ? Plutôt triste.

Je me débattis avec cette idée qu'ils avaient fouillé chez moi, ma chambre, mes affaires. Le rouge me monta au front en songeant que des inconnus avaient retourné mes vêtements, parcouru mes lettres, mes livres. M'avaient jugée. Pire, et s'il ne s'était pas agi d'inconnus ? Une image me vint, Blake assis au bord de mon lit, une expression de mépris mêlé de pitié sur le visage. La pitié était bien la dernière chose que je souhaitais éveiller chez lui.

Je réintégrai à grand-peine la réalité de la petite pièce sans air.

— Si vous vous êtes adressés à ma mère, elle vous aura dit que je me trouvais avec elle lorsque Jenny a disparu, que je n'ai donc rien à voir avec ça.

Grange ne cilla pas.

— Elle ne nous a pas beaucoup aidés, je le crains. Si vous comptiez sur elle pour vous fournir un alibi, il va falloir trouver autre chose.

Je m'adossai à ma chaise, dans l'impasse. Bien sûr qu'elle ne les avait pas aidés. Comme témoin, elle était disqualifiée d'office : hostile vis-à-vis de la police, approximative quant aux dates et aux heures. Comment avais-je pu voir là, ne serait-ce qu'une seconde, un moyen de me tirer de ce cauchemar ?

Grange repartait à l'assaut :

— Danny Keane et vous, vous êtes ceux qui restent. L'un comme l'autre, depuis toujours, vous avez dû apprendre à survivre. Ce type de sentiments rapproche forcément les gens. Bonnie and Clyde, vous voyez le genre… sauf que les braquages de banque ne sont plus à la mode de nos jours, et qu'il est bien plus facile de jouer les proxénètes avec une petite fille, de lui tourner la tête à force de flatteries et de fausses amitiés, puis de l'abuser sexuellement devant une caméra…

Je me recroquevillai sur mon siège, intimidée malgré moi. Grange se plongea dans son carnet, puis remonta au créneau, penché sur la table :

— Nous pensons que Daniel Keane et vous avez conspiré, tout d'abord pour utiliser Jennifer Shepherd comme objet sexuel et ensuite pour vous débarrasser d'elle lorsque vous avez découvert qu'elle était enceinte…

Je secouai la tête.

— Non. Absolument pas.

— Si, insista Grange. Vous l'avez vue à l'école, vous avez senti qu'elle était vulnérable. C'était une enfant unique. Elle faisait confiance aux adultes, n'est-ce pas ? Elle était habituée à les fréquenter en permanence, alors il vous a été facile de l'approcher et de devenir amie avec elle. Elle ne vivait pas loin de chez vous, ce qui lui permettait de trouver des excuses pour venir vous retrouver le soir et les week-ends. Elle a menti à ses parents, vous l'aidiez à concocter ses fables, je parie ? Quant à Daniel Keane, il l'a charmée au point qu'elle n'a plus été capable de faire la différence entre le bien et le mal et, avant qu'elle s'en rende compte, deux inconnus abusaient d'elle, à de multiples reprises, pour gagner de l'argent. Peut-être même qu'elle vous remerciait pour ce privilège…

Grange se tourna et, sans qu'il fût nécessaire qu'il lui demande, Cooper lui tendit un classeur que Grange feuilleta avant de poser à nouveau les yeux sur moi.

— Nous avons retrouvé ces images sur les ordinateurs de la maison. Il y en aura peut-être davantage une fois que nous aurons terminé l'examen complet des disques durs, mais celles-ci suffisent à poursuivre les personnes impliquées dans les abus sexuels sur cette enfant.

Il ouvrit le classeur, le parcourut encore, puis sélectionna quelque chose.

— Saviez-vous que nous avons un système pour répertorier les images à caractère pédophile ? Cela va du niveau un à cinq, le premier étant le moins choquant. En voici une de niveau un...

Il fit glisser la photographie sur la table et je découvris Jenny, qui souriait à l'objectif, par-dessus son épaule. Elle était en sous-vêtements, un débardeur et une culotte à petites fleurs roses, à genoux, une main sur la hanche. Le tissu épousait son torse, dévoilant à quel point elle était plate, pas du tout formée. Une barrette fleurie dans ses cheveux accentuait encore l'impression de jeunesse et d'innocence qui se dégageait du cliché.

— Le niveau un, c'est une pose sexualisée, expliqua Grange en pesant bien chaque syllabe. Pas nécessairement nue. Il n'y a rien d'autre. Émoustillante, on pourrait dire.

J'avalai ma salive, dégoûtée. L'idée que l'on puisse trouver cette image érotique me dépassait totalement.

— Niveau deux...

Le lieutenant me fit passer une autre photographie sur la table, dans un crissement du papier brillant sur la surface plastifiée.

— Masturbation solitaire. Ou activité sexuelle sans pénétration entre enfants. Dans le cas présent, masturbation.

Je baissai les yeux puis les relevai, un quart de seconde après, sentant les larmes monter.

— Stop, parvins-je à articuler.

Je ne voulais pas voir ça. Je refusais de savoir que ces choses existaient.

— Niveau trois.

Encore une image glissée devant moi.

— Activité sexuelle sans pénétration entre des enfants et des adultes.

Je détournai la tête, paupières closes, maintenant secouée de violents sanglots.

— Le visage de l'homme est pixellisé, lâcha Grange, songeur. Mais nous parvenons à identifier Daniel Keane, me semble-t-il. Il a un tatouage au bras droit, non ? Le même que celui-là ? Un motif celte ?

— Je n'en ai pas la moindre idée, répondis-je toujours sans regarder.

Il y avait des images que je n'avais pas besoin de voir, des images que je n'oublierais jamais si mes yeux se portaient un jour dessus. Mon nez coulait, je reniflais désespérément.

— Est-ce que je peux avoir un mouchoir ?

— Après ça, on a le niveau quatre, poursuivit Grange, en ignorant ma requête. Activité sexuelle avec pénétration de toutes sortes – des enfants entre eux, des enfants avec des adultes. Cela inclut les pratiques bucco-génitales, comme vous pouvez le voir.

Deux clichés supplémentaires glissèrent sur la table et l'un d'entre eux bascula sur le sol, dans mon champ de vision. Je l'aperçus avant de pouvoir m'empêcher de le regarder. Ma réaction fut instantanée, viscérale. Je me penchai, la tête sur le côté et vomis copieusement par terre. Grange recula sa chaise avec une exclamation étouffée et bondit, hors de portée mais pas assez vite. Des éclaboussures maculaient son impeccable pantalon et ses chaussures cirées, mais j'étais bien trop mal pour m'en préoccuper.

— Arrête l'enregistrement, Chris ! aboya Grange.

Cooper marmonna un rapide « Interrogatoire suspendu à 18 h 25 » avant de s'exécuter.

Je fus vaguement conscient que le lieutenant quittait la pièce pour être remplacé par une femme en uniforme. Cooper et elle me guidèrent jusqu'à une autre salle, où j'eus droit à un verre d'eau. J'avais des élancements dans la tête, la gorge rêche d'avoir vomi. Voilà des heures que je n'avais rien mangé, je n'avais rendu que de la bile pure ou presque.

Vingt minutes s'écoulèrent avant que l'entretien ne reprenne. Je ne pus m'empêcher de jeter un coup d'œil au bas de pantalon de Grange lorsqu'il entra, remarquant les taches humides aux endroits où l'on avait tenté d'éponger le tissu. Sa mâchoire serrée trahissait une certaine tension, mais il s'adressa à moi sur un ton relativement poli :

— Vous sentez-vous capable de poursuivre cet interrogatoire ?

— Oui.

J'avais la voix rauque, je m'éclaircis la gorge, ce qui me fit grimacer.

— Vous voulez un autre verre d'eau ? proposa Cooper.

— Ça ira, murmurai-je.

Grange s'adossa à sa chaise.

— Bien, nous allons reprendre où nous en étions.

— Plus de photos, suppliai-je très vite. J'ai compris ce que vous vouliez dire.

— Il reste encore le niveau cinq. Vous ne voulez pas savoir de quoi il s'agit ?

Je serrai les poings, en faisant de mon mieux pour ne pas perdre mon sang-froid. Le lieutenant souffrait visiblement du syndrome des hommes de petite taille. Lui crier dessus – mettre en péril son autorité – ne me mènerait à rien. Il fallait que je tente la politesse :

— S'il vous plaît, ne me montrez plus d'images.

— D'accord. Nous ne voulons pas être forcés de changer une nouvelle fois de salle, lança-t-il dans une tentative d'humour.

Cooper s'esclaffa bruyamment. Je ne parvins pas à sourire tout à fait.

— Revenons à vous et Daniel Keane, dit Grange, sa bonne humeur évaporée. Je veux bien imaginer que vous n'étiez pas directement impliquée dans les abus sexuels. Je suis disposé à croire que vous n'aviez jamais vu de telles photos avant. Cependant, je reste persuadé que vous faisiez partie intégrante du complot pour abuser Jenny Shepherd pour votre profit personnel.

— Pas du tout, affirmai-je avec toute la force que je pus rassembler.

Grange plissa les yeux.

— Ça a dû être une véritable catastrophe pour vous, lorsque vous vous êtes rendu compte que Jennifer était enceinte. Vous ignoriez peut-être qu'elle était menstruée. Elle avait l'air d'une enfant, pourtant elle avait ses règles depuis quelques mois déjà. Vous saviez que le pot aux roses serait découvert dès que ses parents apprendraient sa grossesse, vous saviez également que vous seriez poursuivie. La peine qui vous aurait été infligée pour proxénétisme sur une mineure occasionnant un enrichissement personnel risquait d'être extrêmement sévère, sans compter que, après être passée par la case prison – une expérience particulièrement déplaisante, ainsi que vous pouvez aisément l'imaginer –, vous n'auriez plus été autorisée à travailler avec des enfants. À dire vrai, vous auriez été plus ou moins exclue du marché du travail. Les enjeux étaient énormes, pour vous. Assez pour vous persuader que cette fille, qui de toute manière n'allait bientôt plus être très utile, était tout à fait remplaçable. Une fille que vous aviez traitée comme un produit de consommation, exploitée pour votre intérêt financier…

— Non, protestai-je en secouant la tête. Rien de tout cela n'est vrai.

— Vous êtes sûre ? N'est-il pas vrai que Daniel Keane et vous aviez convenu que si vous ne vous faisiez pas pincer pour le meurtre de Jenny Shepherd vous chercheriez une nouvelle victime, une fois le scandale dissipé ? C'était une véritable mine d'or pour vous deux, ce business, beaucoup trop lucratif pour que vous l'abandonniez totalement, surtout avec une mécanique bien rodée et des clients qui exigeaient toujours plus de nouveauté !

— C'est grotesque.

— Ce n'est donc pas pour cette raison que l'agression de Geoff Turnbull par Daniel est devenue nécessaire ?

Les yeux vifs du lieutenant attendaient une réaction de ma part à la mention du nom de Geoff.

— Parce que Geoff traînait dans le coin, n'est-ce pas ? reprit-il. Et certaines personnes souhaitaient pouvoir aller et venir librement, si vous voulez me pardonner cette expression malheureuse, des habitués de votre petit club. Jusqu'à présent, nous avons découvert des images de quatre hommes différents coupables d'abus sur la fillette, la plupart plus âgés que vous et Keane, largement, en fait, nous ne savons donc pas vraiment comment il les recrutait. Vous serez peut-être à même de nous aider sur ce point ? Non ? Bref, ces messieurs n'auraient pas été franchement ravis de croiser ce professeur susceptible d'apparaître à toute heure du jour et de la nuit, une personne capable de comprendre ce qui se passait là, voire de reconnaître la victime alors qu'elle arrivait ou quittait les lieux…

— Qu'est-ce qui vous fait croire que Danny a agressé Geoff ? demandai-je, bloquée sur la première partie de son monologue.

— Nous avons trouvé une barre de fer en fouillant le domicile des Keane, cachée sous un des lits, emballée dans un sac-poubelle noir. Elle était souillée de sang et d'autres matières. Il y avait également des cheveux qui correspondaient visuellement à ceux de Geoff Turnbull, mais un test ADN sera réalisé pour le confirmer. Nous sommes convaincus que c'est cette arme qui a blessé M. Turnbull.

Je reculai contre mon dossier, perplexe. Geoff aurait effectivement constitué un obstacle pour Danny si celui-ci avait des activités illicites juste en face de chez moi. Mais c'était une façon plutôt extrême de se débarrasser de lui. De plus, comme l'avait fait remarquer Vickers, l'agression semblait personnelle. Cela méritait réflexion, cependant je me concentrai sur ce que disait Grange. Son ton se fit plus doux :

— Écoutez, Sarah, nous sommes conscients que vous avez vécu beaucoup d'événements terribles dans votre vie, la disparition de votre frère, la mort de votre père ensuite. Nous voyons pourquoi vous avez pu être attirée par Daniel Keane, il est une des seules personnes au monde susceptibles de comprendre ce qu'a dû être votre enfance, votre adolescence. Tout cela était peut-être son idée à lui. Il a pu abuser de vous, également. Vous avez pu imaginer que les choses tourneraient différemment. Il était peut-être déjà trop tard quand vous avez compris dans quoi vous vous étiez engagée.

Grange avait pris un air sincère. Auquel je ne crus pas une seule seconde.

— Vous avez de gros ennuis, pour l'instant, mais nous pouvons vous aider si vous coopérez. Si vous nous racontez ce qui est réellement arrivé avec Jennifer, si vous nous apprenez tout ce que nous ignorons, nous pourrons vous proposer un marché. On peut réduire votre peine… faire en sorte que vous passiez moins de temps derrière les barreaux… peut-être s'arranger pour que vous soyez acceptée dans une prison ouverte.

Je n'étais pas assez bête pour croire Grange sur parole, et je parvenais à lire entre les lignes. Ils avaient beaucoup d'idées, mais aucune preuve tangible. Ils avaient besoin que j'avoue, mais aussi que je leur fournisse de quoi poursuivre Danny. Après avoir vu les images de Jenny, je ne voyais aucun inconvénient à ce que Danny passe un long moment sous les verrous, qu'il y reste jusqu'à la fin de ses jours, de préférence. Mais je devais leur faire comprendre que bien loin d'être le cerveau de la bande je n'avais tout simplement pas remarqué ce qui se passait juste en face de chez moi.

— Si je devais résumer, il s'agit en réalité d'une combinaison de coïncidences et de circonstances, répondis-je en choisissant mes mots avec le plus grand soin. Je comprends que vous m'ayez soupçonnée. Effectivement, le fait que je réapparaisse sans cesse dans l'affaire pouvait paraître étrange ; je m'en rends compte, avec le recul. Mais si je me suis autant impliquée dans l'enquête, c'est parce que je pensais pouvoir être utile. Personne ne m'est venu en aide lorsque mon frère a disparu. Je voulais que le coupable soit arrêté et j'espère que vous attraperez Danny Keane, sincèrement. Mais je n'ai rien à voir avec les abus sexuels. J'ignorais même que Jenny connaissait Danny.

Je m'interrompis un instant, pour préparer ce que j'avais à dire.

— Mes affaires se trouvaient dans la maison, c'est exact. Mais comme j'en ai informé le capitaine Vickers, j'ai été victime d'une agression cette semaine. Je sais maintenant que c'était Danny Keane.

Je me mis debout, le dos tourné aux policiers, puis soulevai mon tee-shirt. L'ecchymose sur mon épaule était passée du noir au vert jaune les jours précédents, mais elle restait bien visible. Je leur fis face à nouveau puis remontai ma jambe de pantalon assez haut pour leur montrer mon genou. Il était enflé, jauni, ce qui me valut un sifflement compatissant de la part de Cooper.

— On m'a volé mon sac. C'est ce qui explique que je n'aie pas conduit – je n'avais plus mes clés.

Je me rassis.

— Si j'avais eu accès à cette maison, j'aurais certainement voulu récupérer ces clés. Le lieutenant Blake m'a vue à la cérémonie en hommage à Jenny. Il peut confirmer que j'ai été forcée de m'y rendre à pied, alors qu'il pleuvait énormément ce soir-là, et qu'on a dû me raccompagner chez moi ensuite. J'ignore comment Danny a repéré Jenny comme victime potentielle, mais Paul Keane et elle étaient à l'école primaire ensemble. Je ne sais pas pour quelle raison Geoff s'est fait agresser. Ni moi. À mon avis, seul Danny pourra répondre à ces questions. Je vous jure que je ne lui ai plus adressé la parole depuis mon adolescence.

Grange remua sur son siège.

— Ce n'est pas crédible, j'en ai peur. Vous vivez à quelques mètres l'un de l'autre…

— C'est vrai. Nous sommes brouillés.

Je me souvenais des circonstances exactes ; j'espérais de tout mon cœur qu'ils ne m'obligeraient pas à leur expliquer en détail ce qui s'était passé.

— Je me suis rendue chez lui cette semaine à propos de mon frère, et c'est ainsi que j'ai fait la connaissance de Paul. J'avais même oublié son existence, pour être honnête. Je ne l'avais plus vu depuis des années.

— Pourquoi vouloir l'interroger sur votre frère maintenant ?

Je m'agitai un peu sur ma chaise, tentant de trouver un moyen de me justifier.

— Eh bien… Avec le meurtre de Jenny… tout m'est revenu. Je me suis mise à la place des Shepherd, puis j'ai pensé à mes parents, à mon père en particulier. Plus personne ne s'intéresse à Charlie, excepté ma mère, et ça l'a brisée. J'ai passé des années à faire comme si mon frère n'avait jamais existé. J'ai essayé de fuir ce qui était arrivé à ma famille, mais je ne pouvais plus continuer à l'ignorer. J'ai cru que je pourrais découvrir quelque chose. Que peut-être on n'avait pas posé les bonnes questions, ou pas aux bonnes personnes. J'ai cru… j'ai cru que je pouvais tout arranger.

Une fois exprimé ainsi à voix haute, cela paraissait idiot ; je restai à fixer mes mains, refusant de voir le visage des enquêteurs.

Il y eut un coup sourd à la porte, Cooper arrêta l'enregistrement, Grange se leva pour répondre. Il sortit dans le couloir, refermant derrière lui. Je demeurai assise en silence, sans regarder Cooper, attendant simplement que Grange revienne. J'avais fait ce que je pouvais. J'avais dit tout ce que j'avais à dire. Il ne me restait plus qu'à patienter, c'est donc ce que je fis.

1997
Disparu depuis cinq ans

Le téléphone sonne. Allongée sur le canapé, je coupe les fourches de mes cheveux à l'aide de ciseaux à ongles et n'esquisse aucun mouvement pour tenter d'y répondre, bien que l'appareil se trouve à quelques mètres de moi.

Ma mère sort de la cuisine et j'entends l'agacement dans sa voix lorsqu'elle décroche; son ton est sec.

Son côté de la conversation est bref, à peine poli. Au bout d'une minute, elle se penche depuis le couloir.

— Sarah, c'est ton père. Viens lui parler, s'il te plaît.

Je ne bouge pas immédiatement. Je me concentre sur une dernière mèche, dispose les ciseaux soigneusement pour tailler un unique cheveu qui se sépare en trois fourches.

— C'est dégoûtant, râle ma mère. Arrête ça tout de suite. Ton père attend.

Je me lève pour lui prendre le téléphone des mains, sans lui dire un mot, ni même lui accorder un regard.

— Allô?
— Salut, ma puce. Comment vas-tu?
— Bien.

Il a l'air enjoué, trop pour être honnête.

— Comment ça va, l'école ?
— Bien.
— Tu travailles dur ?

Au lieu de répondre, je soupire dans le combiné. Si seulement il pouvait voir ma tête. Pas facile d'exprimer « je n'en ai rien à fiche » au téléphone sans prononcer les mots.

— Écoute, Sarah, je sais que la situation est difficile, mais il faut que tu fasses des efforts, ma chérie. L'école, c'est important.

— Ouais, dis-je en donnant des coups de pied lents et délibérés dans la plinthe.

Je porte de grosses chaussures Caterpillar, noires, avec des semelles épaisses et une coque métallique, que j'ai persuadé mon père de m'acheter. Je ne sens même pas l'impact du mur sur mes orteils.

— Arrête ça ! lance ma mère derrière moi.

Elle se tient sur le pas de la porte de la cuisine, elle écoute. Je lui tourne le dos et coince l'appareil entre mon épaule et mon oreille.

— Papa, quand est-ce que je peux venir te voir ?
— Bientôt. L'appartement est presque prêt. Je viens de finir la peinture de la deuxième chambre, d'ailleurs. Dès que je l'aurai meublée, tu pourras venir.

— Ça fait super longtemps… marmonnai-je dans le téléphone.

— Je sais. Je fais de mon mieux, Sarah. Il faut que tu sois patiente.

— Je suis patiente, mais j'en ai marre.

Je donne un nouveau coup de pied dans la plinthe, qui s'écaille un peu.

— Papa, je dois y aller.
— Ah. D'accord.

Il paraît étonné, un peu déçu.
— Tu as prévu quelque chose ?
— Non. C'est juste que je n'ai plus rien à te dire.

Ça me fait du bien d'être méchante avec lui. J'ai l'impression qu'il le mérite.

Il y a un petit blanc.
— D'accord.
— Au revoir.

Je raccroche très vite, pour ne pas l'entendre me répondre.

Lorsque je me retourne, ma mère n'a pas bougé, les bras croisés, un petit sourire aux lèvres. Je vois bien qu'elle est contente de moi et, l'espace d'une seconde, j'éprouve une satisfaction, très vite remplacée par la culpabilité et le ressentiment. Je me fiche de ce qu'elle pense.

Je repars dans le salon me jeter sur le canapé, regrettant de ne pas m'être montrée plus sympa avec mon père au téléphone. Mais c'est trop tard, maintenant. Il n'est plus là.

14

Ils me laissèrent mariner dans la salle d'interrogatoire pendant un certain temps. Grange revint chercher Cooper, mais il ne m'adressa pas la parole. Une femme en uniforme fit son apparition et se posta à côté de la porte en silence, sans faire attention à moi. Je suivis son exemple et gardai les yeux dans le vide, les genoux entre mes bras. Je m'attendais à être ramenée en cellule à tout moment. J'avais l'impression très nette que l'interrogatoire était terminé.

Lorsque la porte s'ouvrit à nouveau, j'eus la surprise de découvrir Vickers sur le seuil. Il se débarrassa de l'agent en uniforme d'un signe de tête et entra. Il s'empara de la chaise de Cooper, la tira pour l'installer face à moi, de manière à ce que nous ne soyons pas séparés par la table. Il s'y assit avec lenteur, comme si son dos lui faisait mal, et soupira avant de parler.

— Comment allez-vous ?

Je haussai une épaule en guise de réponse.

À votre avis ?

— Vous serez ravie d'apprendre que nous avons discuté avec le jeune Paul, à l'hôpital, et qu'il vous a catégoriquement innocentée de toute participation au complot. Il corrobore tout ce que vous nous avez raconté. Pour l'instant, et à moins que ne surviennent des preuves supplémentaires de votre implication, j'estime que vous n'avez pas participé au plan visant à abuser sexuellement ou à tuer Jenny Shepherd.

Il ne s'agissait pas d'une déclaration retentissante de mon innocence, mais je le pris pour ce que c'était : une forme d'excuses et l'assurance qu'ils ne me réinterrogeraient plus.

— Vous ne trouverez rien d'autre. Je vous l'ai dit, je n'ai rien à voir avec ça.

— Apparemment, déclara Vickers en joignant ses mains devant lui et en s'abîmant dans la contemplation de ses jointures, comme fasciné.

Il n'ajouta rien, je ne voyais pas ce qu'il attendait.

— Je peux y aller ?

— Hmm, bien sûr, si vous le souhaitez. Je le comprendrais, si vous préfériez rentrer chez vous. Vous êtes sûrement fatiguée, un peu contrariée…

— Rien qu'un peu ? rétorquai-je sèchement.

— Oui. Bon. C'est vrai, si vous voulez rentrer, je ne vais pas vous en empêcher.

Il laissa un blanc. Je me doutais qu'il avait quelque chose derrière la tête.

— Mais ?

— Mais… Eh bien, quand je dis que nous avons discuté avec Paul, en fait, nous n'avons pas beaucoup avancé…

Il passa sa main ridée sur sa nuque. Consciente qu'il jouait au vieillard épuisé pour emporter ma sympathie, nullement dupe de son manège, j'attendis qu'il en vienne au sujet. Ce qu'il fit :

— Le problème, c'est qu'il refuse de nous parler, Sarah. Tout ce que nous avons pu tirer de lui c'est que vous n'étiez pas complice. Sinon, c'est « Pas de commentaires » à tout bout de champ ; nous n'avions même pas réussi à lui faire confirmer son âge et son nom, au départ. C'est seulement lorsqu'on a commencé à lui parler de vous qu'il a bien voulu lâcher quelque chose. Vous lui avez fait forte impression. Il a dit que vous aviez été gentille avec lui.

Je me sentis extrêmement triste pour Paul. J'avais discuté avec lui, rien de plus. Je l'avais traité comme un être humain. Et cela aurait suffi à le marquer au point de le décider à briser le silence pour prendre ma défense ? Il avait dû lui falloir un sacré courage. Aussi affreux que cela m'ait paru d'être enfermée, puis questionnée – interrogée –, au moins j'étais une adulte et j'avais quelques notions concernant mes droits. Sans compter que j'étais innocente.

— Vous n'auriez même pas dû lui parler. Bien sûr, je lui suis reconnaissante d'avoir confirmé ce que je vous disais. Mais il n'est qu'un enfant. Il est incroyablement vulnérable. Il a tout de même tenté de se suicider, enfin ! Et si vous avez raison quant à son rôle dans les abus perpétrés sur Jenny, et je ne dis pas que vous avez raison, après tout, vous vous êtes bien trompé sur moi, j'imagine qu'il est rongé par la honte d'avoir été découvert.

— Vous n'avez pas tort, fit Vickers en essayant d'adopter une expression contrite.

Cette gêne apparente ne collait pas vraiment avec ce que je savais de lui, cet homme que je savais fait d'un acier trempé, mais je le fixai sans un mot, refusant la perche qu'il me tendait.

Vickers croisa ses jambes maigres puis s'affaira pendant un certain temps à lisser le tissu de son pantalon par-dessus son genou. Il leva finalement les yeux.

— Je ne trouve pas juste de vous demander de nous aider, Sarah, étant donné ce que nous venons de vous faire subir, mais je suis dans une situation délicate. Nous n'avons aucune chance de construire une bonne relation avec ce garçon. Il ne nous fait absolument pas confiance. Voilà des années qu'il ne reçoit aucun soutien de la part d'un adulte fiable, il ne réagit de manière favorable ni à nous ni à ses anciens professeurs et il n'a aucune autre famille. Nous avions une assistante sociale avec nous, et je sais bien que ces gens font un sacré bon boulot, mais celle-ci s'est révélée à peu près aussi utile qu'un réfrigérateur sur la banquise. Je suis donc obligé de faire appel à votre bonne nature et à votre désir de voir la justice rendue.

— Qu'attendez-vous de moi ?

— Accompagnez-moi à l'hôpital. Maintenant.

Vickers avait laissé tomber la voix chevrotante du vieillard ; une fois encore, je remarquai combien son regard bleu pouvait être perçant.

— Il vous fait confiance. Il vous apprécie. Nous lui avons demandé s'il souhaitait parler à quelqu'un, le seul nom qui a provoqué chez lui une réaction positive, c'est le vôtre. Il vous prend pour une sorte d'ange.

— Je n'arrive pas à y croire, lâchai-je en faisant de mon mieux pour digérer ce que je venais d'entendre. Comment pouvez-vous m'accuser de meurtre un instant et réclamer mon aide le suivant ?

— Nous avions des raisons de soupçonner votre complicité dans certains aspects de ce crime, protesta Vickers. Notre enquête nous a permis d'exclure toute participation de votre part. Mais votre arrestation était une étape normale, d'un point de vue légal, et c'est ce qui a pu vous innocenter.

— Et donc il faudrait que je vous en remercie, c'est ça ? m'emportai-je, tremblant de colère.

— Je n'ai pas dit ça…

Vickers s'adoucit un peu.

— Je suis conscient que c'était dur, Sarah. Et si j'avais le choix, je vous laisserais rentrer chez vous vous remettre de vos émotions. Mais je n'ai pas beaucoup d'options. Il faut que je découvre ce que sait Paul et je n'ai pas le temps de faire ami ami avec lui. Les parents de Jennifer Shepherd m'appellent pour savoir où on en est, j'ai la presse sur le dos qui me bombarde de questions, j'essaye de coordonner la chasse à l'homme pour retrouver Daniel Keane, le tout sous une pression énorme de la part de mes patrons, et tout ce dont j'ai besoin, c'est de pouvoir leur répondre à tous : Oui, nous sommes sur la bonne piste. Nous ne lui avons peut-être pas encore mis la main dessus, mais ça ne saurait tarder et c'est bien lui que nous recherchons.

— Je ne veux pas jouer le moindre rôle là-dedans, dis-je en secouant la tête. Je refuse d'être celle qui harcèle ce pauvre gosse pour lui soutirer des informations qui incrimineront son frère.

— Je vous en prie, Sarah. Vous savez comment c'est, de rester dans le noir. Ne serait-ce que pour les parents, n'accepterez-vous pas de nous aider ?

Ça y était. Il me tenait. Vickers finissait toujours par trouver le bon angle. Je n'avais peut-être pas envie de coopérer avec la police, mais je n'avais pas le cœur de laisser les Shepherd dans l'attente de la vérité.

À son crédit, le capitaine parvint à se retenir d'afficher son triomphe en m'escortant hors de la salle d'interrogatoire et le long du couloir menant à l'avant du commissariat. Il détaillait l'affectation des pièces devant lesquelles nous passions – « C'est là que nous nous sommes vus, rappelez-vous, le soir de la découverte du corps de Jenny, c'est mon bureau »… Je n'écoutai pas grand-chose, piquée au vif par les regards que me jetaient ses collègues. Il faudrait un moment pour que la nouvelle de ma libération commence à filtrer. La principale réaction que suscita mon apparition au côté de Vickers semblait être une hostilité à peine dissimulée.

Lorsque nous arrivâmes à l'accueil, dans la partie ouverte au public, ce fut pour y découvrir un homme déchaîné. Vickers et moi nous figeâmes sur place, côte à côte, stupéfaits. Grand et large d'épaules, l'individu se débattait entre deux agents en uniforme et une femme. Celle-ci était agrippée à son bras de toutes ses forces et lorsqu'il essaya de se dégager elle tourna la tête, ce qui me permit d'identifier Valerie Wade. Le forcené hurlait à pleins poumons, il insultait la responsable de l'accueil, une civile, qui semblait pétrifiée derrière son Hygiaphone en Plexiglas rayé et jauni. Comment lui en vouloir ? L'homme était dans une colère monstre. Je l'avais également reconnu, avec un frisson. Michael Shepherd avait atteint ses limites dans la maîtrise de lui, il était impossible de prédire ce dont il était capable. Et s'il apprenait que j'avais été arrêtée et que la police m'avait soupçonnée d'être liée à la mort de sa fille… je ne tenais absolument pas à rester dans la même pièce que lui, même entourée de policiers.

— J'exige de parler au capitaine ! Immédiatement ! réclamait-il d'une voix rendue rauque par la rage brute.

— Si vous voulez bien... vous calmer une seconde... haleta Valerie.

Je méditai sur le fait que ces quelques mots, et la manière dont elle les avait prononcés, risquaient de produire précisément l'effet inverse de celui recherché.

— Ta gueule ! aboya Shepherd. Qu'est-ce que j'en ai à foutre, de me calmer ?

Je n'avais pas remarqué que Vickers avait bougé, pourtant il apparut soudain auprès du petit groupe. En le voyant, Shepherd lâcha un grand soupir et cessa de se débattre.

— Il est inutile de vous fâcher, monsieur Shepherd. Excusez-moi, mais je n'étais pas disponible. J'étais injoignable, de fait.

— On dit aux infos que vous avez arrêté quelqu'un. Est-ce que c'est vrai ?

Les mots avaient quitté la bouche de Michael Shepherd de manière précipitée.

— Nous sommes sur une piste bien précise.

Le poing de Shepherd s'abattit sur le comptoir devant lui, je grimaçai.

— Vous nous répétez toujours la même chose, mais vous ne nous dites jamais rien. Je ne sais rien de ce qui se passe. Je ne... Je ne...

Shepherd secouait la tête, abasourdi, sa colère se transformant en confusion, en désespoir. Vickers ne put s'empêcher de glisser un coup d'œil dans ma direction. Je sentis qu'il était satisfait que j'aie vu le père de Jenny dans cet état. Il avait aussitôt compris que cela finirait de me persuader, comme rien d'autre n'y parviendrait, d'accomplir ce qu'il attendait de moi. Je lui en voulus pour ça, mais il avait raison.

Vickers n'avait pas anticipé avec quelle rapidité Michael Shepherd allait se ressaisir, ou retrouver sa capacité à capter ce qui se passait autour de lui. Remarquant qu'il avait perdu l'attention de Vickers pendant une seconde, il tourna brusquement la tête pour suivre son regard. Je me recroquevillai lorsque ses yeux noirs se posèrent sur moi et que je vis ses sourcils se froncer.

— Vous, articula-t-il dans un souffle âpre en faisant un pas dans ma direction. Vous êtes mêlée à cette affaire, n'est-ce pas ? C'est vous qu'ils ont arrêtée…

Les deux agents en uniforme le saisirent par les bras à nouveau, à quelques mètres de moi. Sans bouger d'un millimètre, sans ciller, je soutins le regard de Michael Shepherd. Il s'en dégageait des ondes brûlantes.

— J'étais justement sur le point de vous parler de Mlle Finch, intervint Vickers en reprenant la main et en venant se placer entre nous, un acte qui selon toute probabilité ne servirait pas à grand-chose si jamais Michael Shepherd échappait aux policiers.

J'appréciai toutefois son côté chevaleresque.

— Nous sommes convaincus qu'elle n'a joué aucun rôle dans le meurtre de votre fille, monsieur Shepherd. D'ailleurs, elle nous a permis de découvrir ce qui est arrivé à Jenny avant sa mort et elle va continuer à nous apporter son aide pour la suite de l'enquête.

Les yeux de Shepherd étaient toujours rivés sur les miens, je le sentais capable de me tuer s'il en avait l'occasion, pour peu qu'il fût persuadé que j'avais fait du mal à sa fille.

— Vous en êtes certain ? demanda-t-il avec brusquerie.

— Sans le moindre doute. Elle n'a rien à voir avec les abus sexuels perpétrés sur votre fille ni avec sa mort.

Vickers semblait bien plus sûr de lui qu'il ne me l'avait laissé paraître un peu plus tôt dans la salle d'interrogatoire, mais il lui fallait convaincre Shepherd, et vite.

Ses paroles provoquèrent un changement chez Shepherd :

— Les abus sexuels ?

Pendant une demi-seconde, le doute apparut sur le visage ridé de Vickers.

— On vous l'a expliqué, je crois. L'agent Wade vous en a informés, votre épouse et vous, cet après-midi.

— Des mensonges, voilà ce qu'elle nous a raconté, siffla Michael Shepherd. Ce n'est pas vrai. Rien de tout cela n'est vrai. Si cela s'ébruite, je vous colle un procès !

Vickers tendit la main et l'agita mollement dans l'air, comme si cela pouvait apaiser l'homme devant lui.

— C'est dur à accepter, mais il faut que vous sachiez ce qui s'est passé. Nous pensons que les… hum, agressions ont directement mené à la mort de Jenny, monsieur Shepherd. Tout est vrai, j'en suis désolé, et nous ne manquons pas de preuves, dont nous nous servirons pour poursuivre les responsables. Cela signifie que certaines pièces se retrouveront sur la place publique, il nous sera impossible d'empêcher qu'elles apparaissent dans les médias. Bien entendu, nous n'avons pas prévu de diffuser les photos et les vidéos, je peux vous l'assurer, mais certaines seront produites au tribunal, donc commentées, mais…

— Des photos ? répéta Michael Shepherd, semblant ne pas comprendre ce qu'expliquait Vickers.

Il se tourna vers moi.

— Vous les avez vues ? Vous avez vu ma Jenny ?

Je n'eus pas besoin de parler ou de hocher la tête pour qu'il ait sa réponse. J'eus envie de lui dire que je ne voulais pas les voir, que je ferais de mon mieux pour oublier ce que j'avais eu sous les yeux, si toutefois j'y parvenais, mais avant que j'aie eu le temps d'ouvrir la bouche, il se retourna vers Vickers.

— Vous lui avez dit ? Vous lui avez montré ? Combien d'autres personnes ont vu ces images ? Tout le monde, j'imagine. Elles vous font rire, tout le monde plaisante. Se moque de ma fille. Ma petite fille, qui n'est rien qu'une traînée pour vous, c'est ça ? Une petite pute qui n'a eu que ce qu'elle méritait…

Sous son visage déformé, son menton était agité de tremblements. Valerie tenta un « Chut, allons » qui fut ignoré.

— Tout le monde va le savoir. Tout le monde va être au courant et je ne peux rien y faire…

Il tomba à genoux, porta ses mains à son visage, déchiré par de poignants sanglots. Autour de lui, nous le regardions, silencieux et horrifiés, comme hypnotisés par l'effondrement total de cet homme massif.

— Val, emmenez-le et offrez-lui une tasse de thé, bon sang ! ordonna Vickers, la tension perceptible dans sa voix. Il y a du whisky dans mon tiroir. Vous lui en servez un double et vous le ramenez chez lui.

Assurez-vous que la presse ne le voie pas dans cet état.

M'attrapant par le bras, il m'entraîna hors du petit groupe.

— On ne peut rien faire ici, mais vous avez du pain sur la planche à l'hôpital, déclara-t-il avec insistance, comme j'hésitais. Vous voyez maintenant pourquoi c'est important ? Cet homme va se détruire si nous ne nous dépêchons pas.

Fondamentalement, Vickers était quelqu'un que j'appréciais, je comprenais ses motivations. Je préférai ne pas lui dire que mettre la main sur le tueur de Jenny ne suffirait peut-être pas à sauver son père, mais je le pensai très fort.

Nous quittâmes le commissariat par une sortie dérobée qui menait au parking. Depuis mon passage en cellule, je n'avais plus aucune idée de l'heure, et je constatai avec étonnement que le soleil était en train de se coucher. Je m'arrêtai un instant sur le pas de la porte pour inspirer une grande, longue bouffée d'air ; jamais cela ne m'avait paru plus agréable. Je laissai délibérément à Vickers quelques mètres d'avance sur moi, j'avais besoin d'un moment de solitude. Je m'apprêtais à le suivre jusqu'à sa voiture, quand un flash crépita.

Je me retournai, désorientée, découvris un unique photographe embusqué, sur ma droite, un énorme appareil à la main. Comme je venais de lui donner l'angle qu'il souhaitait, il déclencha à six ou sept reprises l'obturateur, coup sur coup, le flash aussi vif et impitoyable qu'un stroboscope. Je levai le bras pour me protéger de l'objectif, apercevant du coin de l'œil

Vickers, qui venait de faire demi-tour et se précipitait sur nous. Je ne comprenais pas ce qui avait pu se passer. Comment le photographe m'avait-il repérée aussi vite ? Quoi qu'il en soit, je sus avec une amère lucidité que j'avais définitivement perdu ce que j'avais obtenu de haute lutte. Un gros plan en une suffirait à assurer la fin de mon anonymat. La police avait peut-être reconnu, du bout des lèvres, mon innocence, mais l'innocence n'avait jamais fait un bon article. En revanche, j'étais bien placée pour le savoir, la suspicion et la spéculation, si.

Je n'eus pas à m'interroger longuement sur l'identité des responsables. À l'instant où Vickers interceptait le photographe, une silhouette surgit de derrière une voiture.

— Sarah, voulez-vous me parler de l'arrestation ? Pourquoi la police vous a-t-elle placée en garde à vue ? Comment êtes-vous impliquée dans la mort de Jenny ?

Je devais lui accorder ça : elle avait beau n'être qu'une gratte-papier de journal local, Carol Shapley n'en faisait pas moins preuve d'aptitudes certaines dans son métier de fouille-merde.

— Qui vous a dit de venir ici ? lança Vickers par-dessus son épaule d'un ton peu amène.

Il avait collé le photographe au mur et pressait son visage contre la brique. Je remarquai que sa respiration était un peu rauque. Vickers était plus fort qu'il n'en avait l'air, cependant, et malgré les efforts que faisait l'homme pour s'échapper j'estimai que ce dernier n'avait aucune chance.

Carol sourit.

— J'ai des sources partout, capitaine. On me tient informée de tout ce…

— Eh bien, vous devriez penser à en changer. Il n'y a rien à voir ici. De plus, vous êtes sur un terrain réservé à la police. Vous n'êtes pas autorisée à vous trouver ici.

Elle l'ignora. Ses yeux, comme des projecteurs, me balayèrent de haut en bas, ne manquant rien. Je me sentis totalement à nu.

— Sarah, nous pouvons écrire une suite à notre article, expliquer ce qui vous est arrivé aujourd'hui. De manière à vous blanchir complètement.

— Je ne crois pas, non.

— Vous ne voulez pas que les gens sachent que vous êtes innocente ?

Ce que je voulais avant tout, c'était me tenir loin, très loin d'elle. Je détournai le regard sans un mot, consciente que tout ce que je pourrais dire serait utilisé pour faire mousser son article.

La porte derrière moi cogna contre le mur, laissant passer deux agents en uniforme qui plaisantaient, ils n'avaient pas encore vu la scène qui était en train de se dérouler.

— Par ici, les gars, les interpella Vickers.

Tous deux réagirent comme des chiens bien entraînés à un sifflet, sans poser de question. Je ne pus m'empêcher de me sentir désolée pour le photographe en les voyant lui tordre le bras derrière le dos et lui faire mettre un genou à terre. Vickers recula et s'essuya la bouche du dos de la main. De son autre main, il attrapa l'appareil photo par sa courroie et se mit à le balancer.

— Il faut faire attention à ne pas l'endommager. Ce serait terrible s'il était cassé, non ?

En parlant, il ouvrit les doigts et laissa tomber l'appareil sur le sol.

— Oh, mince, ce que je suis maladroit...

Le photographe tenta de donner des coups de pied aux agents qui le maintenaient, ce qui lui valut un coup de genou dans les côtes. Vickers l'ignora, ramassa l'appareil et l'alluma.

— Il marche toujours, annonça-t-il d'un ton aimable. N'est-ce pas merveilleux ? La technologie moderne dans tout ce qu'elle a de meilleur...

Il s'accroupit à côté du photographe.

— Je peux jeter un œil à celles que vous venez de prendre ?

L'homme, amer, jura à voix basse.

— Silence, ou je vous place en garde à vue.

— Vous n'allez pas m'arrêter pour des jurons, se scandalisa le photographe.

— L'article cinq de la loi sur l'ordre public m'y autorise, répliqua Vickers en parcourant la carte mémoire. Continuez et vous verrez si je suis sérieux... Ce bouton, là, il sert à quoi ? À effacer, non ?

Carol s'était approchée.

— Vous ne pouvez pas faire ça. Je ferai un papier – c'est de la censure. De la brutalité policière. De l'abus de pouvoir. Je ferai en sorte que vous ayez tellement d'ennuis que vous ne pourrez plus jamais travailler dans la police...

— Oh non, ma chère, vous vous trompez. C'est tout le contraire. Je peux m'arranger pour que vous n'écriviez plus un mot pour l'*Elmview Examiner*. Eddie Briggs est un bon ami à moi, et bien qu'il soit votre patron, il ne compte pas parmi vos fans, madame Shapley. Et puis, il y a votre voiture… Je parie qu'en y regardant de près je pourrais trouver quelques excellentes raisons pour l'immobiliser, pour votre propre sécurité, j'entends.

Il lui sourit.

— Un conseil : ne vous battez pas contre la police. Nous gagnons toujours.

— Vous me menacez ?

— Oui, répondit très simplement Vickers. Et si vous savez ce qui est bon pour vous, vous oublierez ce que vous venez de voir. Mlle Finch est parfaitement innocente, il n'y a aucun doute là-dessus. Elle a été amenée au commissariat pour des raisons opérationnelles. Elle s'est montrée très obligeante et très compréhensive, et ce qu'elle mérite maintenant, c'est un peu de respect et son intimité.

— Pourquoi faites-vous ça ?

Carol pinçait les lèvres, je crus qu'elle se retenait de pleurer.

— Pourquoi vous prenez sa défense ?

Il se pencha de manière à ce que leurs visages ne soient plus séparés que de quelques centimètres.

— Parce que je n'aime pas les intimidations, madame Shapley, et je n'apprécie pas vos façons de faire. À partir de maintenant, je vous ai à l'œil. N'imaginez même pas transmettre l'info de manière anonyme. Si je lis un seul mot à propos de Mlle Finch dans la presse, ou si j'entends une syllabe à son sujet dans les médias, je vous en tiendrai pour personnellement responsable. Je m'assurerai que vous n'obteniez plus jamais la moindre exclusivité de la police du Surrey. Je jouerai de tous mes réseaux pour faire de votre vie un enfer. Croyez-moi, madame Shapley, je pense et ferai tout ce que je dis.

Il lui jeta l'appareil photo.

— Alors, nous sommes d'accord ?

Elle hocha la tête d'un air boudeur.

— Lâchez-le, messieurs.

Les agents se relevèrent et laissèrent leur prisonnier faire de même. Ses vêtements étaient sales et chiffonnés, ses yeux pleins de haine.

— Rendez-moi mon appareil.

Carol le lui tendit, il l'examina, passa la main dessus, frotta une égratignure.

— Ça coûte cher, ce genre de matos. Si jamais il est abîmé…

— Dans ce cas, vous enverrez la facture à Carol. Maintenant, filez. Je ne veux plus vous voir, vous me fatiguez.

Il y avait quelque chose dans l'attitude de Vickers qui suggérait qu'il n'était pas d'humeur à discuter davantage. Le duo eut la sage idée de déguerpir sans ajouter quoi que ce soit. Carol prit le temps de me jeter un regard noir, que je lui rendis, sans ciller, bien que la haine pure que je lisais sur son visage fût véritablement glaçante.

Vickers adressa un signe de tête aux deux policiers.

— Merci, les gars.

— Pas de problème, répondit l'un d'entre eux, d'une voix grave, qui sonnait comme un grondement. Quand vous voulez. On peut faire autre chose ?

— Pas pour l'instant. Vous pouvez y aller.

Ils traversèrent le parking, imperturbables, comme si ce qui venait de se produire était simple routine, cela dit, c'était sûrement le cas pour eux. L'efficacité avec laquelle Vickers avait maîtrisé le photographe m'avait surprise, mais après tout il avait dû patrouiller les rues en uniforme, à un moment donné, même si cela remontait à quelques dizaines d'années.

Il se tourna vers moi.

— Ça va ?

Je me rendis compte que je frissonnais, que mes mains étaient moites.

— Oui, j'imagine. Merci, en tout cas.

Vickers se mit à rire.

— Oh, mais de rien, tout le plaisir était pour moi. Cette femme est une véritable plaie, elle vous a déjà assez empoisonné la vie comme ça.

Il me jeta un regard oblique.

— De plus, j'aimerais croire que cela compense un peu ce qui s'est passé aujourd'hui.

— Rien de tout ça ne serait arrivé si vous ne m'aviez pas arrêtée, soulignai-je.

— Vous avez tout à fait raison. Et je suis conscient de vous devoir encore une faveur pour avoir accepté de nous aider avec Paul. Ne vous inquiétez pas, je n'oublierai pas.

— Ne vous inquiétez pas, moi non plus.

Je souriais en prononçant ces mots. J'imaginais mal comment Vickers parviendrait à s'acquitter de sa dette, mais peu importait. Il m'informait avant tout que j'étais à nouveau de son côté, du côté des anges, et c'était agréable.

J'allais terminer la journée à l'endroit même où je l'avais commencée, constatai-je en suivant Vickers le long des couloirs qui menaient à l'unité pédiatrique de Saint Martin's, où Paul se remettait, sous le regard vigilant du lieutenant Blake. Celui-ci se mit debout d'un bond lorsque Vickers poussa la porte. Je me faufilai derrière lui pour voir le lit où Paul était allongé, roulé en boule sur le flanc, paupières closes.

— Merci d'être venue, Sarah, dit Blake en enfonçant ses mains dans ses poches.

Je l'ignorai, mon attention concentrée sur Paul. Sa respiration était râpeuse, ses joues rouges, la sueur avait plaqué ses cheveux à son front.

— Comment va-t-il ? demandai-je à voix basse.

— Il a alterné les phases d'éveil et de sommeil toute la journée. Les médecins sont satisfaits, ils estiment qu'il se remet plutôt bien, étant donné les circonstances. Ils ne nous autorisent pas à lui parler longtemps quand il est conscient, ni à le réveiller, j'en ai bien peur, même si vous êtes là.

— Je ne l'aurais pas permis, de toute façon, m'étonnai-je, passablement irritée. Attendre ne me dérange pas. L'intérêt de Paul compte avant tout pour moi.

Je n'ajoutai pas « Même si vous vous en fichez », mais les mots restèrent suspendus dans l'air, comme si j'avais terminé ma phrase.

Vickers prit la parole avant que Blake ait pu répondre :

— En parlant des intérêts de Paul, voici Audrey Jones, l'assistante sociale qui va s'occuper de lui.

Il désigna un coin de la pièce où était installée une femme d'une cinquantaine d'années, les bras croisés sous son ample poitrine rebondie. « Maternelle » était le premier mot qui venait à l'esprit en la voyant, quoi que cela signifie. Ni Paul ni moi n'avions l'expérience de ce genre de mère. D'ailleurs, Paul ne devait sûrement pas se souvenir de la sienne, vu l'âge qu'il avait à la mort de celle-ci. Audrey me salua d'un hochement de tête plutôt aimable, sans se lever. Pas vraiment dynamique, donc, et pas particulièrement intéressée par la nouvelle visiteuse que j'étais, non plus. Je pouvais imaginer pourquoi elle ne s'était pas révélée très utile pour Vickers.

Il n'y avait que deux chaises dans la pièce, Audrey en occupait une. Blake s'était écarté de l'autre, mais je ne me sentais pas le droit de m'y installer. J'étais si fatiguée que la tête me tournait. J'avais besoin de m'asseoir, mais aussi d'avaler de la caféine en grande quantité.

— À votre avis, il va dormir encore longtemps ?

— Une demi-heure, je dirais, répondit Blake en consultant sa montre. Il émerge de temps en temps, mais comme c'est bientôt l'heure du repas, il va forcément se réveiller…

— Ça vous dérange si je vais me chercher un café ? dis-je en m'adressant à Vickers.

Je savais que je n'étais plus prisonnière, mais je n'avais pas encore tout à fait la sensation de pouvoir sortir de la chambre sans sa permission.

Le capitaine hésita une fraction de seconde, puis il accepta.

— Pourquoi vous n'emmèneriez pas Andy avec vous ? suggéra-t-il comme après coup, alors que j'atteignais la porte. Je peux surveiller le jeune Paul, et vous, Andy, une tasse de thé ne vous ferait pas de mal, j'imagine ? Je crois que la cafétéria est au sous-sol.

Sans attendre de réponse de ma part, Blake se dirigea vers la porte. Je n'avais visiblement pas le choix. Je réservai à Vickers un regard dont j'espérais qu'il lui signifierait « Je vois clair dans votre jeu », mais n'obtins en retour qu'une expression de parfaite innocence dans ses yeux limpides. Il aurait pu faire une carrière éblouissante en tant que criminel s'il avait opté pour cette voie, songeai-je. Personne ne l'aurait jamais cru capable du moindre méfait. Du moins, pas au premier abord.

— Nous apprécions vraiment que tu aies accepté, tu sais, commença Blake à l'instant où la porte se refermait derrière nous. Surtout après ce qui s'est passé aujourd'hui...

— Etre accusée d'être une pédophile et une meurtrière ? Oh, laisse tomber, c'est rien, ça arrive tout le temps...

— Écoute, je n'ai jamais cru que ça pouvait être vrai.

Je m'arrêtai un instant, le dévisageai brièvement, puis poursuivis ma route en secouant la tête. Dommage que les jambes de Blake fussent à ce point plus longues que les miennes. Il n'eut aucun mal à me rattraper.

— Nous étions obligés de te placer en garde à vue, tu sais. Nous ne pouvions pas faire autrement. Pas après que tu as annoncé que tu refusais de coopérer.

— Et fouiller ma maison ? Mes affaires ? Parler à ma mère ? Vous ne pouviez pas faire tout ça sans m'arrêter ?

Un muscle tressaillit dans sa mâchoire.

— Ça n'a pas été un moment agréable, chez ta mère.

Donc, il était bien présent. Je lui tournai le dos, pour cacher mon visage, craignant qu'il n'y lise ma honte à livre ouvert.

— Je n'y ai jamais cru, Sarah. Mais que voulais-tu que je dise? « Elle ne peut pas être coupable parce que j'ai couché avec elle »? Je ne te connais même pas, pas vraiment. Je n'avais rien de concret pour contrer les pièces à conviction. L'instinct ne suffit pas.

Il s'était exprimé assez fort, je le sermonnai d'un froncement de sourcils. À retardement, il se rappela où il se trouvait et balaya le couloir du regard, pour voir si quelqu'un avait pu entendre.

— Je crois que l'endroit et le moment sont mal choisis pour discuter de ça.

J'enfonçai mon doigt sur le bouton de l'ascenseur en imaginant qu'il s'agissait de l'œil de Blake.

Il s'appuya contre le mur et croisa les bras.

— Je ne veux pas que tu penses que je n'ai pas fait le maximum pour te sortir de là. Je t'ai soutenue.

Je ris.

— Tu ne comprends vraiment pas? Je m'en fiche. Que tu m'aies crue coupable ou pas m'importe peu. Je me fiche de ce que tu as pensé, autant que de ce que tu penses maintenant. Je ne suis pas là pour toi, mais parce que Vickers me l'a demandé gentiment. Je veux juste aider Paul, les Shepherd et me tirer d'ici.

— Très bien, répondit Blake en serrant les dents. Laissons tomber, OK?

Je ne réagis pas. L'ascenseur était vide et je m'adossai à l'une des parois, aussi loin de lui que possible. Il pressa le bouton du sous-sol et s'appuya sur la paroi opposée, les yeux fixés sur le voyant indiquant les changements d'étage.

Quelque chose d'autre me chagrinait.

— Qu'y a-t-il ? me demanda-t-il sans me regarder, comme si j'avais parlé à haute voix.

— Tu étais obligé de dire ça, dans la chambre ?

— Dire quoi ?

— Que Paul se réveillerait forcément pour manger. S'il t'a entendu, tu imagines comme il a dû être blessé ?

— Mais enfin, je ne voulais pas… Je ne parlais même pas de Paul, soupira Blake. Toutes les deux heures, le personnel de restauration passe avec un chariot, ils défoncent carrément la porte à chaque fois. Ça fait un bruit du diable, je serais très étonné qu'il arrive à dormir à ces moments-là.

— Oh ! fis-je d'une petite voix.

Je ne trouvai rien à ajouter avant que nous ayons nos tasses en carton à la main, après avoir fait la queue au self. Le liquide fumant un peu gris que contenait celle de Blake était censé être du thé, j'avais quant à moi choisi un café. On aurait dit du goudron, j'espérais qu'il serait aussi fort qu'il en avait l'air. Il nous dénicha une table située assez à l'écart des autres usagers pour nous ménager une certaine intimité. Nous nous trouvions dans le bâtiment d'origine de l'hôpital, un endroit caverneux, l'architecture victorienne vue sous son angle le plus lugubre. Les murs étaient en briques peintes en blanc, renforcés par des arceaux qui abritaient d'imposants radiateurs en fer forgé chauffant au maximum malgré les températures printanières. Des fenêtres en demi-lune dominaient la pièce juste au-dessus du niveau du sol, laissant filtrer un misérable filet de lumière naturelle. De toute manière, à cette heure, l'éclairage provenait exclusivement de sources artificielles, la cafétéria baignait donc dans le halo dur des ampoules basse consommation dissimulées dans de grands abat-jour de verre. La salle était meublée de petites tables rondes en stratifié et de chaises empilables en plastique, qui avaient l'air peu solides par contraste avec l'architecture industrielle, témoignage de la compétence en ingénierie victorienne. L'endroit n'était pas très animé ; seules quelques places étaient occupées, certaines par du personnel, d'autres par des patients en robe de chambre, en compagnie de leur famille ou solitaires. En passant devant le self, j'avais trouvé aux plats chauds un aspect infâme, tout fumeux sous leurs lampes chauffantes, et j'avais du mal à croire qu'ils méritent qu'on fasse l'effort de sortir du lit pour venir manger ici.

En face de moi, Blake remuait son thé avec une concentration intense. Vickers ne l'avait peut-être pas envoyé pour me surveiller. Peut-être avait-il vraiment estimé qu'une pause ne ferait pas de mal à son collaborateur. Les lumières implacables donnaient à la peau de Blake une couleur blafarde, grisâtre. Il semblait épuisé.

— Ça va ? demandai-je, éprouvant soudain le besoin de le savoir.

— Oui. Je suis juste fatigué.

— Au moins, l'enquête progresse.

Il grimaça.

— A condition qu'on arrête d'arrêter des gens qui n'ont rien à voir avec l'affaire, ça devrait, oui.

— Oublie ça. Je suis sérieuse. Je m'en remettrai.

Il trempa les lèvres dans sa boisson chaude et fit une mine dégoûtée.

— Ah, la vache ! Comment est le café ?

— Brûlant, répondis-je en observant la vapeur qui s'élevait au-dessus de la tasse.

Je repensais à une chose qu'avait mentionnée Grange.

— Andy, j'aimerais en avoir le cœur net… Ils m'ont dit… Ils m'ont dit que l'équipe me soupçonnait depuis le début.

Il remua un peu sur sa chaise.

— C'est la routine, ça, Sarah.

— Vraiment ? Parce que je réfléchissais… Quand tu m'as proposé de déjeuner avec toi, ça en faisait partie, n'est-ce pas ? Tu essayais d'en savoir plus sur moi. C'est Vickers qui t'avait envoyé, non ?

Blake eut le bon goût de paraître gêné.

— J'ai connu pire comme mission, crois-moi.

J'avais vraiment fait de mon mieux, ces derniers jours, pour ne pas me faire d'illusions à propos d'Andrew Blake. J'avais pris grand soin de ne rien attendre de lui. Je n'avais évidemment pas imaginé le moindre avenir pour nous deux. Mais à cet instant précis je pris vraiment conscience qu'il ne se passerait jamais rien entre nous. Je parvins à lâcher un petit rire sec.

— Et moi qui croyais que je te plaisais…

— Tu me plaisais… Tu me plais. Écoute, Sarah, tout ce qui est arrivé depuis n'a rien à voir avec le boulot. Je t'ai rencontrée il y a quoi… ? Six jours ? Au début, mon unique but était d'en savoir plus sur toi. Ensuite, tout a changé.

Il se pencha vers moi.

— Tu as l'air de croire que je me fiche de ce qui s'est passé entre nous, mais si ça se sait, je pourrais perdre mon poste. C'était risqué, Sarah, et idiot, mais je ne le regrette pas une seule seconde.

Et cette part de risque a sûrement dû encore intensifier tes sensations, songeai-je tristement.

— Ça doit se produire souvent... Des femmes qui te sautent dessus comme ça.

— Il faut reconnaître que je suis vraiment un beau parti, répliqua Blake d'une voix profondément sarcastique. Écoute, ça arrive de temps en temps... bien sûr.

Je repensai au regard noir de la policière croisée au commissariat, à la détermination frénétique de Valerie Wade pour éviter que nous soyons en contact, Blake et moi, et j'estimai que cela devait survenir plus que de manière occasionnelle.

— Ça ne signifie pas que j'en profite pour autant, poursuivit-il. Jamais, si c'est lié au boulot. Jusqu'à ce que tu arrives.

— Comme c'est flatteur, dis-je faiblement, toujours sur la défensive. Pourtant, ça ne t'a pas empêché de m'arrêter. Tu ne m'as même pas interrogée toi-même.

La vexation s'entendait dans ma voix, malgré tous les efforts que je déployais pour la réprimer.

— C'est la routine, répondit-il très vite. Ne crois pas ce que tu vois à la télé – ce ne sont jamais les flics responsables de l'enquête qui s'en chargent. Grange et Cooper sont entraînés pour les interrogatoires. Ils sont doués, d'ailleurs.

— Admettons.

J'avais peu goûté leurs techniques, quoi qu'il en soit.

— Sarah, je savais que tu n'étais pas impliquée, même si tu ne me crois pas.

— Et si j'avais été complice ? Comme tu le disais, tu ne me connais pas. Et s'ils avaient prouvé que je faisais partie des agresseurs ? Ça t'aurait fait quelque chose ?

— Eh bien… sûrement pas.

Il s'appuya contre son dossier, haussa les épaules.

— Quand on commet un crime comme celui-là, il faut assumer ce qui t'attend. Une fois que tu franchis la ligne jaune, c'est fini.

— Pas moyen de revenir en arrière ?

— Pas en ce qui me concerne. C'est pour ça que je fais ce métier : parce qu'il y a des gens qui n'ont pas leur place dans la société. La façon dont ils choisissent de vivre fait du mal aux autres, mon travail, c'est de les en empêcher. C'est aussi simple que ça.

— Et Paul, alors ?

— Eh bien ?

— Ce n'est qu'un enfant. Il a probablement été forcé de participer à tout ça. Je ne suis pas très à l'aise à l'idée de devoir lui poser des questions là-dessus. Je ne veux pas être celle qui le piège pour qu'il se dénonce lui-même. C'est vrai, que va-t-il devenir ?

— C'est aux tribunaux d'en décider, pas à toi, répondit Blake en me regardant d'un air sérieux. Il faut que tu prennes conscience de la gravité extrême de ce qu'il a fait. Il a commis un crime et, quelles que soient les circonstances, il mérite une punition. Les criminels, tous autant qu'ils sont, doivent assumer la responsabilité de ce qu'ils ont fait. Ça me tue, ce qu'ils sont capables de raconter, quand le procès arrive. Ce n'est jamais leur faute. Ils trouvent toujours des excuses, même quand ils plaident coupables. Mais il n'y a pas d'excuse, dans une affaire comme celle-là. Il est assez vieux pour faire la différence entre le bien et le mal et s'il a des circonstances atténuantes, alors les juges en tiendront compte.

— Tout est soit noir, soit blanc, c'est ça ?
— En ce qui me concerne, oui.

Adoptant à nouveau son ton professionnel, il tira une feuille de papier pliée de la poche arrière de son jean.

— J'ai ça pour toi, c'est une liste de questions que nous aimerions que tu lui poses. Il y a quelques détails que nous avons vraiment besoin de connaître avant de discuter avec son frère.

— Si vous l'attrapez.
— Nous l'aurons.

Il paraissait très sûr de lui. Cela dit, ils avaient fait preuve de la même assurance lorsqu'ils m'avaient interpellée. Je me demandai soudain si Vickers et son équipe savaient vraiment ce qu'ils faisaient.

— Lis-le rapidement, dit-il en désignant le document de la tête.

Il se trouvait toujours sur la table, devant moi, je ne l'avais pas déplié.

— C'est juste pour te donner un point de départ. Tu n'es pas obligée de t'en tenir à ces questions précises, ni dans cet ordre, mais essaie de faire en sorte qu'on obtienne les réponses dont on a besoin.

— Je ferai de mon mieux, dis-je, soudain nerveuse.

Il le remarqua et me rassura d'un sourire.

— Tu t'en sortiras très bien. Prends ton temps, ne t'énerve pas. On sera là, mais on ne t'interrompra qu'en cas de difficultés.

— C'est juste une conversation…

— Tu seras étonnée de la facilité avec laquelle on oublie les questions les plus importantes, quand on est dedans, m'avertit-il. Tout paraît simple, vu d'ici, mais quand tu écoutes les réponses et que tu rebondis derrière, tu te retrouves facilement distrait et après, impossible de reprendre le fil.

— Je comprends.

— Tiens.

Il me tendit un stylo.

— Tu peux prendre des notes si tu veux.

J'ôtai le capuchon, dépliai la feuille. La liste était plus courte que je ne m'y attendais. Comment Paul avait fait la connaissance de Jenny ? Comment ils avaient eu l'idée des abus sexuels ? Qui avait suggéré le plan ? Comment Paul était impliqué ? Pourquoi il n'avait rien fait pour mettre un terme à tout ça ?

— Je trouve injuste de lui demander ça, dis-je en désignant la dernière question. Ce n'est qu'un gamin, il était totalement dépendant de son frère. Qu'aurait-il dû faire ? Appeler la police ?

Blake soupira.

— Écoute, s'il te dit qu'il avait trop peur pour parler, ou s'il était menacé, tout ça pourrait l'aider. Tu as raison, il n'avait sûrement pas d'autre choix que d'y participer, mais nous avons besoin d'en être certains avant de parler à son frère.

— D'accord.

— Si tu peux, nous voulons aussi savoir comment ils ont convaincu Jenny de se plier à tout ça et de garder le secret. L'ont-ils menacée ? Soudoyée avec des cadeaux ? Nous n'avons rien trouvé qui sorte de l'ordinaire lorsque nous avons fouillé la maison des Shepherd – pas d'électronique que ses parents n'auraient pas voulu lui acheter, pas de bijoux. Et ses résultats d'analyses sont revenus négatifs pour la drogue.

Je dus paraître étonnée, car Blake s'expliqua :

— Une fois que quelqu'un est accro à la drogue, tu en fais ce que tu veux pourvu qu'il y ait une dose à la clé.

Malgré l'atmosphère étouffante de la cafétéria, je frissonnai.

— Ils ont peut-être utilisé quelque chose qui n'apparaît pas aux analyses.

— Peu probable, répondit-il tout de suite. Bref, il devait bien y avoir quelque chose qui la poussait à revenir sans cesse et à ne rien dire à personne. Il faut qu'on découvre ce que c'est.

Il remua son thé.

— On aimerait aussi en savoir plus sur les autres agresseurs, il faudrait les identifier le plus vite possible et, pour l'instant, nous n'avons trouvé personne pour nous aider. Nos informaticiens essayent d'effacer la pixellisation des visages. En attendant, nous faisons circuler quelques-unes des images non sexuelles où ils apparaissent pour voir si un collègue d'un autre commissariat repérerait un tatouage, une marque de naissance, mais il n'y a pas grand-chose à se mettre sous la dent.

J'acquiesçai. Voilà un point auquel je n'avais rien à opposer. Les hommes qui avaient violé Jenny méritaient ce qui les attendait.

Blake avait dû percevoir quelque chose sur mon visage, parce qu'il se pencha vers moi et posa sa main sur la mienne.

— Hé ! Ne prends pas ça trop à cœur. Je sais que c'est dur.

— Ça va, le rassurai-je en faisant de mon mieux pour que ce soit vrai.

— Oui, c'est ce que tu crois. Mais on t'oblige à faire un truc pour lequel tu n'es pas formée, c'est une lourde responsabilité. J'ai dit au patron que ce n'était pas une bonne idée.

— Pourquoi ? Tu ne m'estimes pas capable de poser quelques questions ?

Il secoua la tête.

— C'est affronter les réponses qui risque de te poser problème, Sarah. Prépare-toi à entendre des choses plutôt moches.

— J'en ai vu et entendu mon lot aujourd'hui, merci, dis-je d'un ton égal en repensant sans le vouloir aux photographies sur papier glacé que Grange avait pris tant de plaisir à me montrer.

— C'est vrai, mais tu n'as pas été forcée de garder ta contenance. Ce n'était pas à toi d'imposer la cadence des questions. Tu n'as pas réalisé un interrogatoire qui ne menait nulle part.

Il s'étira sur sa chaise.

— Tu crois que tu vas entrer là-dedans et qu'il va te raconter tout ce qui s'est passé, jusqu'aux détails sur la façon dont son frère a tué Jennifer Shepherd, mais il faut que je te prévienne, il est plus que probable que tu n'obtiendras rien du tout. Il n'a aucune véritable raison de te faire confiance. Il a beaucoup à perdre s'il se montre honnête avec toi. Tu n'es pas franchement intimidante, et c'est inutile de me regarder comme ça, tu ne me feras pas trembler de peur. Ne le prends pas personnellement. Mais il ne te dira peut-être pas ce que tu t'attends à obtenir de lui.

Je savais qu'il avait raison, mais je trouvais agaçant de m'entendre dire que j'allais échouer.

— On y retourne ?

Il jeta un coup d'œil à sa montre.

— Oui, finis ton café.

Je contemplai ce qui restait dans ma tasse. Maintenant qu'il était froid, il était encore moins engageant que lorsqu'on me l'avait servi.

— Non, merci.

— Comme je te comprends.

Nous n'échangeâmes pas un mot en repartant. Lorsque l'ascenseur atteignit le quatrième étage, Blake prit la direction de l'unité pédiatrique tandis que, quelques pas derrière lui, je relisais les questions, en sentant un picotement nerveux courir le long de ma colonne, gagner le bout de mes doigts. Les mots semblaient danser sur la feuille et, malgré moi, je me mis à ralentir, à traîner des pieds. Devant la chambre de Paul, je m'immobilisai tout à fait et tentai de réguler ma respiration. Blake se tourna vers moi.

— Allez. Plus vite tu te jettes dans le bain, plus vite ce sera terminé.

— Je me prépare… c'est tout.

— Vas-y, me dit-il gentiment en ouvrant la porte.

Je pris une grande inspiration, comme pour plonger en eaux profondes, et j'entrai.

1998
Disparu depuis cinq ans et sept mois

Mon père est en retard. Très en retard. Allongée sur mon lit, je cajole mon cochon en peluche en regardant mon réveil avec inquiétude. Il est près de 23 heures et il n'a pas appelé. Ça ne lui ressemble pas d'être en retard à ce point. Chaque fois qu'une voiture passe devant la maison, ce qui arrive rarement, je me lève pour voir si c'est lui. Je ne sais pas pourquoi je m'en soucie autant. Toutes les deux semaines, il vient, et toutes les deux semaines, c'est le même rituel. Il arrive de Bristol le vendredi soir, il passe me dire bonjour à la maison. Il attend dehors, dans la voiture, parce que ma mère refuse de le laisser entrer. Il s'installe pour la nuit ainsi que celle du lendemain dans un hôtel, et le samedi nous passons la journée ensemble à faire une activité censée être sympa, comme une balade dans la nature ou une excursion pour visiter un château ou un zoo – un truc chiant, que jamais je ne ferais si ce n'était pas pour mon père.

Il me montre des photos de l'appartement de Bristol, de la chambre qui m'est prétendument réservée, avec le placard où je pourrai ranger mes vêtements. Je n'y suis jamais allée. Ma mère refuse. Alors, au lieu de ça, mon père me rend visite tous les quinze jours, avec son air de chien battu, comme s'il savait que ce n'est pas suffisant mais qu'il espérait que ça ne me dérange pas.

Ça me dérange. Et j'ai l'âge de le lui faire sentir, maintenant.

Ces derniers temps, je me suis demandé si je ne devrais pas lui dire que ce n'est pas la peine de venir toutes les deux semaines, une fois par mois suffirait. Mais je sais que ça compte beaucoup pour lui.

Quoique… Étendue sur le dos, je contemple les formes que dessinent les arbres sur mon plafond. Il va falloir que j'aille tirer les rideaux si je veux réussir à dormir. Il ne viendra pas. Peut-être en a-t-il eu assez de toutes ces heures de route pour passer deux nuits dans un hôtel minable, même si ce week-end on est censés fêter mon anniversaire. Peut-être qu'il ne tient plus vraiment à moi.

Je laisse rouler les larmes le long de mon visage, jusque dans mes cheveux. Au bout d'un moment, je suis distraite par les larmes elles-mêmes. J'essaie de les faire couler autant d'un côté que de l'autre. Pour une raison ou une autre, mon œil droit en produit bien plus que le gauche. Pendant une seconde, j'oublie les raisons de mon chagrin, puis tout me revient. C'est idiot, de toute façon. Je m'en fiche, en plus.

Deux secondes plus tard, je prouve combien je me mentais à moi-même : en entendant s'arrêter une voiture devant la maison, je saute du lit pour aller regarder au-dehors. Mais ce n'est pas la Rover pourrie de papa. C'est un véhicule de police. Debout près de la fenêtre, incapable de bouger, j'observe les policiers qui sortent, mettent leur casquette et remontent lentement l'allée. Ils ne se pressent pas, c'est ce qui m'inquiète.

Comme ils disparaissent sous l'auvent, à pas de loup, je vais m'asseoir en haut de l'escalier, hors de vue, mais à portée de voix.

Ma mère leur ouvre et la première chose qu'elle dit, c'est :

— Charlie !

N'importe quoi. Ils ne sont pas là pour Charlie. Même moi je le sais.

Marmonne marmonne marmonne. *Madame Barnes...* Marmonne marmonne marmonne. *M. Barnes se trouvait sur l'autoroute... Très noir...* Marmonne marmonne. *Le chauffeur du camion n'a pas pu s'écarter...*

— Il n'a pas eu le temps d'éviter l'accident, entends-je soudain, très distinctement, de la bouche de l'un des policiers.

Je ne peux m'empêcher d'en tirer les conclusions. Je ne veux pas savoir ce qu'ils disent. Pourtant, je ne peux pas m'y soustraire. Ce n'est pas ce que je veux. Ce n'est pas ça qui doit arriver. Mes pieds nus sont très froids, hors du lit, un soir de février, surtout avec la porte d'entrée grande ouverte. Je les serre dans mes mains aussi fort que je peux, je pétris mes orteils en souhaitant que les policiers disparaissent de chez moi, qu'ils redescendent l'allée, remontent en voiture, comme si je pouvais les rembobiner, eux, et le reste de la journée. Je reviens en arrière, encore et encore, jusqu'à la dernière fois que mon père est venu me voir, et à la fois d'avant, enfin jusqu'au temps d'avant son départ. Rien de tout ça ne s'est réellement passé. Rien de tout ça n'est vrai.

On a encore le temps de tout changer, pour que ça marche. On a encore le temps pour que tout aille bien, finalement.

15

Cette fois, la télévision était allumée et Paul, assis sur son lit contre son oreiller, zappait à toute vitesse. Il ne quitta pas l'écran des yeux lorsque Blake entra à ma suite. Je m'arrêtai au pied du lit et interrogeai du regard Vickers, avachi sur sa chaise avec l'air de celui qui a atteint les limites de sa patience.

— Nous avons mangé un morceau, annonça-t-il avec un mouvement de menton qui signalait qu'il parlait de Paul. Mais nous n'avons pas vraiment envie de papoter.

Les paupières de Paul clignèrent, mais il ne cessa pas de fixer le téléviseur. Il n'y avait que cinq chaînes, dont aucune ne proposait de programme intéressant, mais cela ne semblait pas le décourager pour autant. Une des chaînes diffusait des informations, je tressaillis en reconnaissant la rue principale de la ville en toile de fond derrière un énième envoyé spécial tenant la nation au courant des derniers développements dans la traque du meurtrier de Jenny. Paul ne parut pas réagir, il continua à zapper. Il se servait de la télévision comme d'une tactique de diversion, il ne la voyait pas vraiment. Le Paul dont j'avais fait la connaissance vendredi – était-ce seulement hier ? – était loin d'être idiot. Le zapping effréné n'était qu'un écran de fumée.

Il avait les yeux rougis, bouffis, cernés de bleu, et maintenant qu'il était assis, je distinguais la trace sur son cou, une ligne à vif, livide, qui allait de sa mâchoire jusqu'à son oreille. Il ne s'agissait pas d'un appel à l'aide ; son geste était réel. S'il avait utilisé un autre type de corde… si la police était arrivée plus tard… mieux valait ne pas y penser.

Je sentis une petite pression au bas de mon dos : Blake, qui me regarda avec un froncement de sourcils lourd de sens.

— OK, OK, articulai-je, en lui lançant un regard noir.

Je contournai doucement le lit, de manière à me placer entre le garçon et l'écran.

— Salut. Je suis contente de te revoir, Paul. Comment te sens-tu ?

Il m'observa un instant, puis baissa les yeux.

— Il n'y a vraiment pas assez de chaises, ça ne te dérange pas si je m'assieds sur le lit ? Je peux éteindre la télé, qu'on puisse discuter ?

Il me répondit d'un haussement d'épaules, je m'installai donc et lui pris la télécommande des mains pour mettre la télévision en veille. À l'instant où elle se tut, le silence envahit la pièce. Je restai un moment à écouter Paul respirer, ses poumons sifflaient. Sa gorge devait être douloureuse, à en juger par le bleu qu'il avait au cou.

— Tu veux boire quelque chose ?
— Oui, je veux bien, croassa-t-il.

Je lui servis un verre de la carafe d'eau posée sur sa table de chevet. Il en but une gorgée, reposa le verre tant bien que mal.

— Paul, la police m'a demandé de te parler parce qu'ils pensent que tu accepteras de me répondre si je te pose quelques questions.

Il leva les yeux puis se replongea dans la contemplation muette de ses mains.

— Je sais que tu crois avoir des ennuis, mais tout va bien se passer, affirmai-je, l'air sûre de moi, bien que persuadée de lui mentir. Il faut juste que nous sachions ce qui est arrivé. S'il te plaît, Paul, dis-moi la vérité, si tu peux. S'il y a une question à laquelle tu ne veux pas répondre, tu me le dis et je passerai à la suivante, d'accord ?

Je sentis Blake réagir plus que je ne l'entendis, mais Vickers leva une main réprobatrice puis m'adressa un signe de tête lorsque je jetai un regard dans sa direction. J'interrogerai Paul, mais je ne le harcèlerai pas. Et je me doutais, comme Vickers, que les questions qu'il rejetterait seraient tout aussi révélatrices.

Paul n'ayant rien dit, je m'approchai.

— Ça te va ?

Il opina.

— Bien.

Il était inutile que je consulte la feuille de papier dans ma main pour me souvenir de la première question.

— Comment avez-vous rencontré Jenny, ton frère et toi ?

— Je vous l'ai déjà dit.

Paul s'exprimait distinctement, lentement, mais en avalant la fin des mots. La couleur lui monta au visage, je vis qu'il était contrarié.

— Je sais bien, répondis-je d'un ton apaisant. Moi je m'en souviens, mais ces policiers l'ignorent. Répète-le-moi, pour qu'ils soient au courant.

— Par l'école, finit-il par lâcher après m'avoir dévisagée quelques secondes avec un regard noir.

— L'école primaire, précisai-je.

— Oui, c'était mon amie. Je l'aidais à faire ses maths et elle… elle était gentille avec moi.

— Et lorsqu'elle a changé d'établissement, vous êtes restés en contact ?

Il haussa les épaules.

— Elle savait où j'habitais, nous en avions discuté parce que nous étions les seuls de la classe à vivre dans le lotissement. Un jour, on a frappé à la porte et c'était elle. Elle avait des problèmes avec la géométrie, elle n'y comprenait rien du tout, et elle m'a demandé si je pouvais lui donner un coup de main.

— Et tu as accepté.

— Ouais.

Il s'était exprimé d'un ton bourru, à voix basse. Même derrière sa voix rauque il paraissait bouleversé.

— Alors, Paul… Jenny et toi, vous passiez du temps ensemble chez toi. Et ses parents n'étaient pas au courant.

— Son père ne m'aimait pas. Il m'appelait « le gros lard ».

Les yeux de Paul s'emplirent de larmes, mais il les fit disparaître d'un clignement de paupières, en reniflant.

— Comment parvenait-elle à se libérer pour te rejoindre chez toi ?

— Elle leur faisait croire qu'elle allait chez des copines. Il y avait une fille qui habitait dans le coin, elle était censée y aller à vélo. Jenny avait un portable, que son père lui avait acheté pour toujours savoir où elle se trouvait. Du coup elle leur disait qu'elle était à un endroit, alors qu'elle n'y était pas.

Paul rit un peu, à ce souvenir.

— Elle leur demandait s'ils voulaient parler à la mère de sa copine quand ils appelaient, et moi j'étais mort de trouille, à côté. Elle était comme ça, toujours en train de blaguer, de jouer…

Je hochai la tête et jetai un œil à ma liste de questions. J'allais avoir du mal à prononcer les mots, mais je ne pouvais pas retarder ce moment indéfiniment.

— Paul, tu sais que la police a trouvé… des preuves chez toi. Des images. Des vidéos. Des photos de Jenny, en train de faire des choses. Est-ce que… Est-ce toi qui y as pensé le premier ?

Il parut blessé, ses joues se mirent à trembler, il secoua la tête.

— Non. C'était eux, tout seuls – lui et elle.

— Lui ?

— Danny. Je lui ai dit que ce n'était pas bien. Il n'aurait pas dû l'approcher, même si elle le voulait. Il est trop vieux pour elle.

Paul, perturbé, tentait de se redresser un peu à grands mouvements de pied. Je me levai très vite, pour éviter de recevoir un coup.

— Ça va aller, Paul. Calme-toi. Bois un peu.

Le garçon prit quelques profondes inspirations tremblotantes, puis il but docilement. L'eau gargouillait à chaque gorgée ; personne, dans la pièce, ne faisait le moindre bruit. Je sentais les policiers m'adjurer intérieurement de cesser de tourner autour du pot.

— À un moment donné, il a dû se passer quelque chose, dis-je calmement en me rasseyant, puisqu'elle a commencé à fréquenter ton frère, n'est-ce pas ?

— J'sais pas, dit Paul, dont le visage était très rouge.

— Est-ce qu'elle avait peur de lui ?

Je tentai de prendre une voix aussi douce que possible.

— Était-ce pour cette raison qu'elle revenait toujours ? Il la menaçait ?

— Pas du tout. Ce n'était pas ça. Elle… elle l'aimait bien.

— Donc, pour elle, ils sortaient ensemble, elle était sa petite amie.

— Faut croire. C'est débile, parce qu'il est super vieux, par rapport à elle, soupira Paul. Danny n'était pas intéressé. Pas vraiment. Jenny… elle aimait juste passer du temps avec lui. Elle aurait fait n'importe quoi pour lui.

Derrière ce « n'importe quoi » se cachait un avilissement infini. Ma bouche était sèche, je déglutis, essayant de me concentrer sur la mission que je devais accomplir. Blake ne m'en croyait pas capable. Je ne voulais pas lui donner raison. Je m'accordai quelques secondes pour reprendre mon souffle et laisser les images disparaître, puis je me jetai à nouveau dans la bataille :

— Était-ce ton idée d'utiliser Internet pour vendre les photos et les vidéos où on la voyait ?

Paul fit non de la tête, puis haussa les épaules.

— Si on veut. Danny y a pensé le premier et c'est moi qui ai dû imaginer comment faire, falsifier les adresses IP, trouver des hébergeurs pour les films et les photos, concevoir les sites web…

En dépit de tout, il semblait fier de ce qu'il avait accompli.

— On a gagné un paquet d'argent. Des gens du monde entier achetaient nos trucs.

Je ne pus en supporter davantage.

— Mais Jenny souffrait pour que vous puissiez tourner ces images…

— Si vous le dites, dit Paul en plissant le nez.

— Attends, qu'est-ce que c'est que cette réponse ? Tu en parles comme s'il s'agissait d'une affaire normale, mais Jenny subissait des abus sexuels, Paul. Ne me dis pas que tu l'ignorais.

Il se tortilla sur son lit.

— Je ne savais pas tellement ce qui se passait. Danny me forçait à rester dans ma chambre chaque fois qu'ils… vous savez.

Je devinais aisément.

— As-tu rencontré les autres hommes qui venaient chez vous ?

— Non, j'étais obligé de rester en haut.

— Tu sais ce qu'ils faisaient ?

— On aurait dit qu'ils organisaient des fêtes.

Il semblait incontestablement mal à l'aise. Je me demandais ce qu'il avait pu entendre. Je me demandais si Danny avait eu du mal à persuader sa « petite amie » de se mettre à la disposition de ces hommes. Je me demandais si elle avait crié, parfois.

— Alors tu ne voyais rien du tournage des vidéos, ni des prises de vue. Tu y avais accès après ?

— Non.

C'était un pur mensonge ; ses oreilles étaient rouge vif, pourtant il me regardait droit dans les yeux.

— Danny m'avait prévenu qu'il arrêterait tout s'il me prenait en train de regarder. Il m'a menacé d'une raclée pas possible. J'étais juste censé mettre tout en place et le laisser charger.

— Il lui arrive de te frapper ?

De manière assez grotesque, j'espérais qu'il répondrait oui. Si Paul avait été victime de violences, cela aurait justifié sa participation au plan.

— Nan. Il parle beaucoup, mais il fait jamais rien. « Je vais t'écorcher vif, je vais lui défoncer le crâne, je vais lui éclater la tête à celle-là… »

Paul rit.

— Il pique toujours des crises pour tout et rien. Moi, je l'ignore, en général.

— Tu m'as dit qu'il arrêterait tout s'il te surprenait en train de regarder. Tu n'aurais pas voulu mettre un terme à tout ça ?

— Ça non. C'était vraiment super, vous savez. Jenny passait tout son temps chez nous. Elle était très contente, le plus souvent – elle pleurnichait de temps en temps, mais c'est les filles, ça, non ? Danny était content qu'on ne soit plus fauchés. Et puis moi, je pouvais aider. C'était bien, de faire rentrer de l'argent. Je voulais le faire, pour Danny.

Je m'éclaircis la gorge.

— Et Jenny, elle recevait sa part, pour le rôle qu'elle jouait là-dedans ?

Il prit un air vague.

— Je ne crois pas. À mon avis, elle n'attendait rien du tout. Elle aurait été forcée de le cacher à ses parents, et je crois que ça aurait été trop compliqué. Elle voulait juste être avec Danny.

Pauvre Jenny qui, comme une idiote, en pinçait pour un homme prêt à l'utiliser pour financer son style de vie. Manque de chance, elle avait croisé ce genre d'individu très jeune. Pire, l'individu en question était un joli garçon, dont les yeux doux et les traits fins plaisaient aux adolescentes. Enfin, pire que tout, il s'était préparé à la tuer une fois qu'il en aurait eu fini avec elle.

— Alors raconte-moi comment elle est morte.

J'avais adopté un ton neutre, comme si la question n'était pas si importante, mais mes paumes ruisselaient de sueur. Je les essuyai discrètement sur le couvre-lit, sentant l'attention extrême de Vickers et Blake, qui respiraient à peine en attendant que Paul s'exprime.

Celui-ci fronça les sourcils.

— Je n'en sais rien du tout. Je le jure. Je vous l'ai déjà dit, quand vous étiez chez moi.

J'acquiesçai, il l'avait effectivement dit. Et pour autant que je pouvais en juger, il était sincère, aussi. Donc, Danny avait réussi à tuer Jenny et à se débarrasser du corps à l'insu de Paul.

— Quand l'as-tu vue pour la dernière fois ?

Il réfléchit un instant.

— Au milieu de la semaine dernière, après l'école. Elle s'est enfermée dans le salon avec Danny, pas longtemps. Après, elle a filé en courant, sans même me dire au revoir. Elle était dans tous ses états à propos d'un truc, mais Danny ne savait pas ce que c'était.

J'étais persuadée que Danny Keane savait très exactement de quoi il retournait. Je l'imaginais sans peine :

Jenny, bouleversée, effrayée, annonce à l'homme qu'elle aime qu'elle est enceinte et Danny panique. Il ne pouvait pas la laisser prévenir ses parents. Peut-être avait-elle refusé d'avorter. D'ailleurs, l'avait-il même suggéré? L'issue la plus simple était encore de mettre un terme à deux vies d'un coup, puis de se débarrasser du problème une fois pour toutes. Mais il n'avait pas réussi à faire disparaître son problème. Il l'avait rapporté jusqu'à sa porte, et la mienne.

— Et depuis, Danny, comment va-t-il? Depuis le milieu de la semaine dernière?

— Il a des hauts et des bas. Il était sous le choc quand il a appris que Jenny était… Vous savez. Il a débarqué, il insultait tout le monde, il s'est collé devant les infos à la télé sans bouger pendant des heures. Il n'arrivait pas à croire qu'elle n'était plus là.

Ou bien il se sentait coupable de ses actes. Ou bien il revivait l'excitation du meurtre en enchaînant les reportages des chaînes d'information en continu. Ou encore, il était à l'affût du moindre signe que la police était sur ses traces.

Paul poursuivait, avec une candeur enfantine:

— Il était dégoûté, il pleurait, des fois, quand ils montraient la photo. J'ai cru qu'il allait devenir fou quand il a regardé le premier reportage. Il a cassé le pied de la chaise. Vous savez, celui que je vous ai montré.

Je m'en souvenais. J'imaginais Danny, assis à la table, bondissant de colère et de peur: colère qu'elle ait été découverte, peur d'être pris. Le plan ne s'était pas déroulé comme prévu, Danny avait pété un plomb.

J'ignore ce qui me trahit, sur mon visage, mais Paul m'observa avec inquiétude.

— Vous me croyez, n'est-ce pas ? Il était vraiment chamboulé. C'était la fin de tout. Il avait tellement travaillé pour ça…

— *Travaillé !* Tu imagines les souffrances de ton amie ?

— Elle allait bien, répondit Paul, boudeur. Elle voulait aider. C'était son choix, d'être là.

— J'ai beaucoup de mal à y croire, répliquai-je avec colère, sans me soucier de la cacher. Et puis, si ce business était si profitable, je suis sûre que vous n'auriez eu aucun mal à trouver une autre fille pour la remplacer. Danny aurait pu recruter quelqu'un, je n'en doute pas.

— Oui, mais elle était parfaite, Jenny, physiquement, et puis elle vous connaissait. Jamais il n'aurait à nouveau autant de chance.

Je sursautai.

— Comment ça ? Quelle importance, qu'elle me connaisse ou non ?

— Danny est obsédé par vous.

Paul rit.

— Il forçait Jenny à détacher ses cheveux parce que c'était comme ça que vous vous coiffiez à son âge. Il l'habillait comme vous, aussi. Des vêtements qu'il se souvenait d'avoir vus sur vous, des hauts, des trucs. Il allait faire les magasins pour Jenny, pour lui faire des cadeaux à porter chez nous. Elle ne pouvait pas les rapporter chez elle, au cas où ses parents tomberaient dessus. Elle n'a jamais rien su. Mais il insistait pour qu'elle lui parle de vous : ce que vous aviez dit à l'école, de quelle humeur vous étiez. Il n'en avait jamais assez. D'ailleurs, ça l'énervait, elle.

— Pourquoi ton frère s'intéressait-il à moi ? articulai-je non sans mal. Ça fait des années qu'on ne s'est pas parlé. Il ne me connaît même pas.

— Il connaît des tas de trucs, assura Paul avec confiance. Il gardait un œil sur vous tout le temps, il guettait vos allées et venues, il s'assurait que vous alliez bien. Il voulait absolument tout savoir sur vous. En fait…

Il rougit.

— Il dit qu'il est amoureux de vous.

Cette dernière phrase presque inaudible fut prononcée d'un ton bourru. Je crus, pendant une seconde, avoir mal compris. Je me tournai vers les deux policiers. D'un signe de tête, Vickers m'encouragea à poursuivre. Blake leva les sourcils. Ils l'avaient donc bien entendu, comme moi.

— C'est impossible, répondis-je, impassible. On ne peut pas aimer quelqu'un qu'on ne connaît pas.

— Lui, si.

Il avait l'air sûr de ce qu'il avançait.

— C'est comme ça. Ça fait des années qu'il vous aime.

Une image surgit dans mon esprit.

— Dans le salon, il y a des étagères, n'est-ce pas ? Dessus, des tas de trucs sont posés : des clés, un stylo, de vieilles cartes postales, un peu de tout, disons. Des objets qu'on n'exposerait pas forcément…

Paul acquiesça.

— Danny appelle ça sa « collection de trophées ». Ce sont toutes les choses auxquelles il tient. Il les garde là parce que je n'ai pas le droit d'entrer, il doit croire que je les casserais ou je ne sais quoi. Mais je les regarde quand il est au boulot et je n'ai jamais rien cassé…

— Paul, de nombreux objets m'appartiennent, sur ces étagères. Tu sais comment ils sont arrivés là ?

— Jenny les a récupérés pour lui.

Il avait adopté un ton tout à fait neutre.

— Elle chopait ce qu'elle pouvait sur votre bureau ou dans votre sac pendant qu'elle était à l'école. Elle entrait même avant tout le monde, des fois, comme ça elle profitait d'être seule pour trouver des trucs pour Danny.

Je me souvenais d'être arrivée un jour dans ma classe à l'heure du déjeuner et d'y avoir trouvé Jenny, qui avait une demi-heure d'avance pour son cours d'anglais. J'avais plaisanté, me remémorai-je, un goût amer dans la bouche. J'avais cru que l'anglais lui plaisait, qu'elle avait soif d'apprendre. J'avais cru qu'elle aimait mes cours. Encore une erreur de jugement de ma part.

Comme je ne disais plus rien, Paul soupira.

— Quel bordel, hein ? On essayait tous de faire des trucs pour les autres. Jenny tournait les vidéos et piquait dans vos affaires parce qu'elle voulait impressionner Danny. Moi, je suivais parce que ça me permettait de la voir tout le temps…

Il m'adressa un regard suppliant et reprit :

— Elle ne serait peut-être pas venue, s'il n'y avait eu que moi. À mon avis, elle ne serait pas fatiguée à venir s'il n'y avait pas eu Danny. Elle n'était pas là pour moi, mais ce n'était pas si grave…

— Alors elle était là pour Danny, et toi, tu participais à cause d'elle ?

— Elle aurait fait n'importe quoi pour lui. Et moi pour elle. Je sais que vous ne comprenez pas, mais Danny… Danny aurait fait tout ce qu'il fallait, juste pour se rapprocher de vous. Tout cet argent qu'on a gagné, il l'économisait pour acheter une maison. Se payer une voiture correcte. Il allait vous inviter à sortir. Il ne parlait que de vous.

Personne ne dit rien. Soudain, les raisons qui avaient poussé Paul à m'aider coûte que coûte apparaissaient clairement, et surtout pourquoi il avait eu suffisamment confiance en moi pour me parler de ce que son frère et lui avaient fait. Danny aurait voulu me protéger, encore une fois, pensai-je avec un frisson en forçant un souvenir dont j'aurais préféré me débarrasser à rejoindre les tréfonds de ma mémoire. Paul faisait juste de son mieux pour son frère, comme toujours. Je me demandai pourquoi il faisait toujours si chaud dans les hôpitaux. L'air dans la pièce était épais, dense, intolérable soudain.

C'est alors qu'un petit coup retentit à la porte. Blake se hâta d'aller ouvrir, puis se pencha dans l'entrebâillement pour discuter à voix basse avec quelqu'un. J'aperçus une tête massive et reconnus mon vieux copain affecté à la surveillance de la chambre de Geoff. Je culpabilisai brièvement. Je n'avais pas repensé à Geoff de la journée. Cela dit, j'avais eu mon lot de problèmes.

Paul, adossé à son oreiller, regardait par la fenêtre. Vickers, qui s'était levé, ajustait distraitement la ceinture de son pantalon. Je savais que son attention se portait sur la conversation à la porte, qu'il avait totalement oublié ma présence. L'assistante sociale n'avait pas bougé de son siège, avec la même expression affable sur le visage. C'était comme si elle n'avait rien entendu de la confession de Paul. Comment, me demandai-je, pouvait-on écouter sans broncher le récit de telles atrocités ? Pour être tout à fait juste, je n'aurais pas attendu, de la part d'une assistante sociale, une réaction scandalisée. Néanmoins, voir apparaître chez elle une lueur de quelque chose – compréhension ou autre – aurait été un soulagement.

Blake laissa la porte se refermer puis annonça à Vickers, comme s'ils étaient seuls dans la pièce :

— On le tient.

Vickers émit un bruit de gorge sourd : la satisfaction du félin qui a posé la patte sur sa proie. Il se tourna vers Paul.

— Nous allons vous laisser en paix, jeune homme. Concentrez-vous sur votre guérison, ne vous inquiétez plus de tout ça.

Ces paroles étaient dites avec gentillesse et sincérité, mais elles ne firent aucun effet à Paul. Il ferma les paupières, pour ne plus nous voir, ni les uns ni les autres. Je ne pus m'empêcher de penser que Vickers avait tort, Paul avait toutes les raisons de s'inquiéter. Je me demandais comment son cas serait géré ; allait-il être poursuivi, ou bien prendraient-ils en considération son âge et le fait qu'il ait coopéré, se contentant de le placer ? Il n'y avait plus personne pour veiller sur lui. Pour le meilleur ou pour le pire, il était seul.

Constatant qu'on allait m'abandonner là, je m'empressai d'emboîter le pas à Vickers, qui se dirigeait déjà hors de la chambre, dans le sillage de Blake.

Le temps que je rejoigne le couloir, les trois policiers étaient déjà réunis en conciliabule. Je laissai la lourde porte se refermer doucement derrière moi et attendis qu'ils terminent. Cou-de-Taureau recevait des instructions en acquiesçant avec ferveur à ce que lui disait Vickers d'une voix trop basse pour que j'entende. Au bout de quelques minutes, le costaud se détacha du groupe puis me contourna en marmonnant « Excusez-moi » avant de regagner la chambre de Paul. La relève de la garde, imaginai-je, ce qui signifiait que Vickers et Blake avaient mieux à faire.

— Vous l'avez localisé ?

Ils se retournèrent, l'air étonnés, et Blake interrogea Vickers du regard. Le capitaine hocha la tête.

— Daniel Keane s'est fait pincer il y a une heure environ à la gare routière de Victoria. Il embarquait dans un car pour Amsterdam quand ils l'ont repéré. Ils nous le transfèrent en ce moment même, alors on repart au commissariat.

— C'est génial, dis-je, sincère.

— Tout à fait. Il a quelques explications à fournir.

Vickers semblait nerveux.

— Il faut y aller, Andy. Désolé, Sarah, mais nous devons filer, là…

— Bien sûr. Je comprends.

— Vous pouvez rentrer seule sans problème ? s'enquit Blake. Vous trouverez des coordonnées de taxis à la réception.

— Ne vous en faites pas pour moi. Je vais sûrement passer voir Geoff avant de partir.

Les deux hommes se figèrent. J'observai l'un puis l'autre, ils avaient la même expression sur le visage.

— Qu'y a-t-il ?

— Sarah… commença Blake.

Vickers fut plus rapide :

— Je suis désolé, mais il s'en est allé.

— Il s'en est allé ? répétai-je bêtement, espérant avoir compris de travers.

— Il est décédé peu après 14 heures, cet après-midi, expliqua le capitaine d'une voix douce. Il n'a jamais repris connaissance.

— Mais… mais ils n'étaient même pas inquiets, ce matin… dis-je, ne parvenant pas tout à fait à accepter la nouvelle.

— Une hémorragie massive au cerveau, due aux blessures à la tête reçues lors de l'agression, intervint Blake d'une voix mécanique. Ils n'ont rien pu faire, je suis désolé.

— Ça fait deux, murmurai-je.

— Deux ?

— Jenny et Geoff. Deux personnes qui devraient être là. Deux personnes qui ne méritaient pas ce qui leur est arrivé.

Ma voix paraissait étrange à mes oreilles – sans vie, dure.

— Ne le laissez pas s'en tirer.

— Comptez sur nous, affirma Blake avec conviction.

— Pourquoi n'allez-vous pas vous asseoir un moment ? suggéra Vickers. Prenez quelques minutes, puis rentrez chez vous vous reposer. Voulez-vous qu'on appelle quelqu'un ?

Je fis non de la tête.

Il produisit un épais portefeuille en cuir brun, rendu brillant comme un marron par l'usage, en sortit une carte de visite.

— Si vous avez besoin de quoi que ce soit, mon numéro est ici.

Il le pointa du doigt.

— Vous m'appelez quand vous voulez.

— Merci.

— Je suis sincère.

Il me tapota l'épaule.

— D'accord.

Je plaçai sa carte dans mon sac à main.

— Mais ne vous en faites pas, ça va aller.

— Tant mieux, lança Vickers. De toute façon, nous restons en contact. Nous vous tiendrons au courant de ses déclarations.

J'opinai et parvins à esquisser un petit sourire qui parut suffire à les rassurer. Ils se dirigèrent vers les ascenseurs d'un pas pressé. Je demeurai au beau milieu du couloir, à malaxer la lanière de mon sac, jusqu'à ce qu'une petite fille en pyjama me demande de me pousser. Je bondis hors de son chemin et la regardai progresser en tirant une perfusion sur un support plus haut qu'elle. Où qu'elle aille, elle semblait mue par une volonté réelle. Je m'adossai au mur, vidée de toute mon énergie, en me demandant quelle impression cela faisait, une telle volonté. Jamais, de toute ma vie, je ne m'étais sentie aussi inutile.

Le couloir n'était pas un lieu idéal pour rester en plan et, après m'être écartée du passage d'une troisième personne, je dérivai en direction d'une porte marquée *Sortie*. Je découvris une volée de marches que je descendis d'un pas lourd, jusqu'au rez-de-chaussée, en me forçant à mettre un pied devant l'autre, agrippée à la rampe. Là, une porte ouverte permettait d'accéder à une cour pavée où étaient disposés quelques bancs de jardin. Cela semblait être la zone fumeurs des patients assez mobiles pour aller s'en griller une petite de temps à autre. Des boîtes métalliques étaient fixées au bout des bancs, toutes remplies de mégots. L'odeur âcre du tabac brûlé flottait encore dans l'air. L'endroit était désert, pour l'heure, la température nocturne un poil trop fraîche pour être agréable. Je m'assis sur le banc le plus éloigné de la porte et serrai mes bras contre moi, frissonnant jusqu'au tréfonds, sans que cela ait aucun lien avec le froid ambiant.

C'en était trop. Cette phrase ne cessait de se répéter dans mon esprit. Trop. Trop de souffrances. Trop de secrets. Je commençais à peine à entrevoir mes sentiments à la suite de l'annonce de la mort de Geoff. Parce qu'il se montrait insistant, Geoff s'était mis sur la route d'un tourbillon. L'ego de Geoff l'avait fait entrer en collision avec un homme qui nourrissait une véritable obsession et ne laissait aucun obstacle se matérialiser entre lui et l'objet de ses désirs. Et pour Danny Keane, cet objet, apparemment, c'était moi.

Je remontai mes genoux contre ma poitrine, les enserrai de mes bras, très fort, puis posai le front sur mes rotules. Rien de tout cela n'était ma faute. Rien de tout cela n'était dû à ce que j'avais pu faire. Je n'avais rien de spécial, je n'étais remarquable en rien. Danny avait vu en moi quelque chose qui n'y était pas, il avait décrété que j'étais exceptionnelle, ce que jamais je n'aurais eu la prétention d'imaginer. J'étais juste ordinaire. Mon unique particularité, c'était cette culpabilité qui m'avait retenue prisonnière dans la vie médiocre qui était la mienne, comme un papillon sur une planche de collectionneur. Pourtant, à cause de moi, Danny Keane avait laissé son empreinte sanglante sur la vie de quantité de gens – les Shepherd, la famille de Geoff, ce pauvre Paul. J'enfonçai mes ongles dans mes biceps. Comme les autres, j'étais une victime, dont les petits trophées trônaient sur les étagères de Danny. Ce n'était pas quelque chose que j'avais voulu.

— J'espère qu'ils vont te mettre une sacrée raclée, lâchai-je à haute voix en visualisant le visage de Danny, ses yeux vifs, ses pommettes saillantes qui faisaient craquer les jeunes filles.

Tout en disant ces mots, pourtant, j'avais l'esprit ailleurs. Un élément venait de resurgir du fond de mon esprit. Je me concentrai, tâtonnai, remontant le fil de toutes les idées qui m'avaient assaillie. Qu'est-ce que c'était ? Un détail important... Un objet que j'avais vu sans comprendre...

Les trophées.

La prise de conscience fut brutale. Je m'agrippai au banc, bouche bée, le cœur à cent à l'heure. Les mains tremblantes, je fouillai dans mon sac, à la recherche de mon nouveau portable, puis écartai des morceaux de papier pour dénicher la carte de Vickers... Où était-elle passée ? Non, ce n'était pas ça... Pourquoi fallait-il que je trimballe autant de cochonneries ? Reçus... listes de courses... Je l'avais peut-être laissée en haut, en pédiatrie... Non.

Le rectangle de carton enfin entre mes doigts comme s'il s'agissait d'un objet précieux et fragile, je composai son numéro de portable en vérifiant deux fois les chiffres, en me forçant à ne pas me précipiter. Je tombai sur le répondeur. Je ne pris pas la peine de laisser un message, préférant contacter directement le commissariat.

La réceptionniste semblait atteindre la fin d'un interminable service.

— Il n'est pas disponible pour le moment, je peux vous transférer sur sa messagerie…

— Il acceptera de me parler, affirmai-je en tentant d'adopter un ton autoritaire qui aurait sûrement été plus efficace si j'avais pu empêcher ma voix de trembler. Dites-lui que je détiens un élément dont il doit prendre connaissance de manière urgente avant qu'ils n'interrogent Danny Keane. Dites-lui que c'est vital !

Sur un soupir sonore qui trahissait son irritation, elle me mit en attente ; en tapant du pied avec impatience, j'écoutai jouer à mon oreille une version instrumentale et foireuse d'un air de country. Je n'aurais pas parié que mon coup de fil aboutirait, même après que j'avais dramatisé et évoqué une question de vie ou de mort. Du coup, je sursautai presque en entendant la voix de Vickers :

— Allô, oui ?

— Questionnez-le sur le collier, déclarai-je sans préambule. Celui qui est posé sur les étagères. En cuir, avec des perles. Un lacet de cuir.

— Attendez, dit Vickers d'un ton brusque.

Il y eut un bruit de papier qu'on remue, je me le représentai en train de fouiller dans son dossier.

— Oui, je l'ai en photo. Sur le rayon du haut. Quelle est sa signification ? Il appartenait à Jenny ?

— Non, pas du tout, répondis-je sombrement. C'était celui de mon frère. Il est impossible que Danny Keane l'ait eu un jour entre les mains. L'été où il a disparu, Charlie le portait en permanence. Même dans le bain. Il l'avait autour du cou le jour de sa disparition et j'ai été la dernière personne à le voir.

— Vous en êtes sûre ?

— Sans l'ombre d'un doute, dis-je. Vous me rappellerez pour me répéter ce qu'il vous dit ?

— Sans l'ombre d'un doute, répondit Vickers en écho avant de raccrocher.

Je restai assise à écouter le silence en tripotant mon téléphone. Les choses ne se passaient jamais comme je les anticipais. Pendant des années, j'avais été persuadée que ma mère se trompait, à croire ainsi que j'étais la clé du mystère de ce qui était arrivé à Charlie. Je lui en avais voulu de se montrer aussi déraisonnable ; cela avait réduit notre relation en cendres, souillé la terre sur laquelle elle reposait au point que plus rien d'autre ne pouvait y pousser. Et voilà que la tournure des événements semblait lui donner raison, bien que j'eusse beaucoup de mal à l'admettre.

Je me sentais totalement vidée, mais il fallait que je réunisse l'énergie nécessaire pour bouger.

Il était temps de rentrer à la maison.

1999
Disparu depuis sept ans

Le parc est différent, la nuit. Il fait sombre sous les arbres, aux endroits où les réverbères ne brillent pas, et je ne vois rien, excepté le bout rouge de la cigarette de Mark. La cerise, comme il dit. Elle rougit puis pâlit chaque fois qu'il tire dessus, cela me permet de voir son profil, la ligne de sa joue, ses cils courbes et longs. Je crois qu'il m'aime bien, parfois, et puis, d'autres fois, je n'en suis plus si sûre. Il a trois ans de plus que moi. Il vient de réussir son permis de conduire du premier coup. Et il est assez joli garçon pour faire tourner les têtes lorsqu'il descend la rue principale, en ville, de son pas chaloupé. Toutes les filles de mon école craquent pour lui.

Il y a un bruit : Stu, qui change de position à côté de Mark. Je m'approche, pour essayer de prendre moins de place. Une petite pluie fine s'est mise à tomber, notre groupe se blottit un peu plus. Je sens le coude d'Annette dans mes côtes et elle profite d'un éclat de rire général après une blague de Stu pour me donner un grand coup. Elle l'a fait exprès. Elle ne m'aime pas.

— Si on jouait au jeu de la bouteille ? suggère-t-elle en agitant la bouteille de vodka de manière à remuer le fond de liquide qu'elle contient encore.

Je m'appuie contre Mark en espérant qu'il va refuser. Je ne me sens pas très bien. J'ai juste envie qu'il glisse son bras autour de mes épaules et qu'il me parle, avec ce ton drôle et calme qui n'appartient qu'à lui. Ce n'est pas tellement ce qu'il dit. C'est plutôt la façon dont je me sens quand je suis avec lui.

— Il fait trop noir, se plaint une autre fille.

Quelqu'un – Dave – sort un phare de vélo et l'allume. Autour du cercle, les visages sont défaits par l'alcool, les paupières tombantes, les bouches humides. Je n'ai pas bu autant que les autres, je n'ai pas envie de jouer au jeu de la bouteille, pas avec eux, pas maintenant. Il est tard, je suis fatiguée et je n'arrête pas de vérifier que mes clés sont bien dans ma poche, pour pouvoir rentrer en douce avant que ma mère ne se rende compte de mon absence.

Brusquement, je prends une décision. Je me lève et Annette s'esclaffe bruyamment.

— Alors, Sarah, ça ne te tente pas ?
— Je rentre.

Je me fraye un passage entre les jambes, écarte les branchages pour retrouver l'extérieur. Derrière moi, j'entends un bruit, c'est Mark, qui me suit, sans tenir compte des moqueries de ses copains. Il pose son bras autour de moi, je me sens bien, cajolée, je suis persuadée qu'il va me raccompagner chez moi. Au lieu de ça, il m'entraîne à l'écart du chemin, vers le cabanon du gardien, à deux cents mètres du groupe.

— Ne pars pas, murmure-t-il dans mes cheveux. Ne t'en va pas.

— Je préfère.

Je m'écarte un peu de lui, en riant, mais sa main serre fort mon bras.

— Hé, ça fait mal !

— La ferme. La ferme, répète-t-il en m'entraînant derrière lui jusqu'à l'abri que procure le mur du cabanon.

— Mark… protesté-je.

Il me pousse violemment contre le mur, cognant ma tête. Et ses mains sont partout sur moi, elles attrapent, elles tâtent, elles pressent, je m'étrangle sous le choc et la douleur et lui rit à voix basse. Il continue, il continue à m'agresser et, soudain, il y a un bruit non loin, je lève les yeux et découvre Stu, puis Dave. Ils ouvrent de grands yeux curieux. Ils sont là pour m'empêcher de m'échapper. Ils sont là en spectateurs.

— T'adores ça, hein, dit Mark.

Ses mains appuient sur mes épaules, je me retrouve à genoux devant lui et à ce moment-là je sais, je sais ce qu'il veut que je fasse.

Il se débat avec sa braguette, sa respiration s'accélère, je ferme les yeux, les larmes brûlent l'intérieur de mes paupières. Je veux rentrer chez moi. J'ai peur de lui obéir et j'ai peur de refuser.

— Ouvre la bouche, ordonne-t-il en me giflant pour me forcer à le regarder, pour que je voie ce qu'il a à la main. Allez, salope ! Si toi tu ne veux pas, il y a des tas de filles qui seront d'accord pour s'en occuper.

Je ne vois rien de ce qui se passe, mais soudain une lumière vive apparaît, rouge à travers mes paupières, puis j'entends Dave jurer d'une voix aiguë, terrifiée. Les deux garçons prennent la fuite, leurs pieds dérapent sur l'herbe, et avant que Mark ait eu le temps de réagir un bruit creux résonne, il s'effondre sur le flanc, ses jambes s'agitent. Je me relève d'un bond, les yeux plissés sous l'éclat de lumière, que j'identifie désormais comme le faisceau d'une lampe torche. La personne qui la tient l'écarte de moi pour la braquer sur le corps de Mark, sur sa partie inférieure, avec son pantalon et son caleçon sur ses chevilles.

— Espèce de saloperie ! dit la personne à la torche, mon premier réflexe étant de croire qu'il s'adresse à moi. Tu ne pouvais pas trouver quelqu'un de ton âge ? Profiter comme ça d'une gosse…

Il fait un pas de côté et donne un coup de pied à Mark, un coup violent dans la cuisse qui lui arrache un gémissement. La torche se retourne et pendant une seconde j'aperçois un visage que je connais : Danny Keane, l'ami de Charlie. Je ne comprends pas. Je recule, la torche fend l'ombre pour me désigner, de haut en bas, mon tee-shirt. Je me rends compte qu'il est déchiré à l'avant et me mets à tirer sur les bords abîmés en essayant de les réunir.

Durant un bref silence, Danny m'observe, je lui rends son regard, les yeux plissés à cause de la lumière de sa torche.

— Rentre chez toi, Sarah, dit Danny, d'un ton morne. Rentre et ne fais plus jamais ça. Tu n'es qu'une gamine. Reste une gamine, merde ! Ce n'est pas pour toi. File.

Je fais demi-tour et je détale à travers la pelouse, comme si quelqu'un était à mes trousses. Derrière moi, j'entends un coup sec, puis un autre, je suis forcée de me retourner, pour voir ce qui se passe. Danny est accroupi au-dessus de Mark et lentement, avec méthode, il lui casse les dents de devant à l'aide de sa lourde torche, provoquant les hurlements de Mark.

Tandis que je cours, je sais deux choses. Mark ne m'adressera plus jamais la parole. Et je ne pourrai jamais plus regarder Danny Keane en face jusqu'à la fin de mes jours.

16

Comme souvent, j'étais assise sur le canapé, à côté de ma mère, sans avoir la moindre idée de ce qu'elle avait dans la tête. Elle semblait concentrée sur la télévision, qui diffusait un jeu que je n'avais jamais vu et dont je n'arrivais absolument pas à comprendre le principe. Les couleurs vives du plateau, les cris et les acclamations du public me tapaient sur les nerfs ; j'aurais préféré être assise en silence. J'avais la bouche sèche, et un besoin quasi irrépressible de gigoter ; rien n'aurait pu calmer cette nervosité. Le tissu pelucheux sur l'accoudoir de notre antique canapé en ferait les frais. Une fois de plus, je m'y attaquai subrepticement. Si ça ne faisait pas vraiment de bien au tissu, cela contribuait à me soulager les nerfs. J'avais coincé mes pieds sous moi pour m'empêcher de les agiter au rythme rapide auquel battait mon cœur. Du coup, ils commençaient à s'engourdir, j'avais presque des fourmis. Le ventre serré, aussi. Je n'avais rien avalé depuis des heures ; cela ne me venait même pas à l'esprit. Mon unique obsession, qui tournait et retournait implacablement dans ma tête, était : *Qu'a-t-il dit ?*

Après une longue journée d'attente, le coup de fil tant espéré avait enfin eu lieu, vingt minutes plus tôt. Vickers s'était très correctement enquis de la présence de ma mère, puis il avait demandé à venir nous parler à toutes les deux, car il détenait des informations susceptibles de nous intéresser. *Dites-moi maintenant*, avais-je failli supplier, mais je savais qu'il ne le ferait pas. Il n'y avait dans son ton rien d'autre qu'une courtoisie toute professionnelle. Délibérément ou non, il m'avait une nouvelle fois exclue. J'étais de retour du mauvais côté de la barrière entre policiers et civils.

J'avais prévenu ma mère à l'instant où j'avais raccroché. Je lui avais annoncé que la police venait chez nous pour le deuxième jour de suite, et que cela avait un rapport avec la disparition de Charlie. Elle n'avait pas paru étonnée. Pas de main portée à sa poitrine, pas d'yeux écarquillés, pas de hausse de tension. Elle avait attendu si longtemps. Je devinai qu'elle avait vécu cet instant en esprit plus que je ne pouvais l'imaginer, et qu'il n'y avait rien qui pût la surprendre. Elle était assise à côté de moi, aussi lointaine et insondable que les étoiles, et je ne parvenais pas à trouver les mots pour lui demander comment elle allait. Elle n'avait même pas évoqué avec moi la fouille que les policiers avaient effectuée dans la maison, ni même les questions qu'ils lui avaient posées. À mon retour de l'hôpital, j'avais longuement observé ma chambre, en essayant de la voir à travers les yeux de Blake, de voir ce qui avait été ouvert, ce qui avait été bougé. Elle me parut étrange – changée, en tout cas – et j'en étais sortie, envahie par un sentiment de claustrophobie assez fort pour prendre le pas sur la honte qui ne m'avait plus quittée depuis que j'avais été avertie de cette perquisition.

Et voilà que j'attendais à nouveau la police, mais cette fois avec impatience. Pour finir, je ne me trouvais même pas dans le salon lorsqu'ils se présentèrent à la porte. J'étais dans la cuisine, à m'occuper de la bouilloire pour faire un thé dont ni ma mère ni moi n'avions particulièrement envie. Hors de la vue de ma mère, je pouvais faire les cent pas et m'agiter tant que je voulais. L'interminable sifflement de la bouilloire empêchait efficacement le moindre son de me parvenir et, lorsqu'il cessa, j'entendis des voix dans le couloir. Abandonnant complètement le thé, je quittai la cuisine à toute vitesse, le cœur à cent à l'heure.

— Bonjour, Sarah, dit Vickers en regardant par-dessus l'épaule de ma mère, qui leur avait ouvert.

Une jolie policière que j'avais déjà aperçue au commissariat se tenait à côté de lui. Pas de Blake. Tant pis.

— Je vous en prie, dis-je en désignant le salon. Installez-vous. Voulez-vous une tasse de thé ? Je viens de faire bouillir de l'eau.

Je me retrouvai à repousser au maximum le moment que j'avais tant attendu. Maintenant qu'ils étaient là, je ne voulais plus entendre ce qu'ils avaient à nous dire. Je ne parvenais pas à imaginer la réaction qu'aurait ma mère.

— Ça va, je vous remercie, répondit Vickers en se dirigeant vers le salon. Mais que cela ne vous empêche pas d'en boire un.

Je secouai la tête sans un mot et me laissai tomber sur une chaise en bois près de la porte. Ma mère s'assit avec dignité dans le vieux fauteuil de mon père. La police investit le canapé. La femme était perchée sur le bord de manière peu confortable. Vickers, penché en avant, les coudes serrés sur ses genoux, faisait courir inlassablement le bout des doigts de sa main droite sur les jointures de la gauche. Il ne prit pas la parole tout de suite, il nous regarda alternativement, ma mère et moi. Pendant un instant, je ne parvins pas à déchiffrer l'expression sur son visage : n'y avait-il rien de neuf ? Peut-être m'étais-je trompée à propos du collier. Peut-être Danny s'était-il défilé. Il avait pu refuser de répondre à leurs questions. Je passai mes mains sur mon jean en me demandant par où commencer.

— Que pouvons-nous faire pour vous, capitaine ?

Les mots étaient sortis de la bouche de ma mère ; je me tournai vers elle, étonnée. Elle était installée dans son siège avec le calme d'une reine, en pleine possession de ses moyens. Je me lançai dans une estimation rapide de la quantité d'alcool qu'elle avait pu absorber au cours de la journée, abandonnai. Suffisamment pour raidir sa colonne vertébrale, pas assez pour qu'elle ne soit pas capable d'affronter cette visite honorablement. Elle gardait les mains croisées devant elle sur ses genoux ; leur tremblement habituel n'était pas apparent.

— Madame Barnes, comme vous devez sûrement le savoir, nous enquêtons sur le meurtre d'une jeune fille du quartier qui s'est produit il y a quelques jours. Durant cette investigation, certains faits ont été découverts concernant votre fils. Nous avons des raisons de croire, madame Barnes, que Charlie a été tué peu de temps après sa disparition en 1992, et nous connaissons le coupable.

Ma mère attendit, sans rien montrer. J'avais du mal à respirer.

— Charlie était ami avec un garçon du nom de Daniel Keane, Danny, qui vivait au 7, Curzon Close, avec sa mère et son père, Ada et Derek. Charlie passait beaucoup de temps en compagnie de Danny, qui d'ailleurs avait été interrogé après sa disparition. À l'époque, il a affirmé ne rien savoir de ce qui était arrivé à Charlie, et nous n'avions aucune raison de mettre en doute sa parole. Daniel Keane a à nouveau attiré notre attention en lien avec le meurtre de Jennifer Shepherd, la jeune fille dont je vous parlais. Pendant sa garde à vue, nous avons évoqué la question de la disparition de votre fils et il s'est montré beaucoup plus coopératif, cette fois. Il nous a appris bon nombre de choses que nous ignorions jusque-là.

La voix de Vickers s'abaissa légèrement. Un vent inexistant souleva les poils sur mes bras. Je retenais mon souffle.

— Ce qui nous avait échappé aux débuts de l'enquête, c'est que Derek Keane était un prédateur sexuel prolifique et déterminé. Il opérait dans ce quartier, où il a attaqué des femmes sur une période de quinze à vingt ans. En parallèle, il a soumis son fils ainsi qu'un certain nombre d'enfants à des abus sexuels et physiques…

— Pas Charlie, affirma ma mère en secouant la tête.

— Pas au départ, répondit Vickers à regret, d'un ton pesant. Daniel Keane prétend qu'il a tout fait pour s'assurer que son père ne se trouve jamais seul avec votre fils et pour dissimuler à Charlie les abus dont il était victime. Derek Keane choisissait pour proie des jeunes filles et des jeunes garçons de milieux défavorisés, surtout des enfants placés, qu'il rencontrait par le biais du club des jeunes du quartier. Je ne crois pas que Keane ait un jour travaillé de manière honnête, mais il faisait office d'homme à tout faire au club. C'était l'endroit parfait pour lui permettre de faire la connaissance de jeunes vulnérables et de s'attirer leur confiance, ce dont il a largement profité.

Le club des jeunes avait fermé ses portes dix ou douze ans auparavant. Le bâtiment, ni plus ni moins qu'une remise en brique rouge, doté de hautes fenêtres à barreaux, typique des années 1950, avait finalement été détruit. Je n'y étais jamais allée ; trop jeune avant la disparition de Charlie, surprotégée ensuite. Dans mon imaginaire, ce club m'avait toujours semblé un endroit merveilleux, le royaume des enfants, où les adultes ne devaient leur présence qu'au bon vouloir des petits. J'avais tant espéré pouvoir y aller un jour, j'avais eu tellement envie de regarder à l'intérieur. Les hautes fenêtres, si tentantes à l'époque, prenaient une allure sinistre, avec le recul. Elles avaient caché bien plus que des jeux innocents. Je déglutis compulsivement, en me forçant à écouter ce que disait Vickers :

— ... un homme violent à l'intérieur et à l'extérieur de son foyer, il séjournait régulièrement en prison. À en croire Danny, Derek faisait régner la crainte sur sa famille, dont la vie se déroulait au rythme de ses humeurs. Lorsqu'il était content, ils avaient appris à être contents avec lui. Lorsqu'il était en colère, renfermé ou saoul, ils essayaient de se tenir loin de lui. À l'été 1992, cela faisait plusieurs mois que les choses étaient plutôt stables et calmes chez les Keane. Derek était occupé par un plan pour gagner de l'argent, une fraude à l'assurance auto. Il passait beaucoup de temps à l'extérieur avec sa bande de copains, il se rendait dans divers endroits du pays pour mettre en scène des accidents. Quand Derek n'était pas là, Charlie était libre de venir passer du temps chez les Keane. Les garçons préféraient se retrouver là-bas plutôt qu'ici, parce qu'ils n'étaient pas forcés d'inclure Sarah dans leurs jeux.

Vickers tourna vers moi un regard d'excuse, mais je ne protestai pas ; c'était tout à fait crédible. Il poursuivit :

— Le 2 juillet, Charlie est parti d'ici en fin d'après-midi. Personne de sa connaissance ne l'a croisé ni ne lui a parlé après que Sarah l'a vu pour la dernière fois, comme vous ne l'ignorez pas. Nous savons désormais qu'il n'est pas allé loin. Il a traversé la rue pour rendre visite à son meilleur ami.

Ma mère se penchait en avant, ses os blancs visibles sous la peau fine de ses jointures. Si ses mains n'avaient pas été serrées ainsi sur ses genoux, je n'aurais pas su qu'elle était bouleversée par la calme énonciation des faits par le policier.

— Malheureusement, Danny n'était pas à la maison. Il s'était rendu au supermarché avec sa mère, en partie parce qu'il préférait éviter de rester seul à la maison avec son père. Derek venait de rentrer d'un long périple et rattrapait son sommeil en retard. Danny ne tenait pas à courir le risque de le réveiller par mégarde. Charlie a dû aller frapper chez son ami et Derek lui a ouvert. Plutôt que de le renvoyer, Derek lui a proposé d'entrer. Il pouvait être agréable quand il le voulait et, bien sûr, Danny avait toujours caché à Charlie ce que lui faisait subir son père. Charlie n'avait aucune raison de se méfier.

Vickers marqua une pause, s'éclaircit la gorge. Certes, il parlait depuis un moment sans s'arrêter, mais je reconnus là une tactique de temporisation. Il arrivait à la partie difficile.

Allez, qu'on en finisse, lui intimai-je en silence. Dites-le.

— Nous ne savons pas exactement ce qui s'est produit dans la maison, mais il est arrivé quelque chose à Charlie pendant qu'ils étaient seuls tous les deux. Nous pouvons en conclure, d'après ses antécédents, que Derek a profité de l'occasion pour abuser de Charlie. Cependant, celui-ci n'était pas comme ses victimes habituelles. Il était courageux, intelligent, et il était proche de ses parents. Il savait que ce qui venait de se passer était mal. Ni les cajoleries ni les menaces n'auraient pu le réduire au silence. Derek a dû paniquer, conscient qu'il aurait des ennuis à l'instant où Charlie rentrerait chez lui tout raconter à ses parents. Le temps que Danny et sa mère rentrent à la maison, Charlie était mort.

Le dernier mot s'abattit avec un bruit sourd dans le silence absolu qui régnait dans la pièce. Ma mère s'adossa à son fauteuil, une main à la poitrine. Elle paraissait vidée. J'avais beau m'y attendre, j'avais beau l'avoir su depuis des années, le choc de la confirmation m'ébranla.

— Derek n'était pas quelqu'un que l'on aurait pu qualifier d'intelligent, mais il était malin, et il avait un fort instinct de survie, poursuivit Vickers après une brève pause respectueuse. Il savait que votre mari et vous, madame Barnes, ne tarderiez pas à donner l'alerte en constatant que Charlie ne rentrait pas. Il a dissimulé le corps dans le coffre de sa voiture, ce qui, d'ailleurs, a dû être la partie la plus risquée de son plan, car elle était stationnée dans l'allée devant la maison. Il n'y a pas de garage dans ces maisons, pas moyen de se cacher. Mais il a eu de la chance, personne ne l'a vu. Lorsque Danny et sa mère sont rentrés, le seul indice signalant qu'il s'était passé quelque chose était l'humeur bizarre de Derek. Il se montrait irritable, perdu dans ses pensées. Il a envoyé Ada passer la soirée chez des amis, en lui ordonnant de ne pas remettre les pieds à la maison tant qu'il n'envoyait pas quelqu'un la chercher. Elle a essayé d'emmener Danny avec elle, mais Derek le lui a interdit, prétendant qu'il avait besoin de l'aide de son fils. Si Ada a par la suite soupçonné que son mari était lié à la disparition de Charlie, elle n'en a jamais parlé, ni à Danny ni à qui que ce soit, d'après nos informations.

Ma mère opinait, les yeux dans le vague.

— Mais elle a dû le deviner. Je me souviens, figurez-vous, elle m'a offert un bouquet, murmura-t-elle, surtout pour elle-même. Des œillets roses. Sans rien dire.

La sachant capable de continuer ainsi indéfiniment, je lui coupai la parole:

— Mais Danny est resté à la maison, alors quand a-t-il découvert ce qui s'était passé?

— Plus tard, quand son père lui a montré le corps de Charlie, annonça sombrement Vickers. Derek a attendu la tombée de la nuit, il a dû être particulièrement stressé, étant donné que le coucher du soleil est plutôt tardif à cette période de l'année. Puis il a forcé Danny à monter en voiture avec lui. Ils ont roulé quelques kilomètres en direction de Dorking, vers un endroit perdu au milieu de nulle part, avec une allée qui longe un petit lotissement. Il y avait là un point d'accès aux voies ferrées réservé aux cheminots. Derek en avait entendu parler par un ami qui travaillait à la maintenance de British Rail. L'endroit n'était visible depuis aucune habitation, les abords sont très touffus, il y a des arbres, des buissons. La voie ferrée était une ligne secondaire, désaffectée à l'époque. L'endroit parfait pour se débarrasser d'un corps.

Vickers soupira.

— Je crois que Danny ne s'est jamais remis du choc qu'il a ressenti en ouvrant le coffre de la voiture de son père et en découvrant le corps de son meilleur ami. Derek ne l'avait absolument pas prévenu, il lui a juste demandé de tenir la lampe et la pelle pendant que lui transportait Charlie jusqu'au talus qui borde les voies.

Je ne parvenais pas à éprouver cette pitié qu'attendait apparemment Vickers. Je suis certaine que cela avait été traumatisant pour Danny. Son enfance avait été monstrueuse. D'accord. Néanmoins, il avait laissé mes parents vivre dans l'insupportable ignorance de ce qui était arrivé à leur fils. Il avait gardé le secret de son père, jusqu'à l'âge adulte. Il avait fallu qu'il se trouve acculé pour enfin dire la vérité. Et si je n'avais pas vu le collier de Charlie, Vickers n'aurait jamais su qu'il fallait l'interroger là-dessus et ma mère aurait continué à espérer en dépit de tout, chaque jour un peu plus morte que la veille. Et puis il y avait Jenny. Il avait assimilé les enseignements de son père. L'enfant violé devenu violeur. Le fils du meurtrier devenu meurtrier. Je ne ressentais rien d'autre pour lui que du dégoût.

Ma mère remua sur son siège.

— Comment Charlie est-il mort ? Vous n'avez rien dit… comment a-t-il tué mon fils ?

Vickers parut mal à l'aise.

— Nous n'en savons rien, je suis désolé. Nous ne saurons qu'après avoir retrouvé le corps et pratiqué une autopsie. Et encore, après tout ce temps, nous ne trouverons que des restes squelettiques. Des os, éclaircit-il en interprétant de travers l'expression d'horreur sur mon visage.

Je comprenais sans problème le terme ; je ne voyais simplement pas pourquoi il l'utilisait devant ma mère.

Mais, au lieu de se désintégrer comme je m'y étais attendue, ma mère hochait la tête. À cet instant j'eus, peut-être pas une révélation, mais au moins un soupçon qui lentement commença à se faire jour. Quelque chose me disait que cette femme que je croyais connaître n'était pas telle que je me la figurais. Il y avait de la force chez elle, de la force et de la résolution, bien que je ne les aie jamais vues ou identifiées comme telles.

Le capitaine continuait à parler, soulevant un rideau tombé seize ans plus tôt.

— Il leur a fallu longtemps pour creuser la tombe. Plus de deux heures, selon Danny. Le sol devait être dur, plein de racines. Ce n'était pas facile d'aller en profondeur. Mais Derek devait être déterminé, parce qu'il a fait du bon boulot. La plupart des tombes de ce genre se repèrent de très loin. Les animaux s'y attaquent. Ils sentent la décomposition, ils déterrent le corps, ou une partie seulement, ce qui nous met sur la voie. Ou bien la terre retournée au-dessus du corps signale qu'il y a quelque chose dessous. Un tumulus est presque inratable. Derek Keane a donc réussi à trouver un endroit parfait, peu fréquenté, et il a creusé un trou suffisamment profond : tout ceci explique que nous n'ayons jamais retrouvé Charlie. Sans parler de la terreur qu'il faisait régner sur sa famille, qui les empêchait de le dénoncer. Autre preuve qu'il était malin : il a forcé Danny à participer à la dissimulation du cadavre. Ada aurait tenu à tout prix à éviter des ennuis à son fils, même si cela avait pu conduire son mari à jamais sous les verrous. Mais après tout, puisqu'il l'avait obligée à rester en dehors de la maison pendant qu'ils se débarrassaient du corps, elle a pu ne jamais être certaine de sa culpabilité. Quoi qu'il en soit, même si elle a eu des soupçons, ça n'est jamais allé plus loin. Et Derek avait réussi à terroriser Danny. L'enfant n'a jamais rien dit à qui que ce soit. Il était convaincu qu'il finirait aussi en prison. Son père lui avait expliqué que ce qu'il avait fait serait considéré comme pire – car si Derek avait agi par réflexe dans le feu de l'action, Danny l'avait aidé à enterrer le corps de sang-froid.

— Pauvre petit ! lâcha ma mère.

Je me tournai vers elle, étonnée, pour ne pas dire choquée, puis je me souvins qu'elle ignorait tout de ce qu'il avait fait subir à Jenny. Pour moi, Danny était le mal incarné, je ne tenais pas spécialement à savoir ce qui avait fait de lui ce qu'il était devenu.

— Pourquoi vous a-t-il raconté tout cela maintenant ? demanda-t-elle.

Vickers remua un peu sur le bord du canapé. Je l'implorai du regard. Je ne voulais pas que ma mère sache que j'étais impliquée. La simple perspective de devoir tout lui expliquer me faisait défaillir.

— Euh… Nous avons reçu de nouvelles informations qui nous ont poussés à enquêter sur M. Keane. Pour être franc, madame Barnes, je crois qu'il ne demandait qu'à être interrogé. À l'instant où nous avons mentionné le nom de Charlie devant lui, il a tout déballé. Nous voulions discuter d'un autre sujet avec lui, sur lequel je peux vous dire qu'il s'est montré beaucoup moins coopératif…

Il m'adressa un regard lourd de sens, je réprimai un soupir. Bien entendu, Danny ne revendiquait pas le meurtre de Jenny, il n'y avait personne d'autre sur qui rejeter la faute.

— Comment pouvez-vous être certains qu'il n'a pas tout inventé ?

La voix de ma mère était assurée, mais on pouvait lire la tension dans ses yeux.

— Nous pensons qu'il nous dit la vérité, madame Barnes, sans quoi je ne serais pas là, répondit doucement Vickers. Il n'a aucune raison de mentir à propos de Charlie.

Je m'éclaircis la gorge, tous trois se tournèrent vers moi. La policière avait sursauté, comme si elle avait oublié ma présence dans la pièce.

— Qu'est-il arrivé à la mère de Danny ? Derek l'a tuée, elle aussi, non, quelques années après Charlie ?

Le capitaine soupira.

— Il y a eu beaucoup de commérages dans le quartier, à propos du jeune garçon, Paul. Les gens prétendaient qu'il n'était pas du tout le fils de Derek, qu'il avait été conçu pendant son séjour en prison, en 1995. Les dates ne correspondaient pourtant pas, et puis Ada n'aurait jamais osé tromper son mari, même s'il était enfermé à Pentonville. Mais les rumeurs ont suffi à faire perdre son sang-froid à Derek. Ada a terminé en bas de l'escalier, la nuque brisée, et les preuves de violence ne manquaient pas. Ils auraient dû l'inculper de meurtre, mais ils ont opté pour une condamnation pour homicide.

Vickers secoua la tête.

— Les jurés sont bizarres, parfois, avec les meurtres domestiques. On ne sait jamais de quel côté ils vont pencher. Il suffit d'une grande gueule qui soupçonne lui-même sa femme pour prendre la défense du prévenu, et on perd tout le monde. Ils sont comme des moutons – il y en a un qui mène la bande et tous les autres suivent, même si ça va à l'encontre du sens commun. Derek a écopé de cinq ans ; il est sorti au bout de trois. Et puis, peu après, sa chance a tourné.

Il y avait une indéniable satisfaction dans le ton de Vickers.

— Il n'était pas sorti depuis deux mois qu'il passait l'arme à gauche. Il est tombé dans l'escalier, chez lui, tard, un soir qu'il rentrait du pub, et il s'est fendu le crâne. Il ne s'est jamais réveillé.

La coïncidence ne pouvait avoir échappé à Vickers. C'était ainsi qu'Ada avait été tuée. Je me demandai, non sans un certain malaise, s'il s'agissait du premier meurtre de Danny. Mais d'après ce que je venais d'entendre ce soir, Derek l'avait mérité, et pire encore. Personne n'aurait pleuré la mort de Derek Keane.

— Il ne restait plus que les deux garçons. Danny avait dix-huit ans à la mort de sa mère, il a élevé son petit frère tout seul, pour ainsi dire. On a envisagé un moment de placer Paul, mais Danny a réussi à convaincre les autorités de le laisser où il était. Pour le meilleur ou pour le pire, la tendance était, à l'époque, à laisser les fratries ensemble.

Vickers haussa les épaules.

— On peut néanmoins se dire qu'il aurait été plus heureux dans une famille d'accueil ou s'il avait été adopté. Avec un héritage comme celui-là, il n'avait pas de véritable chance de s'en sortir.

Nous demeurâmes assis un moment sans rien dire, à songer au destin de la famille Keane. Puis ma mère reprit la parole :

— Que se passe-t-il, maintenant ?

Je jetai un coup d'œil rapide dans sa direction, puis je la regardai plus attentivement. Son visage semblait adouci, d'une certaine manière – elle avait perdu cette expression fermée que je détestais tant. Pendant une fraction de seconde, je vis la femme dont je ne me souvenais plus que par le biais des photos prises avant la disparition de Charlie, et elle était magnifique.

— Maintenant, nous allons retrouver Charlie, annonça Vickers d'un ton égal. Nous avons organisé les fouilles du terrain que Danny nous a décrit, elles commencent demain à 7 heures. Danny vient avec nous, ainsi il nous montrera l'endroit où il se souvient d'avoir vu son père creuser. Tous les deux ont marché un moment après le portillon d'accès. J'espère qu'il reconnaîtra les lieux une fois sur place, pour pouvoir réduire notre périmètre. Sans quoi, il nous faudra des semaines.

— Vous n'avez pas d'équipements de haute technologie comme à la télé ? demandai-je.

— Ces trucs ne fonctionnent jamais. Selon mon expérience, soit on obtient des informations de l'intérieur, soit quelqu'un tombe sur le corps par hasard. Mais nous avons Danny, et il coopère. Nous allons retrouver Charlie. Ne vous inquiétez pas.

Il se leva, ses articulations protestèrent par quelques craquements sonores, dignes de petites armes à feu, puis il tendit la main à ma mère.

— Je sais que ça doit être un choc terrible pour vous, madame Barnes. Puis-je vous suggérer de laisser ma collègue ici présente vous préparer une tasse de thé ?

— Je ne… commença-t-elle.

Il l'interrompit, le plus doucement possible.

— Je voudrais discuter un peu avec Sarah, avant de partir, si cela ne vous dérange pas.

La policière se tenait à côté d'elle et, sur un signe de tête de son supérieur, elle l'aida à se relever. Je m'attendais à ce que ma mère objecte, mais, à mon extrême étonnement, elle suivit docilement la femme jusqu'à la porte. Lorsqu'elle se trouva sur le seuil, cependant, elle s'arrêta, une main sur le chambranle pour se soutenir, ou pour dramatiser le moment, ou les deux.

— Je dois vous remercier, capitaine Vickers.

— Ça n'est pas nécessaire. Vraiment pas.

Il enfonça ses mains dans ses poches, pencha la tête.

— Si vous avez des questions, si vous souhaitez une confirmation, appelez-moi. Sarah a mon numéro. Et nous vous tiendrons au courant dès que nous trouverons quelque chose.

Une fois ma mère bien installée dans la cuisine, derrière une porte close, Vickers se dirigea vers l'avant de la maison, où je le suivis.

— Il n'a pas avoué le meurtre de Jenny, au cas où vous ne l'auriez pas deviné.

— Pourquoi ne suis-je pas étonnée ?

Je croisai les bras devant moi, pour me protéger du froid. Il s'était remis à pleuvoir, des gouttes grosses comme des pièces de monnaie tombaient comme des coups de marteau autour de nous.

— Le sexe, c'était son idée à elle. Lui s'est prêté au jeu parce qu'il voulait se faire de l'argent, son travail ne rapportait pas assez.

Vickers avait un ton tranchant.

— Il recrutait les autres hommes parmi les vieux copains de son père. C'était un de leurs points communs, visiblement, leur penchant pour les enfants…

— Je ne veux ne pas en savoir plus, l'interrompis-je, en commençant à claquer des dents.

— Ce qu'il nous a raconté confirme ce que nous a dit Paul : il a fait tout ça pour vous.

— Mon Dieu…

— Apparemment, il ne s'est jamais cru digne de vous. Il vous a placée sur un piédestal. Alors il réalisait ses fantasmes sur la petite Jenny, qui ne se rendait compte de rien. Il est immature. Inadapté. Il a peur des femmes. Les enfants sont plus faciles à manipuler.

— Je comprends, parvins-je à articuler. Merci pour ces explications.

Vickers opina.

— Je sais que vous auriez préféré que je ne vous dise rien, mais c'est pour votre bien. Il fallait que ça sorte. Il y aura des reportages, au moment du jugement, il faut vous préparer à ce que les choses soient rendues publiques.

— Serai-je appelée comme témoin ?

Je n'imaginais rien de pire que de me trouver au tribunal, pour accuser Danny, devoir le regarder en face…

— C'est au ministère public et aux avocats d'en décider, mais je ne vois pas pourquoi vous devriez l'être. Vous n'avez rien de probant à dire, n'est-ce pas ? Danny a avoué. Ce n'est pas comme si vous aviez été témoin d'agissements bizarres juste là…

À ces mots, il désigna du menton le numéro 7.

— Non, je n'ai rien remarqué, répondis-je d'un ton ébahi.

Perdue dans ma propre tragédie, j'avais été aveugle à celle qui se déroulait en face de chez moi. J'avais baissé la tête, détourné les yeux. J'avais manqué tous les indices.

Vickers se pencha devant moi et appela :

— Anna !

La porte de la cuisine s'ouvrit sur la policière, qui sembla soulagée. Vickers fit demi-tour et se dirigea vers sa voiture. Tirant les manches de mon pull sur mes mains, je lui emboîtai le pas.

— Capitaine, je voulais juste vous dire… merci de ne pas avoir parlé de Danny et moi devant ma mère.

— C'est quelqu'un, n'est-ce pas ? Digne.

— Ça lui arrive, dis-je en pensant aux si nombreuses occasions où elle avait fait preuve du contraire.

Je devais convenir, cependant, qu'elle ne m'avait pas laissée tomber devant la police.

Vickers était en train de s'asseoir dans son véhicule, je m'approchai de la portière.

— Capitaine… Demain, est-ce que je pourrais être présente ?

Il se figea.

— Pour les fouilles, vous voulez dire ? Pourquoi ?

Je haussai une épaule.

— J'ai juste le sentiment qu'un membre de la famille devrait être là.

— Vous êtes consciente que Daniel Keane y sera, lui aussi ?

Je hochai la tête.

— Je me tiendrai loin de lui, promis. Je n'ai pas la moindre envie de lui parler.

Vickers installa sa jambe droite à l'intérieur de la voiture et attrapa la poignée. Je m'écartai du passage.

— Vous savez vous montrer très persuasive quand vous le voulez. Mais je ne veux pas de scène. Il ne s'agit pas d'une occasion de vous venger.

— Jamais cela ne me serait venu à l'esprit. Je voudrais juste être là. Pour Charlie.

Il soupira.

— Nous essayons toujours de respecter les vœux des familles dans ces occasions. Je sais que c'est une bêtise, mais j'enverrai Blake vous chercher demain matin. Soyez prête à 6 h 30.

— Merci, répondis-je avec un sourire ravi.

— Ne me remerciez pas. Et portez des bottes en caoutchouc si vous en avez. Vous avez entendu la météo ? Si ça ne s'arrête pas bientôt, nous finirons par avoir besoin d'une arche.

En secouant la tête, Vickers claqua la portière. Je le regardai s'éloigner, bizarrement contente que ce soit lui qui nous ait appris la vérité pour Charlie. J'étais bien incapable de prévoir la réaction de ma mère une fois que la réalité la frapperait pour de bon, mais au moins elle avait fait preuve de décence durant l'annonce, et elle y avait cru.

La pluie prenait un caractère plus systématique, plus violent. Pourtant, avant de rentrer, je me forçai à observer l'autre côté de la rue, le numéro 7. Les fenêtres étaient sombres, les rideaux tirés. La maison semblait abandonnée et tous les petits défauts que j'avais déjà remarqués paraissaient s'être aggravés, comme si la corruption et la décadence étaient à l'œuvre sous mes yeux.

— J'espère que tu vas t'écrouler ! lançai-je à voix haute tant je la détestais, tant je détestais ce qu'elle représentait.

Toutes ces années d'attente. Toute cette souffrance.

Je considérais toujours Danny Keane comme un monstre, pas une victime. Il avait choisi de suivre les traces de son père, bien qu'il sache mieux que quiconque les dégâts que cela provoquait. Il était difficile d'accepter que juste en face de chez moi, à quelques dizaines de mètres à peine de ma porte, avait pu avoir lieu un tel naufrage de l'imagination, de la conscience de soi, de la simple humanité. Savoir ce qui s'était passé n'en facilitait pas pour autant la compréhension.

Lorsque je regagnai le salon, ma mère avait un verre à la main, ce qui ne me surprit pas. Mais la différence que j'avais notée dans son apparence était toujours là. Elle leva les yeux quand j'arrivai.

— Ils sont partis ?

J'acquiesçai.

— As-tu été étonnée par ce qu'il nous a dit ?

Je ne savais pas quoi répondre. Voulait-elle parler de Danny ? Ou de la mort de Charlie ?

— J'ignorais que Derek Keane était aussi monstrueux, finis-je par déclarer, lâchement.

— Il ne m'a jamais plu, commenta ma mère avant de boire une grande gorgée.

Du whisky, aurait-on dit.

— Je n'ai jamais aimé que Charlie joue avec Danny. Ton père...

Je me raidis, prête à prendre sa défense.

— ... m'a toujours traitée de snob, parce que les Keane n'étaient pas très riches et que Danny avait l'air... sale. Mais je n'aimais pas Derek. Il est venu ici, juste après notre emménagement, pour me demander si j'avais des petits boulots pour lui dans la maison, du bricolage, quoi. Il y avait des tas de choses à faire, à dire vrai, la maison était dans un piteux état. Presque comme maintenant, commenta-t-elle avec un petit rire en regardant autour d'elle d'un air étonné, comme si cela faisait dix ans qu'elle ne l'avait pas vue. Mais il y avait quelque chose chez lui. Ses yeux. Ils étaient... rapaces. Et moi, j'étais toute seule à la maison, avec toi. Tu étais tout bébé. J'ai répondu non, ça va, et là-dessus, j'ai refermé la porte directement, sans même dire au revoir. C'était vraiment impoli de ma part. Je n'aurais jamais agi de la sorte avec quelqu'un d'autre. Mais il m'avait fait peur.

Elle soupira.

— Je suis contente de savoir. Pour Charlie.

— C'est mieux, de savoir.

C'était la première fois depuis des années que nous tombions d'accord.

Elle vida son verre, le reposa.

— Je vais me coucher.

— Je serai sûrement partie demain matin, quand tu te réveilleras. Je sors, tôt.

— Tu les accompagnes à l'endroit où ils vont creuser ?

J'envisageai douze mensonges différents dans ma tête, puis abandonnai :

— Oui.

— Je ferais pareil à ta place.

J'en restai bouche bée. Je m'apprêtais à lui donner toutes les raisons, tous les arguments pour la persuader que c'était la chose à faire. Le fait de ne pas en avoir besoin se révélait franchement étrange.

Elle se leva et s'approcha de moi. Après une infime hésitation, elle glissa ses bras autour de moi et me serra contre elle.

— Tu es une bonne fille, Sarah, murmura-t-elle.

Puis, sans me laisser le temps de réagir, elle se dirigea vers l'escalier.

Alors, la bonne fille s'assit sur le canapé et pleura toutes les larmes de son corps, pour sa mère, son père et Charlie, pour Jenny et tous les autres, toutes les victimes, pendant plus longtemps que je ne l'avouerai jamais.

2002
Disparu depuis dix ans

La chambre, petite, surchauffée, est remplie de gens que je ne connais pas, je suis assise par terre, les genoux contre la poitrine. La stéréo crache un morceau de dance saturé de basses, si fort que je sens les vibrations dans mon corps. Deux filles s'embrassent sans la moindre inhibition dans un coin, provoquant le chahut parmi un groupe de garçons installés sur le lit, à la fois divertis et intimidés. J'ai à la main une tasse à café remplie de vodka cassis, un mélange aussi poisseux qu'un sirop pour la toux et à peu près aussi engageant.

La pièce est sombre, éclairée par la seule lampe de bureau, orientée face au mur. Je ne sais pas à qui appartient cette chambre, ni comment cette personne a réussi à la décorer en seulement deux jours à l'aide de coussins, de posters et même d'un tapis, de manière à lui enlever l'austérité blême et institutionnelle qui règne dans la mienne, au bout du couloir. Les gens dansent, se parlent en criant, sympathisent. J'essaye d'adopter une expression appropriée, opte pour un petit sourire figé. Je suis pétrifiée. Je ne vais jamais trouver ma place ici. J'ai fait une erreur en choisissant cette fac, ce cursus, cette résidence universitaire…

Un type grand, musclé, se fraye un chemin à travers la foule et s'approche de moi. C'est un étudiant de deuxième année que j'ai croisé un peu plus tôt dans la journée, lors d'une session d'accueil et d'orientation. À mes yeux, il semble terriblement adulte et accompli. Il tend le bras et m'attrape par la main pour me relever.

— Viens avec moi ! me braille-t-il à l'oreille.
— Où ça ? demandé-je.

Il ne m'entend pas et m'entraîne hors de la pièce, jusque dans un escalier au bout du couloir, où est installé un petit groupe de gens. Pour la plupart, je ne les connais pas, à l'exception d'un ou deux, qui sont dans ma classe. La cage d'escalier est calme, tranquille. Une fille avec un piercing au nez a ouvert la fenêtre et, bien que le règlement l'interdise, fume une cigarette. Elle essaie mollement de dissiper la fumée vers l'extérieur, mais le plus gros revient tourbillonner autour de nous. J'aimerais bien une cigarette, pensé-je. J'aimerais bien avoir quelque chose à faire.

Je pose ma tasse de vodka à travers les barreaux sur une marche inoccupée et m'assieds là où les autres m'ont laissé une place. Le deuxième année s'installe juste derrière et pose un bras sur mes épaules. Je ne me souviens pas de son prénom. Je ne peux tout de même pas le lui demander maintenant. Il me présente à tout le monde. Ils parlent de gens que je ne connais pas, de fêtes auxquelles ils ont assisté l'année précédente, du travail qu'ils ont pour la semaine à venir, pendant que les étudiants en première année parlent d'eux, se renseignent les uns sur les autres. Ils paraissent tous si brillants, si drôles. De temps à autre, quelqu'un m'interroge, je réponds brièvement en souriant à m'en faire mal aux joues. Certains sont très saouls. D'autres, plus encore. Personne à part moi n'est sobre, je m'ennuie et j'ai l'impression d'ennuyer les autres.

Je ne sais pas qui commence, mais, soudain, la conversation tourne autour des familles.

Un des garçons que je vois pour la première fois s'adresse à moi :

— Et toi ? Tu as des petites sœurs à me présenter ?

Tout le monde rit, il doit avoir la réputation de coucher avec des sœurs en visite sur le campus, j'imagine.

— Ni petite sœur ni grande. Désolée.

La fille à la fenêtre s'allume une nouvelle cigarette.

— Et des frères alors ?

C'est juste une question anodine. Il n'y a derrière aucun sous-entendu. Sans même y réfléchir, je m'entends dire :

— Non. Pas de frère non plus.

Voilà. Il me suffit de dire ça. Personne ne me pose plus d'autres questions. Personne ne soupçonne quoi que ce soit. C'est tellement facile de mentir, tellement simple d'être fille unique, sans passé, d'être jugée sur les apparences, d'être quelqu'un qu'on apprécie. D'un seul coup, je viens de laisser dix ans derrière moi. Je ressens un déclic dans mon esprit, je crois reconnaître la liberté. Ce n'est que plus tard, beaucoup plus tard, que je comprendrai ce dont il s'agissait vraiment : un reniement.

17

J'étais prête bien avant que Blake se gare devant la maison. La nuit avait encore été agitée, et je m'étais finalement réveillée à 4 h 30, dans le tambourinage incessant et léger de la pluie sur le toit. J'avais tiré le rideau, pour la regarder tomber, hypnotisée par le volume d'eau qui tourbillonnait dans les caniveaux et ruisselait le long de la rue. Le sol était déjà saturé ; la pelouse des voisins paraissait détrempée, marécageuse. J'avais observé ce panorama quelques secondes avant de prendre conscience brutalement que si le temps ne changeait pas, les fouilles pourraient très bien ne pas avoir lieu. Après toutes ces années, quelle urgence y avait-il, excepté pour ma mère et moi ? Je me mordais la lèvre ; je ne pensais pas pouvoir attendre plus longtemps.

J'éprouvai donc un réel soulagement en voyant arriver la voiture de Blake. Il était mieux qu'à l'heure : cinq minutes d'avance. Et moi j'étais plus que prête : je m'étais douchée et habillée en silence, pour ne pas déranger ma mère, puis j'avais enfilé un vieux jean, trop grand pour moi, qui me tombait sur les hanches. Je m'étais observée dans la glace. Mon ventre était creusé, mes côtes se dessinaient clairement sous ma peau terne. À quand remontait mon dernier repas correct, autour d'une table ? Je ne m'en souvenais pas. Il n'y avait d'ailleurs aucune chance pour que je parvienne à caser un petit déjeuner en bonne et due forme ce matin ; ma gorge se bloquait à la simple idée de la nourriture.

J'avais donc ajouté une ceinture, que j'avais camouflée sous un long tee-shirt, et un K-way. Ce n'était pas exactement la dernière mode, mais cela ferait l'affaire.

Capuche sur la tête, je me précipitai vers la voiture avant même que Blake ait eu le temps de couper le moteur.

— Tu parles d'un temps, dit-il en baissant les yeux vers mes pieds, sourcils froncés. Tu n'as pas oublié tes bottes ? Tes baskets ne tiendront pas le choc.

— Pourquoi vous êtes tous obsédés par mes pieds ?

J'agitai le sac plastique que j'avais à la main.

— Mes bottes sont là !

— L'endroit où nous allons est grosso modo un marécage en ce moment. L'accotement ne tient plus que grâce à la chance et à quelques racines d'arbres. Encore quelques heures comme ça et tout va glisser jusque sur les rails.

— Tu exagères ? répondis-je, inquiète à nouveau.

Il rit.

— Oui, rassure-toi. Mais on a fait un petit tour de reconnaissance hier, pour voir de quel type d'équipement on avait besoin, et les conditions étaient effroyables. Vickers a bousillé ses chaussures. Le pauvre, lui qui n'en a que deux paires...

Je souris, trop tendue pour rire. Je ressentais un étrange mélange d'émotions, excitation et crainte principalement, et également le sentiment de devoir me contenir, car il était fort possible qu'ils ne découvrent rien du tout, et que Danny Keane ait menti.

— Comment va ta mère ?

— Plutôt bien, étrangement. Elle a bien pris la nouvelle, en fait. Je m'attendais à... Disons que j'ai été étonnée qu'elle garde son calme.

Il coula un regard dans ma direction.

— Elle a beaucoup impressionné le patron. Elle n'est pas comme ça en temps normal, si ?

— Non, répondis-je avec franchise. Elle est parfois difficile. Ce n'est pas toujours très marrant, de vivre avec elle.

— C'est ce que je m'étais dit.

Évidemment... Blake l'avait rencontrée lors de la perquisition. Je me tassai un peu sur mon siège, gênée.

— Alors, qu'est-ce qui se passe, maintenant ? m'interrogea-t-il.

Il regardait la route ; je ne parvenais pas à voir suffisamment son visage pour déchiffrer son expression.

— Comment ça ?

— Eh bien...

Il s'interrompit, puis se lança à nouveau :

— Corrige-moi si je me trompe, mais j'ai l'impression que tu es restée avec ta mère pour l'aider à affronter la disparition de Charlie. Maintenant, en partant du principe qu'on va le retrouver aujourd'hui, tout est terminé. Voilà, c'est fini. Tu vas devoir commencer à réfléchir à ce que tu fais après, et où. Tu ne me sembles pas être particulièrement investie, comme prof.

— Ça se voit tant que ça ?

— On ne peut pas vivre comme ça, Sarah. Il faut que tu fasses ce qui est bon pour toi, pas pour les autres. Tu es assez jeune pour changer de vie, dans quelque sens que tu le souhaites. Il te reste juste à décider de ce que tu veux faire.

— Ce n'est pas si simple.

— Bien sûr que si, justement, c'est très simple.

La voiture s'immobilisa devant un feu rouge, il se tourna vers moi.

— Tu n'as pas à avoir peur, tu sais. Tu serais plus heureuse.

— Peut-être.

Je n'arrivais pas à l'imaginer. Les problèmes de ma mère avaient commencé avec la disparition de Charlie, mais cela ne signifiait pas qu'ils s'évaporeraient d'un coup parce qu'on l'avait retrouvé. Au contraire, elle aurait peut-être davantage besoin de moi, maintenant qu'elle savait la vérité. Nous continuerions ainsi aussi longtemps que cela serait nécessaire. C'était la seule chose que je savais faire.

Les essuie-glaces décrivirent huit ou neuf allers-retours en sifflant avant que je reprenne la parole :

— Danny sera là, ce matin ?

Blake enregistra le changement de sujet d'un clignement de paupières.

— Oui, d'ailleurs, tiens-toi à l'écart. Il sera sous bonne garde, menotté et escorté par deux agents, mais je ne veux pas que tu l'approches.

Sans un coup d'œil vers moi, il ajouta :

— Il est complètement obsédé par toi, tu sais.

— Ça paraît tellement bizarre. Il ne me connaît même pas.

— C'est encore pire, il est amoureux de l'idée de toi. Il peut faire de toi absolument tout ce qu'il veut, en imagination, résuma-t-il sobrement. Et ne te fais pas d'illusions, il est dangereux.

Le mot cliqueta dans mon esprit à la manière d'une clé dans une serrure.

— Il est passé aux aveux, ça y est ? Pour le meurtre de Jenny ?

— Pas pour Jenny, non. Mais on a réussi à lui faire cracher le morceau pour Geoff Turnbull. Ils l'ont pressé comme un citron et il a fini par avouer au milieu de la nuit. Les preuves matérielles étaient accablantes. La barre de fer découverte chez lui était l'arme du crime. Il a raconté qu'il avait observé Geoff, qu'il l'avait vu faire des allées et venues et que la manière dont il se comportait vis-à-vis de toi ne lui plaisait pas. Et le soir en question, Danny a pété un câble.

Sourcils froncés, Blake restait concentré sur la route.

— J'ignore ce qui s'est passé exactement ce soir-là, mais Danny a décidé d'intervenir. Geoff était une cible facile. Danny n'a même pas pu prétendre que le combat était égal, quoique cela n'aurait de toute façon pas pu lui servir de ligne de défense. En gros, sa seule excuse était qu'il voulait te protéger.

Il me regarda rapidement.

— Mais tu ne dois pas considérer que c'était ta faute, tu m'entends ? Ce n'est pas comme si tu lui avais demandé de le faire.

En revanche, j'avais souhaité très fort que Geoff disparaisse, puis je n'avais pas éprouvé grand-chose en apprenant qu'il était à l'hôpital, et je ne pouvais pas revenir en arrière pour effacer ça, ni la honte qui y était rattachée. Cela resterait en moi, quoi qu'en dise Blake.

— Impossible de lui faire changer ses déclarations sur Jenny. Pour une raison qui m'échappe, il refuse de se lâcher. Il veut bien parler de tout le reste, presque avec fierté ; quand il se vante de son système tellement malin pour se faire du fric, on ne peut plus le faire taire. Mais dès qu'on aborde le sujet de la mort de Jenny, il se referme comme une huître. Il nie tout. Nous n'avons pas encore progressé, mais ça va venir.

— Tant mieux, dis-je avec conviction.

Je voulais qu'il avoue tout, qu'il assume la totalité de ses crimes. Il avait été obligé d'aider son père à enterrer Charlie, et je comprenais ce qui l'avait poussé à agresser Geoff, même si je le déplorais. Mais c'était la manière dont il avait utilisé Jenny qui me permettait d'appréhender toute la malfaisance du personnage. Profiter d'elle de la sorte puis s'en débarrasser une fois qu'il en avait eu terminé… Je détournai la tête pour me soustraire au regard de Blake et tenter de me ressaisir.

Nous empruntâmes une allée étroite bordée de buddleias, qui s'étaient propagés de façon anarchique dans les jardins et les dépendances mal entretenus. Leurs feuilles coriaces balayèrent le flanc de la voiture, Blake progressait au pas le long des véhicules stationnés sur la droite.

— On y est ? demandai-je en sentant la moiteur gagner mes paumes.

Je n'aurais jamais deviné. Je n'avais formé aucune image claire de l'endroit que m'avait décrit Blake, je fus étonnée de constater à quel point il se trouvait près de chez nous.

— C'est le genre de coin qu'on connaît seulement si on habite dans les environs ou si l'on travaille aux chemins de fer. En général, personne ne se gare ici, toutes ces voitures sont là pour l'affaire qui nous occupe.

Il s'agissait donc d'une grosse opération, compris-je, en proie à une gêne irrépressible tout à coup. Ce chagrin était resté si longtemps intime, cela me parut soudain égoïste de traîner tous ces gens – trente peut-être ? – dans cette allée sinistre.

— Merci pour ce que tu fais pour nous, dis-je enfin.

Blake grommela.

— Inutile de me remercier. Ça fait partie du boulot.

— Hmm. Et merci pour le reste, aussi.

Cette phrase me valut un regard oblique, puis il se concentra à nouveau sur l'étroit chemin devant nous. Un jeune agent était en train d'écarter des plots pour permettre à la voiture de Blake de passer. Je reconnus celle de Vickers, nous nous garâmes juste derrière. Il coupa le moteur et nous demeurâmes ainsi une seconde, sans autre bruit que celui de la pluie sur le toit.

— Quand tout sera fini… commença-t-il.

— Je me demandais… dis-je au même moment, avant de m'interrompre dans un éclat de rire. Toi d'abord.

— Je pensais… On a fait les choses à l'envers, non ? Quand tout sera terminé, j'aimerais apprendre à te connaître, Sarah. Découvrir qui tu es vraiment.

La pluie sur le pare-brise formait de petits ruisseaux. J'observai les ombres qui dansaient sur son visage, je me sentais si heureuse que c'en était presque douloureux.

— Ça me plairait, dis-je finalement.

Blake se pencha, m'attirant à lui. Je fis de ce baiser un serment plein de gratitude, oubliant presque pourquoi nous étions là pendant quelques instants fébriles, pour ne penser qu'à lui, envahie, pour une fois, par un sentiment d'absolue sécurité. Je sentis sa bouche se courber et quand je m'écartai je vis qu'il souriait.

— Bien. Content que nous soyons d'accord sur ce point. Maintenant, enfile tes bottes.

Il sortit en pestant contre la pluie, tandis que je passais mes bottes en caoutchouc, frissonnant au froid humide qui s'infiltrait par les semelles. Je quittai la voiture à mon tour, sur des jambes qui ne semblaient pas m'appartenir, et j'attendis sous ma capuche que Blake finisse de se préparer. Il flottait dans l'air une puissante odeur de feuilles et d'herbe trempées. De là où je me tenais, je parvenais à voir des marches menant à une haute porte métallique et, derrière, des arbres.

— Par ici, fit Blake en me désignant la porte.

Une partie de moi aurait voulu s'enfuir en courant. L'autre foncer tout droit sans attendre Blake, en train de se débattre avec son portable. Il finit par me rejoindre et m'ouvrir la porte.

— Attention où tu mets les pieds…

D'épaisses orties avaient poussé tout autour de l'entrée, mais elles avaient été écrasées de manière à laisser un passage à travers les arbres. Leur feuillage brillant de pluie était glissant, je mis mes pas dans ceux de Blake, concentrée sur mes pieds. Le sentier tournait sur la droite, parallèlement aux rails, à peine visible derrière les arbres. À ma gauche, la pente était raide, je manquai de déraper à plusieurs endroits, retrouvant l'équilibre en me rattrapant aux troncs d'arbre à proximité.

Au bout de quelques centaines de mètres, Blake prit sur la gauche et commença à descendre la pente en s'assurant d'un coup d'œil que je le suivais toujours. Je m'engageai dans le raidillon avec précaution, craignant la chute qui me ferait dévaler tout l'accotement dans une rafale de feuilles mouillées et de boue. J'entendais des voix devant nous et, au détour d'un bosquet de jeunes bouleaux, nous arrivâmes en vue de la fouille. Elle avait déjà bien commencé, une tente blanche avait été installée au-dessus de l'endroit où les policiers s'activaient, pelletant la terre avant de la passer au filtre, sous les yeux, entre autres, du capitaine Vickers.

Blake s'était arrêté aux abords de la clairière. Il se tourna vers moi.

— Tu veux t'approcher un peu ?

— Ça va, je suis bien ici.

L'air était saturé d'une lourde odeur de terre. Au loin, j'entendis un train lâcher son sifflement lugubre. L'endroit était paisible mais désolé, je ne me sentais pas très à l'aise.

— Pourquoi a-t-il abandonné Jenny dans les bois, à ton avis ?

— Danny ? fit Blake en haussant les épaules. Qui sait ?

— Ici, c'était un meilleur endroit, non ? Et puis il s'en souvenait ; il aurait dû y penser. Jamais on ne l'aurait retrouvée, s'il l'avait laissée ici. Comme Charlie. Et il s'en serait tiré.

— Coup de chance pour nous, il a fait autrement.

Blake posa la main sur mon bras.

— Ça va ?

Je revoyais cette clairière, dans les bois.

— Il ne l'a même pas enterrée. Il n'a même pas essayé de la cacher, pas vraiment. La manière dont elle était disposée... On aurait dit qu'il voulait que quelqu'un la trouve.

— Peut-être qu'il était fier de ce qu'il avait fait.

— Peut-être...

Vickers, qui nous avait repérés, se dirigeait vers nous.

— Bonjour. Tout va bien ?

J'acquiesçai.

— Ils ont trouvé quelque chose ?

— Pas encore, répondit le capitaine d'un ton brusque. Mais c'est juste parce qu'ils prennent leur temps. Nous sommes à peu près certains qu'ils creusent au bon endroit. Danny a indiqué le lieu où il se souvient d'avoir enterré Charlie, même s'il ne pourrait pas tout à fait en jurer. L'équipe médico-légale a procédé à des sondages et ils pensent qu'il est là.

Il désigna les fouilles qui se poursuivaient par-dessus son épaule.

— Et le chien de cadavre aussi.

— Le chien de cadavre ?

— Il est dressé pour sentir les corps. On peut apprendre aux chiens à trouver à peu près n'importe quoi : de la drogue, de la nourriture, des explosifs, de l'argent… Tout ce qui dégage une odeur spécifique qu'ils sont susceptibles d'identifier, expliqua Blake.

— Mais enfin, après tant d'années, il ne reste sûrement plus aucune odeur.

Vickers sourit.

— Peut-être pas pour nous, mais les chiens ont un odorat bien plus fin que le nôtre. Et celui-ci est tout à fait sûr que quelque chose mérite notre attention, entre ces arbres, là-bas. Nous y allons doucement, pour ne pas abîmer le corps. Nous voulons le sortir en un seul morceau.

— Combien de temps va-t-il vous falloir, à votre avis ? demandai-je.

Quelqu'un appela Vickers sous la tente, et il s'en alla sans me répondre.

— Ça risque de durer un moment, dit Blake. Tu préfères rester ici ou attendre là-haut ?

Il me montra une grande bâche bleue qui avait été tendue entre deux arbres, à mi-pente. Quelques personnes s'étaient installées sous cet abri de fortune pour observer l'avancée des recherches, parmi lesquelles le maître chien et son épagneul brun et blanc. C'était tentant. À l'endroit où nous nous trouvions, les arbres auraient dû nous protéger de la pluie, mais les feuilles trop lourdes déversaient de temps à autre de grosses gouttes sur le sol. Mon K-way, froid et trempé, me collait aux épaules. Je me tournai vers Blake.

— Je vais monter. Tu me le dis, s'il se passe quelque chose ?

— Tu le sauras. Il y a toujours beaucoup de remue-ménage quand ils tombent sur ce qu'ils cherchent. Je te tiens au courant, de toute façon.

Il s'en alla rejoindre le groupe sous la tente blanche tandis que je m'élançais à l'assaut de la pente, les pieds glissant dans mes bottes. Celles-ci, toutes crottées de boue, rendaient ma progression difficile. Lorsque j'arrivai sous la bâche bleue, on me fit une place. Gênée, j'ôtai ma capuche et m'accroupis à côté de l'épagneul. Assis bien droit sur son postérieur, il semblait à l'affût des moindres sons et mouvements autour de lui, ses yeux chocolat brillaient de curiosité.

— Je peux le caresser ? m'enquis-je auprès de son maître, qui répondit par l'affirmative.

Je passai ma main sur son crâne, lui grattai doucement les oreilles. Il leva le museau, appréciant l'attention. On n'avait aucun mal à oublier sa sinistre mission.

Plusieurs autres personnes arrivèrent sous l'abri, je me poussai un peu pour leur faire une place, sans lever la tête. Des conversations s'engageaient, mais je n'écoutais pas, mon esprit était en bas de la pente, sous la tente blanche ; aussi, lorsqu'une voix lança : « Salut, Sarah ! », je me retournai sans y penser… et découvris Danny Keane.

Il se tenait à moins d'un mètre de moi. Je me figeai sur place, incapable de bouger. Ses yeux étaient fixés sur moi, sans cligner, et je ne pensai plus qu'à une chose : l'expression sur le visage de Blake dans la voiture lorsqu'il avait parlé de lui. « Il est complètement obsédé par toi… Ne te fais pas d'illusions, il est dangereux… »

Il me fallut quelques secondes pour prendre conscience que Danny était flanqué de deux policiers, qu'il y en avait d'autres tout autour de moi, ainsi qu'au bas de la pente à portée de voix si jamais je devais crier, et que Danny, malgré tout ce que je savais de lui et tout ce qu'il avait pu faire, ne constituait pas une menace pour moi à cet instant précis. Je me redressai, avec lenteur, et reculai légèrement. Ses vêtements trempés lui collaient au corps, qui avait la minceur et la musculature sèche d'un coureur de fond. Ses cheveux étaient plaqués sur son front par la pluie, il leva les deux mains pour les repousser, ce qui me permit de constater qu'il était menotté. Il tenait une cigarette, sur laquelle il tira avidement en me regardant me relever.

— Ça va ? dit-il.

Je le dévisageai.

— De quoi tu parles ?

— Juste... ça doit être très bizarre pour toi.

Il désigna la fouille.

— Après tout ce temps, te retrouver ici, à chercher Charlie.

— Oui, c'est... étrange.

Pas autant que de discuter avec un homme que je savais être un meurtrier violent et sans scrupule, mais étrange, néanmoins. Danny se passait la langue sur les lèvres, comme si elles étaient sèches, et il tenait sa tête légèrement tournée, de sorte qu'il me regardait de biais. C'était perturbant.

J'aurais dû quitter l'abri bâché et descendre au bas de la pente, m'éloigner de Danny. Mais en me tenant là je me mis à réfléchir. Il me devait bien une explication. Il avait fait toutes ces choses soi-disant pour moi. Je n'aurais pas d'autres occasions d'entendre ses raisons. Cependant, si je voulais qu'il se confie à moi, j'allais devoir lui faire croire que je ne le haïssais pas.

— Merci de leur avoir indiqué où chercher. Pour Charlie, je veux dire.

Je faisais de mon mieux pour garder un ton égal, en souriant un peu.

Cela sonna complètement faux à mes oreilles, mais il me répondit par un sourire.

— De rien. C'était le moins que je pouvais faire.

Je m'éclaircis la gorge.

— Hum… Comment as-tu réussi à te souvenir où il était enterré ?

— Ce n'est pas le genre de choses qu'on oublie.

À ces mots, il se pencha vers moi et à mi-voix me glissa :

— Je croyais que tu aurais peur de moi.

— À cause de ce que tu as fait ? Ou parce que tu m'as agressée ?

J'entendis le tremblement dans ma voix, mais peut-être ne le perçut-il pas.

— Pas du tout, protesta-t-il en secouant la tête. Tu n'as rien compris.

— Tu m'as bien agressée, insistai-je. Tu avais tous ces objets qui m'appartenaient chez toi, et ça t'a plu, de me faire peur…

— Non. Je ne voulais pas t'effrayer. Ce n'était pas ce que j'essayais de faire.

Son visage s'adoucit.

— Ce soir-là, quand je t'ai serrée contre moi, je sentais ton cœur qui battait, comme un petit oiseau.

Il s'exprimait d'une voix paisible.

— Et où tu étais passée ? Je t'ai attendue pendant des heures.

J'ignorai la question. Je tremblais sous l'effet d'une colère froide, tout en parvenant à me contenir en apparence.

— Qu'est-ce que tu voulais faire, si ce n'était pas pour me terroriser, alors ?

Il détourna le regard et fit rouler sa tête d'une épaule à l'autre, feignant la décontraction alors que je savais qu'il cherchait simplement à gagner du temps. Pour finir, il lâcha :

— Écoute, j'avais juste besoin d'être près de toi, d'accord ? Je pensais que je pourrais te rendre tes affaires et que cela nous permettrait de discuter un peu. Maintenant que Jenny n'était plus là, je n'avais plus de moyen de garder le contact avec toi.

Garder le contact ? Il ne se rendait pas compte qu'espionner quelqu'un, lui voler des objets, ne constituait pas une relation normale. J'aurais presque pu être désolée pour lui. Presque.

— Nous n'étions pas en contact. Tu ne me connais pas. Tu ignores absolument tout de moi.

— Je te connais depuis toujours, affirma-t-il en toute simplicité. Et... et je t'ai toujours aimée. Tu pouvais faire n'importe quoi, je t'aimais. Je voulais être là pour toi, c'est tout. Te protéger.

— C'est pour ça que tu t'en es pris à Geoff ?

— Ce connard ?! Il a eu ce qu'il méritait.

— Et Jenny ? Qu'est-ce qu'elle méritait, elle ?

Avant qu'il ait eu le temps de répondre, un cri monta du bas de la pente. Le chien fila en direction de la tente blanche, en remuant la queue avec excitation, suivi au pas de course par son maître. Danny les fixa. Je vis nettement son profil pour la première fois et retins ma respiration un instant. La lumière terne de cette matinée pluvieuse ne parvenait pas à cacher l'ecchymose sur sa joue, un vrai gros bleu, enflé, foncé, virant au rouge sombre au centre. Ils ne lui avaient pas fait de cadeaux, de toute évidence.

J'avais beau savoir ce que signifiait cette agitation en bas, je me rendis compte que cela m'importait peu. J'étais concentrée sur Danny, attendant une réponse de sa part.

— Jenny ? le relançai-je.

Il avait le regard vague.

— Comment ça ?

— Tu crois qu'elle méritait de mourir ?

Ma voix défaillait, je déglutis avec difficulté.

— Bien sûr que non.

Il me regarda comme si j'étais folle.

— Ce n'était qu'une gamine.

— Donc, tu es triste. Qu'elle soit morte, je veux dire.

— Ouais. Elle va me manquer. Enfin…

Il s'interrompit une seconde, sourit.

— Elle me manquerait moins si toi et moi on pouvait être amis. Ou quelque chose comme ça.

Ma peau se hérissa.

— Si elle te manque autant, pourquoi tu l'as tuée ?

Il parut piqué au vif.

— Comment peux-tu me demander ça ? Toi, entre tous. Je ne l'ai pas tuée. Il faut que tu me croies, ce n'est pas moi, je n'y suis pour rien.

— Alors qui ? Un de ceux que tu faisais venir chez toi pour la violer ?

— Impossible, assura Danny, sûr de lui, en lançant sa cigarette d'une pichenette.

Le mégot heurta un tronc d'arbre en contrebas, dans une pluie d'étincelles.

— Impossible. Ils n'ont jamais su qui elle était. Je veillais sur elle, tu sais. Je faisais tout le temps attention à elle, au cas où ils lui feraient du mal.

Du mal… Il n'avait pas la moindre notion de ce que signifiait ce mot. Écœurée, je me détournai et manquai de me cogner contre Blake, hors d'haleine, qui semblait avoir remonté la pente en courant. Il m'attrapa par le bras et me plaça violemment derrière lui, loin de Danny.

— À quoi tu joues, là, exactement, Milesy ?

Il toisait le jeune policier en charge de Danny, qui le regardait, l'air inquiet.

— Je croyais t'avoir dit de le tenir à l'écart…

Les yeux de Danny clignèrent sur Blake, puis moi, alternativement, et une petite ride creusa son front. Je me demandai ce qu'il avait vu sur le visage de Blake. Sans lui laisser le temps de dire quoi que ce soit, sans attendre l'explication de Milesy, qui bredouillerait sûrement qu'il fallait bien qu'ils s'abritent, vu la météo, et qu'ils n'avaient nulle part d'autre où aller, je dégageai mon bras de l'emprise de Blake et descendis la pente, loin du groupe, sans me soucier de ma destination. Je me concentrai sur le chemin que j'empruntais, entre les arbres, contournant avec précision les racines. Je ne pris même pas la peine de mettre ma capuche. Les gouttes s'écrasaient sur ma tête, ruisselaient sur mes cheveux. L'humidité faisait miroiter le sol, elle donnait aux troncs d'arbre un aspect lustré, de grosses gouttes tombaient des feuilles tout autour de moi. L'une d'elles se faufila entre mon col et mon cou, je la sentis dégouliner le long de mon dos, mouiller mon tee-shirt.

Des bruits résonnèrent derrière moi : froissement de feuilles et craquements de brindilles. Je ne fus pas étonnée lorsque Blake m'attrapa pour me forcer à lui faire face. Son visage était tendu par la colère.

— Tu es contente ? Tu as eu ce que tu voulais ?

— Je n'avais rien prévu. Tu m'avais juré qu'il resterait loin de moi…

— Et je t'ai aussi demandé de garder tes distances ! Tu l'as oublié ?

— J'allais m'éloigner…

— Mais tu as préféré rester un peu pour lui poser quelques questions, vite fait !

— J'ai pensé qu'il pourrait me confier des choses qu'il refusait de vous dire, répondis-je d'un ton neutre. Qu'il aurait peut-être envie de m'avouer la vérité, puisque apparemment il a des sentiments pour moi…

— Eh bien, si on avait voulu que tu t'en charges, je crois qu'on te l'aurait demandé ! Et puis on aurait trouvé un meilleur endroit pour cette conversation que les abords d'une voie ferrée où les confessions sont impossibles à enregistrer, donc à vérifier !

Blake s'éloigna de quelques pas puis s'arrêta en secouant la tête. Il se retourna vers moi.

— Il y a des procédures pour ce genre de démarches, Sarah. Poser des questions au hasard ne permet pas de construire un dossier d'accusation.

— Tu as raison, répliquai-je, dans un accès de colère. Alors pourquoi tu n'as pas réussi à réunir les preuves, toi qui es un maître en la matière ? Pourquoi vous n'avez pas réussi à lui faire avouer le meurtre de Jenny ? Il doit bien y avoir des indices ? L'expertise médico-légale ? L'ADN ? Il faut que tu trouves un moyen pour qu'il ne s'en tire pas comme ça. Les Shepherd se foutent du meurtre de Geoff. Ils veulent la justice pour leur fille !

— Eh bien, ils vont devoir attendre. Le ministère public ne veut pas l'inculper tout de suite. Ils trouvent qu'on se fonde sur trop de présomptions. N'importe quel avocat de la défense s'en donnerait à cœur joie au tribunal avec ce qu'on a. Il nous en faut plus et, crois-moi, on cherche. On le tient pour Geoff, pour les viols sur Jenny, pour la fabrication et la distribution de pédopornographie. La justice va s'en occuper. Cela prendra peut-être du temps, parce que les magistrats ne sont pas rapides, mais ils ne le rateront pas. Il ne s'en tirera pas, Sarah.

Je lui tournai le dos, frustrée.

— Ça ne suffit pas.

— Pour l'instant, c'est tout ce qu'on a.

Blake marqua un temps d'arrêt et, lorsqu'il reprit la parole, son ton était plus doux :

— Quoi qu'il en soit, ce n'est pas pour cette raison que nous sommes là. Tu l'avais peut-être déjà compris, mais j'étais venu t'annoncer qu'ils ont trouvé des restes humains.

Voilà. Je l'avais su à l'instant où j'avais perçu l'agitation, le choc n'en demeurait pas moins physique.

— Ils sont certains que c'est Charlie ? parvins-je à articuler, en vacillant légèrement.

— L'anthropologue médico-légal a jeté un œil et il juge que les ossements correspondent, en termes d'âge de la victime et du temps passé sous terre. Mais on n'obtient jamais de réponse définitive de la part d'un scientifique. Il les fait transporter au labo pour un examen plus approfondi. Les experts confirmeront ça dans quelques jours, grâce au dossier dentaire et aux échantillons d'ADN. Jusque-là, tout colle avec ce que nous avait dit Danny. La façon dont le corps était positionné, le lieu, tout. Si ce n'est pas Charlie, alors c'est une sacrée coïncidence.

— Merci de m'avoir prévenue, dis-je, sincère, bien que mon ton fût resté neutre.

— Tu veux venir voir ?

— Non. Je ne préfère pas. Je n'ai pas envie de voir les ossements. Tu peux me ramener chez moi ?

— Bien sûr.

Il avait eu, avant sa réponse, une infime hésitation, comme s'il acceptait à contrecœur, mais il s'était exprimé avec courtoisie. Il fouilla dans ses poches puis me tendit ses clés.

— Écoute, il faut que j'aille prévenir Vickers qu'on s'en va. Tu peux repartir à la voiture toute seule ?

Je les pris sans lui répondre et commençai l'ascension, à gauche de la voie ferrée. Je ne réfléchissais pas vraiment à ce que je faisais, concentrée sur ma progression, levant les yeux de temps à autre pour voir si j'apercevais le portail. Je le retrouvai sans grande difficulté, guidée en partie par les caquètements parasités de la radio du policier chargé de filtrer l'accès. Je passai devant lui sans un mot et grimpai les marches comme une très, très vieille femme. En arrivant à la voiture, je me rendis compte que j'avais serré si fort les clés que celles-ci avaient laissé dans ma paume une marque rouge vif. Je m'assis sur le siège du passager et patientai, l'esprit vide de toute réflexion, en faisant courir inlassablement mes doigts sur les petites découpures de la clé.

Le trajet me parut beaucoup plus court au retour. Blake conduisait vite, pilait aux feux rouges et pestait dans sa barbe contre les autres automobilistes. La circulation, ce lundi matin, était bien plus dense, désormais. Il était pressé de regagner la fouille, au cas où ils découvriraient autre chose. Ils cherchaient, m'expliqua-t-il, d'autres personnes disparues ces vingt-cinq dernières années, durant la période où avait sévi Derek Keane. Le lieu était trop bien trouvé pour n'y abandonner qu'un seul cadavre, selon Blake. Ils pensaient en découvrir plusieurs. Je ne parvins pas à partager son excitation. Je commençais à être prise de claustrophobie, comme si quelque chose m'obstruait la bouche et le nez. Le mal instillé par Derek Keane semblait ne jamais devoir se tarir. Il avait pollué nos vies par sa perversion léguée en héritage à son fils traumatisé et dangereux.

À la maison, je saluai rapidement Blake. En mode professionnel, il ne pensait pour l'heure qu'à son travail. Je remontais l'allée quand il ouvrit sa vitre pour me lancer :

— Je te tiens au courant de ce que nous dira le légiste !

Je lui adressai un signe de la main, mais je savais déjà à quoi m'en tenir. Danny n'avait aucune raison de mentir. Ce qui était arrivé à Charlie était assez clair. Ses derniers moments avaient dû être horribles ;

il devait être terrorisé, humilié et en colère. Au fil des années, tant de sentiments avaient modifié l'image que j'avais de mon frère que j'étais aujourd'hui incapable d'imaginer sa conduite d'alors. Le héros de papier dans mon esprit, ce grand frère ingénieux et à l'intelligence naturelle, se serait défendu. Mais le petit garçon dans une situation désespérément monstrueuse avait dû réclamer sa maman en pleurant. Et c'était précisément ce qui avait dû le plus affecter ma mère durant toutes ces années, songeai-je en refermant doucement la porte derrière moi et en posant mes bottes boueuses sur le paillasson. Quelle qu'ait été la force de son amour – et elle l'aimait plus que tout –, elle n'avait pas pu le sauver.

La maison était calme. Je récupérai le courrier par terre, en tirai une enveloppe matelassée portant l'écriture de tante Lucie. Le double de mes clés de voiture, enfin. J'irais la chercher, ou au moins je contacterais un dépanneur, dès que j'aurais terminé ce que j'avais à faire ici. Les lettres étaient trempées, je les laissai sur la desserte de l'entrée, incapable de les ouvrir pour l'instant. Je me dirigeai vers la cuisine. La pendule qui égrenait les secondes me fit penser au son des vrillettes, les bien nommées « horloges de la mort », et ce bruit se mêlait à celui de la pluie sur les vitres. Je fixai les aiguilles sans comprendre. Il n'était que 9 heures. Je m'attendais à ce que ce soit l'heure du déjeuner.

À l'idée d'un repas, mon estomac se retourna. J'avais faim, me persuadai-je en ôtant mon K-way imbibé avant de le poser sur un dossier de chaise. La définition du mot « imperméable » selon le fabricant n'était pas en accord avec la mienne. Les épaules de mon tee-shirt étaient mouillées, froides sur ma peau.

Dans le réfrigérateur, je dénichai un paquet de bacon et quelques œufs à la date limite de consommation légèrement dépassée. J'étais prête à prendre le risque. Je sortis une poêle, me lançai dans la préparation du petit déjeuner le plus gras et le moins sain qui puisse exister, les œufs au plat se mêlant aux tranches de bacon racornies dans une flaque d'huile brûlante. Exactement ce dont j'avais besoin. Je me fis également un thé et des toasts, puis je mis la table, y compris pour ma mère, qui aurait peut-être faim en sentant la nourriture. La divine odeur du bacon qui se répandait dans la maison pourrait la tenter. Je coupai le feu sous la poêle mais la laissai sur la cuisinière, au cas où ma mère ferait une apparition.

Le petit déjeuner se révéla délicieux. Le jaune dégoulinait sur les toasts, le bacon s'était transformé en tortillons salés ponctués çà et là de petites taches blanches de gras pur. Je mangeai méthodiquement, réchauffée par ce vrai repas et le thé bien fort. J'allais devoir annoncer à ma mère qu'on avait retrouvé Charlie, mais je m'interdis d'y penser pendant que je mangeais. Je n'étais pas encore prête. Elle aimait Charlie si intensément, si férocement, m'avait si souvent répété que je ne pourrais rien y comprendre tant que je n'aurais pas d'enfant moi-même. Cette idée me faisait frissonner. Si c'était ça l'amour, je ne tenais pas vraiment à y goûter.

Il n'y avait toujours aucun bruit à l'étage lorsque je raclai les dernières bribes de jaune de mon assiette. Je la déposai dans l'évier. J'allais devoir monter réveiller ma mère. Je versai le reste de thé dans une tasse propre. Le liquide était noir d'avoir infusé trop longtemps, mais je pensais que cela ne la dérangerait pas. Je fis un détour pour prendre les enveloppes restées dans l'entrée, les parcourus rapidement. Factures, publicités, comme d'habitude. Rien de très excitant. Je coinçai le tout sous mon bras et grimpai l'escalier avec précaution en tenant la tasse à deux mains. La porte de sa chambre était fermée, comme à mon départ. Tout paraissait totalement normal. Il n'y avait aucune raison d'hésiter, aucune raison pour que ma voix vacille quand je l'appelai :

— Maman ?

Silence à l'intérieur. Je frappai à la porte, les yeux fixés sur ce thé qui menaçait de se renverser à chacun de mes mouvements.

— Je peux entrer ?

Je sus que quelque chose clochait à l'instant où j'ouvris la porte. Je sus ce qui s'était passé sans même faire un pas dans la pièce. Ma mère était plus organisée que Paul ; elle n'avait pas commis la moindre erreur. Des boîtes de médicaments étaient méticuleusement alignées sur la table de chevet, ouvertes, vides. Par terre, une bouteille de whisky ne contenant guère plus que l'équivalent d'un verre ou deux, et à côté une autre, vide, couchée sur le flanc. Sur le lit, allongée sur le dos sous ses draps, cette petite forme, ma mère, les bras de chaque côté de son corps, le visage cireux dans la demi-lumière que laissaient filtrer les rideaux entrouverts. Dans l'air flottait une odeur aigre, que j'identifiai grâce à la tache qui maculait son cou, ses épaules, le matelas. Elle avait vomi à un moment donné, mais pas assez pour que cela la sauve. Sans réfléchir, j'avais fait un pas pour me placer à son côté.

Je touchai tout doucement sa main. Froide. Il était inutile que je cherche un pouls. Elle était partie. Elle en avait entendu assez pour savoir que Charlie ne reviendrait pas, puis elle s'était éclipsée pendant que j'avais le dos tourné.

Je cherchai, calmement, d'abord, la lettre que je comptais trouver. Rien sur la table de chevet. Rien sur le sol. Rien entre ses mains, ni sur le couvre-lit. Ni sur la commode, ni dans les poches des vêtements qu'elle portait. Rien. Rien. Nulle part. Elle m'avait abandonnée sans même me dire au revoir.

La réalité – elle était partie, comme eux tous – me frappa alors de plein fouet, je fonçai hors de la chambre jusqu'à la salle de bains, sentant toute la nourriture ingurgitée s'agiter dans mon ventre. J'atteignis les toilettes avant qu'elle ne remonte. Je vomis tout ce que j'avais avalé, je vomis jusqu'à ce qu'il ne reste plus que le goût brûlant de la bile dans ma bouche après que mon estomac eut fait de son mieux pour se retourner entièrement. Lorsque ce fut fini, je me laissai glisser contre le mur, les genoux contre moi, les coudes en équilibre au-dessus. Je pressai mes paumes contre mes orbites, des lumières vives se mirent à tourbillonner sur mes paupières.

Au bout d'un moment, je me relevai et me rinçai la bouche à l'eau fraîche au-dessus du lavabo. Mes mains tremblaient, remarquai-je avec détachement. Dans le miroir, j'avais les traits tirés, les joues creusées, le teint pâle. Soudain, je me vis telle que je serais plus tard, quand je serais vieille.

Depuis le palier, je jetai un coup d'œil par la porte ouverte de la chambre de ma mère. Je distinguais la bosse que formaient ses pieds sous la couverture. Elle ne bougerait plus jamais. Plus jamais. Je n'arrivais pas à l'accepter. C'était comme si mon cerveau refusait d'affronter ce qui s'était passé.

Je devais avertir certaines personnes, je le savais. Il y avait des choses à faire. Mais, pour l'heure, j'avais besoin que quelqu'un me serre dans ses bras et me dise que tout irait bien. J'avais besoin que quelqu'un parle à ma place, m'explique raisonnablement, rationnellement, ce qui était arrivé à ma famille. La seule personne que j'imaginais capable de faire ça – la seule personne à qui j'envisageais de pouvoir le demander, parce qu'il saurait quoi faire – était Blake.

J'allais récupérer ma voiture, comme prévu, je le rejoindrais et il arrangerait tout.

Des gens meurent dans des incendies parce qu'ils refusent de changer leurs plans. Des gens foncent droit sur le danger, les yeux grands ouverts, parce qu'ils ont peur de l'inconnu.

Ma vie se réduisait en flammes autour de moi et je ne pensais qu'à une chose : ma voiture se trouverait-elle toujours là où je l'avais laissée ?

2005
Disparu depuis treize ans

Je rentre à la maison chercher mes dernières affaires et ce sera terminé. Tout le reste est réglé. Ben nous a trouvé une maison à Manchester, que nous partagerons avec quatre autres amis de la fac. J'ai un boulot dans une agence de voyages. Le salaire n'est pas formidable, mais les avantages sont géniaux : des vols pas chers et des hôtels bien au-dessus de ce que nous pourrions nous permettre. Ben et moi avons déjà prévu nos destinations pour l'année prochaine : Maroc, Italie, Phuket pour Noël. Tout prend forme.

Il ne me reste plus qu'à l'annoncer à ma mère, prendre mes affaires et filer.

Ça me rend malade, rien que d'y penser. Je me laisse bercer par les mouvements du train en regardant défiler les champs. Tout en moi me hurle que je n'aurais même jamais dû envisager de rentrer à la maison après mon diplôme, que j'ai pris la bonne décision. Cette partie de ma vie est derrière moi. Je ne pense pas que ma mère ait envie de me voir rentrer. Mais je ne lui ai encore rien dit. Je ne lui ai même pas parlé de Ben, mon petit ami depuis deux ans, qui sait qu'il n'aura sûrement jamais l'occasion de rencontrer ma mère, même s'il ignore pour quelle raison. Et je n'ai pas parlé à Ben de Charlie, ni de mon père ni de tout ce qui fait que je suis celle que je suis. Trop de secrets. Trop de non-dits. Il devra y avoir un grand déballage un de ces jours, pour qu'il sache exactement qui est celle dont il est amoureux. Mais pas maintenant.

Ma mère, d'abord.

Lorsque j'arrive dans la rue, la maison me semble vide ; les fenêtres sont sombres. Ma mère ne sort jamais, il est inutile que je sonne. J'entre à l'aide de mes clés, consciente d'une odeur étrange, qui pourrait être de la nourriture pourrie ou autre chose.

J'allume et je la vois tout de suite, au bas de l'escalier, dans une position bizarre. J'ai dû poser mon sac et bouger sans m'en rendre compte, car soudain je suis à côté d'elle et je dis :

— Maman, tu m'entends ? Maman chérie ?

Voilà des années que je ne l'ai plus appelée comme ça.

Elle émet un petit bruit, je m'étrangle de soulagement, mais elle est glacée, son teint est d'une couleur effroyable. Sa jambe est tordue à un angle tel que je comprends immédiatement qu'elle est cassée ; je sais aussi que ma mère est là depuis longtemps. Il y a une tache sombre sous elle, sur la moquette, et l'odeur d'ammoniaque est très forte.

— J'appelle une ambulance, annoncé-je distinctement en me dirigeant vers le téléphone, qui se trouve à quelques centimètres hors de sa portée.

Une main se referme sur ma cheville avec une force étonnante qui m'arrache presque un cri. Elle essaye de parler, elle bat des paupières.

Je me penche vers elle en essayant de ne pas réagir à l'odeur de son corps, de son haleine, envahie par l'horreur, la compassion, la honte, tout ça à la fois. Il lui faut quelques secondes pour parvenir à parler :

— Non, il ne faut pas me… laisse…

Je déglutis à grand-peine en essayant de dégager la boule au fond de ma gorge.

— Je ne t'abandonnerai pas, maman. Je te le promets.

J'appelle les secours, je reste à son chevet, je parle aux médecins, je nettoie la maison. J'appelle Ben pour lui annoncer que j'ai changé d'avis. Je lui laisse penser que je n'ai jamais tenu à lui. Je lui laisse penser que j'ai menti. Je cesse de répondre à mon portable, j'ignore les SMS de mes amis. Je coupe tous les ponts. Je m'isole.

Et il ne m'est jamais venu à l'esprit, pas une seule fois, que j'ai compris de travers cette phrase incomplète, que j'ai échoué, une fois de plus, à comprendre ma mère.

Il ne faut pas me laisser ?

Pas vraiment.

Il ne faut pas. Laisse-moi.

Évidemment.

18

Le policier devant le domicile des Shepherd paraissait s'ennuyer. Il avait trouvé refuge sous le cerisier à l'avant de la maison, ce qui n'empêchait pas la pluie de ruisseler sur son imperméable jaune fluo et la visière de sa casquette. Une bonne partie de la presse avait apparemment levé le siège, en quête d'autres histoires, plus neuves. Cependant, çà et là, quelques reporters observaient encore la maison, assis dans leurs véhicules aux vitres embuées.

À la lumière du jour, je parvenais à voir des détails que je n'avais pas remarqués lors de ma première visite – le gazon était creusé d'ornières, tassé par les pieds de nombreux visiteurs. Je m'arrêtai une seconde pour jeter un coup d'œil par-dessus le portail, puis me dirigeai vers ma voiture.

— Sarah !

Je sus tout de suite qui m'appelait, avant même de découvrir Valerie Wade sur le perron des Shepherd, qui me scrutait à travers la pluie. Génial. J'avais complètement négligé la possibilité qu'elle soit là. Il ne manquait plus qu'elle appelle Vickers pour lui signaler que j'étais passée chez les Shepherd. J'avais comme l'impression qu'il n'approuverait pas.

— Je me disais bien que c'était vous, claironna-t-elle d'un ton triomphal. Je regarde par la fenêtre et là, je vous vois ! Vous voulez quelque chose ?

Je voulais surtout m'enfuir loin d'elle, monter en voiture et quitter la ville à jamais, mais ce plan n'avait rien de très réaliste puisque j'avais besoin d'une dépanneuse pour faire bouger mon tas de ferraille. J'avais encore moins envie maintenant d'expliquer ma présence dans la rue des Shepherd, ainsi que celle de ma voiture, garée devant chez eux depuis si longtemps. J'allais devoir m'en tirer par un bluff. Il y avait quelque chose que je voulais absolument dire aux Shepherd. C'était une occasion comme il ne s'en présenterait plus. Comme un coup du destin.

Je franchis le portail et avançai dans l'allée, sentant sur moi le regard du policier, sous ses branches.

— Je me demandais s'il me serait possible de voir M. et Mme Shepherd ? Je n'ai jamais vraiment pu leur parler de ce qui s'était passé avec Jenny et… j'aimerais bien le faire.

Quelqu'un remua dans la maison derrière Valerie, j'entendis un marmonnement trop bas pour que je puisse distinguer les mots d'où je me tenais. Valerie recula.

— D'accord. Entrez, Sarah.

Dans le couloir, je me sentis soudain gênée ; pour m'occuper, je me mis à la recherche d'un endroit où poser mon parapluie dégoulinant et ma veste. L'entrée embaumait du parfum puissant et entêtant des lys, mais un léger relent d'eau croupie suggérait qu'ils n'étaient plus de la première fraîcheur. Je remontai l'odeur jusqu'à un bouquet sophistiqué, qui trônait à côté du téléphone. Les fleurs blanches et grasses aux pétales plus qu'ouverts se teintaient de marron, au bord de la désintégration. Personne n'avait pris la peine d'ôter la Cellophane du fleuriste avant d'enfoncer les tiges dans un vase.

— Vous voulez une tasse de thé ? s'enquit Valerie, qui se dirigea vers la cuisine en me voyant acquiescer, me plantant là sans que je sache trop ce que j'étais censée faire.

Je me retournai et me figeai, face à l'escalier. Sur l'avant-dernière marche, Michael Shepherd était assis, les avant-bras sur ses genoux. Il tourna ses grandes mains pour observer ses paumes, les étudia quelques secondes puis les laissa retomber. Lorsqu'il leva les yeux vers moi, je fus une nouvelle fois saisie par leur couleur noir charbon. Ils brûlaient toujours d'une intensité féroce, mais il s'agissait désormais des ultimes braises d'un incendie qui avait tout ravagé ou presque. Il semblait épuisé, mais pas pour autant diminué. Je me surpris à penser à mon propre père, en me demandant s'il s'était montré aussi fort, ou aussi défait, que l'homme qui se trouvait devant moi.

— Que voulez-vous ?

Sa voix était rauque, comme s'il n'en avait pas fait beaucoup usage ces derniers temps.

— Je voulais vous parler, à vous et à Mme Shepherd, parvins-je à lui dire en tentant de paraître calme et maître de moi. Je… Je comprends sûrement mieux que quiconque ce que vous êtes en train de vivre. Je dois vous confier quelque chose. Une chose que vous devriez savoir, je pense.

— Vraiment ?

Il avait adopté un ton dépourvu de toute curiosité, au point d'en être insultant, lourd de sarcasme. Le sang me monta aux joues brutalement, mais je me contins. Il soupira et se mit debout.

— Venez.

Je le suivis dans le salon, où partout étaient présents les signes d'une vie aisée, d'une ascension sociale régulière, mais cruellement et irrévocablement détraquées. Des photographies de Jenny encadrées tapissaient presque toutes les surfaces, on y voyait des poneys, des tutus et des Bikinis, tous ces accoutrements de l'enfant de la classe moyenne qui ignore ce que c'est de manquer de quoi que ce soit. Ils lui avaient donné toutes les cartes, toutes les occasions que ses amies même d'un milieu plus aisé avaient pu avoir. J'observai ces portraits, le sourire de Jenny, en songeant qu'aucun d'entre nous ne l'avait connue. Tout ce que j'avais découvert à propos de sa vie secrète ne me permettait même pas d'entrevoir ce qu'elle était. Je savais ce qu'elle avait fait mais n'avais pas la moindre idée de ses motifs, et personne d'autre non plus, imaginai-je. Les seules pistes qui nous restaient désormais étaient les mensonges de Danny Keane.

Si le quartier alentour était relativement modeste, on avait dans cette maison donné libre cours à ses envies en matière d'amélioration de l'habitat. Une extension avait été ajoutée, de sorte que le rez-de-chaussée semblait presque le double de celui de la maison où j'avais vécu toute ma vie. Une grande porte vitrée séparait le salon de la salle à manger. Des portes-fenêtres assorties menaient au jardin où je distinguai un patio équipé de meubles haut de gamme et d'un barbecue en dur. La cuisine intégrée avec ses placards crème et ses plans de travail en marbre noir, entraperçus par une porte ouverte, semblait également de tout premier choix. Un immense téléviseur dominait le salon, avec un écran si vaste que l'image y apparaissait déformée. Le son était coupé, mais on y voyait une présentatrice de Sky News, le visage tendu pour paraître sérieuse et concernée, articuler avec exagération le texte qu'elle déchiffrait sur son prompteur.

Juste en face de la télévision était installé un grand canapé, où se trouvait Mme Shepherd, les bras serrés autour d'elle, les yeux fixés sur l'écran sans le voir. Elle ne leva pas la tête lorsque j'entrai, j'eus le temps de constater l'extrême changement qui s'était produit en elle. Sa peau était bouffie, rougie autour de son nez et de ses yeux. Comme l'autre jour, ses cheveux étaient ternes et plats. Elle portait un sweat-shirt, un jean et des baskets, et l'image glamour qu'elle avait autrefois renvoyée avait depuis longtemps disparu ; elle flottait dans des vêtements exclusivement fonctionnels. Michael Shepherd brûlait de colère alors que sa femme semblait glacée par le chagrin.

— Asseyez-vous, m'intima Shepherd avec brusquerie, en me désignant un fauteuil disposé à l'angle droit du canapé.

Il s'installa à côté de sa femme et lui prit la main, qu'il serra si fort que ses jointures blanchirent sous l'effort. Ce geste arracha à Mme Shepherd un petit cri de protestation, mais parvint à la tirer de sa rêverie.

— Diane, c'est… une des profs de Jenny.

Il me dévisagea d'un air absent et se passa la main sur le front.

— Je suis désolé, je ne me souviens pas de votre nom.

— Sarah Finch. J'étais la professeur d'anglais de Jenny.

— Et que vouliez-vous partager avec nous ?

Il paraissait méfiant, presque agressif. Diane Shepherd me fixait désespérément. Je me redressai, les mains serrées devant moi.

— Je suis venue vous voir à cause… Eh bien, à cause de ça.

Je leur montrai la télévision où un envoyé spécial s'exprimait, des arbres en toile de fond. Le bandeau rouge qui courait au bas de l'écran hurlait « La police du Surrey découvre un corps près des voies ferrées – des sources indiquent qu'il s'agirait de Charlie Barnes, porté disparu depuis 1992 ». Le direct s'effaça, remplacé par la photographie de Charlie que tous les médias apparemment se refilaient, ce portrait réalisé à l'école, où on le voyait sourire d'un air engageant à l'objectif, les yeux pleins de vie. Je me tournai vers les Shepherd, qui regardaient ces images sans comprendre.

— Charlie est… enfin, était mon frère. J'avais huit ans lorsqu'il a disparu. La police vient de retrouver son corps ce matin.

— Toutes mes condoléances.

Michael Shepherd avait la mâchoire si serrée que les mots franchissaient à peine ses lèvres.

— En fait, il a été tué par le père de Danny Keane.

Je savais que ce nom provoquerait l'électrochoc qui m'assurerait leur attention. J'en arrivais à la partie la plus difficile.

— Lorsque Jenny a disparu, tout m'est revenu. J'étais… Je me suis retrouvée impliquée dès le départ. C'est moi qui ai trouvé Jenny dans les bois, mais ça, vous devez sûrement déjà le savoir.

Tous deux gardaient les yeux rivés sur moi. Diane paraissait hébétée, sa bouche légèrement ouverte. Son mari avait l'air contrarié, ce que je ne m'expliquais pas.

— Bien sûr, je m'en souviens. Votre nom revenait sans cesse dans l'enquête, lâcha-t-il finalement. Que…

— Le thé !

Valerie débarquait de la cuisine, avec son plateau chargé de tasses.

— Je ne savais pas si vous vouliez du sucre, Sarah, vous en trouverez sur le plateau, il y a du lait aussi, vous ferez votre mélange. Vous deux, je sais comment vous prenez le vôtre, ajouta-t-elle avec un petit gloussement gêné en tendant leur tasse aux Shepherd.

Il en restait deux et je compris que Valerie comptait se joindre à nous, ce qui me désola. Michael Shepherd l'avait remarqué lui aussi et, avant qu'elle ait le temps de s'asseoir, il intervint :

— Je crois que nous préférons continuer cette conversation tous les trois, Val. Vous nous laissez quelques minutes ?

— Euh... Bien sûr.

Le rouge lui monta aux joues.

— Je suis dans la cuisine, si vous avez besoin de moi.

Elle quitta la pièce d'un pas lourd, sa tasse à la main, la tête haute. Je ne l'appréciais pas du tout, vraiment pas, mais je ressentis un petit pincement de pitié pour elle ; à quoi rimait sa présence ici, à part pour préparer indéfiniment des tasses de thé ? Ils attendaient qu'on leur annonce des aveux, je le savais, et cela pouvait survenir n'importe quand néanmoins ; les Shepherd me donnaient vraiment l'impression d'avoir désespérément besoin de temps seuls.

— Vous disiez ? me relança Michael Shepherd.

Je n'avais guère envie de continuer.

— Eh bien... Mes parents ont beaucoup souffert après la disparition de Charlie. Ils n'ont pas réussi à vivre avec ce qui s'était passé, ni à continuer ensemble, et à la fin c'est ce qui les a détruits, tous les deux. Je ne voudrais pas que la même chose vous arrive. Personne ne mérite de subir ce qu'ils ont traversé. J'aimerais au moins que quelque chose de bien puisse sortir de ce qu'ils ont enduré.

Je pris une grande inspiration.

— Il y a autre chose.

— Oui ?

— Danny Keane... Ce qu'il a fait était horrible. Effroyable. Mais il faut que vous compreniez pourquoi il a fait ça.

Je m'apprêtais à leur dire que c'était ma faute, qu'ils ne devaient pas s'en vouloir. Quelle importance s'ils rejetaient la faute sur moi ?

Michael Shepherd s'agita.

— Il a avoué, alors ? Keane ?

— Pas que je sache, dus-je reconnaître.

— Je croyais que vous seriez peut-être au courant avant nous. Vu que vous avez l'air en bons termes avec la police.

Il avait un ton désagréable, qui me fit rougir.

— De fait, je les ai beaucoup vus. Comme vous l'avez dit vous-même, mon nom revenait sans cesse.

Je fis mine de boire une gorgée de thé, histoire de gagner du temps. Il était bien trop chaud. Je cherchai un endroit où poser ma tasse, préférant éviter de la laisser sur la desserte parfaitement cirée. Pour finir, je la posai par terre.

— Écoutez, ce que je tenais vraiment à vous dire...

Il y eut un bruit de griffes sur du carrelage. Un petit terrier West Highland, tout sale, arriva à fond de train depuis la cuisine jusqu'à moi, hors d'haleine, mignon comme tout avec sa tête penchée sur le côté.

— Foutu clebs !

Michael Shepherd se leva d'un bond et vint se placer à côté de l'animal qui, couché à mes pieds, agitait la queue avec hésitation.

Diane se tira de sa torpeur.

— Laisse-le. Il ne dérange pas.

— J'aurais dû me débarrasser de lui! lança Michael à sa femme par-dessus son épaule en attrapant le chien par le cou pour le ramener à la cuisine.

Il le maniait avec brutalité, le westie se débattit en couinant. J'agrippai malgré moi les accoudoirs, tentée d'intervenir tout en sachant que je ne pouvais pas. Lorsqu'il disparut par la porte ouverte, je l'entendis réprimander Valerie:

— Je vous l'ai déjà dit, il n'a plus le droit d'entrer dans la maison. Il reste dehors.

— J'ai ouvert et il s'est précipité à l'intérieur…

— Je m'en fiche, Valerie. Il faut faire plus attention.

Je jetai un coup d'œil à Diane, elle avait les yeux fermés. Ses lèvres s'agitaient, comme si elle priait. Sa bouche paraissait sèche, couverte de petites pelures de peau morte, ses paupières semblaient à vif. Elles papillonnèrent sous mon regard, puis s'ouvrirent.

— C'est le chien de Jenny? demandai-je.

Il fallut un instant pour qu'elle réagisse.

— Archie. Mike ne le supporte pas.

Je l'avais bien compris, à voir la façon dont il l'avait traité.

— J'imagine que cela lui rappelle de mauvais souvenirs. Ça a dû être affreux quand Archie est rentré à la maison sans elle.

Elle fut prise de frissons si violents que je les vis distinctement de là où j'étais assise, et je me sentis aussitôt désolée de lui avoir rappelé ce moment. Ses yeux se perdirent dans le vague, j'eus l'impression qu'elle était à des années-lumière, qu'elle avait totalement oublié ma présence. Lorsqu'elle prit la parole, je dus tendre l'oreille.

— Quand il est rentré sans elle ? Mais Archie est resté là tout le temps...

Lorsque sa voix se tut, ce fut comme si elle revenait à elle. Elle se redressa un peu sur son siège, s'éclaircit la gorge.

— Enfin, oui. Ça a été un choc. Nous ne nous attendions pas à trouver Archie devant la porte, puisqu'il aurait dû être avec Jenny.

Elle venait pourtant de dire exactement le contraire, à l'instant.

Je restai assise sur mon fauteuil comme clouée sur place, figée d'horreur. J'eus l'impression que tout ce que j'avais su et perçu jusque-là venait soudain de basculer de quinze degrés pour former une nouvelle réalité, en tous points effroyable. J'avais dû mal comprendre, me persuadai-je. J'étais encore en état de choc, à cause de ce qui était arrivé à ma mère et du fait de la découverte du corps de Charlie. Je voyais la mort et la violence partout, dans tout, et ce que j'imaginais était impossible. Impensable.

Ce qui ne signifiait pas que ça ne pouvait pas être vrai.

Elle avait tourné la tête, toute son attention concentrée sur les sons à l'arrière de la maison. Les voix s'éloignaient, comme si Valerie et Michael se trouvaient maintenant dans le jardin, à l'arrière. J'avais du temps, estimai-je, pas beaucoup, mais un peu. Assez, peut-être.

— Diane, si les choses ne se sont pas passées exactement comme vous l'avez dit à la police, ce n'est pas grave, tentai-je avec la plus grande précaution, en gardant une voix basse et égale. Mais s'il y a quoi que ce soit, le moindre détail, que vous jugez important que la police apprenne à propos de ce qui est arrivé à Jenny, je crois que c'est le moment de parler.

Elle laissa tomber sa tête, fixa ses mains nouées sur ses genoux. La tension faisait vibrer tout son corps. Je la voyais se débattre, je sentais son envie de parler. J'attendis, sans même oser ciller.

— Il me tuera.

Une phrase fantôme, échappée d'elle dans un souffle, et je tressaillis en lisant la peur dans ses yeux lorsqu'elle les posa sur moi.

— Vous serez sous protection. Vous recevrez de l'aide.

Il fallait que je lui mette la pression et même si je m'en voulais énormément, en toute conscience, j'insistai :

— N'avez-vous pas envie d'avouer la vérité ? Pour Jenny ?

— Tout ce que nous faisions, c'était pour elle.

Elle fixait la photo sur la table à côté d'elle, un cliché de vacances qui montrait Jenny en maillot de bain, petite, riant aux éclats sur fond de ciel bleu. Le silence s'installa sur la pièce, je manquai de sursauter lorsque Diane reprit la parole :

— Ça n'a pas d'importance, si ? Ça ne sert à rien, tout ça. Je le croyais, pourtant. Je ne sais pas pourquoi.

— Je comprends que vous avez peur, Diane, mais si vous…

— J'*avais* peur, m'interrompit-elle, d'une voix plus solide. J'avais peur, alors je lui ai obéi. Mais je refuse de continuer à mentir pour lui. Il est persuadé qu'il avait raison de faire ce qu'il a fait, mais comment cela se pourrait-il ? Et je n'ai pas pu l'en empêcher. Il n'y avait rien que je pouvais faire pour la sauver, parce que tout doit être absolument parfait pour Michael. Il ne supporte pas que tout ne soit pas... parfait.

— Même Jenny ?

— *Surtout* Jenny. Elle savait qu'il ne tolérerait pas la moindre désobéissance. Elle aurait dû sentir que c'était dangereux.

Je revis Michael Shepherd au commissariat, la scène qu'il avait faite lorsqu'il avait pris conscience que les abus sexuels dont avait été victime sa fille seraient connus de tous. Sur le coup, j'avais interprété cela comme un désir de la protéger, jusque dans la mort. Je m'étais trompée. Il avait voulu protéger sa réputation. Se protéger, lui.

La voix de Diane se fit à nouveau si basse que je parvins à peine à distinguer les mots :

— Il a été anéanti quand il a su, pour le bébé.

— J'imagine.

— Non, vous ne pouvez pas. Vous savez ce qu'il m'a forcée à faire ? Il m'a forcée à l'abandonner là. Mon bébé. Dans le noir, dans le froid et la pluie, sans rien pour la couvrir, jusqu'à ce que quelqu'un – vous – passe par là et la trouve. Et je l'ai laissé faire...

Des larmes glissaient sur ses joues. Elle les effaça avec violence, s'essuyant le nez sur sa manche. Il était inutile que j'insiste davantage, le récit se déversait d'elle comme un torrent, impossible à arrêter même si j'avais essayé. C'était comme si elle avait toujours attendu cette occasion de raconter à quelqu'un ce que son mari avait fait.

— Il avait appris, vous savez, pour son petit ami. Oh, il ne connaissait pas toute l'histoire. Nous n'imaginions pas qu'il y avait... les autres. Nous pensions qu'elle voyait Danny à notre insu simplement parce qu'elle savait que nous n'approuverions pas. Michael l'avait toujours prévenue qu'elle aurait le droit d'avoir un petit ami à dix-huit ans, pas avant, alors même si Danny avait eu son âge, nous ne les aurions pas autorisés à se voir pour autant.

Elle cligna des yeux, renifla.

— Je me demande si c'est pour cette raison qu'elle le fréquentait. Parce qu'elle était censée être parfaite – la petite fille à son papa – et que c'était difficile pour elle de se montrer à la hauteur. Ou bien était-ce parce qu'elle était habituée à faire ce qu'on lui disait ? Peut-être est-ce ainsi que cet homme l'a convaincue de faire toutes ces choses. Elle avait l'air si jeune, n'est-ce pas ? Elle n'était qu'un bébé, en réalité, alors quand elle m'a appris qu'elle était enceinte, je n'ai pas pu le croire.

Diane tourna vers moi des yeux angoissés.

— Je n'aurais rien dû dire. J'aurais dû l'aider à s'en débarrasser. Nous aurions pu tout oublier. Elle aurait été tellement reconnaissante, parce qu'elle était inquiète, elle savait qu'elle était trop jeune pour avoir un enfant, et elle savait que son père serait en colère. Mais je l'ai rassurée. J'ai dit que tout allait bien se passer, que nous allions nous occuper d'elle, comme toujours. Je ne savais pas… Je ne savais pas…

Ces derniers mots sortirent presque dans un cri, elle pressa sa main sur sa bouche, la poitrine haletante, tentant de se maîtriser.

J'étais consciente que le chagrin affecte parfois les gens d'étrange manière. Que l'hystérie peut provoquer des hallucinations vivaces, que le manque de sommeil et l'agitation mentale peuvent conduire certaines personnes à confondre fantasme et réalité. Je gardais à l'esprit que la culpabilité était l'émotion la plus destructrice d'entre toutes, que n'importe quel parent se sentirait responsable de son incapacité à protéger son enfant. Pourtant, je ne pouvais m'empêcher de croire mot pour mot ce que me racontait la mère de Jenny. Je jetai un coup d'œil par les portes vitrées du séjour, jusqu'à l'endroit du jardin où se tenait son mari. Il ne pleuvait plus, mais les nuages, bas, demeuraient d'un gris de plomb. Michael Shepherd s'était allumé un petit cigare. Des volutes de fumée bleues s'élevaient devant lui en spirale. Je devais en savoir plus. Mais il fallait faire vite.

— Comment l'a-t-il tuée ?

Elle secoua la tête, paupières closes et répéta :

— Je ne savais pas.

— Je comprends, Diane. Comment auriez-vous pu deviner ?

Je retentai ma chance :

— Que s'est-il passé ?

— Lorsque nous le lui avons annoncé, il l'a frappée.

Le choc de cette scène était audible dans sa voix.

— Il ne supportait pas qu'elle lui ait menti. Puis il lui a dit qu'elle était sale. Qu'il fallait qu'elle prenne un bain. Il m'a demandé de la mettre dans la baignoire. Je l'ai aidée à se déshabiller... J'ai cru que cela pourrait arranger les choses. Qu'il se calmerait une fois qu'elle serait hors de sa vue. Je ne pensais pas qu'il s'en prendrait à elle, en tout cas...

— Et ensuite ?

Ses paupières s'agitèrent, elle fronça les sourcils.

— Je suis restée dans la salle de bains, vous voyez. Jenny était bouleversée, tellement bouleversée, elle ne voulait pas que je la laisse. Quand il est arrivé, il est entré dans une colère folle en me trouvant là.

Il m'a traitée de salope, il m'a dit que j'étais la mère d'une pute et que je pouvais regarder si je voulais. À ce moment-là, il a posé ses mains sur ses épaules, ici…

Elle désigna sa clavicule, à l'endroit où j'avais vu les bleus sur la peau de Jenny.

— … et il a appuyé jusqu'à ce que sa tête soit sous l'eau, il l'y a maintenue jusqu'à ce qu'elle arrête de se débattre. Ça n'a pas duré très longtemps. Il est très fort. J'ai essayé de l'en empêcher, mais je n'ai pas pu. Il est tellement costaud. Ensuite, il l'a emmenée, il l'a abandonnée dans le bois. Il ne l'a même pas recouverte. Je l'ai supplié de lui mettre une couverture, mais il a refusé. Elle n'avait rien pour se protéger du froid…

— Diane, il faut dire à la police ce qui s'est passé.

Ses yeux s'ouvrirent tout grands.

— Non. Il me tuerait. Il faut me croire. Il lui suffirait d'une seconde.

Elle semblait véritablement terrifiée.

Je tirai mon portable de mon sac et parcourus la liste de mes contacts.

— Laissez-moi passer un coup de fil au capitaine Vickers… Il comprendra, je vous assure. Il vous aidera.

Mes mains tremblaient, je ne sentais plus le bout de mes doigts. J'essayais de garder un ton confiant pour Diane, mais je parvenais à peine à faire fonctionner mon téléphone. Un bruit dans la cuisine fit remonter mon cœur jusque dans ma gorge.

— Tout va bien ?

Valerie se tenait sur le seuil. Je n'avais jamais été aussi contente de la voir. Je quittai mon fauteuil d'un bond pour me précipiter vers elle. Je la repoussai dans la cuisine. Je devais l'éloigner de Diane pour pouvoir lui parler librement. Il fallait que je lui explique ce que Michael Shepherd avait fait. Elle saurait comment procéder.

Elle n'opposa pas de résistance et recula volontiers, mais à l'instant où nous fûmes hors de la vue de Diane elle se figea sur place, comme une mule.

— Que se passe-t-il ? On ne s'est absentés que quelques minutes…

— Écoutez-moi, Valerie, il faut que je vous dise…

— Si vous avez perturbé Diane…

— Vous allez la fermer, oui !

Nous demeurâmes ainsi à nous dévisager, aussi irritées l'une que l'autre, et je m'accordai même une seconde pour regretter de ne pas avoir affaire à n'importe quel autre membre de la police. J'inspirai profondément.

— Je m'excuse, Valerie. C'est très important. Écoutez-moi.

Je lui relatai ce que m'avait appris Diane, en butant sur les mots et en mélangeant la chronologie, ce qui me força à revenir en arrière pour m'expliquer de nouveau. Son visage blêmit lorsqu'elle comprit la teneur de mes propos.

— Oh, mon Dieu ! Il faut prévenir quelqu'un.

— Je m'apprêtais à appeler le capitaine Vickers… commençai-je.

Les yeux de porcelaine bleu pâle de Valerie se mirent à dériver par-dessus mon épaule, écarquillés d'horreur.

Je ressentis un picotement de terreur le long de ma colonne vertébrale avant même de me retourner. Lorsque je vis ce que Valerie regardait, un cri s'échappa involontairement de ma gorge. Michael Shepherd, debout dans l'encadrement de la porte, tenait sa femme par la nuque. Il avait, dans son autre main, une arbalète noire effrayante, d'une envergure d'environ quarante-cinq centimètres, pointée droit sur nous. Un carreau était déjà en place, prêt à tirer, et un autre se trouvait à sa ceinture.

— Plus un bruit, ni l'une ni l'autre.

Je m'écartai instinctivement de Valerie, pour agrandir sa zone cible. La peur teintait de maladresse tous mes mouvements. J'avais agi trop lentement. J'avais perdu du temps avec Valerie. Je n'aurais pas dû lui expliquer quoi que ce soit ; j'aurais dû m'enfuir. J'avais trop tardé, comme toujours. Ma colère était comme un câble chauffé au rouge à travers le brouillard glacé de la terreur et je m'y accrochai de toutes mes forces, consciente que c'était ce qui me permettrait de rester concentrée, de ne pas laisser tomber. Je continuai de reculer doucement, approchant du plan de travail, une main dans le dos, essayant de me souvenir si j'y avais aperçu quoi que ce soit qui puisse faire office d'arme. Shepherd regardait Valerie, le visage déformé par la rage.

— Les mains ! cracha-t-il en levant l'arbalète. En l'air, maintenant !

— Attendez, Michael, attendez un peu, répondit Valerie, qui essayait de sourire. Je sais que vous êtes bouleversé, mais il y a bien d'autres manières d'affronter cette situation. Posez votre arme, relâchez Diane, nous allons discuter…

— Il n'existe aucune manière d'affronter cette situation. Cette salope…

À ces mots, il secoua violemment Diane.

— … n'a pas pu tenir sa langue. Et maintenant vous êtes au courant, et vous aussi.

Il nous désigna tour à tour avec son arbalète. Lorsqu'il la pointa sur moi, je sentis mon estomac se creuser. Mon Dieu ! Je levai les mains à hauteur de mes épaules, vaguement consciente du tremblement incontrôlable qui les agitait.

— Ça ne réglera rien, Michael. Vous allez vous attirer plus d'ennuis encore, sans rien résoudre pour autant. Nous pouvons discuter de ce qui est arrivé à Jenny. Nous pourrons trouver une solution, insista Valerie.

J'étais à peu près persuadée que son ton bêtifiant n'aurait aucun impact sur le comportement de Michael Shepherd. À quelques mètres de nous se tenaient un policier et, derrière lui, des reporters de tous les médias. Et si personne ne faisait rien, nous allions mourir sans qu'aucun d'entre eux soit au courant. Valerie aggravait notre cas. Diane était comme une poupée brisée, sa tête pendait sur le côté. Je doutais qu'elle soit consciente de ce qui se passait. Il ne restait donc que moi. Je baissai les mains et les enfonçai dans mes poches en faisant de mon mieux pour paraître détendue.

— Écoutez, Michael, je suis désolée de vous avoir posé toutes ces questions. Je crois... Je crois que j'ai beaucoup perturbé Diane. Elle essayait de m'expliquer. Mais ce n'étaient que des mots. Je ne pense pas que quiconque prendrait cela au sérieux.

Cela dit, si vous ne pointiez pas cette arbalète sur moi, ce que je dis serait peut-être plus crédible...

Michael Shepherd lâcha un rire, un son effroyable dépourvu de tout humour.

— Bien tenté. N'essayez pas de me faire gober que vous n'y avez pas cru.

— Je ne crois pas que vous soyez forcé d'abattre une seule d'entre nous, annonçai-je calmement en puisant dans les réserves de diplomatie accumulées au fil des années passées à me débattre avec ma mère.

J'étais pétrifiée mais me gardais bien de le laisser transparaître.

— Ça ne vous aidera pas, et nous non plus. C'est vrai, que comptez-vous faire ? Descendre tous ceux qui se présenteront ici pour essayer de nous retrouver ? Ce n'est pas vraiment un plan, si ?

Un éclat brilla dans ses yeux.

— Il y a bien un plan. Il consiste à me débarrasser des gens qui m'énervent, comme vous, espèce de petite fouineuse, qui avez eu le culot de venir nous faire la leçon chez nous…

— J'ai cru que cela vous aiderait, mais je me suis trompée. Je suis désolée.

— Ce n'est pas si simple. Ma femme vous a dit des choses qu'elle aurait dû garder pour elle. Elle m'a prouvé que je ne pouvais pas lui faire confiance. Elle s'est montrée déloyale. À l'instant où l'occasion de me trahir s'est présentée, elle l'a saisie. Ce n'est pas acceptable.

Il serra fort la nuque de Diane sur ces derniers mots, elle émit un petit bruit né de la terreur pure. J'entendis un crépitement et découvris une flaque d'urine à ses pieds. Shepherd la remarqua également.

— Tu me dégoûtes, connasse, lui murmura-t-il à l'oreille. Incapable de te maîtriser, hein ? Pathétique. Comme ta fille. Elle tenait ça de toi, hein ? Hein ?

Diane sanglotait ouvertement désormais, les yeux toujours fermés, les traits si déformés par la douleur et la peur qu'elle en était presque méconnaissable. Je sentais la tension dans la pièce ; elle avait le goût métallique du sang. Il allait la tuer. Je le lisais sur son visage.

— Où… où avez-vous eu cette arbalète ? bafouillai-je en essayant désespérément d'attirer à nouveau sur moi son attention. Je n'arrive pas à croire que vous ayez cette sorte d'engin sous la main.

Il me jeta un regard de pur dégoût, mais me répondit :

— Un copain avec qui je vais à la salle de sports en avait une – trouvée sur Internet. C'est le genre de truc qui le branche. Je lui ai demandé si je pouvais lui emprunter. On avait des reporters de tabloïds et des paparazzis qui venaient dans le jardin, ils grimpaient aux fenêtres, ils nous harcelaient tous les jours. Je lui ai dit que j'avais besoin de leur faire peur. Ne t'inquiète pas, Val, c'est légal. Joli, non ?

Il la pencha pour nous la montrer, j'observai le mécanisme fatal de métal et de câbles, saisie d'un véritable haut-le-cœur. À cette distance, même s'il n'était pas doué, nous n'avions aucune chance.

Pendant que Shepherd et moi discutions, Valerie en avait profité pour reculer vers la porte de derrière. À deux pas de celle-ci, elle tenta le coup et se retourna brutalement pour attraper la poignée, qu'elle tourna désespérément. Je ne vis pas Michael Shepherd viser, je ne l'entendis pas tirer non plus, mais une tige noire, étroite, apparut soudain entre les omoplates de Valerie et elle s'effondra par cette porte qu'elle avait réussi à ouvrir. De là où je me trouvais, je ne pouvais distinguer que ses pieds. Elle était tombée dans une position peu naturelle, les orteils d'un pied écrasé par terre, l'autre tordu à angle bizarre. J'attendis, dans un suspense intolérable, qu'elle bouge, que la chaussure retombe complètement. Personne n'aurait pu rester couché dans cette position. Il n'y eut pas le moindre mouvement.

Je regardai Michael Shepherd, qui fixait Valerie, une expression étrange sur le visage. Entre la fierté et l'effroi devant ce qu'il venait d'accomplir.

— Un coup, déclara-t-il avant de lâcher sa femme pour tirer le second carreau de sa ceinture et le placer soigneusement dans l'arbalète.

— Mike, s'il te plaît…

Diane pleurait si fort que les mots étaient déformés.

— Ne fais pas ça. Il faut que tu arrêtes.

Il semblait se détendre, maintenant qu'il avait vu avec quelle facilité il avait fait usage de son arme – avec quelle facilité il avait réussi à tuer. Je ne pense pas qu'il ait même entendu ce qu'elle venait de dire. Je sentis la panique grandir en moi, tentai de la contenir; elle ne me serait d'aucune aide, quoi que nous réserve la suite.

Diane revenait à la charge:

— Tu ne fais qu'aggraver la situation. Je t'en prie, arrête.

À ces mots, il leva la tête.

— Aggraver? Tu crois que ce n'est pas grave, ta fille et toi qui me ridiculisez? Qu'y a-t-il de pire que de me faire porter le chapeau pour ce qui s'est passé? Si j'allais en prison, tu serais libre, n'est-ce pas? Tu pourrais refaire ta vie ailleurs et oublier tout ça!

Il agita l'arbalète dans sa direction.

— Eh bien, ça n'arrivera pas. Je te l'ai déjà dit. Je t'avais prévenue que je ne te laisserais jamais partir, que je te tuerais avant, et c'est vrai. La seule différence, c'est que je vais savourer ce moment parce que, crois-moi, Diane, tu vas avoir exactement ce que tu mérites…

Elle était hystérique maintenant, elle secouait la tête, bien au-delà des mots. Je songeai, au désespoir, que l'agent en poste devant la maison devait forcément l'entendre, pourtant personne ne se présentait à la porte d'entrée. Le monde avait rétréci, il ne se composait plus que de cette pièce, qui puait la haine, la misère et le sang, nous aurions aussi bien pu être les dernières personnes sur terre.

Il attira sa femme à lui, embrassa sa tempe puis enfouit son visage dans ses cheveux. Il avait les yeux fermés, je me demandai pendant un quart de seconde si c'était là ma chance, l'unique chance que j'aurais, mais je fus incapable de bouger. Je glissai une main derrière moi, en balayant le comptoir par cercles progressifs, espérant un miracle. Du bout des doigts j'effleurai quelque chose, qui s'éloigna un peu, je tendis la main, en sanglotant presque de frustration, pour attraper cet objet, quel qu'il fût. Il n'avait pas hésité à tuer Valerie. Il ferait pareil pour moi.

Attends un peu, m'exhortai-je. Attends.

Je forçai sur mon bras, les muscles en extension, et enfin mes doigts entrèrent en contact avec du métal froid.

— Oh, ma chérie ! dit Michael Shepherd d'une voix étouffée. Je t'aimais tant. J'aurais pu mourir pour toi. Et tu as tout fichu en l'air.

Il repoussa Diane à quelques pas de lui. Lorsqu'elle retrouva son équilibre, elle se tourna lentement pour lui faire face, avec lassitude. Elle n'avait plus la force de lutter. Me tenant à côté d'elle, je ne pouvais voir son visage, mais je voyais celui de son mari. L'espace d'un instant, il parut terrassé par le chagrin et je pensai : Il ne va pas pouvoir le faire.

J'avais tort, bien sûr, c'était un homme de principes, un homme capable de mettre un terme à la vie de sa fille parce qu'il était déçu par son comportement, un homme qui exigeait un respect total. Il pouvait le faire et il le fit. J'entendis le bruit sourd, cette fois, et Diane s'effondra sur place, sans émettre un son. Je profitai de l'instant de sa chute pour tendre le bras dans mon dos sur les derniers centimètres manquants pour attraper cet objet – une paire de ciseaux, me sembla-t-il au toucher – sur le plan de travail et, lorsque la tête de Diane entra en contact avec le sol, je parvins à le glisser dans ma poche arrière. Je venais de me donner un avantage dont Michael Shepherd ignorait tout, mais je n'étais même pas sûre de savoir en quoi il consistait. Je ne pouvais pas me permettre de penser à ça. La réalité de ce qui m'attendait gisait à mes pieds.

Il avait visé son visage, le carreau avait traversé l'œil droit. La scène était grotesque. Horrible. J'arrachai mon regard à ce spectacle monstrueux et pressai une main sur ma bouche, certaine de vomir, certaine d'être la suivante. Le comptoir de la cuisine me rentrait dans le dos. La douleur me permit de rester concentrée. J'étais seule, maintenant. Personne ne viendrait à ma rescousse. C'était à moi de jouer.

Michael Shepherd contemplait le corps de sa femme. Il souleva à nouveau son arbalète, l'observa froidement avant de la mettre de côté.

— Plus de carreau. Il va falloir que je trouve autre chose pour vous.

— Pourquoi ?

Continue à le faire parler, Sarah, fais durer…

Son front se creusa.

— Comment ça ? Je ne vais pas vous laisser tout raconter à la police.

— Ils savent tout déjà, annonçai-je d'une voix très calme.

La faiblesse d'autrui donnait à Michael Shepherd une sensation de puissance. Il était temps de voir comment il se comportait face à quelqu'un qui n'avait pas peur… même si je tremblais de terreur. J'espérais simplement qu'il ne le voyait pas.

— Ils attendaient juste que vous vous compromettiez tout seul. Deux cadavres dans votre cuisine… Ça devrait suffire à vous faire arrêter, vous ne pensez pas ?

— Ils croient que Danny Keane a assassiné Jenny. Vous me l'avez dit vous-même.

Je ris en regardant autour de moi.

— Si vous voulez mon avis, vous venez de leur apporter la preuve qu'ils étaient sur la mauvaise piste, sur ce coup. Comment comptez-vous mettre ça sur le dos de quelqu'un d'autre ?

Il haussa les épaules.

— Et alors ? Quelle importance ? Je ne vais pas m'attarder dans le coin, ni leur laisser le temps de m'arrêter. Je m'occupe de vous et je me casse.

— Je me fiche que vous réussissiez à vous échapper. Si je suis venue ici, c'est uniquement pour Danny Keane. Je me sentais responsable de ce qu'il avait fait, car son seul but était de m'impressionner. Maintenant que je sais qu'il n'a pas tué Jenny, je me fous de ce qui arrivera. Vous n'avez pas besoin de me supprimer, Michael. Comme vous n'aviez pas besoin de la tuer, elle.

Je désignai le corps de sa femme.

— Elle méritait tout ce qui lui est arrivé.

— Valerie aussi ?
— Elle m'énervait, répondit-il simplement.
— Là, je peux vous comprendre...

Pardonnez-moi, Valerie, je ne le pense pas vraiment, mais il faut bien que je fasse mon possible pour rester en vie.

— Mais je ne l'aurais pas tuée pour autant.

Michael Shepherd me regarda et se mit à rire, pour de bon.

— Vous êtes un sacré numéro, vous.
— J'ai tout vu, dans ma vie. Plus rien ne peut m'étonner.

Je lui souris, j'avais l'impression de grimacer.

— Vraiment ?

Il s'étira, bâilla, sans mettre sa main devant sa bouche, me laissant voir sa langue toute rose, ses dents très blanches. Sur son cou, les veines et les tendons saillaient comme sur des croquis anatomiques. Il était d'une puissance impressionnante, sa carrure était le double de la mienne. Il fallait que je continue à parler. Je glissai les mains dans les poches arrière de mon jean, en essayant de prendre une posture détendue, tout en serrant les doigts autour de ce que j'avais caché à l'intérieur.

— Écoutez, je sais pourquoi vous avez fait ça...
— Ah bon ?

Il plissa les yeux, sceptique.

— Bien sûr. Jenny vous avait laissé tomber. Elle qui partait avec tant d'avantages dans la vie...

Je balayai la pièce des yeux avec admiration.

— Quand on voit cet endroit... Vous lui aviez tout donné, et elle, elle s'est comportée comme si ce n'était rien.

Il lâcha un profond bruit de gorge qui semblait signifier son accord. Je me creusais la cervelle, essayant d'imaginer comment il aurait pu justifier ses actes. Les mensonges dont il s'était repu flottèrent dans mon esprit. Diane m'avait donné quelques indices quant à son fonctionnement mental. Il ne me restait qu'à les suivre. Mais je m'aventurais sur une voie dangereuse.

— Moi je comprends, persistai-je, mais un jury ne le pourra peut-être pas. Il faut que vous partiez d'ici avant que la police ne découvre ce que vous avez fait. Vous pouvez fuir, à l'étranger ou je ne sais où, si vous partez maintenant. Je suis de votre côté, Michael. Je ne veux pas vous voir souffrir pour les fautes des autres. Elles avaient toutes mérité le traitement qu'elles ont eu, mais vous, vous ne méritez pas d'aller en prison. Je vais rester ici quelques heures, en faisant comme si tout était normal, cela devrait vous laisser assez de temps pour disparaître.

Le simple fait de prononcer ces mots me mit dans une colère noire, je la sentis dans ma poitrine qui se solidifiait en une pierre dure et brûlante derrière mon sternum et m'empêchait de respirer.

Il me jeta un coup d'œil soupçonneux.

— Pourquoi voudriez-vous m'aider ?

— Disons que j'ai été témoin de beaucoup d'injustices, dans ma vie. Pourquoi ne pourrais-je pas vous aider ? Vous n'êtes pas comme Danny Keane. Vous aviez de bonnes raisons d'agir ainsi. À votre place, je veux croire que j'aurais eu le courage de faire pareil.

Pendant une seconde, je crus être allée trop loin, je pensai qu'il ne me suivrait pas sur ce terrain, mais j'avais finalement eu raison de parier que Michael Shepherd était persuadé de sa propre infaillibilité. Il opina.

— D'accord. Je suis prêt. La ferme, maintenant, il faut que je réfléchisse…

Je réfléchissais, moi aussi. Jamais il ne viendrait à l'esprit de cet homme que c'était lui et lui seul qui avait fait sa fille telle qu'elle était. Il lui avait volé son estime d'elle-même. Il l'avait brutalisée jusqu'à la soumission. Il avait créé en elle un besoin viscéral d'amour et d'approbation, que Danny avait perçu et utilisé. Tout cela était la faute de Michael Shepherd, de bout en bout, et cette idée me laissait un goût amer dans la bouche.

— Je pourrais tout à fait vous ligoter et vous planter là. Je ne vous fais pas assez confiance pour croire que vous n'appellerez pas à l'aide, mais vous ne pourrez pas faire grand-chose si vous êtes attachée, n'est-ce pas ?

Je secouai la tête.

— Il me faut une corde. Et un bâillon.

Il se détourna alors légèrement, une main sur la tête. Profitant de ce laps de temps durant lequel il cessa de penser à moi, je me jetai sur lui en brandissant la paire de ciseaux que j'avais récupérée. Je frappai de toutes mes forces, enfonçant les lames réunies droit dans sa gorge, avec un mouvement de torsion, avant de les retirer et de reculer au plus vite. Je ne pense pas qu'il m'ait vue bouger ni qu'il ait compris ce qui se passait avant que le geyser de liquide rouge et chaud ne jaillisse de son cou. Shepherd porta une main à la plaie. Le sang giclait, saturant son tee-shirt kaki au point de le colorer en noir brillant. Sans parvenir à éviter les éclaboussures, je m'étais toutefois écartée suffisamment vite pour qu'il n'ait pas le temps de m'attraper. Cela dit, il ne chercha pas à le faire. Toute son attention était concentrée sur lui-même. Il essayait de contenir le sang, il pressait les mains contre son cou en gémissant, mais le flot rouge suintait à travers ses doigts, dégoulinait le long de ses bras, aspergeait le carrelage blanc.

Shepherd s'écroula contre les placards, puis se retrouva sur un genou, les yeux écarquillés, épouvanté. Le sang formait autour de lui comme une mare qui s'étalait sur le sol, s'infiltrait par les joints entre les carreaux. Extraordinaire, une telle quantité de sang, pensai-je, trouvant presque immédiatement un écho à ma phrase : « Pourtant, qui aurait cru que le vieil homme avait en lui tant de sang ? » J'avais fait ce qu'il fallait. On ne pourrait pas plus le défaire que Jenny ne pourrait être ramenée à la vie.

— S'il vous plaît...

Je reculai encore, les ciseaux toujours à la main, le bras et les cheveux couverts de sang gras et poisseux. Je le regardai bien en face, en pensant à toutes les façons dont il avait trahi sa famille, et alors je songeai à mon propre père, qui m'avait trahie lui aussi, et à ma mère, qui m'avait tant pris et m'avait pourtant accordé si peu de respect, et je fus satisfaite, heureuse même, que quelqu'un paie pour toutes ces injustices qui s'étaient abattues sur moi et autour de moi, heureuse que ce soit cet individu en particulier. Jenny avait été doublement victime. Elle aurait dû pouvoir compter sur lui pour la défendre, pas pour la tuer.

À cet instant, je fus envahie par une haine viscérale envers tous ces hommes qui pensent que les autres n'existent que pour satisfaire leurs besoins les plus vils. Je haïs Danny Keane et son père maléfique, et les hommes sans visage qui sont prêts à tout pour abuser des enfants innocents. Et je haïs celui-là, en face de moi, ce substitut de tous les autres, le seul à ma portée.

Je le regardai dans les yeux et j'attendis qu'il meure, sans lever le petit doigt pour lui venir en aide. Cela dura un peu plus d'une minute. Un temps si court. Qui me parut si long.

Je ne bougeai pas avant qu'il soit allongé par terre, les yeux vitreux. Je posai la paire de ciseaux sur le comptoir, laissant des taches rouges sur tout ce que je touchais. J'ouvris le robinet de la cuisine, pris de l'eau dans ma bouche pour la rincer ; un goût métallique me donnait envie de vomir. « L'odeur du sang, toujours… » Je me lavai les mains en faisant bien mousser le savon, l'eau prenant une teinte rose en se mêlant au sang de Michael Shepherd. Il y en avait sous mes ongles, je m'appliquai à le faire disparaître. Une fois que mes mains furent propres, je m'assis à la table de la cuisine, épuisée, soudain. Je sortis mon téléphone et le regardai fixement. Il fallait que j'appelle Vickers. Je devais lui raconter moi-même ce qui s'était passé, pour réussir à me tirer de cette situation. Mais avant de contacter qui que ce soit, et avant que l'on voie ce que j'avais fait, il me fallait concocter un scénario qui ne…

La seconde suivante, tous mes espoirs de me sauver s'évanouirent. Il y eut un bruit, derrière moi. Me retournant, je vis Valerie, qui me dévisageait. Elle avait réussi à se mettre en position assise, accoudée à un placard. J'aperçus l'extrémité du carreau d'arbalète, toujours enfoncé entre ses omoplates, pourtant elle était en vie.

Je me précipitai vers elle, un éclair parut dans ses yeux. Elle avait peur de moi. Je m'immobilisai à quelques pas d'elle.

— Mon Dieu, Valerie, je vous croyais morte… Ça va ?

— J'ai entendu… fit-elle, d'une voix râpeuse. J'ai *tout* entendu. Vous n'étiez pas obligée de le tuer. Il allait… vous laisser… partir.

— Vous n'en savez rien du tout.

Je commençais à trembler.

— Je l'ai entendu.

Elle avait un regard glacé.

— Je vais… leur dire… ce que vous avez fait. Vous l'avez… assassiné.

Je la détestai alors, pour de bon, et de toutes mes forces.

— Et alors ? Vous croyez vraiment que ça va faire de la peine à quelqu'un ? Vous croyez qu'il ne méritait pas de mourir ? J'ai rendu un service à la société, pauvre imbécile !

Au lieu de répondre, elle leva le bras pour me montrer le portable qu'elle tenait. Le sien. L'écran était allumé.

— Vous avez entendu ça, monsieur ?… Chez les Shepherd. Oui… Une ambulance, oui. Ça va… Ça va… aller.

Elle raccrocha et le téléphone tomba bruyamment sur le sol, comme s'il était trop lourd pour elle.

— Même s'il le méritait… Ce n'était pas à vous… de décider.

Je lui tournai le dos et me rassis à la table, les mains bien à plat devant moi, sans plus lui adresser un mot. J'apprenais une chose que j'aurais dû déjà savoir. Je n'avais jamais imaginé obtenir un jour exactement ce que je souhaitais pour le voir se désagréger entre mes doigts.

Des bruits retentirent à l'avant de la maison, le policier chargé de la surveillance, dont la radio lâchait des bavardages intermittents, cogna à la porte, puis il la força d'un coup d'épaule. Je remarquai à peine la présence d'autres agents en uniforme, qui envahirent la cuisine, se penchèrent sur les corps, d'ambulanciers, qui s'occupèrent de Valerie, prenant une seconde pour me demander si j'étais blessée moi aussi. Je secouai la tête. Je voulais juste qu'on me laisse seule. La pièce était noire de monde, remplie de bruit, j'aurais voulu qu'ils disparaissent tous.

Lorsque Blake arriva, j'entendis sa voix avant de le voir. Je levai la tête et le vis écarter un autre policier, les yeux rivés sur moi, l'affolement visible sur ses traits. Il s'accroupit à mes côtés, repoussa les cheveux de mon visage.

— J'ai cru que je t'avais perdue. J'ai cru que tu étais partie, toi aussi. Est-ce que ça va ? Il t'a fait du mal ?

Je restai assise là, figée, incapable de parler, et il me prit dans ses bras. Il semblait ne pas avoir conscience des regards étonnés que nous nous attirions de la part de ses collègues et de l'équipe médicale autour de nous.

— Que s'est-il passé ? Raconte-moi. Ça va aller, Sarah. Tout va bien se passer.

Il ne voudrait plus de moi, quand il saurait. C'était le choix que j'avais fait. C'était avec ça que j'allais devoir vivre.

Par-dessus son épaule, j'aperçus Vickers. Il embrassa la scène du regard et contourna le corps de Diane Shepherd, puis il se pencha pour parler à Valerie. Ils l'avaient installée sur une civière et s'apprêtaient à l'emmener jusqu'à l'ambulance. Je n'entendais pas leur conversation, mais lorsque Vickers se redressa son visage était sombre.

— Andy, dit-il en touchant l'épaule de Blake. Occupez-vous de Valerie, s'il vous plaît. Trouvez à quel hôpital ils la transfèrent. J'aimerais discuter avec Sarah.

Sentant que Blake avait envie de répondre non, je parvins à lui adresser un maigre sourire et à lui murmurer :

— Vas-y.

Il s'exécuta. Le cœur brisé déjà, je le vis s'éloigner, sachant qu'elle allait tout lui dire, sachant ce qu'il en penserait.

Au bout d'une seconde, je me tournai vers le capitaine.

— Il n'était pas avec vous, tout à l'heure. Il n'a pas entendu ce que vous avez entendu.

Vickers secoua la tête.

— Je l'ai appelé pour lui demander de me rejoindre ici. Mais il va le découvrir.

Je détournai le regard.

— Je sais.

— Sarah, écoutez-moi, dit Vickers en prenant une chaise et en s'installant à côté de moi.

Il se pencha en avant et me prit les mains, puis il s'adressa à moi, d'une voix si basse que personne d'autre que moi ne pouvait l'entendre :

— Écoutez. Vous êtes une jeune femme vulnérable…

Je ris.

— Allez dire ça à Michael Shepherd !

Il serra fort mes mains, je le regardai, étonnée. Son visage était grave, et lorsqu'il reprit la parole il y avait une urgence dans son ton :

— Vous faites la moitié de Michael Shepherd. Il a abattu Valerie, tué sa femme sous vos yeux et a avoué le meurtre de sa fille. C'est bien ça ?

— Oui.

— Vous aviez peur pour votre vie.
— Oui.
— Il a menacé de vous tuer.
— Oui.
— Et là, il s'est jeté sur vous.

Je le regardai plus attentivement et je compris d'un coup qu'il voulait que je mente.

— Vous n'aviez pas d'autre choix que de vous défendre. Vous avez réussi à vous emparer d'une paire de ciseaux et vous avez frappé, à l'aveuglette.

Je ne dis mot, attendant la suite.

— Lorsqu'il est tombé, vous n'avez pas su quoi faire. Vous étiez tétanisée, bouleversée. Il est mort avant que vous ayez pensé à appeler les secours. Vous vous êtes lavé les mains. Pendant ce temps, Valerie a repris connaissance et m'a appelé. J'ai envoyé du monde pour m'assurer que vous alliez bien et ils vous ont trouvée en état de choc. À mon arrivée, vous vous êtes sentie suffisamment en sécurité pour tout me raconter. Vous vous souviendrez de ça ?

— Valerie…

— Oubliez Valerie, répondit-il d'un ton lourd. Elle fera ce qu'on lui demande.

— Ça n'a pas d'importance, dis-je, mon ton désespéré me surprenant moi-même. Il saura. Et il ne me le pardonnera jamais.

— Andy ? Qu'est-ce qui vous fait croire ça ? Il comprendra, Sarah. Andy, entre tous, comprendra. Il s'en serait chargé lui-même, s'il vous était arrivé quoi que ce soit.

Il s'exprimait encore plus doucement, ses mots étaient comme un fil d'argent dans l'obscurité qui menaçait de m'engloutir.

— Vivez votre vie, Sarah. Fuyez loin de tout ça, et vivez votre vie.

J'avais envie de croire que c'était possible, vraiment, mais je n'étais pas dupe.

— Ça ne marche pas comme ça, capitaine. Il y a toujours un prix à payer.

Pourtant, je ne pouvais m'empêcher d'espérer que je me trompais. Je ne pouvais m'empêcher de penser, au moment même où je prononçais ces mots, que j'avais déjà payé. Au point où j'en étais cette fois, j'avais peut-être même payé suffisamment cher.

La maison est vide. Le mobilier est parti : vendu, donné à des œuvres caritatives, mis à la benne. Les moquettes ont été arrachées, il ne reste que le plancher. Les murs sont nus, seuls des tracés ombrés signalent les emplacements où étaient accrochés des cadres. Je fais un dernier tour, pour vérifier que rien n'a été oublié. Les pièces semblent plus grandes, les plafonds plus hauts. Rien ne vient troubler le calme. Il n'y a pas de fantôme dans ma maison, il n'y en a plus.

Je descends l'escalier, une main sur la rampe. Mes pas résonnent. Dans la cuisine, le silence est absolu. La fuite au robinet a enfin été réparée. La pendule a disparu. Le réfrigérateur est débranché.

Il y a un bruit à l'avant de la maison, je regagne l'entrée. Il est là, il regarde le carton posé au beau milieu de la pièce.

— C'est tout ?

Je fais oui de la tête, confirme :

— C'est tout.

Il s'accroupit, soulève le couvercle pour jeter un coup d'œil à l'intérieur. Quelques photographies. Des livres. Un gobelet et une assiette d'enfant à motif de fraises.

— Tu voyages léger, dis-moi.

Je lui souris, en pensant qu'au contraire j'emporte avec moi des tas de choses, d'une façon ou d'une autre ; il voit mon sourire et le comprend tout de suite.

— Viens par ici, me dit-il.

Je me blottis entre ses bras, comme si j'étais faite pour eux. Il m'embrasse le haut du crâne.

— Je vais poser le carton dans la voiture. Tu me dis quand tu es prête.

Je le regarde s'éloigner, puis j'entre dans le salon vide, je ressors. Je ne sais pas ce que je fais encore là. J'ai tout ce dont j'ai besoin.

Je sors, je ferme la porte derrière moi pour la dernière fois. Je m'en vais et je ne me retourne pas.

REMERCIEMENTS

Je tiens à remercier de nombreuses personnes pour leur aide, consciente ou non, à l'écriture de ce roman.

Merci à Frank Casey, Alison Casey, Philippa Charles et Kerry Holland, qui m'ont toujours encouragée : sans eux, jamais je n'aurais progressé aussi vite. Je leur dois beaucoup. *Go raibh míle maith agaibh go léir*[1].

À Anne Marie Ryan, éditrice talentueuse et amie, qui depuis la première mouture de ce livre a toujours eu l'œil pour couper ce qui avait besoin de l'être.

À Rachel Petty, qui a non seulement détecté une faille dans l'intrigue mais aussi immédiatement suggéré la solution idéale, m'épargnant ainsi une dépression nerveuse.

À mon merveilleux agent, Simon Trewin, infatigable et toujours de bonne humeur : il fait toute la différence. À son assistante, Ariella Feiner, aussi géniale que lui ; son enthousiasme m'a incitée à choisir cette voie, je lui en serai éternellement reconnaissante. À Jessica Craig et Lettie Ransley, ainsi qu'au personnel de chez United Agents dans son ensemble, pour tout le travail accompli.

---

1. En irlandais : « Merci beaucoup à tous. » *(N.d.T.)*

À Gillian Green, l'éditrice parfaite, compréhensive, efficace, motivante; c'est elle qui a donné vie à ce livre. Justine Taylor et elle ont relevé avec brio les erreurs, maladresses et incohérences introduites par mes soins, celles qui subsistent sont de mon fait. Je m'estime particulièrement chanceuse d'être publiée par Ebury Press, j'aimerais remercier tous ceux qui ont mis leur dévouement et leur professionnalisme au service de la publication de mon livre.

Enfin, j'adresse un grand merci à mes complices, mon mari James et mon chat Fred. Ce dernier a été mon compagnon de tous les instants lors de l'écriture. Malgré ses fréquentes incursions sur le clavier, il n'a jamais réussi à effacer totalement le roman, même s'il a parfois laissé quelques commentaires amusants de-ci de-là.

Sans James, rien de tout cela ne serait possible; je ne pourrais établir la liste de ses contributions, elles sont innombrables. À lui, tous mes remerciements, et mon cœur.

Achevé d'imprimer par GGP Media GmbH, Pößneck
en août 2011
pour le compte de France Loisirs,
Paris

N° d'éditeur : 64958
Dépôt légal : mai 2011
Imprimé en Allemagne

Composition :
Soft Office – 5, rue Irène Joliot-Curie – 38320 Eybens